おきざりにした
リグレットを拾いに。
あの日のきみへと、もう一度

板橋

目次

高校2年、文化祭

講堂に拍手が鳴り響いた。

その響きに重ねるように、一度は胸のあたりに下ろしたマイクを鮎川は再び口許に運び、込み上げてくる歓喜を押さえ込みながらメンバー紹介をした。

「ギター、ボーカル、羽柴颯太」

新調の鮮やかなブルーのジャケットとオレンジのシャツになぜかループタイを下げて、本人はビシッと決めたつもりの羽柴は、ピックを持ったまま右手を挙げた。客席にピックを投げたい衝動に駆られたが、ロックスター気分に浸りかけている自分が照れ臭くなり、ぐっと堪えた。自分たちに向けられる視線に、晴れの舞台なんだからおしゃれして正解だったとピックを持ったままジャケットの襟を触った。

「リードギター、木村和樹」

木村はちいさくうなずいただけだった。興奮はしていたが、高校生らしい気負いで、無愛想なキャラクターを貫こうとした。その態度を羽柴は木村らしいと微笑ましく感じたが、だからといってネルシャツはないだろう、あんなに服には気を遣おうと言っておいたのにとあらためて不満に思った。

「ピアノ、落合真弓」

眼鏡のフレームに手をかけながら座っていた椅子からすっと立つと、つい発表会やコンクールでついた癖で、落合は深くお辞儀をしてしまった。服装も、フリルのついた光沢のあるブラウスに、黒の裾がひろがったパンツで、発表会でも通用するし、ホテルのラウンジでピアノ弾きのバイトをしている音大生みたいだった。「母親に選ばれてしまった」とみんなには弁解したが、自分ではなにを着ていいかわからなかったのも事実だ。着替えた姿を見て、一瞬だが、杉島がふっと鼻で笑ったことも知っていた。

「バイオリン、杉島誠一」

さっとバイオリンを構えると、杉島はピチカートで弦を弾いてみせた。気障に映るかもしれないが、やりたくなったのだから仕方なかった。バイオリンに合わせたように、ブラウンのタートルネックの上にブラウンのジャケットを羽織り、ブラウンのチノパンツを履いて、靴もブラウンのコインローファーで決めていた。実は姉にコーディネートされてしまったのだが、そのことはだれにも言ってはいない。

「コンガ、江藤幸也」

杉島を真似て、江藤はコンガを叩いた。ポン、と間の抜けた音が鳴って後悔したが、まあいいかとすぐに思い直した。よそゆきの服など持っていない江藤は悩んだ末に、柔道着に黒帯をきりりと締め、頭にはコック帽を被っていた。羽柴が嫌な顔をするのはわかっていたが、どうせ自分は賑やかしが役割なのだし、これが自分の正装だという意識もあって開き直った。意外にも羽柴を含めた、メンバーみんなに受けた。

残すはひとりとなり、羽柴は自分用のスタンドマイクに顔を寄せた。

「そしてリードボーカル、鮎川由香」

紹介された鮎川は歓喜を爆発させて叫び声を上げた。首にはスカーフを巻き、ワインレッド地に白の水玉模様がびっしりと施されたワンピース、腰を黒いベルトで締め、足許は黒のストッキングにショートブーツ。胸にはムンクの「叫び」が描かれた大きな缶バッジをつけている。耳を塞いでいる女性の絵は、自分の歌のレベルに対するお詫びのつもりだったが、演奏を終えるとそんな謙遜した気持ちは消し飛んでしまっていた。

鮎川はちぎれんばかりに大きく手を振った。

ギターを下ろした羽柴が寄ってきた。木村がそれに倣い、反対側に並んだ。羽柴の手招きで、杉島、落合、江藤も寄ってきた。

ステージ上で六人は肩を組み、頭を下げた。

「ありがとう！」

高校二年生の文化祭が、終わった。

第一部

おきざりにした
リグレットを拾いに。
あの日のきみへと、もう一度

45歳　羽柴颯太と木村和樹

難航した次回の打ち合わせが終わったあと、三人いる担当編集者と食事をして脳に集まった血を胃に落としたほろ酔いの羽柴颯太は、チーフ格であり、連載開始当初からのつきあいになる野浦に誘われてタクシーに乗り込んだ。

葉桜の下を都心へと流れる川の面に、花筏がつくられている暖かな夜だった。タクシーの後部座席で、羽柴はフェルトの中折れ帽を脱ぎ、胸に巻いていたストールを外した。徹夜になることもある作業中は、Tシャツやトレーナーといった実用重視の格好をして過ごすので、外出のときは見たくないほどの顔なじみになっている仕事相手とであれ、やっと誘えた女の子との初デートのように気張った服装を心掛けていた。

降りたのは、羽柴が仕事場を構えるところから十分ほど走った、商店街のはずれといった場所だった。細くなった路地にぽつぽつとスナックめいたあかりが灯っているが、人通りもあまりない。従って、羽柴のおしゃれの甲斐もない。だからといって、不満はなかった。他人に見せるためよりも、ルーティンな生活に、首のよれきった汗臭いTシャツのようにくたびれがちな自分の気持ちを、引き上げるためのおしゃれだ。

どの店も繁盛しているようには見えないが、それでもやっていけるのは家賃が安いからだろうと羽柴は思った。

編集者として優秀な野浦は、相手によって連れて行く店を選ぶ才覚もあった。

俺は場末好きと認定されているらしい。たしかに偉い作家や漫画家先生がでんと待ち構えている銀座あたりの店は苦手だった。自分の懐を痛めるわけではないが、たいした美人もいない店で、高そうだが決して自分では買いたくないソファに座るだけで何万も取られるのはおかしな話だ。そんな金があるなら、原稿料を上げてほしい。

場末は好きだが、なんでもいいというものではない。どこか普通の商売から外れた、趣味半分の店が羽柴の好みだった。もちろん、野浦はそこも心得ている。

店のひとつを、野浦は指さした。

「あそこです」

羽柴より五歳ほど年下の野浦は、ニヤリとして羽柴の顔を覗き込んだ。羽柴が気に入る自信がある顔だった。

「羽柴さんの世代にはたまらない好物を商売にしている店です」

正解を言わず、かわりに意地悪な司会者の出すヒントみたいなことを口にして、野浦は羽柴の背中を押すようにして店の前に連れていった。

外観のつくりはまさにスナックだった。薄暗くてはっきりとはわからないが、壁の色は北関東が似合いそうな紫に塗られているようだ。デコレートされた分厚そうだが高級感とは無縁の木製の扉で、なかは見えない。ただ、かすかに音が漏れていた。

羽柴は、カラオケはあまり好きではなかった。アシスタントたちに誘われればつきあうし、野浦たちと行くこともある。アニソンになってしまうことが多いとはいえ、相手によっては選曲を変えられる程度の持ち歌も持っている。流行を横目で追いつづけていることが必要な商売なので、新曲を覚える努力も怠ってはいない。その場は楽しくもあるのだが、帰宅したあとに軽い虚しさを覚えることが多かった。はっきりと口にしたことはないが、野浦はそのことも知っているはずだった。

「青春には、音楽が欠かせません」

野浦がドアを開くと、いきなり音量がどんと増した。歌声とギターの響きに羽柴の鼓膜は揺さぶられた。ギターはエレキではなく、アコースティックギターの音だった。

歌はへたくそだが、羽柴のよく知っている曲だった。

野浦に促されて、羽柴は店のなかに踏み込んだ。

「おー、いらっしゃい」

マスターらしき男が、カウンターから手を振ってきた。外観の通り、もともとはスナックだったらしい店内の一角にちいさなステージが用意され、ギターを抱えた四十絡みのスーツ姿の男が歌っていた。他に三人、いずれも羽柴と同年齢か年上そうな客がテーブル席に座っていた。

「フォーク居酒屋です。カラオケと違って、歌だけでなく演奏も自分でする」

「ギター弾けなければ、ぼくが伴奏するけどね。どうも、ケニーと呼んでね」

野浦の説明を、カウンターから出てきたマスターが補足した。ケニーと名乗ったマスターも羽柴より少し年上といった年齢のようだが、ファッションは十代で凍結されているらしくジージャンにジーンズで決めていた。Tシャツの胸元には、いまだに活動しているフォークグループの名前が記されていた。たぶん、コンサート会場で購入したのだろう。手作り感のあるデザインのものだった。端的に表現すれば、ださい。さすがに肩まで伸びた長髪ではなく、アフロでもなく、髪型はソフトモヒカンといった感じだった。

「こちら、ぼくが担当している羽柴颯太先生。四十代半ばを過ぎてなお、少年の胸と股間を震わせる、ラブコメ界のリビングレジェンドだよ」

野浦が褒めているのか、くさしているのかわからない紹介をすると、ケニーはおおげさに驚いてみせた。

「やった。さすが、野浦っち。そんな大先生を連れてきてくれたんだ。今度、漫画にうちの店を出してくださいよ」

羽柴は顔の前で手を振った。

「読者は十代だよ。フォークなんて、まったく知らないか、バカにしてると思うけど」

「お父さんが読むかもしれないじゃないですか。ばりばりフォーク世代で、いまだに中学生のときに買ったギターを捨てられないでいるお父さんとかが。それにうちにもたまに来ますよ、父親のレコード聴いてフォークに興味持ったって二十歳そこそこの若い子が」

「レコード聴くには、プレイヤーが必要だけど」

羽柴は疑問をつぶやいていた。

「売ってるんですよ。一万しないプレイヤーが。もちろんベルトドライブだけど、レコードのあったかい音は、ちゃんと再現してくれます」

「ベルトドライブって、なんですか」

レコード世代のはずの野浦だが、初耳だったようだ。

「ターンテーブルから離れた回転軸をまわして、それをゴムのベルトを使ってテーブルとつないでいるものだ。回転ムラが起きるといわれていた。そうならないよう、高級機にはターンテーブルの中心軸をまわすダイレクトドライブという方式が採用されていたんだ」

「おおっ、先生詳しいなあ。印税で地下にリスニングルームのある豪邸建ててたりして」

「マンション住まいだよ」

「オートロックでコンシェルジュとかがいる、青山あたりの億ションですか」

「なんだよ、それ。オートロックではあるけど、いまどき珍しくないだろ。場所は青山じゃなくて、ここと同じ沿線で結構近いところだし」

「だったら、明日もお待ちしてます」

話しながら、ケニーは野浦のボトルを探し出し、グラスや氷などを手際よくテーブルにセットした。

乾杯しているうちにへたくそな歌が終わった。ぱらぱらと拍手が起きたので、羽柴もそれに合わせた。

「羽柴先生もギター弾くし、フォークソングに詳しいんだよ」

事務所にはアコースティックギターが置いてあるし、野浦がいるときに弾いたこともある。それに連載している漫画の主人公も、ヒロインの気を引きたくてギターを必死に練習している設定になっていた。連載が長くなり過ぎて、超初心者だった主人公もいまではいっぱしの腕前になってしまっていた。そうなるとおもしろくないので、最近はギターの出番がとても減っていた。この店に連れてきたのは、またギター絡みの話を描けという野浦のメッセージだろうかと羽柴は勘繰った。

「では、一曲。いや何曲でも。喉が枯れ果てるまで」

ケニーが羽柴に歌本を寄越した。

「しばらく弾いてないからな」

羽柴は左手の指のひらを親指で撫でた。高校時代、ギターはよく弾いていた。フォークよりニューミュージックの時代だったが、コードが簡単でひとりで演奏しても原曲の感じが出やすいフォークソングはよく弾いていた。

「仕事場に置いてあるギター、高いんですよね」

「えっ、なに。マーチン、それともギブソン？」

さすがこんな店のマスターをやっているだけあって、ケニーが入れた合いの手は、正解そのものだった。マンガの連載が百回を超えたときと、単行本の累計部数が一千万部を超えたとき、自分へのご褒美に買ったものだった。事務所にあるのはマーチンで、自宅にギブソンを置いていた。

「両方あるけど、どっちもそんな特別なものじゃないよ」

「とかいって、マーチンD－45だったりして」

羽柴は即座に首を振った。正直言えば、買おうかと少し悩んだ。羽柴が十代の頃、成功したミュージシャンが使う、高価なアコースティックギターの代名詞だったものだ。好きなミュージシャンが出したアルバムの、見開きジャケットの内側に立派なケースに入ったマーチンD－45の写真が載っていた。羽柴少年は、そのレコードを擦り切れるほど聴きながら、飽きずに写真を眺めていたものだった。まさに憧れのギターだった。だが、買わなかった。自分の腕前がどの程度か知っていたからだ。金があればなんでも買っていいと思うほど、羽柴はいい気になってはいなかった。とはいえ、毎週の締め切りに追われて生活が雑になっていることに、あまり自覚はなかった。せっかく買ったギターも、ここのところケースに仕舞われたままだった。

「マスター、手伝ってよ」

「ケニーと呼んでってば」

羽柴はだれでも知っている曲を選び、ステージに向かった。歌本を楽譜立てに置き、椅子に座った。六弦から順に鳴らし、渡されたギターのチューニングを確かめる。ヘッドにはチューニングメーターもついているが、それを使ってまで正確に音を合わせることはしなかった。高校生の頃には、こんな便利なものはなく音叉を使っていたものだ。

ケニーも隣に座り、ギターを構えた。その構えが、いかにも弾き慣れている人間のものだった。決して見栄えはよくないケニーが、ギターを持つと男前が上がった。そうそうこの感じだ、漫画で描きたかったのは。美男子でなくても、男を上げてくれる魔法の小道具としてのギター。羽柴は隣で不格好にギターを構えた。

「えーと、めちゃくちゃ売れてる漫画家の羽柴先生です」

野浦が他の客に羽柴の作品名を教えた。知っている客がいて、ケニー並みにおおげさに驚いたおかげで、他の客もステージに注目した。

「なんか、弾きづらくなったけど、高校時代を思い出してやるか」

そのとき、店の扉が開いて客がひとり入ってきた。羽柴は左手で押さえていたCのコードを崩してネックを握った。目深に被ったキャップのせいで顔はよく見えなかった。アイロンがけをしていないのだろう、襟がよれたネルシャツを着ている。

ラブコメを描くために開きっぱなしにしている羽柴の思春期という整理箱で、なにかが軽く音を立てた。

新しい客に向かって、ケニーが軽く手を振った。

「おー、木村ちゃん。座ってて」

木村。あまりにどこにでもある名前だが、ケニーの言葉に羽柴のなかの思春期という整理箱はまた反応した。たぶん、ギターを抱えて懐かしい歌を歌おうとしていたせいで、いつも以上に気持ちが過去に浸っていたのだろう。

明るくはない店内でカウンターに座ろうとしている客に、改めて目をやった。

カウンターのスツールに腰を下ろすと、客の脚は床から浮いた。背は低い。横顔に見覚えのある皮肉な笑いが浮かんでいた。ステージのほうは見ようとせず、頬杖を突く。

ケニーが囁いた。

「ちょっと無愛想なひとだけど、気にしないで」

それで、確信した。あいつはいまでも無愛想なのか。

羽柴はマイクを除けて、声をかけた。

「もしかして、木村和樹か」

顔が正面を向いた。ひとを値踏みするような目つきは、そのままだ。

「だれだ」

まさに愛想のないぶっきらぼうな問いかけの声は、年相応に枯れてはいたが擦れを取って半音上げれば木村のものだった。

「羽柴颯太だ。高校の同級生の」

スツールを下り、木村はステージに近づいてきた。履きこんでいるジーンズのポケットに手を突っ込んだまま、無遠慮に、羽柴の顔をまじまじと見た。

「ホンモノの羽柴か。なにやってるんだ、こんなところで」

「なにって、ギターを弾いて歌おうとしてたんだよ。そういう店だろ、ここは」

「おまえ、まだ下手なギター弾いてるのか」

「相変わらず失礼なやつだな。たまに、な」

「なに、やるんだ」

木村は譜面立ての歌本を覗き込んできた。

「あらら、ふたりは知り合いなんだ。しかも高校の同級生とは」

「高校卒業以来の再会だ」

「てことは、四半世紀ぶり以上じゃない」

驚きながら、ケニーは隣の席とギターを木村に譲った。

「つまんない曲を選ぶな」

「でも、おまえはリードを弾けるだろ。高校のときは俺と弾いてたぞ」

羽柴と木村は高校の同級生というだけでなく、同じ軽音楽部に所属し、デュオで人前に立ったこともあった。ただ、だれもが知っているヒット曲をやりたかった羽柴に対して、木村は通好みともいえる関西系シンガーの曲を好んでいた。木村の好きな曲も、羽柴も悪い曲ではないと思った。だからふたりで弾くぶんには、喜んでつきあった。ただ素人の演奏で、知りもしない曲を演奏するのは、聴いてもらうひとに申し訳なかった。このへんの感覚が、漫画のヒットに繋がったのかもしれない。

席に置いておいた中折れ帽をケニーが持ってきて、羽柴の頭に被せた。

「はい、ステージ衣装」

「ふん、気取ったもの被りやがって」

木村は鼻を鳴らした。

「ふん、汚いもの被りやがって」

羽柴も、木村のキャップを見て言い返した。

そういえば、ステージ衣装では、いつも揉めた。普段からありあわせのシャツやTシャツの木村は、そのままで人前に立ちたがった。いつもは木村より少しマシ程度の格好だった羽柴だが、人前に立つ以上はそれなりのファッションをすべきだし、したいと思い木村とぶつかった。結局、互いの着たいものを着ることになったが、自分だけは派手なジャケットを羽織った羽柴は、どこか納得がいかないままギターを弾き、歌ったものだった。他に適当な相棒がいないから、高校二年の文化祭まではずっとふたりでやっていた。それでも、音楽的な方向性の違いではなく、こうした趣味の違いでバンドの解散は起こるんだろうと羽柴は内心でため息をついていたものだった。木村はおしゃれになろうとはしなかったが、バンドは思いがけず発展してくれたのだが。

ギターを抱えて並ぶと、なんだか羽柴は背中のあたりがむずむずした。MCは自分の担当だったと、羽柴は思い出してマイクに向かった。

「奇遇ですが、デュオを組んでいた同級生と再会しました。昔やってた曲を、何十年振りに一緒にやります」

野浦や他の客へ断りを入れた。

ギターを構えた木村の姿は、ケニーに劣らず堂に入っていた。売れたことはないし、一度は家業を継いだが諦めきれずまた歌い出した大昔のフォーク歌手の成れの果てぐらいの貫禄はあった。

「はいよ。どうぞ」

ワン、ツー、スリーと拍を取り、羽柴はギターを鳴らした。木村がリードを弾き出す。

ああ、この音だ。

羽柴の脳がぐらりと揺れた。何十年の時間が折り重なる感覚に襲われた。高校生の頃からろくに進化していない羽柴のギターに対し、木村は確実に腕を上げていた。それでもふたりの音は、実力差を越えてすぐに重なり合った。

　タイムワープかよ。

羽柴は歌い出した。高校生のときのように、というか高校生に戻って。

夜更けのフォーク居酒屋が、放課後の高校の教室になった。窓のない店のなかに、生暖かい風が吹き込んできた。客たちの顔が、同級生たちになっていく。羽柴は束の間、高校二年の文化祭に身を置いた。鳴っていない音が、羽柴の脳裏で響き始める。杉島がいる。江藤がいる。落合がいる。そして、鮎川がいる。

　鮎川由香。あれは初恋だったんだろうか。

　いろいろ、忘れていたことが蘇ってきた。ラブコメ漫画のアイデアにならないかと、高校生だった頃のことはアームレスリングのチャンピオンが絞り切った雑巾のごとく思い出し尽くしたはずの羽柴だったが、歌いながら浮かぶことのひとつひとつが新鮮だった。

　いまなら、いいマンガが描けそうだ。このところ、軽いスランプに陥っていた。ネタ切れだと思っていたが、そうではないのかもしれない。心が老け込みかけていたのではないか。野浦は本当に鼻が利く編集者だ。いずれは編集長になるに違いない。ついていこう。

　三曲やって、ステージを下りた。どれも高校のときにふたりでやったことのある曲を、羽柴は選んだ。木村もとくに文句は言わなかった。

「野浦っちのお相手はぼくがしてるから。旧交を温めるといいよ」

ケニーは羽柴をカウンターの木村の隣に導いた。グラスも運んできてくれた。

軽く、再会に乾杯した。

「漫画、売れてるんだろ」

「よく知ってるな」

「何年か前、定食屋で少年誌見てたら、名前があった。読んだら、いかにもおまえらしい甘酸っぱいラブコメだった。いまでも連載が続いてるんだから、売れてるってことだろう」

「そろそろ飽きられてはいるけどな。俺もさすがにネタ切れだし」

「ネタなんて、最初からないだろ。好きな女子に告白ひとつできなかったんだから」

鮎川のことを言っているのだ。見抜かれていたわけだ。隠しているつもりの恋心は、透明のビニール袋に入れて持ち歩いているようなものだったのかもしれない。羽柴は鼻の頭を掻いた。

「ギターの腕だけじゃなく、遠慮のない物言いも相変わらずだな」

「そうでもない。これで会社では気を遣ってる。そのぶん、仕事終わりは無愛想になってしまうこともある」

「仕事はなにをしているんだ」

「ホームページやなにかの制作会社だ。雇われで社長やってるが、社員が言うこともきかないし、居つかないしで苦労してる」

「おまえが社長か。似合わないな」

「ちいさな会社だし、おまえみたいにひとりでやる度胸がなかっただけだ」

纏っている空気でわかってはいたが、羽柴は一応たずねた。

「結婚は」

「してない。ひとりのほうが、好きなときにギターが弾ける。呑んでもいられる」

木村は自分のグラスをちびりと舐めた。言うほど酒好きではなさそうだと、羽柴は踏んだ。酒を飲めるかどうかなど遺伝子の問題でしかないが、こんなところにも負けず嫌いだった木村の片鱗を見る思いだった。

「おまえは嫁さん、いるんだろ。いまでも女の趣味は悪いのか」

「なんだ、それ」

おまえだって、と言いかけて、羽柴は返事を変えた。高校時代の話をするのはいいが、会ってすぐにピラミッドの墓荒らしのように、無遠慮に昔をほじくり返すような真似はしたくなかった。ゆっくり話していけば、どうせそのあたりのことになるのだから。それに羽柴と違い、木村は通学に使っていたショルダーバッグの奥ぐらいには、恋心を忍ばせていたのだし。

「結婚はしている」

「子供はいるのか」

「子供はいない。自然に任せているが、いまのところできていない」

大学生のときに、羽柴は漫画賞の佳作を受賞した。引っ越していく好きな女の子に主人公が告白するという典型的なラブコメに、ＳＦジュブナイル的要素を加えた作品だった。まだ筆は荒かったが、冒頭から告白シーンで、その後もパターンを変えた告白シーンという山場だらけの設定が受けたのかもしれない。担当者もついたが、覚悟ができる前に就職活動が始まり、羽柴は中堅の出版社に就職した。漫画雑誌は出していないところだった。若者向けのカルチャー誌で編集者として働きながら、ゆるいペースでだが漫画の持ち込みはつづけた。編集者が編集者の指導を受けているかたちだったが、羽柴は自分が就職したことは内緒にしていた。アシスタントをやらないかとの誘いは、のらりくらりと断った。デビューが約束もされていないのに、アシスタントで腕を磨くなんて、継ぐべき寺もないのに修業を積む坊さんみたいに思えた。いくら床掃除や庭掃除に励んでも悟りは開けないと、羽柴は考えていた。同様に、いくらベタを塗るのがうまくなっても、背景を描くのが得意になっても、漫画家にはなれないはずだ。

東京で生まれ育った人間らしい計算高さで、羽柴はセーフティーネットを自分で張った上で、夢は諦めなかった。ただし、いつか絵のうまい編集者として漫画入りのエッセイでも出せたらしあわせだくらいに、肩の力を抜いて臨んだ。

出版社の打ち合わせスペースで、妻とは出会った。互いの担当と羽柴は別冊用の読み切り作品の、妻は持ち込んだ作品の指導を受けていた。編集会議の時間がきて、どちらの担当も切り上げていった。羽柴と妻は一緒に打ち合わせスペースを出て、一緒にエレベーターに乗った。最初に話しかけてきたのは、妻のほうだった。

結婚して、そろそろ十五年になる。子供のことは、あまり話題にしない。妻とは些細なケンカはあっても、うまくやってはいる。子供のことは、あまり話題にしない。俺はどちらでもいいのだ。妻はわからない。不妊治療などの話も出ないが、妻も高齢出産という言葉が頭をよぎり始める年齢だ。マンションの住人には、子育て世代も多い。小学校の下校時刻などに出くわすと、子供がいたらと思うことはある。

子供がいたら、なんだろう。もっと、がんばれるのか。年相応にお父さんの顔になれるのか。夫婦に鎹《かすがい》ができるのか。いや、いまの連載が終わったあと、幼児向けの漫画が描けるかもしれない。あるいは、父親向けの子育て漫画とか。

「奥さんは、なにか楽器はやるのか」

「ピアノは弾くけど。なんでだ」

マンションには、アップライトピアノもある。自分のギターを買うだけでは気が引けて、妻へと買ったものだ。欲しがったわりには、妻はピアノにあまり触れない。妻のことをとやかく言えるほど、羽柴もギターを弾いてはいない。

「おまえ、言ってたじゃないか。付き合う相手は、歌が上手くて楽器のできる子がいいって」

「よく覚えてるな。というか、俺はそんなこと言ってたのか」

「そこは趣味がいいと思ったから、覚えているんだ。俺はそんな女に出会わないままきてしまった」

「この店に、女性客は来ないのか」

「来ても、おばさんだけだ」

木村は片頬で笑った。

「俺たちもおじさんだぞ」

羽柴も片頬で笑ってみせた。実際、ふたりともおじさんだった。しかも木村は漫画的に表現すれば「こじらせている」おじさんの空気が、ヘビースモーカーが着ていたセーターからの煙草臭くらいはっきりと漂っていた。

「今度、この店に奥さんを連れてこいよ。キーボードもあるし、歌が聴いてみたい」

店内に貼られているフォークシンガーたちのポスターを眺め、羽柴は首を傾げた。

世代の違いもあるし、妻とは趣味の違いもある。好きな音楽のジャンルも違うし、好きなミュージシャンも違う。一緒にライブに行くこともあるが、それぞれで行くこともある。無理強いはしたくなかった。

「どうかな。嫁さんは八歳年下なんだ。だからフォークソングなんてろくに知らないし、興味もないはずだ」

羽柴としてはさりげなく話したつもりだが、木村の反感を買ったようだった。

「人気漫画家は違うな」

いまの話のどこが人気漫画家と関係するのか。妻がやや若いことだろうか。しかし妻と結婚したのは、いまの漫画を連載する前だ。たしかに当時の妻はまだ女子大生だった。いまとなっては八歳の差は、それこそ若い頃に聴いた音楽の話でもしない限り感じることはあまりない。

再会は嬉しいが、これからまた木村と度々顔を合わせることになるのだとしたら、少し面倒くさいなと羽柴は額に軽く皺を寄せた。

47歳　鮎川由香と木村和樹

昔からの集落を抜けると、急に道は傾斜のきつい坂になる。

開いてあるサイドウィンドーから流れてくる風も、心地よいやわらかさに冷気が混じり始める。

下の市街地でも700メートルある標高がぐんぐんと上がっていく。

鮎川由香は、めいっぱいアクセルを踏んだ。それでもスピードは変わらない。マラソンの終盤にさしかかった選手のように、気合いで先に進もうとしている愛車に、心のなかで声援を送る。がんばれ、残りは半分。

ようやく現れた信号を右折すると、道は平坦になる。高速のインターチェンジと大きな湖やその先の牧場、冬にはスキー場となる場所を結ぶ最近全通した観光道路だ。道の両側には、ぽつぽつと凝ったつくりの店が建っている。

そのなかの一軒、雪を被った山々を背景に建つ、北欧風の落ち着いた赤で塗られたログハウスの砂利敷きの玄関前に、鮎川はところどころ錆の浮いた中古の軽トラックを停めた。

痰の絡んだテノール歌手みたいな悲鳴を上げていたエンジンを切ると、ふっと静けさが訪れる。

澄み切った青空に薄い雲がゆっくりと流れていく。短い秋に一斉に色づいた木々の紅葉と黄葉が、近くの山や丘を斑に染め上げている。風が渡るたびに、かさかさと枯れ葉が音を立てる。音が大きくなるほど、秋は深まっていく。

この季節が、鮎川は好きだ。もっとも観光客や別荘族が多いのは夏休み期間中だし、ハイシーズンはゴールデンウィークから九月の終わりまでとされているが、その少し前の四月中頃と少しあとのいまが本当は一番楽しいと鮎川は思っている。遅い桜と早い紅葉だけでなく、山菜と茸という、春と秋それぞれの山の幸もある。敷地に植えてある満天星躑躅も春には白い花を咲かせ、いまは真っ赤に紅葉している。

鮎川が軽トラックから降りると、ちょうど吹いてきた風が、色づいた葉を何枚か飛ばしつつ頬をなぶった。

鮎川は思わず、首をすくめた。好きな季節ではあるし移住してすでに五年になるが、標高千メートル近い場所にやってくる早すぎる冬の前触れには、からだが慣れたとはいえなかった。

玄関脇には、木製のちいさな看板が立っている。手書きの文字は、鮎川の母親が書いたものだ。

建物は奥半分が自宅、手前半分が鮎川の母親が始めた店になっていた。鮎川はここで店を手伝いながら、両親と暮らしていた。突然、夫と死別して、ゆっくりと馴染んでいたはずの土地を足元から引き剥がされた気持ちになり、娘を連れて両親のいる街に移り、さらに両親の移住についてここにきた。

それまで暮らしていたのは、北陸の県庁所在地だった。父親の仕事の関係で転校を繰り返して育った鮎川が、高校生の途中で移った土地だった。そこで地元の国立大学に進み、市役所に就職した。安定を選んだとも言えるし、地方都市にはそれほど就職先がないのも事実だ。だが市役所職員を選んだ一番の理由は、転勤がないことだった。もう、引っ越しはうんざりだったし、子供に同じ思いはさせたくなかった。

ところが鮎川が勤めだして二年後、もうないだろうと言っていた父親にまた転勤の辞令が下りた。行く先は、首都圏に近い山間にある別の県庁所在地だった。鮎川はひとり、北陸に残った。

特別その街が気に入っていたわけではない。悪くない、程度だった。お腹が空いて店に入ろうとしたとき、ファミリーレストランしかなかった。まあ、いいか、そんなに高くないし、まずくもないし。そんな選択だ。まあ、いいか。よそを探すより。それに、すでに就職していた。

結婚相手は、大学の先輩で、同じ市役所で働いていた。大学時代には、つきあっていなかった。両親が去りひとり暮らしを始めてから、親しくなった。さみしかったのかもしれない。相手も転勤はない。性格も悪くないし、顔も悪くない。まあ、いいか。ではないが、地元で生まれ育った相手は、その土地で暮らしていくのに最善の相手と感じた。

結婚後は平穏な日々がつづいた。ローンを組んで、新居を建てた。娘も生まれた。土地にも馴染んだつもりだった。

そのまま、静かに齢を重ねていく予定だった。

だが、娘が十歳になったとき、夫は定期健診で再検査になり、癌と診断された。亡くなるまでは早かった。

葬儀を済ませ、しばらく休んでから、鮎川は職場に戻った。それまで通りに仕事はこなしたが、よく言う心にぽっかり穴が空いてしまった状態になっていた。馴染んだはずの職場が、転校一日目の学校のようによそよそしく見えた。いつも使っているショッピングモールが、同じ経営母体がよその街につくったものに思えた。近所の景色も、ドキュメンタリー番組かなにかのテレビ画面を見ているように親近感が消えていた。自分がなぜここにいるのか、わからなくなった。夫という、土地と鮎川を繋ぐアンカーを失って、鮎川の魂は街の上空で風に揺られてしまっていた。

見かねた両親と暮らすことになり、いまの場所への移住も誘われた。山間の県庁所在地で暮らしながら、週末によく訪れすっかり気に入ってしまったのだそうだ。鮎川も、いい土地だと思った。娘もここに住みたいと言った。

娘の小学校卒業を待って、鮎川は山間の県庁所在地に移り、中学卒業に合わせて両親が用意していたこの場所にやってきた。市役所は辞め、自宅は手放し、苗字は戻した。いままで何年間かずつ暮らしたいくつかの土地同様、夫の生まれ育った街との縁は呆気なく切れた。

腕の時計ですでに営業時間を過ぎていることを確かめた鮎川は、看板の下の「準備中」の札をひっくり返そうとして、やめた。

「まあ、いいか、十月になったし、平日だし」

広く高い空を見上げる。天気はいい。だが気まぐれにとはいえ雪がちらつくこともある十月になると、観光客の数はめっきり減って、音楽が突然途切れたような静けさに包まれる。それが最初は嬉しく、やがてさみしくなってくる。

ひとりなのだ。

ときおりそう感じる鮎川だが、その感じ方も季節の移ろいとともに変わっていく。解放感の上に孤独感がうっすらと降り積もっていく。ひとりといってもひとり暮らしではないし、近在のひとたちとの関係もできてきたのだが、年々この思いは強くなっていた。

　昔はこのあたりもスキー客がかなり見込める場所だったと聞くが、いまは寒くなれば山麓の高原は行き交うクルマもまばらになる。もともと観光客より地元民や別荘のひとたちを相手に始めた、というかそれすら深く考えず母親の夢を実現させた店なので、常連客は「準備中」となっていても気にせず覗いていくし、食事メニューの提供に時間がかかっても、文句を言ったりはしない。

　ゴールデンウィークから始まり、九月いっぱいまでのあいだは、こんな半分趣味の店でも繁盛する。本はろくに売れはしなかったが、一緒に置いている雑貨はそこそこに需要があった。六十の手習いで父親が覚えた手打ちそばと、鮎川が建物に合わせてつくるようになった北欧風のミートボールやポテトグラタンという、見ようによってはいかにも素人臭い取り合わせの妙が逆に受けたのか、夏休み中のランチタイムなどは行列ができることもあった。父親は若い頃はそば屋でカレーうどんをいつも注文していたし、わたしは北欧どころかヨーロッパに行ったことがないんですよと、鮎川は申し訳なさに叫んでしまいたくなることもあった。実際に叫んだことはまだないせいか、手打ちそばは、ほぼ毎日売り切れじまいとなった。

　おかげで生活には困らなかったが、年の収入の大半を五月から九月で稼いだあと、十月になると疲れがどっと出るのだった。もう若くはないが、まだ年配ともいえない鮎川自身はともかく、両親は急激に季節が変わるせいもあって、からだに不調をきたすようだった。

着ているアウトドア用のジャケットのポケットから軍手を取り出し、手につけながら鮎川は軽トラックのうしろにまわった。てのひらに黄色いゴムのイボがたくさんついた軍手は、何セットも買い置きしている山の暮らしの必需品だ。爪の手入れはときおりするが、伸ばしてはいない。料理をするにも、他の作業をするにも、長い爪は邪魔になる。

荷台の結束された薪を、両手にひとつずつ持ち店の脇へと進む。重いが、この作業にはもう慣れた。ここでの暮らしは、他にも都会では必要のない肉体労働を要求されるので、鮎川は三十代の頃よりずっと筋肉がついていた。運動するための運動は、する必要がなかった。セクシーな体型ではないかもしれないが、締まった実用的な体型になっていた。たまに立ち寄る日帰り温泉で、別荘族の女性たちと一緒になることがある。なかにはジム通いで保っているらしいスリムな女性もいる。きれいだな、と鮎川は思う。だからといって、羨ましいとは思わない。自分は自分の人生を生きるしかない。諦めではなく、かといって自負でもなく、鮎川は思う。悟っているというひともいる。たしかに若い頃から、そんなところがあったかもしれない。転校生は、そうでない生徒たちの持つ現世的な煩悩のいくつかを捨てないと、やってはいけなかった。

薪は移住して間もない頃、鮎川が冬の間バイトをしていたストーブ店で安く分けてもらってきたものだった。

別荘には、ほぼ薪ストーブがある。最初は、別荘らしさを演出するためのお飾りと思っていた。だから店に薪ストーブを設置することに反対はしなかった。住居にはともかく、店舗にはお飾りが必要だ。薪ストーブは高い。それ自体高いが、ほぼ同額の設置費がかかる。雨漏りしないように屋根に穴を空け、床や壁が燃えたり炭化したりしないように耐火加工を施すのだから当然だ。いまはそう思うが、設置したときには驚いた。楽器と楽器ケースが同額はあり得ないし、クルマと車庫だって、同額ということはない。さらに薪が高いことを知って、呆れた。

お飾りになってしまうわけだ。使うには高すぎる。札束を燃やしているはオーバーにしても、日本円でなく途上国の札なら薪一本と等価かそれ以下の可能性もある。

だが、その考えは間違っていたとわかるのに、あまり時間はかからなかった。コストパフォーマンスはともかく、寒さの厳しい土地では、薪ストーブはとても実用的な暖房器具だった。お飾りにしろ、実用にしろ、このあたりには薪ストーブの需要は多く、ストーブ店も何軒もあった。都会から来る別荘族の相手をするのに、別荘族相手の店を手伝っていて冬は暇そうな鮎川はちょうどいいと思われバイトに雇われた。

薪運びで何往復かするうちに、うっすらと汗が浮いてくる。

作業に没頭し、自然と無心になる。

鮎川はこの感覚が好きだった。人生にはっきりとした憂いがあるわけではない。いまの暮らしが不満なのでもない。それでも、リタイア後を充実させている両親とは違い、わたしはまだ現役のつもりだ。ここに移住してきてから、徐々にそう感じるようになった。だから母親の店とはいえ、こうした裏方から接客や本や雑貨の仕入れまでに励んでいる。それでも、なにかが欠けていると思う。一緒にここについてきた娘は、いまでは大学生となって親元を離れている。やがては、完全に巣立っていくだろう。悟って見えても、鮎川にも不安はあった。十月の冷たい風を受けると、骨の内側が痛む気になることがある。母親がときおり訴える肋間神経痛とは、こんな感じなんだろうかと思ったりする。

その痛みを忘れ、鮎川は薪を積み終えた。

壁に沿ってつくった庇の下には、すでにいままでに仕入れた薪が山積みされている。それでも、一冬を越すのに安心な量ではない。明日も薪は仕入れに行くつもりだ。

店に入ると、その薪をくべたストーブがオレンジの炎を揺らめかせていた。さほど広い店内ではないが、温めつづけるためには、一日に四束の薪は使ってしまう。それも灯油のヒーターも併用させて。

軍手を脱ぎ、鮎川は凍えてもいない手を癖のようにストーブにかざした。炎を眺める。移住して最初の冬は、薪に火をつけることに苦労しながらも、炎を眺めて飽きることがなかった。いまでも、客が途切れた夕暮れなどには、つい見惚れてしまう。こんなに長くひとつのものに見惚れていたことが、かつてあっただろうか。買ってもらえない高価なおもちゃをショーウィンドー越しに眺める少年だって、こんなには見てはいられないはずだ。ひそかに想いを募らせる相手を物陰から見詰める女子高生だって、こんなには見てはいられないはずだ。

そういえば、わたしは恋の炎に胸を焦がしたことなんてあったんだっけ。

炎の奥になにかが揺らめいた気もするが、鮎川は首を傾げ無心になっていく。

薪ストーブのもたらす暖かさは、他の暖房器具とは違う。すぐには温まらないが、いったん温まってしまえば長持ちするし、ひとはもちろん建物も表面だけでなく芯まで温めてくれる。そんな実用性があった。

さらに、薪ストーブの炎は、ひとの心もそっと温めてくれる。

「なに、黄昏てるのよ」

本棚が並ぶコーナーに椅子を置き、座り込んでいた母親が手にしていた本を閉じた。

「ちょっと、休憩。黄昏てるのはお母さんでしょ。いつ、営業を開始するの」

「黄昏てなんかいないわよ、こっちはとっくに日没後を生きてるんだから」

母親は仕方なさそうに腰を上げ、本を本棚に戻した。かたちだけ棚の整理をすると、寄ってきて一緒にストーブに手をかざした。

「ついこのあいだまで夏だったのに」

「ここの秋は、駅伝選手並みの駆け足で通り過ぎるから」

「その例え、なんでマラソン選手じゃないの」

「バトンを渡していくイメージがあるから」

「駅伝はバトンじゃなくて、襷」

「それ、正しいけど詩的じゃない」

一緒にいる時間が長い母娘の会話は、ときにテンポの緩い漫才みたいになってしまう。

「いい季節なのにね。山一面が色づいて、深くなった空の青によく映えて、白い雲のひとつもあったら、美術館なんていらないわ」

「あたりは美術館だらけだし、見学帰りに立ち寄ってくれるお客さんも、うちには多いけど」

「そうね。第二の人生を送るのにいい土地をお父さんは見つけたつもりだったみたいだけど、商売するにもいい場所だったわね。夏も、もう少しのんびりしたかったけど」

「そのぶん、冬はいくらでものんびりできるでしょ」

「あたしも熊みたいに、冬眠したいくらい」

母親と父親は本格的な冬になり店も冬季休業すると、海外旅行に出かけるようになっていた。寒い土地に暮らす反動かハワイがお気に入りだったが、今年は南半球のオーストラリアに行く予定だった。豪華な寝台列車に乗るらしい。考えようによっては、一種の贅沢な冬眠をしていると言えなくもない。

鮎川は留守番だ。気温が氷点下を大きく下回る土地では、冬季に長く家を空けるには、水抜きという作業が必要になる。凍結しないように、水道の元栓を止め、すべての水道管の栓を緩め、さらにトイレなどには不凍液を入れる。そして帰ってきたら、水入れという逆の作業もしなくてはならない。一度、風呂場の栓のひとつを締め忘れて水を入れてしまい、蛇口の栓から水が噴き出してしまったことがあった。風呂場だからまだよかったが、鮎川は懲りた。以来、冬に全員で家を空けることはなくなった。かわりに、両親が旅行から戻ると、鮎川もひとりで旅するようになっていた。

「井戸端会議はいいが、そばの支度はできてるぞ」

厨房から、いかにもそれらしく作務衣に身を包んだ父親が出てきた。二枚目ではないが、サラリーマンとして転勤を重ねる苦労をしてきたせいか、父親は作務衣の似合う渋い顔立ちになっていた。おかげで、そばの味は二割増しで客の舌を通過してくれているのかもしれない。母親は「わざとらしい」と父親の作務衣姿にあまり賛成していないが、鮎川は内心悪くないと思っている。

「井戸じゃなくて、ストーブですよ」

母親がどうでもいい反論をした。鮎川は薪を一本、ストーブにくべた。

「さ、オープンするわよ」

「せっかくそばを打ったんだ。伸びる前に、客を迎えてくれ」

「打っただけで伸びるそばなんて、聞いたことがない。そんな腰の弱いもの作ってたら、作務衣が泣きますよ」

「おまえこそ、画廊のマダムみたいな恰好してるなら、豪華本の一冊でも売ってみろ」

仲がいいのか悪いのか、両親の会話もまた漫才めいている。独特のテンポが完成しているやりとりを聞きながら、鮎川は店の外に出た。

死別した夫のことは、ここに移住してきてからは、あまり思い出さなくなった。たぶん、街に置いてきてしまったのだ。好きだったが、燃えるような恋ではなかった。次があれば、恋をしてみたい。このままでは、次は来世になってしまいそうだけど。

札を「営業中」に裏返した途端、一台のクルマが入ってきた。東京のナンバーだった。鮎川の軽トラックに負けないくらいくたびれたドイツ製の小型大衆車だった。何年もワックスをかけていないのか、赤い塗装はすっかり艶を失くしていた。

運転席から降りてきたのは、鮎川と同じ五十代に手が届きそうな男性だった。頭にはクルマと同じくらい年季の入ったキャップを被り、ネルシャツの上にダウンのベストを着ていた。常連客ではない。地元の人間にも、別荘の人間にも見えなかった。ひとり旅の観光客は珍しい。だからといってスーツでも作業着でもないから、仕事途中とも思えない。

「やってますか」

「どうぞ。本を見るだけでも、お食事でも」

店の扉を開けて迎えながら、鮎川はそれとなく客の顔を見た。見覚えがある気がした。どこかで会っている。

最近、ではない。この高原のあたりでもない。

客は鮎川のほうなどろくに見ずに、早足で店に入っていった。

「とりあえず、トイレ借ります」

「いらっしゃいませ」

出てきた母親にちらっと頭を下げると、奥のトイレへ消えてしまった。

クルマでしか来られない場所にある店なので、いきなりトイレに行く客もいる。

母親は目で、あらあらと鮎川に合図してきたが、とくになにも言わなかった。

鮎川は母親には曖昧な笑みで応えて、頭に引っかかった記憶を、なんとか引っ張り出そうとしたが難しかった。もう一度、しっかり顔を見れば思い出せそうな気はした。ただ、心が少しざわついた。市街地の駅前にあるホールでたまに催されるライブの客席に身を置いているときに感じる、日常以外のものに接する期待感にも似たざわつきだった。

トイレから戻ってきた客は、薪ストーブ近くの席に腰を下ろした。

観光客の多くがするように、しばらく炎の揺らめきを眺めてからテーブルのメニューを手にした。

鮎川は厨房に行って水の用意をした。鮎川はあまり過去を振り返ることはしてこなかった。性格もあるだろうし、引っ越しが多かった少女時代はまとまった思い出を作れずに過ごしたし、移住してからは前を向いていないといけない時間が多かったせいもある。

聞いてみればいいのだ。そう決めて、トレイに載せた水を運んだ。

「ご注文はお決まりですか」

客はメニューに視線を落としたままだった。

「そばがあるんだね」

「地元の方から分けてもらったそば粉を使って、父が手打ちしてます」

「それは期待できるな。このへんはそばのうまい土地とされてるけど、正直あんまり当たったことがない」

母親が口を挟んだ。

「もっと北へ行けばおいしい店がたくさんありますが、このあたりの下のほうのそば屋さんは、正直あまりお勧めできません。わたしも最初、がっかりしました」

少し余計なことも言ってしまうが、暢気な口調のせいか許されているのが鮎川は羨ましい。転校生が染みついている鮎川は、こんなおおらかな振る舞いはできない。市役所ではそれでよかったし、そのほうがよかったのだろうが、店をやってお客さんや地元の横の関係を築くには意識的に母親から学ぶべきなのだろう。

「下のほうって、どこのことかな」

わからなくて当然のことを、客はたずねてきた。鮎川が説明した。

「もっと下った市街地のことを、うちではそう呼んでます。もともとは森で、いまは別荘地があるこのあたりは上のほう。上のほうには、おいしいそば屋さん、いくつかありますよ。皆さん地元の方ではなく移住されてきた方がやられてますが」

「なるほど、じゃ期待して、鴨汁せいろを貰おう」

メニューを閉じ、客はようやく顔を上げた。

鮎川と目が合う。

おや、といった感じで上瞼が動き、なにかを考えるように視線が左上へと移動し、また戻ってきた。

「もしかして、会ったことがあるかな」

鮎川はゆっくりとうなずいた。

「わたしもそんな気がしてます」

「おいしいそばを出すってことは、ここには移住してきたのかな」

「そうです。五年になります」

客は眉をしかめ、斜め上に視線をやった。渋い演技をする性格俳優でも気取ったような気難しげな表情にも、鮎川は見覚えがあった。

「その前は、東京にいたんだ」

「違います。でも東京にいたこともあります。父の仕事の関係で引っ越しが多かったんです」

「東京にいたのは、いつのこと」

「高校の途中までになります」

答えて、鮎川ははっとした。東京の高校にいたときだ。同じクラスだった。たいして仲はよくなかった。でも誘われて、転校前の思い出づくりで親しくなった。

　客も気づいたようだった。

「てことは、たぶんだけど、鮎川……さん、かな」

「はい、そうです」

　鮎川の声は弾んだ。バンドの仲間だ、と思った。

「俺、木村だよ。高校のとき一緒だった」

「やっぱり、木村くんだ」

　鮎川は思わず手を叩き、トレイを落とした。慌てて拾いあげる。

「なんで、こんなとこに」

「それはこっちの台詞だよ。俺は仕事をしてきた帰りだ。市街地、つまり下のほうに、クライアントがいるんだ。いつもはすぐ高速に乗るんだけど、予定より早く仕事は済んだし、天気もいいし、気が向いて高原の道を辿って次のインターまで行こうとしてた」

「仕事、なの」

鮎川は木村の姿を改めて遠慮なく見た。どう見ても、すっかりファッションに興味を失ったお父さんの休日といったいでたちだ。スーツでも作業着でもない。ついでにファッションセンスもない。

「ホームページの制作なんかをしているんだ。それで定期的に手直しやメンテナンスに来てる。一応、会社組織になっていて、社長をしてる。雇われだし、社長が出向いてる程度の規模だけどな。苦労が多いよ」

また母親が口を挟んできた。

「なになに、お知り合いなの」

「高校時代の同級生」

厨房に顔を向け、父親に注文を伝えてからつづけた。

「東京の」

途中で転校しているので、そう付け加えた。

「仲良しだったの」

その問いに、ふたりは顔を見合わせた。

「同じクラスで、まあ、文化祭のときにちょっと」

文化祭でバンドに誘われて歌ったことを、鮎川は両親に話したことがなかった。ステージで首に巻いたスカーフは、母親には無断で借りた。ちいさい頃からあまり学校でのことは両親に話したことがないし、文化祭のあとすぐに引っ越してしまったせいもある。

「バンドに加わってもらったんです。でも、すっかり忘れられてました」

「だって、木村くんと違ってわたしは転校が多かったし、東京のときの同級生なんて木村くん含めて、卒業以来だれとも会ってないもの」

「いまだに美人の鮎川と違って、俺は面影もなく窶れてしまったしな」

「美人だなんて、昔から思ってなかったでしょ。風変わりな女子としか」

「存在感があったんだよ。うちになにか秘めているものがあって、それがひとを惹きつける感じがした。でなけりゃ、歌も聴かずにボーカルを頼まない」

「ボーカルって」

母親が興味を示したとき、店の扉が開いた。

「ただいまー」

入ってきたのは客ではなく、娘だった。ふだんは大学近くの町でひとり暮らしをしているが、試験休みで帰ると連絡があったのを鮎川は思い出した。ただし、今日ではなかったはずだ。

木村に気づいて、娘は頭を掻いた。

「あれ、お客さん、いたんだ。失礼しました」

「いや、俺はいいけど」

「わたしの娘なの。茉由です」

鮎川は弁解するように、紹介した。

「あなた、帰るのは明日じゃなかったっけ」

「かわいい娘が一日早く戻ったんだから、母親としては喜ぶべきじゃないかな」

木村は娘の茉由の顔を見て、鮎川の顔を見て、また娘の顔を見た。

「こっちのほうが、まさに俺の知ってる鮎川由香だ」

家を離れた娘とたまに顔を合わせると、自分でもタイムスリップしてきた昔の自分が現れたような気分になることがある。高校の同級生ならではの遠慮のない感想は、鮎川にとっては擽ったくもあり、さみしくもあった。

「そんなに似てますか」

「記憶のなかの鮎川そのものだ」

「だとしたら、ママも昔はかなりの美人だったんだね」

「違います。わたしは茉由そっくりの十人並みの顔立ちでした」

娘の頭を小突く真似をしながら、鮎川はちいさくため息を吐いた。

わたしはもう若くない。

49歳　江藤幸也と木村和樹

日曜日は定休日だが、江藤幸也は城にいた。

一国一城の主。

そんな言葉は聞かなくなって久しいが、江藤にとってこの場所はまさにやっと手にした城だった。

城は十坪。全部で十四席しかない、ささやかすぎる城だ。江藤のセンスと人脈で揃えた日本酒とワインをいくつか置き、居酒屋と呼ぶには肴の品数は少なめで、そのぶん手が込んでいて、バーと呼ぶにはゆるい空気感を湛えた、くだけた和風な内装をしている。余計な費用はかけられないしかけたくもなかったので、凝ったつくりではない。そのかわり花だけは欠かすまいと、いまは紫陽花が活けてある。

各駅停車以外は停まらない私鉄の駅から、歩いて五分ほど、商店街のはずれにある築二十年の雑居ビルの二階に、江藤の城、実際には店はある。決して好立地とはいえないが、江藤が出せる条件の範囲内で借りられる手頃な物件だった。ビルの面している道はたいして広くはないが、駅への通勤路になっていて、日が暮れてもそこそこの人通りがある。駅前にはチェーン店を含めいくつか居酒屋が並ぶが、狙う客層は違い、あたりには競合店らしい競合店がないのもよかった。

開業して、三年になる。ひと月前、周年を常連客に祝ってもらった。たいていは最寄り駅かその前後の駅周辺に住む、地元客だ。酒と肴に癖をつけたぶん、店主である江藤はきさくな接客を心掛けたことで受け入れられたのかもしれない。三年もつ店が三割と呼ばれる飲食業界で、とりあえずのハードルはクリアしたわけだ。有り難いことだ。大繁盛というわけではないが、安定した収入は見込めるようになった。

だから、なのか。

定休日でもなにかの仕事を見つけて店にいることが多い江藤だが、今日は仕事ではなかった。店のロゴが入ったTシャツを着ているのは、他にたいした服を持っていないからだ。このTシャツならば売るほどあるし、実際に販売もしていた。常連のひとりがデザイナーで、無償でつくってくれた。評判もよく、売れ行きも上々で、周年には特別バージョンを店からのプレゼントにつけた。営業中の江藤は、ラフになりすぎないよう夏場でもTシャツの上にベストを着込んでいる。このあたりの匙加減は、以前に勤めていた飲食運営会社勤務のときに身に付けたものだった。

店主がだらしないと、客もだらしなくなる。しかし店主が気難しいと、客が寄りつかなくなる。この匙加減だけで、失敗する店もある。

商売道具以外の買い物はしたいと思いもしなかった江藤が手にしているのは、真新しいアコースティックギターだった。

「予算は十万円でお願いします」

都心の楽器店に足を踏み入れた江藤は、対応してくれた店員に正直に初心者だと打ち明けた。ギターを弾く客から、少しは知識を仕入れていた。ネットで検索もした。だが、どれがいいのかなど見当もつかなかった。見た目で選べとアドバイスをくれた客もいたが、エレキギターのような明らかなかたちの違いはないし、装飾が施されたものはそのぶん値段も高かった。なるべく高いギターを買えという客もいた。そのほうが後に引けなくなるし、買い直すことを考えたら得なのだと。その考えもわかるが、江藤には生活に余裕のある人間の意見に思えた。

十万円でも、江藤にすれば奮発だった。五万円以上のギターならば、どれもそれなりの音は鳴るという、また別の客の意見を信じ、その倍の値段を上限に決めた。江藤らしい、真面目な熟慮の結果だった。

あとは店員のおすすめのなかから、持ってみてしっくりきたものを選ぶ。もちろん店員に試奏はしてもらうが、自分では弾けないので仕方ない。

そうやって選んだギターだった。

高校のときから弾きたいと思っていたのに、手にする機会がないままに今日まで来てしまった。三周年のとき、趣味の話になり軽い気持ちで打ち明けると、ならば一緒に始めようと誘う客があった。週に一度、ひとりでやってくる日本酒好きの女性だった。麻沙子さん、と店では下の名前で呼んでいた。麻沙子さんに限らず、常連客のことは、江藤は下の名前で呼ぶようにしていた。そのほうが、堅苦しさが取れてオフモードになれると考えていた。砕け過ぎないように、「さん」はつける。江藤自身も、幸也さんと呼んでもらっていた。麻沙子さんは、江藤よりは五歳ほど年下になる。店が暇なときに交わしたカウンター越しの会話で、化粧品販売の仕事をしていて独り身だとは知っていた。

江藤も離婚して、いまはひとりだった。

ギターと一緒に買った初心者向けの教則本をにらみ、江藤は弦を鳴らした。左手が押さえているのは、Ｆだった。バレーコードと呼ばれる、人差し指で六弦全部を押さえなくてはならない、初心者が最初にぶつかる壁のようなコードだ。その昔、柔道で鍛え、最近は包丁使いで繊細さも身につけた指は、なんとか六弦すべてを鳴らしてくれた。

江藤はふう、と安堵の息を吐いた。

これから江藤は、初めてのギター教室に出かける。区の施設を借りてギターの得意な素人さんが教える、気軽な教室だとは聞いていた。それでも、あまり恥ずかしい真似はできないと、江藤はここのところ店を閉めるとどんなに疲れていても毎晩小一時間ほど練習を続けていた。

それが幼い頃から変わらない、江藤の性格だった。やるとなれば、一心に取り組む。中途半端には手を出せない。よくも悪くもくそ真面目、と我ながら思う。だから中学高校と柔道に打ち込み、強豪校でもなんでもないのに高校卒業前に二段を取った。そのかわり、弾いてみたかったギターには手が出せなかった。くそ真面目ゆえに結婚し、くそ真面目ゆえに離婚された。くそ真面目ゆえに退職し、くそ真面目ゆえに開業に漕ぎつけた。

百歳まで生きるとしても、そろそろ折り返しだ。くそ真面目は卒業して、ただの真面目くらいになりたい。今回はいい機会だ。真面目にそう思っていた。

壁の時計を見ると、待ち合わせの時間だった。麻沙子さんが店にやってくることになっていた。

ギターをケースに収めたとき、スマートフォンが鳴った。麻沙子さんにも番号は教えていたので、遅刻かなと思ったが、発信者は元妻だった。

めったに連絡がなくなって久しい。なんでこんなときに、と気持ちを少し重くしながら電話に出た。

「はい、もしもし」

「わたしだけど、いま、いいかしら」

「少しなら」

と、江藤は事務的に答えた。

「忙しいの。確か定休日よね」

「お客さんに誘われて、出かけようとしていたところなんだ」

元妻が皮肉交じりに笑った。

「休みの日までお客さんとのおつきあいって、仕事人間のあなたらしいわね」

妻とは、仕事に打ち込み過ぎて離婚になった。必ずしも真実ではないが、江藤はそう考えることに決めていた。夫婦の諍いは、どちらにも非があるものだ。ただくそ真面目な江藤は、自分の非をまず認めたほうが気持ちがさっぱりしたのだった。

きっと、客の誘いを断れずに渋々出かけようとしている自分を想像しているのだろう。珍しく江藤も皮肉な笑いを浮かべたくなったが、やめておいた。ただ内心で呟いた。俺だって、趣味くらいできたんだよ。まあ、正確にはこれからつくるんだけど。

「で、なんの用事なんだ」

「紗季のことだけど」

江藤の気分は、もう一段沈んだ。

元妻との間には、息子と娘がいた。妊娠を告げられ、けじめとして結婚を決意した息子の拓海のほうはすでに働いている。店にも来たことがあるが、最近転勤になって、いまは遠方にいる。江藤とはとくに親密でもないが、機会があれば顔を出すといった大人の接し方をしている。離婚にも理解は示してくれている。

娘の紗季は違った。高校生だが、あまり素行はよくないらしい。元妻によれば、両親の離婚でできた心の傷のせいということになる。つまり、江藤のせい。否定はしないが、それだけではないだろうという気持ちも、江藤にはある。養育費もいまだに払っている。

「高校を辞めてしまったわ」

「中退ということか」

「卒業してないんだから、そうなるに決まってるでしょ」

元妻の声はかすかに苛立っていた。江藤のオウム返しのような言葉が、気に食わなかったらしい。

江藤はふううう っ、と狭い店の二酸化炭素含有率が何パーセントか増えそうな、深い吐息をついて肺を萎めた。

「困ったことになったな」

とっさには、それくらいしか言葉が出てこなかった。どこか遠い国のクーデターでも知らされたくらい、自分とどう結びつけていいのかわからなかった。

「そんな他人事みたいな台詞を、言ってる場合じゃないの」

江藤はギターケースに目をやった。高校生のときの俺は、中退なんて考えたこともなかった。ギターは弾けなかったが、柔道部の稽古に励んだ。稽古で疲れていても、洋食屋を営んでいた家の手伝いもした。友人に誘われて楽器もできないのにバンドに加えてもらったし、淡い恋までした。くそ真面目だったので、胸に秘めたまま終わったが。

そうだ。中退よりかわいいものだが、授業をさぼって雀荘に入り浸っている友人ならいた。顔もよかったが、不良っぽさが女子に人気だった。そいつのことは好きだったが、少しだけ憎かった。

「なにか話はしたのか」

「したわよ。不貞腐れて話にならないのを、何度もしつこく話したわよ」

「それで、なんて言ってるんだ」

「それが……」

元妻は言い淀んだ。大きな砂時計の砂が頭のつむじに向けて降り注いでくるような、じわじわと江藤を追い詰めていく沈黙だった。

早く、なにか言ってくれ。スマートフォンを持っていない江藤の左手は、無意識にFを押さえるかたちになっていた。伸ばした人差し指が、小刻みに震えた。

「あなたと暮らすって」

「えっ」

予期しない言葉に、江藤の左手のFが崩れてぎゅっと握られた。

そのとき、鍵はかけていない店の扉が開いた。

「こんにちは」

麻沙子さんだった。仕事帰りに店に立ち寄るときとは違い、大きな花柄のブラウスに、スリムのホワイトジーンズというラフないで立ちだった。背中には、ソフトケースに収まったギターを背負っている。いつもより、若やいで見えた。

救いを求めるような目で、江藤は麻沙子さんのほうへ顔をやった。

麻沙子さんの顔に戸惑いが浮かんだ。

慌てて、江藤は頭を下げ、なかに入るように握っていた指を開いた左手で促した。

「すまん。もう出なくちゃならない。夜にこっちから電話する」

「ちょっと待ってよ。いま切られて、わたしはどうすればいいの。返事はどうなのよ」

「俺にだって考える時間が必要だし、悪いが迎えが来たんだ。切るよ」

江藤は電話を切った。切る口実ができて、ほっとしていた。わたしはどうすればいいと言うが、いまさら俺にどうしろと言うのか。別れるとき、子供は自分が育てると宣告したのは、妻のほうだ。

「まずいタイミングで、現れちゃったみたい」

麻沙子さんは、こめかみのあたりを掻いてみせた。

「すみません。みっともないとこを見せてしまって。実は……」

言い訳しようとする江藤を、麻沙子さんは、ぱっと手で制した。

「無理に話さなくていいの。もちろん、話したくなったら聞きます。いつも幸也さんには、愚痴聞いてもらってるんだから。たまにはこっちも悩み相談くらい受けてあげないと。あたしでよければだけど」

エアギターをジャーンと、麻沙子さんは掻き鳴らしてみせた。

「それより、初めての教室よ」

「でしたね。緊張してきた」

江藤は背筋をぶるっと震わせた。冗談のつもりで答えたのだが、実際に緊張しているのかもしれなかった。店の電気を消すと、気持ちを切り替えようと、買ったときについてきた黒いギターケースの取っ手を勢いよく取り上げた。

「ハードケースは重たいでしょ。あたしみたいにソフトケースを買ったほうが楽だと思う」

「音の出ないものには、お金出したくないなあ」

「幸也さん、案外ケチ」

「儲かってないもんで」

店の施錠をして、階段を降り、外に出た。

梅雨の晴れ間の陽射しが、半袖から出た腕に暖かかった。もうすぐ夏だ。冷房費が馬鹿にならない季節だと思いかけて、やめた。仕事は忘れる。いまは趣味の時間なのだ。元妻からの電話も忘れよう。

江藤は、憂いを払うように歩き出した。

隣に麻沙子さんが並ぶ。

「いい天気だし、歩いていきましょう」

教室が開かれる区の施設は、店の最寄りの駅の隣駅近くにあった。

「それとも、歩くとギターが重いかしら」

「平気です。ギターを弾くのに役立つかどうかはわからないけど、腕の筋肉は鍛えられてますから」

江藤はギターケースを、顔のあたりまで持ち上げてみせた。

ふふっ、と麻沙子さんは笑った。五歳年下なだけなのに、少女みたいな笑い方だった。店ではそんな笑顔は見た記憶がなかった。たぶん、麻沙子さんははしゃいでいるのだ。自分も早く緊張をほぐして、はしゃぐような気分にならなければと江藤は少し焦った。

休日の住宅街を、ふたりは肩を並べて歩いた。長閑だった。柔らかい静けさが、江藤の心を次第にほぐしていった。鳥の囀りが聞こえ、少し離れたところから踏切の警報器の音が風に乗ってきた。

そうか、俺はこんな街に店を構えているのか。

今更のようなことを、江藤は感じていた。三年が長かったのか、短かったのか。それは江藤にもわからない。ただ、必死だったことだけはたしかだ。くつろげる店にしたかったから、客の前では楽天家を演じてきた。苦労話はなるべくせず、しても笑い話になるように心掛けてきた。だが実際は、ゆったりとした気持ちで街歩きをする余裕さえなかったらしい。

「幸也さん、カゲレンしたでしょ」

「してないです」

「嘘。さっき、左手の指先見たら、皮が白くなってたもん」

「見られてしまったか」

少しだけ、江藤は恥ずかしくなった。

「ずっと弾いてると、そのうち色は戻るけど皮が厚くなるみたい。わたしもまだ、ほら」

江藤の前にかざされた麻沙子さんの指先も、皮が白くなっていた。

「なんだ、自分もカゲレンしてるじゃないですか」

「嬉しくて、つい弾いちゃった。子供の頃から、楽器できるひとに憧れてたから。うち、ピアノ習わせてくれなかったの。団地だったから、ピアノ置けないって」

「確かにピアノ弾けるって、憧れたなあ」

江藤は澄んだ空に目をやった。高校生の江藤は、ピアノも、ギターも弾けないし、歌も下手だった。

「なのに、ギターを習うんだ」

「正確には、ピアノを弾ける女子に憧れて、ギターを弾ける男子を羨んでたから」

「あらら、初恋の思い出ですか」

「なのかなあ」

一駅ぶんたしかに歩いたはずだが、区の施設には、他愛のない会話をしているうちに着いてしまった。

江藤は少し惜しい気持ちになった。もしかしたら高校生のとき、俺はこんなふうに女子と肩を並べて歩きたかったんじゃないのか。俺はいまみたいにギターケースを片手に持ち、相手の子はピアノの譜面を抱えている。

浮かびかけた妄想を、江藤は振り切った。センチメンタルな気分に浸っている場合ではなかった。

施設に入りながら、江藤は気を引き締めた。

「先生って、どんなひとですか」

「わたしも知らない。教室案内に名前は書いてあったけど、忘れた。前に通ってた友だちの話だと、無愛想な感じはあるけど、ちゃんと教えてくれるひとで、年齢は五十そこそこみたい」

「てことは、俺と同じくらいか。無愛想なのは、不安だな」

「接客してるときは、どんな相手でもうまくこなしてるじゃない」

「お客さんと先生では、別物でしょう」

「今更、ぐだぐだ考えても仕方ないわよ」

「ですね。覚悟決めます。少し早いけど、教室入ってますか」

受付で教室番号を確かめ、ロビーの脇で囲碁や将棋を楽しんでいる年配者たちを横目に、廊下を進んだ。

目当ての部屋の前で立ち止まると、なかからこもったギターの音が響いてきた。

ふたりは耳を澄ませた。

初心者でもわかる複雑なアルペジオが奏でられていた。ネックの上を巧みに滑っていく指が、江藤にも想像できた。

江藤は声を潜めた。

「うまいですね」

「先生だもん」

ためらう江藤にかわって、麻沙子さんが教室のドアを開いた。

「失礼しまーす」

ギターの音が止んだ。

がらんとした教室の隅で、くたびれたキャップを被ってネルシャツを着たおよそおしゃれとは呼べない男性がギターを抱えたまま、ふたりに顔を向けた。

「えっ、まさか」

江藤は、目をこすりたくなった。

教室への道すがら、思い出していた光景のなかでギターを弾いていた同級生のひとりが、何十年の時間の波に揉まれた姿で目の前にいた。だから面影を探すまでもなく、すぐにわかってしまった。

こんなことがあるのだ。東京がどれだけ広くても。どれだけ時間が流れても。いや、生きている時間が長くなったからこそ、起こることもある。奇跡ではないが、奇縁だ。

「木村、だよね。木村和樹」

「ですが」

不審かつ不満そうな表情が浮かんだ。初対面の先生を呼び捨てにするのは、たしかに失礼だとくそ真面目に戻って江藤は思った。

「俺だよ、江藤。高校のとき一緒だった江藤幸也だよ」

そう聞いて、改めて江藤をじっと凝視したあと、木村は顔をほころばせた。面白がっているようでもあり、不思議がっているようでもあった。

「なんで、おまえがいるの」

「教わりに来たんだよ」

「ここは柔道場じゃないぞ」

「わかってる。木村先生に、ギターを習いに来たんだ」

横で背中のギターを下ろそうとしていた麻沙子さんが、ふたりの顔を交互に見た。

「お知り合いなの」

「高校の同級生。さっき話した、羨ましかった男子のひとり」

「なんだ、江藤。おまえは俺に憧れてたのか。俺は成績優秀だったからな」

「呆けたのか。柔道漬けの俺と、成績はどっこいの落ちこぼれだったよ」

実際には、どちらも成績は中の中、まさにクラスの平均といったあたりだった。もちろん、木村は音楽だけは成績優秀で、江藤は体育だけは成績優秀だった。どちらも大学受験には関係がない科目だ。音大や体育科を目指さない限りは。そうだ、音大に進んだ仲間もいた。思い出のなかに、江藤は沈みかけた。

麻沙子さんは胸の前で両手の指を絡ませ、感動してくれた。

「なんか素敵な再会じゃない」

木村は映画の再会シーンで流れるBGMのように、ギターを奏でてみせた。

「成績はともかく、江藤が俺を羨んでたなんて、初耳だ」

「ギターの腕前だけな。ただし、感謝はしてる。文化祭でやるバンドに、俺を混ぜてくれたこと」

「えっ、幸也さん、バンドやってたなんて聞いてない」

「高校二年の文化祭で、ちょこっと。それもギターできないから、コンガ」

江藤は近くの壁を、叩いてみせた。木村の奏でるギターが乱れた。

「文化祭のバンドの話は、とりあえずやめろ。生徒さんの前で余計なこと言われると、これから指導がしづらくなる」

「しかしやっとギター習う気になって来てみたら、木村が先生か。だったら、高校のときに教わっておくんだった。授業料いらなかったし」

「頼めば、教えてやったのに。韓国旅行に行くのに、ハワイ、アラスカ、ヨーロッパ経由の東回りを選んだくらい、遠回りしたな」

「でも辿り着いたから、いいさ」

他の生徒さんがやって来たので、木村との会話はとりあえずそこで終わりになった。

51歳　落合真弓と木村和樹

車庫から自宅前の道に車を出すときに、ハンドルを慎重に切りながらいつも落合真弓は感じる。

このクルマは、わたしには少し大きすぎる。だけど、そこがいい。なにがいいのか。深く考えたことはないが、きっと安心感だろう。大きいぶん、守られているという感覚になれる。

服も少し大きめがいいが、理由はまったく違う。体型を隠してくれるからだ。肥満はしていないが、若い頃からぽっちゃり気味だったのはいまも変わらないし、年齢とともに二の腕などのたるみも気になっている。

落合は大きな自動車事故を起こしたことがない。軽い自損事故を何度か経験しているだけだ。車両保険を使うまでもない、バンパーをこすってしまったとか、サイドミラーをぶつけたとかいった類のものだ。大きすぎないクルマに乗っていれば、避けられたかもしれないものでもある。

　落合の免許はゴールドだ。違反もしていない。速度制限を必ず守っていては逆に危険なときもあるが、流れに乗る以上の速度では走らない。踏切などの一時停止では必ず止まるし、左右の確認も怠らない。路上駐車もできる限りしないように心掛けている。その上で、JAFの会員も続けていて、サービスエリアなどで使える会員向けの各種割引サービスは使ったことがないのに、毎月届く会報誌の運転注意喚起記事にはきちんと目を通している。

　用心深い性格、と片づけることもできるが、カーナビで目的地の設定をせずに初めての場所へ向かい、結果道に迷ってしまうことはある。どこか間が抜けたところがあるし、基本は楽天家だ。

　今日はしっかりと目的地を設定した。遅刻するわけにはいかないし、口うるさい同乗者もいるからだ。あくまでも自分の気がまわる範囲内でのことだが、他人への気遣いは人一倍してしまう。

　信号待ちで、落合はハンドルを軽く握りながら、バックミラー越しに母親に話しかけた。

「天気予報が外れて、よかったわ」

　秋の長雨でぐずついた天気となるはずが、秋晴れの好天に恵まれた。ドライブ日和といってもいい。

「あたしは天気なんか構わないけど、雨の日の運転が苦手な真弓にはよかったわね」

少し皮肉交じりの返事が、うしろから返ってきた。

助手席は空いている。タクシーでもないのにと思うこともあるが、落合のクルマに乗るとき、母親はいつも後部シートに座る。悪気がないのはわかっている。世代のせいなのかもしれないが、落合は母親のことをお嬢様育ちだからと思ってしまう。もちろん、そう思っている自分自身も、お嬢様の部類の人間だとの自覚はあった。それに助手席に座られて、細かく運転の指示やダメだしをされるよりは、気が楽でもある。

「そんなに熱心に読み込む必要はないでしょう」

手にしているパンフレットから、母親は顔を上げた。遠近両用眼鏡の金属フレームが光った。落合は自分のしている眼鏡のフレームに思わず手をやった。落合と母親は顔かたちや体型が似ていると、よく言われた。若い頃からの視力の悪さも、母親譲りだった。

「読んでおいて、損もないでしょう。いまは元気だとはいっても、わたしだっていつ弱ってくるかわからないんだから」

落合はバックミラーから目を逸らした。信号はまだ赤だ。

「お父さんがいなくなって、気弱になったんじゃない」

「それは、なるでしょう。いくら娘と暮らしていても」

二年前、落合の父親は他界した。脳溢血だった。突然倒れ、そのまま逝ってしまった。元気なひとだっただけに、母親も落合もなんの心の準備もできていなかった。ふたりして呆然とするなか、葬儀の準備は落合の夫が引き受けてくれた。葬儀のときも夫の会社の人間が仕切ってくれた。母親と落合は、怠け者の蟻のように喪服を着こんでじっとしていた。

母親は、一時は気落ちして、家に引き籠りがちになった。姑だったら煩わしくなっただろう矍鑠《かくしゃく》としたひとが、背中を丸めてぼんやりと一日ソファに座っている姿に、娘の落合は心を痛めた。

自宅から歩いてもいける区の公会堂から始め、明るいプログラムのものを選んでクラシックのコンサートに連れ出した。最初は気が進まない様子だったが、仕事であり趣味でもある音楽に触れるうちに、母親は本来の姿を取り戻していった。

そのうちコンサート以外の買い物や食事でも落合と出かけることが多くなり、親しい友人と旅行に出るようにもなっていた。気がつけば元気過ぎる母親に戻っていたが、死や老いははっきりと意識するようになったようだった。

「お父さんは周囲に迷惑をかけずにすっと亡くなってしまったけど、わたしもそうできるとは限らないわよ」

「どっちにしろ、まだ先の話よ。お母さん、すっかり元気だもの」

「そこは真弓がいてくれたお蔭ね。いろいろ連れ出してくれたから。お金はわたしが出したけれど」

どれくらいを裕福というのか落合にはわからないが、金の苦労をしたことがないのは事実だった。夫も人並み以上の収入があるはずだが、それをすっかり取り除いても暮らしていける程度の貯えが、実家、つまり母親と落合にはある。だからといって、音楽関係以外の出費はあまりしない落合でもあった。母親のような旅行好きでも、外食好きでもなかった。聴きたいコンサートがあれば喜んで都心のホールに出向くが、落合は基本、生まれ育った家にいるのが好きだった。コンサート後にバーに立ち寄り、シャンパングラスを傾けたいなどとは思わなかった。そうしたがる母親に、つきあうことはあっても。

「わたしだって少しは出してるし、チケットの手配だって大変なのよ。知り合いに無理言って取ってもらったのだって、いくつもあるんだから」

「病人の介護は、もっと大変だと思うけど」

「大変でも、わたしが世話するって」

「長引かないならそれもいいけど、ずっと世話かけてたらわたしだって気が引けてくるもの。介護施設のほうが、お互い気が楽ってこともあるわよ」

信号が青になった。落合はゆっくりとアクセルを踏んだ。黄葉が秋の陽射しに映える銀杏並木を進む。

「入居じゃなくて、お母さんもわたしと一緒にピアノ弾くっていうのは、どうかしら」

「あと十年若かったら、喜んで弾かせてもらったけど。いまはあなたより下手になってしまったもの。人前で弾くレベルじゃないわ」

バックミラー越しに、落合はわざとふくれてみせた。たしかに、技術的には劣ってはいなくても、母親のほうがひとの耳をそばだてる情感のあるピアノを弾いた。落合のピアノはよく言えば通好みで、控え目だった。そのぶん気品があったが、そこまで聴き分けてくれる耳の持ち主はあまりいない。

「失礼ね。それじゃまるで、わたしが恥知らずみたいじゃない」

「そうとは言わないけど、いい度胸してるとは思うわね」

「度胸がないから、せめてきちんと弾いているの」

うしろから母親の笑いが響いてきた。声こそ低いが、若い娘のような朗らかで屈託のない笑い声だった。見た目がいくら似ていても、落合にはできない笑い方だった。

むっとしてもいい母親の態度なのだろうが、落合は安心した。子供の頃からずっと、そんな母親が好きだった。恵まれた家庭に育ち、大きな会社に勤める父親と見合い結婚し、自分は家でピアノ教室をしながら、ひとり娘のわたしを育ててくれた。もしかしたら音楽家としての野心はあったのかもしれないが、金銭的にも、それ以外でも、大きな苦労も挫折もなく人生を送ってきたひとの無邪気さを、母親に失ってほしくなかった。

落合が運転するには大きすぎるが、そのぶん堅牢さが売りのスウェーデン製のワゴンは、すっかり秋めいた景色のなかを、都心からやや離れた郊外にある有料老人ホームに向かっていた。このクルマ二台ぶんほどの入居金を必要とし、月々の費用もそれなりにかかるが、充実した設備とサービスを整えたところだと聞いていた。

母親の付き添いではなく、用事があるのは落合本人だった。

母親のあとを受け継ぐようにしてやっているピアノ教室の生徒さんのひとりが河原崎さんといい、この施設の所長の奥さんだった。施設では入居者が退屈しないようにさまざまなイベントを催している。なかでもコンサートは人気で、週に一度は入居者世代に親しみのある曲を歌ったり演奏したりする会をしているのだそうだ。演奏者にはプロとしてステージに立っているひともいるし、腕達者の素人さんもいるし、音楽講師もいる。みなさん、お車代程度のボランティアでお願いしている。そんな演奏者のうち、ピアノをやるひとが体調を崩してしまい代わりを探しているが、よかったら先生がやってくれないかとの誘いを受けたのだった。

この話に、落合は興味を惹かれた。新しいことにはあまり積極的に手を出さないできた落合だったが、今回は自分にできるのならやってみたいと思った。

ひとりだけの子どもは奏手と名づけた息子で、母親にはよくなついてくれたが、高校生にもなると手が掛からなくなっていた。巣立ったわけではないが、子育ての時期は終わったという実感があった。

夫との関係は良好だったが、仕事で多忙そうだった。夫婦でのんびり過ごすには、まだ早い。夫の定年までは待つしかない。そのあとも、夫は仕事をつづけたいと望むかもしれない。自分のわがままで、それを邪魔するつもりはなかった。

母親も元気を取り戻した。母親と出かけるのは楽しかったが、なにか新しいかたちで社会と繋がってみたいと漠然と感じていたからだろう。人気の演奏曲目を聞くと、ほとんどが落合の知らない昭和初期の歌謡曲だった。それも逆に興味をそそられた。童謡ならば、幼い生徒さんに向けて演奏することもあるので、さほど魅力に感じなかったかもしれない。自分のまったく知らない曲にいまから挑戦するというのは、新鮮に思えた。

道の周囲が郊外らしくなり、駐車場を完備した大型のチェーン店が並び出した。そのうちのひとつに母親が興味を示した。

「あの回転ずし、テレビで紹介されてた店じゃない」

それなりにスピードが出ていたので、ハンドルを握る落合の視界から店の看板はすぐに消えた。

「どれ、わからなかった」

「帰りに寄っていかない」

「お腹、空いたの」

「いまは空いてないわ。いやね、家を出るときに一緒にお昼ご飯、食べてきたじゃない。それぐらい覚えてます。まだ呆けてはいませんよ」

「はい、そうでした」

宥めるように言って、落合はちいさく舌を出した。

「お母さん、お寿司、好きだものね」

「年を取れば、だれでも肉や脂っこいものはしんどくなってくるでしょ」

「だけど、お寿司は先週、銀座に出たときに食べたばかりじゃない」

「……そうだったかしら」

少し考えるような間を置いて、母親は言った。とぼけているのかと思った。

「別にまたお寿司でもいいですけど。回転ずしなら、そんなにお値段も張らないだろうし」

「銀座でお寿司って、もしかしてランチで食べたのかしら」

「そうよ。やだ、本当に忘れてたの」

「だって、覚えておくほどのお味じゃなかった気がするけど」

「覚えておくほどの、お値段でしたけど。あそこはわたしが支払いをしたから、忘れたのかしら。でも、おいしいって言ってたわよ」

「それは店のひとへのお愛想じゃない。きっと、そう」

前方のクルマとの距離を確認してから、落合はバックミラーを覗き込んだ。母親の顔はミラーの枠から外れていた。サイドウィンドーに顔を寄せているようだった。

銀座の寿司屋は、とくにグルメ志向はない落合には、十分満足のいく味だった。しかし、おいしいものより、まずいもののほうが記憶に残るという。小学校の給食で落合がいまだに忘れられないのは、肉と皮のあいだに黄色い脂がぶよぶよとしていた鳥のもも肉だ。落合は食べたネタを思い出してみた。鮪や穴子、好物の雲丹が出たのは間違いない。白身が何貫出たかは少し怪しかった。蝦蛄は出なかった。

自分だって、完全に覚えているわけではない。母親が呆けているとも思わない。テレビで紹介されていた店は、しっかり覚えているのだし。だが記憶力は衰えているだろうし、少し子供じみてきたかもしれない。

道が多摩丘陵を登り始め、緑が多くなってきたあたりに施設の入り口があった。周囲の景色だけを切り取れば、東京の郊外というより高原の保養地のようだった。

ウィンカーを出し、落合はクルマを敷地内に入れた。

「着いたわ」

母親がサイドウィンドーを下ろす音がした。涼しい風が車内に流れてきて、落合の首すじを撫でた。

「ちょっとしたリゾートホテルみたいじゃない」

パンフレットである程度想像はできていたが、確かに老人ホームよりはホテルに近い建物であり、敷地の整備のされ方だった。落ち葉はきれいに掃き清められていた。母親を入居させたいかどうかはともかく、自分が演奏したい場所ではあると落合の胸はときめいた。

駐車スペースからエントランスへ向かう母親の足取りは軽く、日帰りのツアーに参加している観光客のように目を輝かせていた。

「素敵じゃない、真弓。期待しちゃうわ」

「ちょっとお母さん、ここは温泉ホテルでも物産館でもないんだから。はしゃぐのはやめて」

たしなめる落合の声も、やや上ずっていた。

一応、と落合は母親の薄手のコートを取ってから、クルマを離れた。都心より一度か二度、気温が低く思えた。羽織っているカーディガンの前を留めかけて、落合は思い直した。館内の空調はお年寄り向きにしっかりと効いているはずだ。

受付で名前を告げると、ほどなく今度の話を持ってきた所長の奥さんである河原崎さんがやってきた。

「わざわざ、すみません。遠かったでしょう」

「軽いドライブ気分で、来れました」

「だと、いいんですけど。疲れてしまわれるようだったら、申し訳ないと心配してました」

「むしろ、元気になってます。母も」

落合と河原崎さんのそばを離れて、母親は勝手に施設のなかを覗き込んでいた。

「コンサート開始までは、まだお時間ありますけど、とりあえず会場を見ていただこうかしら。今日は歌の方とギターの方なので、ピアノは使わないんですけど」

母を手招きしてから、落合は河原崎さんの案内でピアノの置かれたホールに入った。

あるのは、しっかりと奥行きのあるグランドピアノだった。落合の自宅にもグランドピアノはあるが、コンパクトに近いものだった。それと比べると、1メートル近く奥行きに差があり、音に深みが出せるものだった。

ピアノの先生らしく、置いてあるグランドピアノでここは高級老人ホームだと、落合は実感した。

ステージ中央には、すでにマイクスタンドやギタースタンドが立てられていた。ステージに向かって五十ばかり椅子が並べられている。

「ほぼ満席になると思います」

いまは空席の椅子にお年寄りたちが座っているところを想像して、落合は緊張を覚えた。

今日は自分が演奏するわけでもないのに、と自分の気のちいささに微苦笑が浮かんだ。

「弾いてもいいかしら」

落合ではなく、母親がピアノの前にある椅子に座った。

「まあ、大先生が弾いてくださるんですか」

河原崎さんは小走りでピアノへ行き、鍵盤蓋を開いた。

タッチを確かめるように、鍵盤の上に指を置いていった母親は満足そうにうなずいた。

「調律も定期的にされてるようね」

「ちょっとお母さん、失礼よ」

気が変わったのか、調律をたしかめて満足したのか、曲は弾かずに母親は席を立った。

「真弓、なにかやってちょうだい。依頼されたのはあなたなんだし、わたしは気持ちとしてはリタイアした身だから」

「どうぞ、先生、なにかお願いします。コンサート以外のときは、夜以外は弾ける方が自由に弾いていただいていいことになってますし」

河原崎さんにも促されて、落合は椅子に腰を下ろし、ピアノに向き合った。奥行きのあるこのグランドピアノが好きに弾けるのなら、母親ではなく落合が入居したいくらいだと思った。

「クラシックではないほうがいいのかしら」

「今日のところは、なんでも。クラシックでも、ポップスでも、ジャズでも、先生のオリジナルでも」

河原崎さんは、いたずらっ子の笑いを見せた。生徒である奥さんには、落合がほんの趣味で高校生のときに書き溜めておいた譜面を見られてしまったことがあった。

どうしようかと、落合はだれもいない客席の椅子に目をやった。

なぜか、ある光景を思い出した。

初めて、人前でオリジナル曲を演奏した日。

ずっと忘れかけていた、はるか昔の出来事だ。あのときも落合は、ひとに誘われて思いもしなかった場所に立った。

目を閉じて、ひとつ呼吸をした。

指が勝手に動きだした。

高校二年のとき、誘われて入ったバンドの仲間と文化祭で演奏した曲を、落合の指は奏でていた。ずっと演奏したことなどなかったのに、鍵盤のどこをどう押さえていけばいいか、指は覚えていた。

ピアノに合わせて、落合のくちびるが動いた。声は出さなかったが、この曲についている歌詞を心のなかで口ずさんだ。

あのときは、落合の弾くピアノに、ボーカルとギターが二本、バイオリンそれにコンガも一緒だった。だから、いま弾いているほど音数多く弾いたわけではないし、前奏や間奏以外では主旋律を弾きはしなかった。むしろ、それが愉しかった。他人の音に耳を澄ませながら、自分の音を重ねていった。みんなと演奏するのが、愉しかった。

いまはひとりでピアノを弾いているのに、落合の耳には他の仲間たちの奏でる、あの日の音が聴こえてきていた。

途中でやめるつもりが、指が止まらなかった。

三分のささやかなタイプトリップだった。

最後の一音のために、指を鍵盤に置く。

音が減衰して、やがて消えた。

静寂のなか、落合は目を開いた。

拍手が聞こえた。

照れながら音のほうに目をやると、予期していた河原崎さんではなく、母親でもなく、さっきまでホールにはいなかった男性が拍手していた。

つばの破れたキャップにネルシャツ。

施設の入居者にしては、若すぎる。従業員にしては、服装がラフすぎる。出入りの業者かなにかだろうか。だがそんなひとが、演奏に耳を傾けることはあっても、拍手までするだろうか。戸惑った落合は、河原崎さんの姿を探して目で問いかけた。

「あ、今日、出演していただくギターの」

紹介しようとして、奥さんは名前に詰まった。

かわりに男性が名乗った。

「木村だよ。木村和樹」

まさか、と思った。木村が大きくうなずいた。

「高校のとき、いまの曲を一緒に演奏した木村だ。驚いたよ」

「わたしこそ、驚いた」

口を手で覆いながら、落合はじっと木村を見た。確かに木村だった。目をこすりたくなったが、記憶から浮かび上がった幻像でない証拠に、木村は年齢を重ねて枯れた姿になっていた。それでも、独特の無愛想な匂いは残っている。いや、以前よりも強くなっているかもしれなかった。

「お知り合いですか」

河原崎さんの問いに答えたのは、母親だった。

「そうみたいね。長く生きてると、ときどきおもしろいことが起きるから」

落合はピアノを離れて、木村のそばへいった。

「木村くんも、ここでボランティアしてたなんて」

「そんな大層なものじゃない。暇潰しのつもりで始めたんだけど、入居者のひとたちが喜んでくれるんで病みつきになってしまったのさ」

「ギター、弾き続けてたんだね」

「落合もピアノを、って、それは当たり前か。ピアノ教室の娘だもんな」

「跡継いじゃったの」

落合はちらりと母親を見た。

「母もいるわ」

母親が微笑むと、木村はひょいと頭を下げ、そのあとぽそりと呟いた。

「ちょっと怖そうなひとだな」

落合は声を落として、調子を合わせた。

「音楽にはうるさいわよ」

「ギターでもか」

「どうかしら。少なくとも、チューニングはしっかりしておいたほうがいいわ。息子がたまにギターを弾いていても、聞きつけると注意してるから」

「息子がいるんだ」

「木村くんは、どうなの。結婚はしたの」

たずねてから、落合は余計なことを言ってしまった気になった。木村からは、家庭の匂いがまったくしてこなかった。かわりに、孤独の翳が色濃く差していた。ピアノ教室の生徒には、シングルの年配者もいる。そのだれよりも、ひとりに馴染み切った風貌に見えた。

「結婚もしてないし、おれは両親とも、もう亡くしたよ」

もう少しなにか言いかけて、木村は口調を変えた。

「落合もここでやるの」

「そういうことに、なりそう」

「そうか。じゃそのうち、一緒に演奏するか」

「高校生のときみたいに」

「あの頃より、落合はふっくらしてしまったけどな」

褒められたわけではないが、落合は心が和んだ。以前の木村なら、もっと直接的に太ったと表現したはずだ。

「木村くんは逆に痩せたみたい」

「窶れたんだ。あるいは萎んだ。仕方ない。万物流転、諸行無常さ」

自嘲的な物言いは、あの頃のままだった。ただそれだけでないものを、木村の目の下にある隈に感じた落合だったが、指摘するのは遠慮した。

木村はキャップの鍔をいじりながら呟いた。

「上手くはなったつもりだが、あの頃みたいに純粋で情熱的な音は、もう出せないんだろうな」

このあとの木村のステージをしっかりと聴いていこう。落合はそう決めた。

53歳　杉島誠一と木村和樹

いつものように昼過ぎに目覚めた杉島誠一は、単身者用のちいさな冷蔵庫からミネラルウォーターを取り出した。冷蔵庫のなかにあるのは、あとは数本のビールだけだ。

2リットルボトルを買えばいいのだろうが、重いのでいつも500ミリリットルのものを買ってしまう。キャップを開けると、そのまま口をつけた。

冷たい液体の浸入で、胃が目覚めていく。

頭をひとつ振って、カーテンを開いた。

部屋が少し明るくなるだけで、景色というほどのものは見えない。すぐ近くにある隣のビルの壁が、いつもと同じ陰気な抽象絵画のように視界を塞いでいるだけだ。

別に不満はない。

少なくともこの部屋にいるときの杉島は、景色を愉しみたいなどとは微塵も思っていない。寝るだけ。それでいい。

狭いワンルームマンションに、ベッド。NHKの聴取料徴収員にも確認させたが、テレビもない。コンビニでたまにチンするだけのパスタに手が伸びかけるが、電子レンジもない。床に洗濯済みの服が畳まれた紙袋と使用済みの服が丸めて突っ込まれたビニール袋があるきりで、家具らしい家具もない。シンクには歯磨きの刺さったグラスがひとつあるだけ。その横に電動髭剃り。他には生活感のあるものは見当たらない。

刑務所との大きな違いは、窓に鉄格子が入っていないことくらいかもしれない。

床はフローリングだが、スリッパすらない。ユニットバスのトイレにもスリッパはない。シャンプーやボディソープもない。ここでは風呂に入らないからだ。

近くにあるスーパー銭湯か、サウナが杉島の風呂だ。

部屋の見た目は刑務所でも、出入りは自由だ。監視もいない。一歩出れば、なんでも揃っている街がある。

杉島はスマートフォンの確認をした。

朝起きて、水を飲んだ後の日課だ。

留守電は入っていない。急用やトラブルはないということだ。

メールはいくつか。

トイレで用を足しながら、妻からのメールを読む。

「来週の水曜日、雄誠の進路面談があります。出席して」

下の息子が雄誠だ。高校二年になる。落語研究会に入っている。子供は男がふたり。上の息子の恒誠は、大学で法律を学びながら、登山部に所属している。基本、息子たちには放任主義できた。相談には乗るが、こちらからあれこれと詮索はしない。好きにできるあいだは、好きにすればいい。親の考えの押しつけだけは、したくなかった。絶対に、するつもりはなかった。たいした信条など持ち合わせていない杉島が、「絶対」とすることなどこれくらいしかなかった。

「進路か」

最近、杉島は独り言が多くなった。自覚もしているが、つい出てしまう。年齢のせいなのか、暮らしぶりのせいなのか。そこはわからない。

「了解。待ち合わせ場所と時間を指定してくれ」

そう、返信した。

杉島にはこの部屋以外に、家族の住む家がある。溜まった洗濯物を運びに、週に一度は帰ってもいる。都下だが、現在の杉島の仕事場であり、この部屋を借りている繁華街まで十分に通勤できる距離だ。

杉島の仕事が終わるのは終電のなくなった時刻になる。それもあって、この部屋を借りた。妻とは不仲ではない。浮気はするが、それは浮気だ。罪悪感がないわけではないが、とてもうっすらとしたものだ。悪い癖、あるいは生活習慣病くらいに感じている。やめられないことはないが、やめたくはない。酒やたばこよりは、やめるには苦労しそうでもある。妻も感づいているだろうが、触れてはこない。昔からそうだった。

妻も仕事を持っているせいか、夫である杉島に必要以上に寄りかかってこない。杉島も妻に甘えない。いくつか職を変えたが、ずっと生活費は入れてきた。息子たちが大きな反抗期もなく比較的優等生として成長したのは、父親を反面教師としたせいかもしれないが、息子たちとの関係も良好だった。

自分より身長が高くなってしまっても、息子たちはかわいい。いまでも年に一度は、家族揃って旅行に行く。近場の温泉が多いが、杉島にとって場所などどこでもいいのだ。大きな風呂にもスーパー銭湯で慣れている杉島だが、息子と裸で風呂に浸かれることが嬉しかった。この関係は、いつまでも続いてほしいと願っている。

杉島の顔が曇った。

姉からのメールを見つけたからだ。

「もうすぐ母の誕生日です。なにかプレゼントしてあげて。それと、たまには顔を出してあげなさい」

二歳年上の姉は、杉島にとっていまだにどこか頭が上がらない存在だ。嫌いか好きかでいえば好きだが、得意か苦手かでいえば圧倒的に苦手だ。姉のことを考えただけで、見えない大きな手で頭をぐいと押さえつけられた気分になる。

母親も嫌いではないし、苦手でもない。ただし、顔を出せば杉島が触れたくない父親の話になってしまう。それが面倒で、足が遠のいていた。

「プレゼントって、なにやればいいんだ」

独り言をそのまま、返信していた。ちょっと斜に構えた態度を弟に取られるのが、幼いころからの関係性をいまだに保とうとしている姉には、嬉しいはずだった。杉島もそれくらいの計算はできる。いったんはむっとしてみせた口許を緩めて、返信を打っている姉の顔が浮かぶ。

杉島の育った家と敷地は十数年前に地上げされ、あとには大きなマンションが建った。そのマンションの等価交換で得たひと部屋に、母親は暮らしていた。ひとりで住むには広すぎるとは思うが、管理の行き届いた場所にいることには杉島も安心していた。

築年数の経った一戸建てに住む老人は、シロアリ駆除や屋根の補修などを口実にした詐欺まがいの業者たちのいい鴨だ。実際、文化遺産登録一歩手前ほど古びてはいたが広壮と表現してもいい一軒家に住んでいた頃、母親が契約しかけてしまったことがあった。たまたま姉の耳に入り被害はなかったが、それを知った父親は激怒したらしい。ついでに姉は、父親にこのことは誠一には話すなと釘を刺されたらしい。本人の失態ではないにしろ。自分がそばにいながら老人相手の詐欺に掛かりかけたなどとは、息子には知られたくなかったのだ。

姉から聞かされて、杉島は鼻白んだ。そうやって権威を保とうと汲々としていればいい。俺はとっくにあんたの権威の圏外にいるのだ。

とはいえ、杉島の知人にも、実家が被害にあったものが何人かいた。その心配がなくなっただけでも、地上げされたことで肩の荷が半分下りた気になった。育った家がなくなるさみしさは、杉島にはまったくなかった。むしろ、清々した。地上げを機会に、父親がひとりで生まれ故郷に引っ込んでしまったことも、杉島の心の屈託を薄めてくれた。

「独酌用のいい徳利と平盃がほしいって」

すぐさま、姉から返信がきた。暇なのだろう。ならばもっと母親の面倒を見てもらいたいが、カルチャースクールやダンス教室通いには忙しいらしい。

母親は酒が強い。杉島が子供の頃は飲んでいる姿を見た覚えはないが、子育てを終えた頃から父親の晩酌に付き合うようになり、父親と別々に暮らし始めてからは毎晩気兼ねなく飲んでいるようだった。

酒ならなんでも飲むが、父親が日本酒を飲んでいたので、日本酒が一番しっくりくるようだ。ワインでなくてよかった、と杉島は思っている。ワインにはまってしまうと、底なし沼に足を踏み入れたようなものだ。醸造酒でアルコール度数は低いから、アルコール中毒になる恐れはあまりない。そのかわり、極上とされるワインの値段は桁外れだ。そんなコレクションに走られてはたまらない。親の遺産を当てにしてはいないが、つまらぬことに遣ってほしくもなかった。日本酒なら同じ醸造酒で、度数はやや高いが、値段は高いものでもきっちりと上限がある。それに一部のものを除いては、寝かせておいしくするつくりをしていないので、コレクションに向いていない。飲むぶんだけあればいいのだ。

だから、徳利と平盃はプレゼントとして、悪くない。問題はいい徳利と平盃は、結構な値段がすることだった。お茶事をやる姉もそこはわかっているはずだ。たぶん姉がねだられたのを、杉島に押し付けてきたのだ。

ワインほど酒自体に金はかからないが、酒器には凝ろうと思えば凝れる。酒に限らず、というかお茶のほうが顕著だが、日本の食文化は嗜むときの器に金をかけようとすればいくらでもかけられるところがある。

「俺はコップひとつで暮らしてるんだぞ」

さすがにその独り言は返信しなかった。そんなことを書けば、くどくどと生活改善指導をされてしまう。杉島の仕事については諦めたらしく深く追及してこなくなった姉だが、口出しする機会を狙っていることには変わりない。すると、また姉からメールが届いた。

「あと、わたしも話があるから、時間つくって」

「了解。出かけるんで、また連絡する」

さっと返して、杉島はスマートフォンを閉じた。ここで応じてしまうと、長くなることが経験上わかっていたからだ。下手すれば電話に切り替えられてしまう。

文面には触れられていないが、姉弟のあいだに働く勘で話は父親のことだとわかった。杉島が大学を出て最初の就職先を辞めて揉めたとき以来、父親とは顔を合わせていなかった。すでに四半世紀にはなる。

杉島は頭を掻いた。薄くなった前髪がほわっと浮いた。

父親はすでに左右の側頭部にわずかに髪の毛の痕跡を残すのみらしい。姉がそう言っていた。遺伝だから、諦めなさい。

遺伝か。形質遺伝は諦める。性格が遺伝しなくてよかった。

腹が減ってきたので、外出の支度をさっとして杉島はマンションを出た。シャツにジャケットにチノパンツ。すべて妻に揃えてもらっている。選ぶ能力は、杉島にはない。というか、面倒なので放棄してしまった。ありきたりだが、少し若向けで少し高級なブランドのものだった。お洒落なおじさんに見えなくもないはずだが、杉島が着ると見る人によってだいぶ違った印象を与えてしまうようだった。妻は嘆いたが、杉島としてはそれでよかった。

一歩出れば、そこは繁華街の片隅だ。雑多なひとたちが忙し気に、あるいは暇そうに歩いている。どこの街にでもいそうなひとたちもいるが、地方からの観光客丸出しのひともいるし、怪しい商売に関わっていそうな外国人らしき人間もいる。杉島を含めたなにをしているのか不明の日本人も多い。信号無視をして駆けて行く人間もいれば、ガードレールにもたれたままぼんやりと動かない人間もいる。ひとの匂いはむんむんしているのに、ひとが暮らしている匂いに乏しい街だ。そこが杉島は気に入っていた。

杉島は肩をすぼめた。

昨日までの小春日和が去ったのか、風があるせいか、外は十一月らしい寒さになっていた。それでも杉島は、もう一枚セーターでも着るために部屋に戻ろうとはしなかった。面倒だからだ。妻はちゃんと厚手と薄手のセーターも、紙袋に入れてくれていた。その心遣いは有り難い。ただ杉島はこう思った。寒ければ、建物のなかに入ればいい。なにかを腹に入れるだけでも、とりあえず体温は上がる。

数分歩き、雑居ビルの一階の奥まったところにある、いきつけの定食屋に入った。看板は出ているが、なかの様子は窺えない。一見の客が入るには、それなりの勇気がいる店構えをしている。

「いらっしゃい」

決して愛想がいいわけではない店の主人が、ぼそっと迎えてくれる。

店内には出勤前のホストのグループと、ややくたびれたスーツ姿のサラリーマン、それに韓流アイドルにはまっていそうな生真面目に見えるＯＬが食事をしていた。いつも適度に混んでいて、その客層がばらばらな感じが、杉島を安心させた。

「今日は、ニラレバにしようかな」

「はいよ。だと思った。なんとなく」

店の主人は占い師みたいに答えたが、ここで杉島が注文するのはニラレバか納豆オムレツの二択しかなかった。以前は納豆オムレツ一辺倒だったが、連れてきた仕事仲間が頼んだニラレバが、本当にニラとレバーだけでモヤシやタマネギで嵩増ししていないのを見て、ときどき注文するようになったのだった。いつだったか、ふらりと入った定食屋でニラもレバーもほんの気持ちだけで、ほぼモヤシというニラレバを食べさせられたことがあった。これはニラレバ定食ではない。強いていえば、モヤシニラレバ定食だ。いかがわしいサービスをするマッサージ店を出たところだったので、杉島としてはスタミナのつくものが食べたかった。モヤシの大半を残して店をあとにし、杉島は牛丼屋に入り直して特盛を注文した。その記憶が、しっかりと刻まれていたのだろう。

杉島はふだんの食事に頓着しなかった。うまいものを知らないわけではないし、界隈の定食屋では一番うまいからこの店に通っているのだが、メニューで悩むのは面倒だった。杉島は生活の細部を愉しむ気がなかった。母親のためにいい徳利と平盃を選ぶ眼は持っているつもりだったが、母親のようにそれを使う愉しみを味わいたいとは思わなかった。どんな器で飲もうと、酒は酒だ。うまい酒はうまいし、まずい酒はまずい。器で味は変わらない。杉島の舌は、そんな舌だ。

だから、いかにも業務用の分厚い白い皿に盛られてくるここの定食が気に入っていた。スポーツ新聞を読みながら、湯気の立った料理を黙々と食べた。

遅ればせの、杉島の一日の始まりだった。

とはいえ、仕事開始までにはまだ時間がある。いつもなら趣味と実益を兼ねてマッサージ店を訪れるところだが、姉のメールが頭に引っかかっていたので、母親のプレゼント探しをしてみようかと思った。

デパートの和食器売り場ではありきたりで母親は満足しないだろうから、作家ものを揃えている器屋を覗いてみようと、杉島は店を出たところで検索のためにスマートフォンを取り出した。

酒器、作家、東京。

とりあえず、検索ワードを三つ入れる。

いくつかの陶芸店が出てくる。便利だ。本来は苦労して探し出すことに喜びを見出す性格だった杉島だが、すっかりこの退屈な便利さを利用することに慣れてしまっていた。それは堕落であると自覚していたが、堕落してもとくに問題ないと思うようになっていた。

若者が集う街のひと駅先の高級住宅地に、気になる店があった。備前焼をはじめとした陶器の酒器を揃えている店だった。自分のために買う気はしないが、和食屋で日本酒と一緒に出てきたら嬉しくなりそうな酒器の画像が、ホームページに並んでいた。

「たいして遠くはないが、足が重くなるな」

杉島は、しばらくその界隈に足を踏み入れていなかった。理由は、杉島が行きたくなるようなマッサージ店がないからだった。女性相手のエステサロンなら軒を連ねているのかもしれないが、杉島のようなくたびれているくせに、あるいはくたびれているからこそ下半身の欲求が疼く中年男性が足を向けたくなる店はない。昔の仕事仲間なら事務所を構えているかもしれないが、いまは用もないし会っても気づかないほど疎遠になっている。

行ってみるか。

スマートフォンの液晶画面から顔を上げた杉島は、視線を感じて首を動かした。

裏路地の風景に杉島と同じくらい馴染んだ男が、こちらを見ていた。目深に被ったキャップにネルシャツ姿をしていた。

ちらりと視線を送るだけのつもりだったが、軽く首を掴まれたように引っ掛かる感じがあり、目を合わせると面倒になるかもしれないと警戒しつつ目が止まってしまった。

男のからだが正面を向いた。

「杉島だろう」

男の口から、名前を呼ばれた。キャップの奥から、ひとを値踏みするような、それでいて人懐っこさも秘めた目つきが覗いていた。

杉島は目を凝らした。反社会的勢力とは距離を置いて仕事をしている杉島だが、まったく無縁でもいられない。彼らの商売とは一線を画してバッティングしないように注意しているが、なかには反感を持っている者もいるかもしれない。

その類の人間ではなかった。雑多な繁華街で生きていれば、自然とそのへんの見分けはつくようになる。

ぼろいキャップにネルシャツ。そんな恰好でも、反社会的勢力と繋がっている者はいるが、そんな匂いはなかった。だからといって、社会的な匂いもしない。

相手から敵意は感じられなかった。むしろ淡い親近感のようなものを感じた。

それに気づいた途端、ある顔が浮かんだ。はるか昔の記憶から呼び出された顔だ。目の前の男から、生きることでついた分厚い垢をすっかり洗い流したら出てくる、それでも高校生にしては純真さに欠けた無愛想な顔。

「木村なのか」

「そうだ、俺だよ。奇遇だな」

改めて、杉島は木村を見た。着ているものだけでなく、人間自体が古着屋のハンガーに引っかけられていそうな、冴えない風貌だった。もともと女子にモテるような外見をした男ではなかったが、高校生の木村は体内にくすぶる自我の熱量で赤黒い光を発していた。それが目の前の男からは消えていた。

「こんなところでなにしてる」

「ちょっと用を済ませてきたんだ」

木村は目を逸らし、言葉を濁した。話したくないのだな、と杉島は感じた。

「杉島こそ、なにしてる」

「飯を食ってた。このへんで仕事してるが、ちゃんと説明すると長くなる」

いまの仕事を、杉島は誇ってはいないが恥じてもいなかった。あえて自分から語りもしないが、昔の友だちにも隠すつもりはない。ただ、立ち話では面倒だった。

久しぶりに昔話も悪くないと思ったし、なにか訳がありそうな木村のことも気にかかったので、杉島は母親へのプレゼントはまたにすると決めて誘った。

「木村、時間はあるか」

「あるよ」

「喫茶店でもいいかないか。それとも、酒を飲める店のほうがいいか」

木村は迷ったようだった。杉島はなんとなく理解した。所持金のことを考えたのだ。いまの仕事柄だけでなく、家を出て父親とも断絶したあとの人生で、杉島は金銭に対して敏感になってしまっていた。

「たまに寄る、昼から飲める店があるんだ。どうせ顔を出そうかと思っていたところなんだ。安い店だけどつきあえよ」

杉島はそれとなく、金の心配はしなくていいと匂わせた。実際、たいした額にはならないが奢るつもりだった。

それでも木村は考えるふりをしてから、軽く顎でうなずいた。

「じゃ、一杯だけ行くか」

「一杯でも二杯でもいいさ」

杉島は、先に立って歩き出した。

もしかしたら、長い酒になるかもしれない。そんな予感がした。途中、席をはずす必要はあるかもしれないが、メールのやりとりでもなんとかなるだろう。

ポケットのなかでスマートフォンをいじりながら、さてどこの店に行こうかと、杉島はいきつけのうち開店準備にだれかは来ていそうな店を思い浮かべようとした。

第二部

おきざりにした
リグレットを拾いに。
あの日のきみへと、もう一度

55歳　ある夜の羽柴颯太

「グリーンスリーブス」の愁いを帯びたメロディーが流れだした。

たったいままで見ていたが、内容を思い出せない夢。その夢のトーンだけは正確に再現している音は、羽柴颯太が設定したスマートフォンの着信音だった。

いつのまにか眠り込んでいたリビングのソファから起き上がりもせず、目も閉じたまま、羽柴は脇のローテーブルに手を伸ばした。

そのまま手探りする。まず指先とぶつかったのは、ワイングラスの脚だった。揺れの感触から、グラスのなかにはワインが残っていることが伝わってきた。

こぼしたら、面倒だ。

そう思えるだけの意識は戻ってきていた羽柴は、薄目を開いてローテーブルに視線をやった。

赤い液体で三分の一ほど満たされているワイングラス。たぶん空のワインボトル。皿に盛ったチーズやサラミの食べ残し。紙袋から顔を出している齧った跡の歯形がついたバゲット。砕けて散乱しているその皮。小皿には溶けたバターとバターナイフ。読みかけのページを開いたままの文庫本。テレビのリモコン。今日ポストから取り出した漫画賞の選考ハガキやダイレクトメールの類。ギター用のチューナーとピックが二枚。端のへこんだティッシュボックス。

それらのなかからスマートフォンを取り上げた。

くしゃみが出た。

十月も終わろうとしている。昼と夜の寒暖差が大きくなっているのだろう。そろそろ床暖房を入れるべきかもしれない。スイッチひとつ押すだけなのだから。

液晶画面に映し出されているのは、登録していない番号だった。

時刻は、夜の九時を少しまわったところ。

電話をするのに、失礼な深夜というわけでもない。むしろこんな時間に酔って眠っていた自分のほうが、非常識な生活を送っているわけだ。このまま「グリーンスリーブス」を聴かされるのが辛いこともあって、羽柴は自嘲的に口許を歪めて、液晶画面にタッチした。

「羽柴さんですか」

男の声がした。なんだ、男か。羽柴は少し落胆した。なにかを期待していたわけではないが、どうせなら男よりは女の声が聞きたかった。

同年配のようだが、聞き覚えのある声ではない。不吉な気配を孕んだ声に、羽柴には聞こえた。

「はい、そうですが」

「突然、申し訳ない。覚えているかな、杉島です」

一応の用心をして答えた羽柴の声に被せるように、相手は名前を口にした。

アルコールでびしょ濡れの脳は、すぐにはその名前を手繰り寄せることはできなかった。

……杉島。

知っている。確かに俺の人生に関わった名前だ。ただし、仕事関係ではない。最近でもない。結構、昔だ。十年一昔どころではない昔。俺の人生がまだ、未来に向かって開いていた頃だ。十代、それも高校時代。

最近は埃まみれになってしまった記憶の整理箱を探しているうち、まったく別の名前が浮かび上がってきた。

鮎川由香。

懐かしい名前だ。そしていまだに、もぎたてのレモンに蜂蜜をたっぷりかけたように甘酸っぱい。いまだ、ではないのかもしれない。いまだからこそ、のほうが正しいことに気づいた途端、レモンの皮の苦味が味蕾にひろがった。

そうか、あの杉島か。

羽柴が思い当たったのと同時に、電話口から再び声がした。

「高校時代の友人の杉島誠一です」

杉島がすぐに思い出せないなんて、俺の脳はかなりやられている。一時的にアルコールにやられているのならいいが、思考停止の生活態度が脳細胞自体の崩壊を招き始めているのではないか。ないとは、言えない。

羽柴は頭を振った。作動しない古い電化製品を直そうとでもするように。

「いま、思い出した。何十年振りじゃないか」

羽柴はソファから身を起こした。頭を振ったおかげで錆がぽろぽろと落ちてくれたのか、女子に人気のあった杉島の端正な顔立ちが、はっきりと浮かんできた。そうだ、俺は自作のラブコメのなかにこいつをモデルにした、嫌みなキャラクターを登場させているじゃないか。それも何人かに分割して。そういえば、漫画の連載をしていたのも、百年前くらいに遠く思える。

「俺は同窓会の類にも出たことがないから、たぶん、高校卒業以来だよ」

「ということは」

「三十年では利かないくらいのご無沙汰だ」

互いの声から、緊張と遠慮が取れた。羽柴はスマートフォンを持っていないほうの手で、無意識にワイングラスを取った。

「あんまり久しぶり過ぎて、なにから話していいのかわからないよ」

「羽柴の活躍は、俺は知っていた。話すことは山ほどあるが、その前に緊急の相談があって電話したんだ」

「そういえば、俺の番号はどうして知ったんだ」

杉島が息を呑む気配が伝わってきた。

「木村から聞いていた」

「木村って、……木村和樹か」

今度はすぐにフルネームが言えた。当然だ。木村もまた羽柴の高校時代からの友人だが、杉島と違い最近まで交流があった。同じフォーク居酒屋の常連だった。ただし、一年以上会っていない。店に顔を出す元気もなければ、こちらから木村に連絡を取る気力もなくなっていた。向こうからも、連絡は来なかった。

「そうだ。実はおまえとは違う場所で、俺は木村と再会してつきあいがあった」

「木村がどうかしたのか」

「さっき連絡があったんだ」

杉島の声が沈んだ。羽柴の胃の底で、ワインのアルコールがさざ波を立てた。一段下がった杉島の声のトーンのせいで、台風の前触れみたいな不気味な予兆がゆっくりと羽柴のからだを巡っていった。

「詳しいことはいまは省くが、俺の紹介した木村のアルバイト先から連絡があって、二日無断欠勤して電話にも出ないらしい。俺も何度もかけてみたが、出ない」

「木村はひとり暮らしだったたな。だいたいの住んでいる場所は聞いているが、正確な住所までは知らない」

「それは俺が知っている」

「様子を見に行くのか」

ためらいの沈黙のあと、杉島はゆっくりと言った。

「行かなくてはならない。だから、羽柴に電話した。恥ずかしいが、最悪のことを考えると、怖くてひとりでは行けない」

その気持ちは、羽柴にもわかった。俺だって、ひとりで行きたくはない。それに物事に動じないクールを気取っているくせに、杉島には昔から臆病なところがあった。

「わかった。一緒に行くよ。俺のところからは、たぶんタクシーを飛ばして二十分はかからないと思う」

「助かるよ。だけど、今夜はやめておこう。明日の朝でどうかな」

それでいいのか、と言いかけたが、考え直して、羽柴は同意した。一刻一秒を争うには、連絡が途絶えてからの時間が経過し過ぎている。なんでもないか、時すでに遅しかのどちらかだ。杉島は後者と諦めているに違いない。自分よりずっと事情を知っていそうな杉島が、そう考えているのだ。俺だって、自分の身でさえ持て余しているのだ。心の準備をする時間くらい、取っておいたほうがいい。

待ち合わせの時刻と場所を決めて、電話を切った。

積もる四方山話をする空気ではなかった。そんな話から自分のいまの有り様を語るのは、あまりにしんどかった。

切ってすぐ、グラスに残っていたワインを飲み干した。呑み足りなかったので、ワインボトルを傾けてみたが、やはりなかは空だった。

もう一本、開けようか。足が動きかけたが、明日のことを考えてやめることにした。空いたワイングラスを、ローテーブルの上に戻した。無音でいることがいやで、テレビのリモコンを取りスイッチを入れた。

テレビではニュース番組をやっていた。有効求人倍率は上向き、景気は回復傾向にあるんだそうだ。内閣の支持率も安定している。

嘘つけ、と羽柴は思う。

俺のすべては下向きで、回復の兆しもない。その上、古くからの友人は孤独死しているかもしれない。俺の支持率は妻からはゼロ。読者からも忘れ去られ、すでにゼロになっているかもしれない。俺自身、いまの俺を支持する気はない。

散らかったままのリビングが目に映る。一週間、掃除機をかけていない床には抜けた白髪が何本も落ちていた。木村同様、羽柴もひとり暮らしだった。そうなってしまった。一緒に暮らしていた妻は、男をつくって出ていった。最初は見て見ぬふりをし、妻が別れを切り出してからも、何度か引き留めた。それでも出ていった。身ひとつでと言えば妻の決意の固さになるが、残された羽柴からすれば不要な荷物はすべて残しての出奔だった。

羽柴は途方に暮れた。一年経ったいまも暮れている。妻の残した荷物に手をつけるのすら面倒で気が滅入ると放擲し、以前の生活の遺物に囲まれている。

55歳　翌朝の羽柴颯太と杉島誠一、そして木村和樹

久しぶりに早朝、といっても会社勤めの人間ならば毎朝起きている時間に目覚まし時計をセットした羽柴だったが、アラームが鳴る前にコーヒーを飲んでいた。

ひとり取り残されてから、明らか過ぎるほどに酒量が増えた羽柴だったが、コーヒーを飲む回数も増えた。人恋しくて適度に混み合っている喫茶店やカフェに入ることもあるし、自分でもペーパーフィルターを使いハンドドリップで淹れるようになった。カップ&ソーサーは以前から持っていたが、家でコーヒーを飲むことはあまりなかった。豆は挽いてもらっているが、劣化する前に消費できる200グラムずつをコーヒー豆の専門店で買っていた。カフェインの習慣的な摂取がよいかどうかはともかく、生活のすべてに投げやりになっている羽柴にとって、唯一暮らしぶりが丁寧になったところと言えなくもなかった。

コーヒーには、ミルクと砂糖をたっぷり入れた。慢性的にアルコールが体内に残っているせいか、ストレスで内臓が荒れているせいか、羽柴の舌は甘いものを欲するようになっ

た。冷蔵庫には常にコンビニで買いこんだアイスクリームが常備されている。妻が出ていった直後は食事をとる気にもならず、年齢とともに曖昧になっていた顎の線がくっきりとわかるほどに痩せたが、いまは逆に一年前よりも体重が増えていそうだった。貧乏人は太るらしいが、不幸な人間も太るようだ。ただし正確なことはわからない。羽柴は体重計に乗ることすらしなくなっていたから。

コーヒーはすぐに飲み干してしまった。

もしかしたら、俺は興奮しているのかもしれない。空になったカップを眺めて思った。不謹慎だが、友人に起こったかもしれない不幸に、どこか心が躍っているのではないか。面倒に巻き込まれたという気持ちもあるが、これから目の当たりにするかもしれない光景を心待ちにしてはいないか。

だとしたら、病んでいる。だとしなくても、病んでいるのだが。

いま以上に精神が不安定になることを恐れると同時に、ショック療法のようなものも期待していないとは言えない。木村が無事であってほしい。ここに偽りはない。だが無常観の沼に沈んでいる羽柴は、無事を信じてはいなかった。

少し迷って、羽柴はストライプのシャツの上にジャケットを羽織り、一番新しいジーンズを穿いた。一番といっても、買ったのは一年以上前だ。この一年、羽柴はまったく服を買っていなかった。流行を気にしたりはしないが、外出時には服装に気を遣うほうだった羽柴だが、下着と靴下をまとめて一度買っただけだった。そのときにTシャツも目にした。持っているものはほとんど首が伸びかけていた。買っておくべきだとは思ったが、手を伸ばすことができなかった。

以前から買い集めていたおかげでいくつかある中折れ帽のひとつを被って、マンションの四階から外に出ると、早朝の空気は思った以上に冷たかった。

そうか、もう秋なのか。というより、十月も終わりだったな。

羽柴が乗ったのは都心とは反対方向に向かう電車だが、車内は混雑していた。一駅で降りて、今度は都心へ向かう私鉄に乗り換える。始発駅なので、羽柴はひとつ電車を見送って座席に座った。座ってから、ふと思った。シルバーシートは何歳から優先的に座れるのだろうか。もし六十歳ならば、あと五年で座る権利を得ることになる。いつの間にか、そんな年齢になっていたのだ。友人も死ぬ。いや、まだ決めつけてはいけないが。

羽柴は無意識に頭を撫でた。

四十代から頭に白いものが混ざってきた羽柴だったが、この一年でめっきり白くなってしまった。恐怖のあまり一日で総白髪になってしまう男の小説があったが、あれがまったくの作り話ではないことを実感させられていた。ひとは精神が参ると髪が白くなる。つまり、老け込むのだ。皺だって、増えているに違いない。

木村から最寄り駅だと聞いていた駅で降りた。

高架になったホームから、ごみ焼却場のやたらと真っ白に塗装された長く高い煙突が見えた。青空に向かって、すっと屹立していた。そのコントラストの気持よさに見入っているうち、羽柴は不吉な連想に捕われた。出ていない煙が、羽柴の頭のなかで立ち上って風になびいていく。

いい天気の一日になりそうだった。だからといって、羽柴にとっていい一日になりそうな材料はない。

改札を抜けたところで、すでに杉島が待っていた。

何十年振りとはいえ、声だけを聞いた昨夜とは違いすぐにわかった。高校時代と同じで、この世界を小馬鹿にしたようにズボンのポケットに両手を突っ込んで、少し猫背で柱に寄りかかっていた。ネクタイはしていないが、ジャケットにパンツ姿でハンチングを被っていた。ハンチングのせいか、行き交うサラリーマンから浮いて見えた。

そうだ。弥生系の顔をして背の低かった木村と縄文系で背も高い杉島は、外見はまったく似ていなかったが、なにかに対して斜に構えている匂いがよく似ていた。それは高校生特有の反抗のジェスチャーかと思っていたが、木村だけでなく杉島も何十年と矯正されずに生きてきたようだった。

再会の挨拶は抜きで、羽柴は語りかけた。

「早いな」

「いや、そんなことはない。本当ならおまえが提案したように、昨日の夜のうちに行くべきだったんだ」

杉島も再会の挨拶はなしに、少し後悔の表情で応じた。高校へ行くつもりだったが、どうしても足が雀荘を向いてしまった。そんな言い訳を杉島がしたことがあったか、羽柴は思い出せない。ただ、あったかもしれない光景が浮かんだ。

ポケットに手を入れたまま、杉島は先に歩き出した。

「変わらないな、その歩き方」

「そうかな」

言いながら、ポケットから抜いた手で、杉島は帽子を脱いで羽柴のほうを向いた。

生え際が見事に後退していた。後退というよりは撤退と呼びたくなるくらいにかつて艶のある髪に覆われていた額は露出し、辛うじて踏みとどまった前線の髪たちは、玉砕を観念したようにほわほわと細くたなびいて無条件降伏を拒否していた。

「俺だって、ご覧の通りの白髪だ」

羽柴は内心の白髪でまだよかったという思いを隠した。

「木村は、髪の毛だけは黒いままだった」

うなずきかけて、羽柴は慌てて否定した。

「おい、過去形にするなよ」

「そうだな、すまん」

杉島は詫びながら、俺はもう覚悟してしまっているがと思った。でなければ、どんなに臆病な性格であっても、昨夜のうちに羽柴とアパートを訪ねていた。

しばらく、ふたりは無言になった。

駅から七、八分ほど歩いたところで、杉島はスマートフォンで道を確認した。

「次の角を曲がるとすぐのはずだ」

住宅街の小路を曲がると、先に制服姿の警官ふたりが立っていた。警邏中という様子ではなく、だれかを待っているようだった。

「俺が呼んだんだ。立ち会ってもらったほうが、面倒が少ないかと思って」

杉島の手筈の良さに驚きながらも、羽柴は同意した。

「そうだな。気がつかなかったよ」

第一発見者となれば、事情聴取のようなものも待っているだろう。警官を呼んでいれば、そのへんは簡単に済むかもしれない。臆病は治らなくても、杉島は世慣れた人間になっていたのだと羽柴は感心した。

「家主も呼んだのか」

「それは呼んでない。鍵の在り処は木村から聞いているんだ」

杉島は警官に小走りで近づき、挨拶を交わした。

羽柴は、建物を眺めた。

二階建てのコーポと呼ぶのがわかりやすい建物だった。学生や未婚の若者が住んでいそうなものだった。外からでは間取りまではわからないが、1DKかそれぐらい。決して広くはなさそうだ。木村がひとり暮らしであることを考えれば、別に狭くもないだろう。俺もこれくらいでいいのかもしれない。ひとりに3LDKは広すぎる。あるいは、さみしすぎる。

「おい、行くぞ」

杉島が先導して外階段を上がっていった。羽柴は警官のうしろに続いた。

杉島は部屋の前に置かれた鉢植えの下を探り、鍵を手にした。警官に確認して、玄関扉に鍵を差し込んだ。

異臭はしない。

杉島は鼻をひくつかせてから、大きく息を吸い込んだ。

羽柴もシンクロしたように、息を吸って止めた。

鍵がまわされる。

カチッ、と軽い音がした。

鍵は差し込んだまま、杉島は振り返った。羽柴に向かって困ったような視線を送ってから、警官に言った。

「お願いしていいですか」

「わかりました」

羽柴をそっと押しのけ、警官ふたりがドアの前に出た。

「木村さん」

呼びかけるが、返事はない。

「木村さん、いらっしゃいますか」

声を大きくするが、返事はない。

「木村さん、警察署の者ですが、安否確認のためにドアを開けさせてもらいますよ」

さらに大きな声で呼びかけたが、返事はなかった。物音もしなかった。

警官ふたりは頷き、年配のほうがドアノブに手をかけた。

ゆっくりと開く。

いつの間にか羽柴のうしろにまわりこんでいた杉島は、目を閉じた。

羽柴はじっと開いていくドアを凝視した。入っていく警官たちの背中で、なかの様子はあまり見えなかった。ふたりが部屋に入ると、玄関ドアは自然に閉じてしまった。

「どうだったんだ」

杉島は薄目を開いて、羽柴に訊ねた。

「まだ、わからない。が、なかは静かだ」

ふたりは無言で待った。居心地の悪い時間だった。呼び出しを受け、職員室前の廊下で待っているときのようだ。と思って、羽柴はまたあったかもしれない疑似記憶に沈みかけていることに気づいた。五十五歳は、過去をしっかり覚えているには長生きしすぎの年齢に達しているのかもしれない。

玄関ドアが少し開き、若いほうの警官が顔だけを出した。

「どちらか、本人確認をお願いします」

杉島は首を振った。その顔は蒼ざめていた。不謹慎だが、羽柴は笑いそうになった。あれは中学のときのことだ。ふたりは同じ中学から同じ高校に進学したのだが、中学のときの杉島はまだドロップアウトしてはおらず、羽柴とも仲が良かった。放課後の教室で雑談に興じながら、ギターの弦を張り替えているときだった。まだギターを手にしたばかりで扱いに慣れていなかった羽柴は、強く巻きつけ過ぎてしまって弦を切った。切れた弦は羽柴の耳たぶに当たり、そこから血が流れた。たいした量ではなかったし、羽柴自身は軽い痛みを覚えただけで出血していると気づいても動揺しなかった。むしろ弦を切ってしまった恥ずかしさのほうが大きかった。だが杉島は、ちょうどいまみたいに蒼ざめていた。

これ、漫画に使えるエピソードだな、当てはないが。羽柴は自分の精神活動が活発化していると感じた。不謹慎にしても。

羽柴は杉島の肩に手を置いた。

「俺が会ってくる」

羽柴は前に進んだ。ドアをもっと開こうとドアノブに手をかけて、その手が震えていることに気づいた。下手な役者のように、生唾を飲んだ。予感、というか覚悟していたことに、俺はこれから直面する。

確認が必要ということは、本人自身がだれであるかを名乗れないということだ。慌てて救急車を要請した気配もない。

どんな状態ですか、と警官に訊ねておきたかったが木村への冒涜になるのではないかと堪えた。

俯いて、玄関ドアを抜けた。足許を凝視して、ゆっくりと履いていたスニーカーを脱いだ。部屋に上がると足の裏が冷えた。

両足を揃えて、顔を上げた。

上がってすぐは、こぢんまりとしたダイニングスペースになっていた。木村の姿は、そこにはなかった。流しに洗い物の丼と箸が残されていたが、あとはきれいに片付いていた。

俺とは違い、丁寧に暮らしていたようだ。羽柴はほっとすると同時に、自分にもしものことがあったら、荒れた生活ぶりに本人確認を求められた人間は顔をしかめ、目をそむけるだろうと胸に軽い痛みを覚えた。正式に離婚していないいまだと、それは妻の役目になるのだろうか。

「こちらです」

ぼんやりと立っている羽柴を、若い警官が右手へ促した。

思わず顔を向けると、つづきの部屋に敷かれた布団から、なにかが顔を出していた。

脇に年配のほうの警官が膝をついていた。

誘われるように、ふらふらと羽柴は近づいた。

木村だった。見知った木村の顔が、蒼白くなって虚空を見詰め、口を半開きにしていた。命を失ったものから漂う饐えた臭いが鼻孔を衝いたが、耐えられないほどのものではなかった。

安らかとか穏やかとは言えないが、覚悟していたよりはずっと「マシ」だった。

若い警官が手を合わせたのを見て、羽柴も慌てて手を合わせた。目も閉じた。

木村は死んだ。その事実が、羽柴のからだのなかにじんわりと沁み込んできた。

悲しみはなかった。動揺も消えていた。静かな喪失感のなかで思った。ここにあるのはかつて木村だったものの抜け殻なのだ。木村はもういない。天国や地獄やどこかに旅立ったのではない。文字通り、消えたのだ。無に帰した。

俺はまだ、生きている。死んだように生きているかもしれないが、そんな比喩を無意味化するくらい、死ははっきりとこの部屋に敷かれた布団のなかに転がっていた。

羽柴は目を開いた。

「友人の木村和樹です。間違いありません」

本人確認は終わった。

そのあとで、羽柴は布団の脇に木村のギターが横たわっていることに気づいた。

マーチンOM－28。

羽柴の持っているギターと同じブランドで同じクラスのものだが、ネックの形状などに特徴があるより通好みの一本で、木村のお気に入りのギターだった。

木村の弾くギターの音も、消えたのだ。


羽柴は杉島と駅近くで目についた、赤レンガタイルを貼った外装に昭和の香りのする喫茶店に入った。

ふたりはブレンドを注文すると、互いの顔を見て口許を緩めた。

「マスター、いつもの」

羽柴が発した言葉に、杉島は吹き出した。コーヒーが届いたあとだったら、羽柴の顔は飛沫で濡れていたところだ。

そうか、杉島も覚えていたかと羽柴も笑いを漏らした。肩に入っていたらしい余分な力が、霊媒師に悪霊を祓ってもらったようにすっと抜けた。

高校二年の文化祭が近づいたある日、三人で近くの喫茶店に寄ったことがあった。ちょうどいまいるような、レンガタイルに蔦が絡まった薄暗い店だった。案内したのは、木村だった。

行きつけを気取りたかったのか、木村が店主に声をかけたのだ。

「マスター、いつもの」

しばらくの沈黙のあと、杉島は吹き出した。事情を呑み込めない羽柴に、杉島はそっと店主を指さした。羽柴が振り向くと、店主は困ったような顔で固まっていた。羽柴は理解した。店主は「いつもの」がなにであるか、見当がつきかねたのだ。たぶん、木村がこの喫茶店に来るのは、今日が二度目かせいぜい三度目に違いないと。

しばらくして出てきたのは、ブレンドだった。

「木村としたら、同級生の俺たちに大人なところを見せたくて、いきつけぶったんだろう」

「まだあるのか、あの店」

「ないよ。時は流れたんだ。高校だって、俺たちのときとはだいぶ変わっている。屋上を俺と木村がギターの練習場所にして、杉島が喫煙所にしていた北校舎は取り壊されて、グラウンドになってしまった」

数年前、羽柴は卒業生講演を依頼されて、久しぶりに高校を訪れた。担当の若い教師が、羽柴の漫画のファンだった。羽柴の知っている教師は、すでにだれもいなかった。校舎も当時から古びていて、消防署からはすぐに取壊すように指示されていたらしい北校舎と呼ばれていた校舎は消えていた。かわりに体育館だったところに、コンクリート打ちっぱなしの真新しい校舎が聳え立っていた。

運ばれてきたブレンドは、羽柴の期待通りに酸味が強い昔風の味がした。あの日のブレンドととてもよく似た味だった。

羽柴はコーヒーカップを置いた。

「杉島は俺のことを、木村からいろいろと聞いているだろ」

「フォーク居酒屋に入り浸って、ギターの腕を磨いてたらしいな。それに木村から聞かなくても、知っていたさ。週刊漫画誌で人気連載を十年以上つづけていたこと。そのラブコメでは、俺をモデルにしたみたいな斜に構えた嫌味なライバルキャラが登場してることも」

「あれは杉島二割といったところで、他にも何人かモデルはいる。仕事のことでなく、俺の私生活も聞いているんじゃないか」

言ってから、妻が出ていったあと、木村と顔を合わせただろうかと羽柴は考えた。あの頃はすでに、木村とは疎遠になっていた気がするが、最近の記憶はでたらめなコラージュのようになっていて曖昧だ。

どうせ、杉島にも話さなくてはならない。

「妻が出ていった。木村も幸せではなかったようだが、俺だって滅茶苦茶だ」

杉島はなにも返さず、ポケットを探って煙草を取り出した。

「吸ってもいいか」

古びた喫茶店だけあって、最近には珍しくテーブルには最初から灰皿が置いてあった。

「どう見ても、この店は喫煙可だ」

「羽柴はいまも吸わないのか」

　高校時代、背伸びの一環として多くの同級生が煙草を吸っていた。杉島からはいがらっぽい煙草の匂いがしていた。ときどきだが、木村も吸っていた。あの喫茶店でも、ふたりは一人前の顔をして紫煙を燻らせ、羽柴は煙たさに耐えていた。

「吸わない。かわりに酒はかなり飲む」

「それは俺もだ。ついでに俺はギャンブルもやる」

「高校時代から、雀荘に入り浸っていたな」

　杉島は煙草に火をつけ、一服した。

「奥さんとのことは、木村は風の噂くらいにしか知らなかったみたいだ。離婚したのか」

「調停中、といったところだ。ならば出ていったときには、木村とはもう疎遠になっていたんだ。それで、杉島はどうしているんだ。俺はなにも聞いていない。おまえと再会したことすら、知らなかったんだ。おまえには俺の話をして、俺にはおまえの話は一切しない。木村は俺に含むものがあったのかとさびしくなるよ」

　羽柴はゆるゆると天井へ昇っていく紫煙の流れを眺めた。

「含むものはなかったはずだ。一緒に演奏してたんだろう」

「まあ、そうだが」

無意識に前のめりになっていた羽柴は、椅子に背を戻した。

「昔と同じ趣味で繋がった羽柴には、話したくないことがあったんだ。高校のときと同じ、フラットな関係でいたかったんだと思う」

「杉島とは違うのか」

「ああ、違う」

杉島はまだまだ吸えるはずの煙草をもみ消した。

「気に病むな。木村はおまえだけを特別扱いしたんじゃない。むしろ、俺だけが同類と見做されて特別扱いされたんだ」

「どういう意味だ」

杉島はポケットを探って、折り畳まれた紙片を取り出した。

「あいつ、死の予感があったんだ。なにかあったらと、厚みのある封筒を渡されていた。昨夜開けたら、現金百万と葬儀の方法が指定してあった。それに俺が連絡して、通夜に呼んでほしい友人のリストを渡されていた。もちろん、羽柴も含まれている」

渡された紙片を、羽柴は開いた。

そこには、フォーク居酒屋のケニーや常連たちの名前に交じって、思いがけない、そして懐かしい名前たちが記されていた。

その晩の杉島誠一

羽柴と別れてから、杉島誠一は新宿のワンルームマンションに戻り、いくつか電話とメールをしてから溜まった洗濯物を紙袋に移した。電話のなかには、指定されていた葬儀社への連絡も含まれていた。とりあえず、木村の亡くなっていた状況を伝えた。丁重だが手馴れた話し方で、これからの手順の説明を受けた。杉島が喪主代わりを務めるしかないのだ。

こうなれば、最後までつきあおう。決意はしたが、気持ちは重かった。自分の柄でもないとも感じていた。

今日は家に帰る予定の日ではなかった。それでも帰りたくなった。仕事でトラブルが起きればとんぼ返りしなくてはならないが、それでもひとりでマンションにいる気にはならなかったし、いきつけの店で時間をやり過ごすのも気が進まなかった。繁華街にいること自体、苦痛に思えた。それは木村との再会の場であったからかもしれないし、雑踏や喧噪が木村を孤独死に追いやった原因のように感じられたからかもしれない。

夕方のラッシュには少し間がある時刻だったので、始発の私鉄電車は空いていた。

最後尾の端の席に座ると、杉島のからだの芯から疲れが滲み出てきた。

早起きして、慣れない場所で非日常と顔を突き合わせてきたのだから無理もない。羽柴が来てくれなければ、俺はとても今日一日を乗り切れなかっただろう。なにより、木村の遺体と対面できた自信はない。

遺体の確認こそ羽柴に任せてしまったが、あとはまずまず平静に振る舞い、羽柴と談笑すらした。だがひとりになると、緊張の糸は切れた。

俺は怖がりだった。たぶん、そのことを忘れていた。

世慣れた人間と俺のことを判断して、木村は後事を託してきたのだろうが、あいつも忘れていたのだ。高校時代の俺が斜に構えた姿勢を崩さず、それでいてだれとでも雑談できる距離を保っていたのは、怖がりだったからだ。なにも人間関係だけが怖かったのではない。すべてが怖かった。絶対に口にすることはなかったが、お化け屋敷もジェットコースターも怖かった。なにより、死が怖かった。せっかく生まれたのに、自分のしたいこともわからないまま死んでしまうことが怖かった。その恐怖から逃げるため、大学進学という将来に関わる選択から目をそむけるため、俺は麻雀にのめり込んだふりをした。醒めていたので、そこそこ勝つことができた。受験の時期に授業をさぼってまで雀荘に通う俺を見て、みんなは度胸の据わったやつと勘違いした。俺もそう思われたかった。だが本当は、怖かったからだし、木村はそのことを見抜いていたはずだ。なのに、最後に忘れやがった。

俺はいまでも死ぬのが怖いし、友人の死を確認する役目なんて怖すぎた。

木村はどんな死に顔をしていたんだろうか。

杉島は目を閉じた。見ていない木村の顔は浮かばず、かわりに浮かんできたのは去年死んだ父親の顔だった。生きている間は、二十年以上見ていなかった、いつの間にか老け込んでいた父親の死に顔は、杉島になにも語りかけてはこなかった。冷たいまま、文字通り父親は冷たくなった。

発車のベルが鳴り、電車はホームを滑り出した。

杉島は閉じていた瞼を開いた。

夕陽に染まった繁華街が後方へ流れていく。ふだんは軽い親しみを覚える眺めが、今日はよそよそしく思えた。

ちいさく、杉島が部屋を借りているマンションが見えて、すぐ消えた。

寝泊りしているワンルームではない。ビジネスのために何部屋か借りているマンションだった。杉島は留守にするが、今日も部屋は稼働し客を迎えるはずだ。

杉島はマッサージ業を営んでいた。杉島自身が施術するわけではない。スカウトした女の子それぞれにマンションの一室を与え、そこで客にサービスをするマッサージだ。風俗営業のようだが、そことは微妙に一線を画しているつもりだった。いわゆる「抜き」はしない。させない。ただし回春効果はある。

斜に構えて生きてきたせいで姿勢まで悪かったのか、もともと杉島は肩凝りや腰痛を持っていた。腰痛のほうは、高校時代からつづけてやめる機会を失った、麻雀のやり過ぎのせいもあるだろう。だから就職してほどなく、様々なマッサージを試すようになった。性欲も人並みかそれ以上にあったし、好奇心も強かったので、性感マッサージの類にも通うようになった。杉島からすれば、一種の度胸試しでもあった。知らない、いかがわしい店にひとりで入っていくのは、怖がり克服のトレーニングでもあった。

気がつけば、それが一番の趣味になっていた。

「なんでこうなったかなあ」

空いている車内で、杉島は声を漏らした。

二浪してなんとか中堅の私立大学に入った杉島は、下宿こそしなかったが家に寄りつかなくなった。子供の頃からそりが合わなかった父親の存在が、どんどん疎ましくなったからだった。つきあっている彼女の部屋で半同棲しつつ、友人のところを泊まり歩いた。講義にはたまにしか顔を出さず、麻雀で勝てば映画館に足を運び、負ければ彼女の部屋でテレビを見て過ごした。一応、大学では映研に籍を置き、自主製作映画づくりにも参加した。文化祭でバイオリンを弾いたことで、なにかを表現したくなった。ただし音楽の才能には見切りをつけていたので、映像に関心がいった。

暇に飽かせて映画やテレビを見まくっていたのが幸いしたのか、杉島はテレビの制作会社に就職できた。最初は渋い顔だった父親は、キー局の完全子会社であると知って納得した。そのことが杉島の癇に障った。寄らば大樹の蔭という考えは杉島の嫌うものだったし、父親という大樹は生い茂った葉で杉島から陽射しを奪うものでしかなかった。就職と同時に、杉島はすっぱりと家を出た。自宅から会社は遠くなかったが、会社を中心にして家とは真反対側に部屋を借りた。

ADから始まった制作現場は、過酷で苦労の連続だったが、見知らぬ体験の連続で飽きなかった。マッサージ通いでからだを騙しつつ、ハードワークをこなしたが、ついに倒れて入院することになった。そこで入院患者と看護師として、妻と知り合った。子供ができたので、結婚した。ディレクターに昇格した頃には、納得のいかない制約が多いテレビ制作の仕事に嫌気が差していた。そんなとき、ドキュメンタリーの仕事で親しくなった風俗ライターを主人公にしたドラマの企画が、深夜枠だが通った。杉島は俄然やる気になったが、営業からの横やりが入ってぽしゃってしまった。これで完全にやる気が失せた杉島は、会社を辞めた。二人目を身ごもっていた妻は反対しなかったが、どこで聞きつけてきたのか、父親は辞めるなと電話してきた。杉島は聞き流した。

事情を知った風俗ライターが拾ってくれて、杉島は彼の事務所のスタッフになった。それを聞いて父親は激怒し、杉島の住まいに押しかけ、二人目の子どもを出産したばかりの妻の横でがなり立てた。杉島は父親を家から叩きだした。以後、顔を合わせることはなかった。

しばらくして、知人が音楽制作とマネージメントの会社を始め、現役音大生の女子を集めて、フルートばかり四人のクラシックとポップスを融合させたユニットをデビューさせることになり、その担当者として杉島は引き抜かれた。ユニットは当たり、とくに地方の自治体からコンサートの要請が多く、杉島も同行して日本各地に赴くようになった。当然、旅先で杉島はマッサージ店を訪れた。前の事務所時代からぽつぽつとやっていたブログで、本格的にマッサージのルポを書いていくと、そこにファンがついた。

ユニットが解散する頃には、杉島は自分でマッサージ店を経営してみたくなっていた。長年の経験から生まれたアイディアがあった。風俗ライターに相談すると、実際の運営の仕方を教えてくれ、物件も紹介してくれた。ブログで客は呼べると考え、貯えの一部を崩して始めると当たった。妻は喜んでくれた。

面倒な世界を渡り歩いてきたせいか、働く女の子を巧みに宥めすかし、クレームをつける客を適当にあしらい、反社会的勢力とは一定の距離より近づかずに接していくのも苦ではなかった。

なので、自分が本来は怖がりであることを忘れてしまっていた。

電車は大きくカーブして郊外へと向かい出す。

踏切の警告音を聞きながら、木村に紹介した事務所はこのあたりだったなと思う。

二年前、木村は失業していた。会ってすぐに聞き出したわけではない。最初は病気の話だった。何年か前に、木村は心臓の疾患で倒れたと漏らした。いずれまた、再発すると医者には言われていたらしい。たしかにそのときも顔色は冴えてはいなかったし、表情も陰鬱だった。これはもっとあとで知ったことだが、雇われでやっていた社長業は、業績が振るわなくなっていたこともあり、入院と同時に解雇されていた。両親が残した家を売って金を工面したが、借地の上に建った築六十年近い建物は、取り壊し費用がかかることもあって期待したほどの額では売れなかったらしい。定職は見つかっていない。五十歳を越えて病気を抱えた人間に、条件のいい仕事はない。木村がやってきたITについて杉島は詳しくないが、日々技術が更新される世界に年寄りが必要とされるとは思えなかった。再会したとき、木村は職業安定所に顔を出した帰りだったのだ。

杉島が乗っているのは、急行電車だった。

ちいさな駅をいくつか通過していく。そのたびに、わずかずつビルの数が減り、ビルの高さが低くなり、住宅の屋根が増えてくる。そのうちに、ぽつぽつと畑も現れる。税金対策の緑化指定地域だが、そこには野菜が植えられている。武蔵野のおもかげを残す緑もちらほらとしてくる。この変化を眺めているのが、杉島は好きだった。都心で育った杉島だが、地所が大きかったこともあり近くにはまだ緑が残っていた。庭には桜の大木もあった。

就職したテレビ制作会社を辞めたとき、妻は子育てのために郊外に居を移すことを提案した。それに反対しなかったのは、家賃が安かったこともあるが、杉島自身が都心を離れたがっていたからだろう。結局、繁華街に働き場を求めたので離れることはできずに今日に至っているが。

そろそろ、潮時かもしれない。

木村も亡くなったことだし。

二年前、杉島は木村に仕事を紹介した。杉島の成功を見て、別の地域で同じ商売を始めた男にホームページの管理もできる電話番として雇わせた。アルバイトに毛の生えたようなものだったが、からだに負担はかからない仕事だった。木村は、渋々を装いながら引き受けた。手を合わせて感謝されるより、そのほうがよかった。木村にも意地が残っていることが嬉しかった。

一方的にだが、木村に恩も感じていた。文化祭のバンドに誘われなかったなら、俺の高校時代はもっとずっと思い出薄いものだったろう。

しばらくして、木村から「万が一」のときを託された。そのなかに、羽柴を始めとする高校時代の仲間の連絡先もあった。

「葬儀には呼んでくれ。それまでは、おまえが連絡を取るのは勝手だが、俺のことは伏せておいてくれ」

木村はそう言った。

それもまた、木村の意地だったのだろう。だから杉島は黙ってうなずいた。

木村は、連絡を取るのは勝手だと言ったが、杉島は今日まで誰とも取らなかった。用がなかったといえばそれまでだが、用がなくても会いたくなるのが友人だ。

俺にも意地だか、プライドだかがあったのだろうか。

杉島は首を傾げた。いまの仕事に誇りはないが、恥とも思っていないが、もしかしたら必要悪に加担している気持ちはあるのかもしれない。羽柴の活躍は知っているが、他のみんなもそれぞれの場所でしっかりと働いている気がする。それに比べたとき、俺のやっていることはどうなのか。心のどこかで、そう感じていたのかもしれない。

だから連絡を取らなかった。

父親、とも。

疲れた頭で思いを巡らせ、うとうとしかけたときに急行電車は降車駅に着いた。

繁華街からほぼ三十分。遠くはないが、近くもない。週に一度だから苦にならないが、ここから毎日通勤すると考えたら、杉島には苦痛だ。やはり俺も木村が見抜いたように社会からの落ちこぼれなのかもしれない。そう思いながら、洗濯物が詰まった大きなバッグを抱えた杉島は、階段ではなくエスカレーターでホームを離れた。

全体としてはいかにも郊外の小拠点といった風情が残ったロータリーからすぐに、杉島の家族が住むマンションはある。わりと最近建った、タワーとまでは呼べないが駅周辺では一番の高さを誇る高層マンションだ。杉島家は周辺に住んでから収入の増加と子供の成長に合わせて、三度引っ越しをしていた。いまのマンションは４ＬＤＫだ。

俺が帰ってきたとしても、まだ狭くはない。

鍵をかざしてオートロックを通過し、杉島はエレベーターに乗り込んだ。

十七階のボタンを押す。

一応、倍率は三倍だった。くじ運が良かったのか悪かったのか、当たった。ローンは残り十年ばかり。明日をも知れぬ自営業の杉島ではなく、妻のほうで組んでいる。

よく晴れた日には、いつでも強い風が吹いているベランダから富士山が見える。だから、どうした。妻は気に入っている。俺も悪くないと思っている。立派な小市民じゃないか。新宿で隣のビルの壁ばかり見ていた目には、富士山はとても有難い山に映る。登ったことはないが、近づけば石ころだらけなのは知っている。離れているから美しく見える。自分の臆病を、こんな言葉で誤魔化してきたところはある。

「ただいま」

だれかいるかはわからないが、杉島はドアを開けると呼びかけた。こちらに帰ったときの、いつもの流儀だ。繁華街のワンルームには無言で帰宅する。だれもいないことが確定しているからだ。木村はずっとそうしてきたのだと思う。両親を亡くしてからずっと。さらにあの外階段のアパートに移ってからもずっと。

靴を脱いで、スリッパ立てから自分のスリッパを取って足に入れる。週に一度しか戻らなくても、ここは我が家なのだと杉島は改めて感じた。

廊下の奥にあるリビングから、妻が顔を出した。

「あら、珍しい。体調でも悪いの」

杉島は首を横に振りながら、大きなバッグを渡した。

「はい、いつものおみやげ」

「律儀なひとね。最近はコインランドリーがどこにでもあるのに」

その通りだ。マンションの近くにもコインランドリーくらいある。とはいえ、そこで洗濯を済ませてしまっては、家に戻る理由がなくなってしまう。

杉島はソファに乱暴に身を横たえた。

「疲れた」

サラリーマンならネクタイを緩めるところだろうが、あいにくネクタイなど滅多にしない杉島は、着ているシャツのボタンをひとつ外した。

「喪服、あったっけ」

洗濯機のある洗面所のほうから、妻が答えた。

「だれか亡くなったの」

「ああ、高校時代の友人だ」

「去年、買ったじゃない」

言われて、気づいた。そうだった。父親の葬儀に出席するため、妻に諭されて喪服を新調したのだった。空気が薄い気になって、杉島はシャツのボタンをもうひとつ外した。たかが十七階で、そんなはずもないのに。

洗濯機のまわりだす音が聞こえてきた。

「なに、黄昏てるの」

いつのまにか、妻がリビングに戻っていた。妻はソファではなく、床に腰を下ろした。

「ぼんやりしてただけだ」

「その姿に中年の哀愁が色濃く漂ってる。匂ってきそうなほどに」

妻の遠慮のない指摘に、杉島は苦笑した。遠慮はないが、たぶん正しい。それに身内ならではのやさしさも薄め過ぎたカルピス程度には含まれている。

「仲良かったの、その友だちとは」

「死後の始末を任される程度には」

「すごく深い関係だったんじゃない。あなたが高校の友だちといまでもつきあってたなんて、初めて聞いたけど」

杉島は頭をずらして、妻のほうに視線をやった。杉島より二歳年下の妻の顔には、いくつかの皺があった。髪には白いものも混じり始めている。目の下には、かすかに隈がある。看護師の資格を持っていて、子育ての時期に一度辞めはしたが、いまはまたしっかりと働いている。もう歳なのだからと杉島は賛成していないが、人手のないときは夜勤も引き受けているようだった。律儀な働き者だ。俺とは違って、と杉島は思う。

俺が勝手にやってこれたのは、最後は妻の稼ぎがあると当てにしていたところもないとはいえない。それだけはしないと心に誓っていたし、せずに済んできたが、妻自身そんな台詞を何度か口にしてくれた。しかも俺の商売に眉を顰めたりはしなかった。

「ずっとつきあってたわけじゃない。二年前に新宿で、ばったり再会したんだ。木村といって、高校のときも最初は仲なんてよくなかった。むしろ、互いに煙たがっていた。文化祭で一緒にバンドをやることになって、打ち解けた。でも俺はその後麻雀にはまってろくに授業にも顔を出さなくなり、また疎遠になってしまった」

「バンドって、パートは？」

「バイオリンだ。子どもの頃習わされていたんだ」

「知ってる。いまでも押し入れのどこかにあるわよ。葬儀で弾いたら」

「音楽葬か。残念だけど、葬儀は簡素にと指定されているんだ」

「それにしてもバンドなんて、青春ね。あなたらしくないけど」

「言えてる」

妻の言葉に、杉島は苦笑した。

さすが、俺の妻だ。わかっている。俺に青春は似合わない。五十五歳になったいまはもちろん、高校生のときだって似合わなかった。部活に熱を上げるやつを軽蔑し、恋愛にうつつを抜かすやつを冷笑していた。心の奥で羨ましく思いながら。

でも友情だけは、一瞬この手に掴んだ。文化祭の終わりとともに、手を離れていってしまったけれど。

コーヒー淹れる、と妻は立ち上がった。杉島はキッチンに届くように声のボリュームを上げてつづけた。

「俺と会ったときは、黄昏どころか夜更け間近といったさみしい風情だった。病気をして、職も失ってたんだ。両親はすでに他界して、結婚はしてなかった。まさにひとりぼっちだ。なんだろう、一歩間違えていた俺に出くわしたみたいだった」

「あなた、一歩間違えてないつもりなの」

笑いながらだが、鋭い指摘が返ってきた。

「いや、だからもう一歩間違えていたとしたら、だよ」

「それは塀の向こうでしょ」

事も無げに言われてしまった。怖がりのぶん慎重なので、違法サービスは固く禁じていたし、仕事以外でも警察のお世話になったことはない。だからといって、反論もできない。塀の向こう側に行った知人も何人かいる。

「とにかくむこうも俺に親近感、覚えたみたいだった」

いい香りが流れてきた。打ち合わせでよく喫茶店を利用する杉島は、コーヒーを口にしない日はない。今日も羽柴と飲んだ。それでも妻がコーヒーを淹れてくれるのは嬉しかった。たとえ、いろんな駅前にある食品チェーン店の安いスペシャルブレンドだとしても。

「残念だね、せっかくの友だちがいなくなっちゃって。大人になると、友だちつくるのも大変だもんね」

妻にコーヒーカップを差し出され、杉島はソファから起き上がった。妻は膝をかがめて杉島に視線を合わせてきた。

「では、木村さんを偲んで」

「知らないだろ」

「だけど、夫の大切な友だちだったんだから」

なんとなくふたりしてカップを軽く掲げてから、口をつけた。木村にも、こんな時間を与えてやりたかったと言ったら、不遜だろうか。杉島はビジネスホテルのティールームの味がするコーヒーをゆっくりと噛み締めた。

大切な友だち。まあ、そうだ。

再会した日、かなり飲んだあとで、木村はぼそぼそと職業安定所に行った帰りだと打ち明けてきた。だから、あんな場所でばったりと出くわしたのかと納得した。木村は金に困っているとも、ましてや貸してくれとも言いはしなかった。金がないのは、わかっていた。杉島は財布を探り、入っていた五万円をそっくり差し出した。返ってくるとは期待していなかった。バイト先を紹介するから、その前渡しだと言った。木村は受け取りも、バイトをすることも渋った。渋る気持ちはわかったが、それが半分はポーズであることもわかった。しばらく耳を貸したあと、杉島は手を合わせた。とりあえずホームページづくりだけでも、手伝ってくれと頼んだ。

木村はバイトをすることになった。二か月後、木村は五万円を返してきた。何度も金を貸したことはあったが、催促せずにきちんと返ってきたのは初めてだった。

友だち、だ。

このことは、妻にも、羽柴にも話すつもりはない。墓場まで持っていくつもりだ。たかが五万円の話だが、おおげさにいえば木村には尊厳に関わることだったのではないかと杉島は感じていた。

「突然なんだけどさ」

うん、とカップの縁に口をつけたまま、妻は首を傾げた。

「いまの仕事、畳もうかと思って」

ごくん、と妻はコーヒーを胃に落とした。

「別にいいよ」

杉島の思った通りの返事だった。俺は恵まれている。少なくとも、木村より。それに妻に出ていかれた羽柴よりも。

「政府やマスコミがなんと言ってるか知らないが、景気はあからさまに後退してる」

「お客さん、減ってるんだ」

「うちのマッサージだけじゃない。知ってる飲み屋もいくつか潰れた。行きつけのスナックでも、ママがぼやいてる。流行ってるのはせいぜい三千円で飲める店か、行儀の悪いインバウンド客を相手にしているところだけだ」

「街に、しばらく出てないなあ」

「暇になるから、映画でも観に行くか。ついでにメシでも食おう。知り合いに、いい焼肉屋を教わったんだ」

「無駄遣いをしてる余裕あるっけ」

「まあ、ある」

杉島は胸を張る真似をしてみせた。

「上の恒誠はもちろん、下の雄誠も大学出して、俺たちふたりして豪華客船で世界旅行できるくらいの金は蓄えた」

「性感マッサージ様々だね」

「違う、俺が長年かけて閃いた、性感を刺激してしまうこともあるまともなマッサージだ。もうそれもおしまいだけどな。去年の暮れあたりから徐々に売り上げが落ちてた上、先月に一番長く勤めてくれた売れっ子の女の子が辞めたんだ。潮時だと思う」

「新宿のワンルームマンションも引き払うの」

「ああ、木村の葬式が終わって、仕事の後始末もしたら解約する」

玄関の開く音がして、低い声がただいまのような言葉を発した。

上の息子の恒誠が、リビングにぬっと入って来た。杉島より5センチは身長が高いし、登山部で鍛えているから、なかなかの存在感だ。

「あれ、オヤジ、帰ってるんだ」

しゃがんでコーヒーを飲んでいた妻が立ち上がった。妻の頭は恒誠の肩あたりしかない。

「高校のときの友だちが亡くなったんだって」

「じゃ、喪服取りに来たんだ」

「いや、通夜はしないし、葬式はまだだ」

「だとしたら、友だちが死んで、さみしくなっちゃったのかな。それで家族の声が聞きたくなったと」

「そんなん、……かもな」

否定しかけて、杉島はやめた。強がっても仕方ない。

「仕事も畳んで、こっちに戻ってくるんだって」

妻の言葉に、恒誠はオーバーに顔をしかめた。

「えー、家が狭くなるなあ。俺が卒業して出てくまで待ってよ」

「恒誠、あんたねぇ」

すかさず妻が言い返した。

「お父さんの友だちが亡くなったということは、いつお父さんがいなくなってしまうかわからない年齢になってるってことだよ。会えるときに会って、暮らせるときに一緒に暮らしておくべきでしょうが」

その台詞は恒誠を黙らせただけでなく、杉島も黙らせた。俺は会えるときにも父親と会っておかなかった。言ってしまってから妻もそのことに気づいたらしく、ちらりと杉島を窺ってきた。それとなくだが、妻からは生前に何度も父親との和解を促されていた。杉島はかたくなに耳を貸さなかった。

そこでまた、玄関のドアが開いた。

今度は下の雄誠の帰宅だった。ぬっとリビングに入って来た雄誠も高校生のいまも身長が伸びているらしく、杉島を見下ろしてきた。

「あれ、オヤジがいる。家族会議でもするのか」

たしかに息子ふたりが揃うと、狭くはないはずのマンションがやや息苦しい。

「煙草吸って、電話かけてくる」

杉島は逃げるようにベランダに出た。背後でふたりの息子と妻の声がした。

「オヤジ、いじけたの」

「さみしくなったんだろ。歳だし」

「あんたたちとは関係ないわよ」

背中向きでベランダの窓を閉めた。

外は暗くなろうとしていた。駅のホームから多くのひとを乗せた電車が出ていく。今日も風が強く吹いていた。

からだで風除けをして、杉島は煙草に火を付けた。

一服して、スマートフォンを取り出す。登録してあるなかから、木村に教えられた落合真弓の番号を探して、押した。

「はい、もしもし」

五回コールして、電話は繋がった。見知らぬ番号からの電話に警戒している様子の声が聞こえてきた。

「落合さんですか。ぼくは高校時代に友人だった杉島誠一ですが、覚えていますかね」

「文化祭で一緒にバンドで演奏した、あの杉島くんだったら、もちろん覚えてます」

名乗ると、落合の声がいっきに打ち解けた。

「突然、ごめん。積もる話の前に伝えなくてはならないことがあるんだ」

「どうしたの、改まって」

「実は、木村和樹が亡くなったんだ」

落合真弓

「そうだったの、知らなかった。わかった、葬儀は必ず都合をつけて出席させてもらうわ」

電話を切ったあと、落合真弓はしばらく呆然として廊下に立ち尽くしていた。

自分は迂闊な人間だ。すでに思い知らされていたが、今夜また改めて知らされた。

老人ホームで再会したあと、木村とは何度か一緒にボランティアの演奏をした。木村は痩せていたし、顔色もよくなかったが、それは何十年も前の高校生のときと比較しての話だ。だからすぐに健康状態と結びつけはしなかった。少し気がかりではあったが、本人はなにもそれらしいことは口にしなかった。ピアノ教師として日々音楽に接している落合の耳だが、木村の演奏は安心して聴くことができるものだった。

練習のために、我が家に招いたこともあった。

もう四年前になる。ギターケースを背中に背負って、ちいさなギターアンプを片手に、いつものキャップにネルシャツ姿で現れた。土産に、自分の好物だといってかりんとうを持ってきた。気が利いているのかいないのかわからないところが、木村らしかった。

「立派な家だな」

「母も息子もいるし、ピアノの教室も兼ねているから、どうしても広くなっちゃったの」

「賑やかそうで、いいな。俺の家はこんなに広い家じゃなかったけど、それでもひとりで過ごすには広すぎて手放してしまったんだ」

「母がいつまで元気でいるかわからないし、息子だってそのうち出ていくんじゃないかしら。そうしたら、さみしくなるわ」

「もし仮にそうなっても、ご主人はいるだろう。生徒も通ってくる。悪くないさ」

「木村くんも、ギター教室をやっているんでしょ」

「俺のは区民センターの間借りだ。部屋にだれか来るわけじゃない。落合とは違う」

「主人はとても忙しいひとなの。仕事が好きなのね。リタイアしたら、家に居つくようになってくれるといいけど」

　そんな会話を交わした。あのときはまだ、母は健在だと思い込んでいた。すでに兆候は出ていたのに、わたしは気づけなかった。物忘れが多くなって、母も年老いてきたくらいにしか感じていなかった。そう思い込もうとしていたのかもしれない。しあわせに慣れきってしまっていたのかもしれない。世間には冷たい風が吹いていても、ピアノでショパンやモーツァルトの旋律を鳴らせば、この家は守られるとでも思っていたのかもしれない。

　再会したときには、すでに木村は心臓を悪くして通院していたのだし、このときには家を売っていたのだから、仕事はうまくいっていなかったのかもしれない。そんなことは、尋ねもしなかった。聞いても本当のことは話してくれなかっただろうし、なにができたわけでもないが、自分の気遣いが足りなかったことには変わりがない。

「お母さん、どうかした？　おばあちゃんなら、心配ないと思うよ」

息子の奏手が、心配して廊下に出てきた。

落合は、手にしたスマートフォンを握り直した。

「違うの。お友だちが亡くなったの。知ってるわよね、木村くん」

奏手は半分ほっとしつつ、半分まだ心配を残した顔になった。

「ああ、高校のときの同級生で、ギターを弾くひと。会ったことはないけど、お母さんと一緒に演奏してたんだっけ。そういえば、最近、話に出てなかったね」

「一年ほど、会ってなかったから。忙しいとかで、ボランティアの演奏もしばらく休みたいって言われてたの」

「そうか。とにかくリビングに戻ろう」

奏手に導かれて、落合はリビングのソファに浅く腰かけた。ついていたテレビの音が煩わしくて、落合はリモコンでオフにした。かけていた眼鏡を外し、こめかみを押さえた。

「わたし、全然気づかなかった」

「仕方ないよ、お母さんも大変だったんだから」

奏手はオーディオの前に立った。

「なにか、かけようか」

「そうね、静かな曲」

「静かだけど、軽い曲にしよう。気持ちを落ち着けてくれそうなヒーリングミュージック」

やがて、息子が選んだ音楽が流れだした。ピアノ曲ではなかった。アコースティックギターを中心に据えた、静かだがポップなインストナンバーだった。

奏手は、落合の向かいに腰を下ろした。

「木村さんって、お母さんの昔の彼氏だったとか」

思いがけない問いに、軽く噛み締めていた落合の口許が緩んだ。

「まさか。思ったこともないわ」

「それにしては、ショックを受けてるみたいだね」

「大事な思い出を共有しているひとだから」

「どんな思い出なの」

「……文化祭」

息子に青春を語る気恥ずかしさに、落合の頬は軽く熱くなった。はるか昔のことだが、わたしにも女子高生だったときがあって、文化祭でステージに立ったのだ。

「なんか、いいね。ぼくも高校三年のとき、文化祭の後夜祭で好きな女の子をフォークダンスに誘ったのは、いい思い出になってる。ひと月で破局したけど」

「知らなかった。まじめに受験勉強してると信じてた」

「ちゃんと現役合格しただろ。人生には息抜きが必要だし、思春期には親に秘密を持つことも必要なんだ」

いつのまにか、母親を宥めることができるほど息子は大人になっていた。この子が、息子ではなく娘だったら……。口にしたことはないが、落合は人生のなかで何度か思ったことがあった。母親と仲の良かった落合は、それになぞらえた子供との関係を心のなかに思い描いてきたところがあった。息子だと、娘ほどは近しい関係になれないだろうことをもどかしく感じるときもあった。

いまは違った。息子がいることが有り難かった。頼もしくもあった。

緩んだ落合の口から言葉が漏れだした。

「高校二年のときに同じクラスになったんだけど、木村くんは無愛想で気難しそうなひとだった。再会してからも、一見しただけだと話しかけづらい雰囲気だったけど」

「孤高の人、かな。あるいは、それを気取っている。高校の頃って、いろいろかっこつけたいんだよね。ぼくも気難しい芸術肌の人間に見られたかったけど、それには性格がフレンドリー過ぎた」

落合は頭のなかで、教室の窓辺で不機嫌そうに外を眺めていた木村の姿に息子の顔を重ねてみたが、あまりに不似合いだった。ちいさいときから、奏手は生徒さんたちにアイドル扱いされる人懐こい子だった。落合は子育てに思い悩んだことも、ほとんどなかった。

奏手には反抗期と呼ぶほどのものもなかったし、我が子とは思えないほど成績は優秀で、友人にも恵まれているようだった。

「そんな感じ。わたしはごく普通の、というか仲のいい女の子同士でつるんでいるような女子だったから、木村くんとはほとんど話もしたことがなかった。できれば関わりたくないと思っていた。文化祭のときも、直接話しかけられたら、逃げてたかもしれない」

「ひどい嫌われようだな」

「嫌いじゃなくて、怖かったの。わたしとは住む世界が違う人とも感じてた」

「お母さんは、箱入り娘のお嬢様だからな」

奏手にそう思われても、反論はできない。その息子の奏手も、箱にまでは入っていないかもしれないがお坊ちゃんなのだが。

「羽柴くんの話はしたかしら」

「ラブコメ描いてる同級生だろ。ぼくもこっそり読んでた。お母さんはこんな恋愛まみれのエッチな高校生活を送ってたのかと、羨ましかった」

この感想には、落合も笑ってしまった。

「ばかね。あれは、あくまで漫画よ。羽柴くんだって、いろんな女の子と取っ換え引っ換えつきあっていたわけじゃないわ。好きな女の子がいたのは知っているけど、告白できたのかどうかも怪しいわ。その子、高校の途中で転校しちゃったし。ましてやわたしなんて、恋愛とは無縁だった」

　ほのかに想いを寄せた相手はいたが、息子の奏手にはその部分は省いて説明した。

「話を戻すと、木村くんと羽柴くんがふたりでやっていたフォークデュオを、バンドにしたいといって集められたメンバーのひとりがわたしだったの。木村くんとふたりきりだったら、怖くて断っていたと思う。でもバンドならほかのひともいるし、クラシックではない曲を、ギターなんかが入った編成で演奏してみることに魅力を感じたの」

「聞いてると、なかなかにラブコメっぽい展開だけど。あの漫画にも、そんなストーリーが入っていた気もする」

「恋愛はともかく、青春ではあったのかも。わたしがピアノ教室の娘だということはみんな知っていたし、こっそり曲づくりをしていることも仲のいい子には話してたから、それを木村くんたちが聞きつけたんだと思う。羽柴くんが作詞して、私が曲をつけたものも文化祭で演奏した。いまとなっては、高校時代一番の思い出」

　奏手は大きくうなずいた。

「おっ、人気漫画家と共作したんだ。アナログだけど、いい話だ」

「あなたみたいに、パソコン使ってひとりで音楽つくってるひとには、古臭い青春かもしれないわね。でも、みんなで何かをつくるのって、いいものよ」

「ぼくだってピアノだけでなくギターも弾くし、バンドを組んだことはあるよ。みんなのスケジュール調整してスタジオ押さえることとか、いろいろ面倒で長続きしなかったけど」

　息子にも、幼い頃からピアノは教えてきた。奏手は飲み込みがよく、上達した。落合自身以上に、才能はあった。コンクールにも出したし、入賞もした。それでもピアニストを目指せるほどではないことは、落合にも落合の母親にもわかった。簡単に言えば、奏手は天才ではなかった。ひたむきにピアノと向き合える秀才でもなかった。その気になって探せばどこの小学校にもひとりは見つかる、音楽の先生に可愛がられてなにかのときの演奏に駆り出される、とてもピアノの上手な子のひとりだった。つまり、大きな括りで見てしまえば、母や落合自身と同じランクということだ。

　もちろん、ピアノ教室の先生なら十分に務まったはずだ。だが男の子に、収入の安定しないピアノ教室を継げとは言えない。

　本人も音大進学は希望せず、音楽は趣味としてつづけている。それでいいと落合も思っている。ただしピアノやギターだけを本人が生演奏して、パソコンの音源でアレンジを施してつくっていく息子の音楽は、正直いまひとつ納得できないままだ。生のオーケストラの前でピアノ演奏をさせてやりたかったなどと、本人は望んでもいないことを思ってしまう。作曲し、アレンジを施した音源を、息子は音楽サイトで売っているのだそうだ。一曲の使用料が二千円程度で、月に何曲かは売れるらしい。ピアノ演奏ではない音楽的才能が息子にはあるのかもしれないが、このへんの話になると、落合にはまったく理解ができなかった。お母さんもやってみればいいのにと勧められたが、即座に首を横に振った。もう作曲をすることはなくなっていた。旋律が浮かぶこともない。

わたしがいま、高校生だったら。作曲した曲をみんなと演奏したりせず、息子のような作業をしていたのだろうか。わたしが耳を塞ぎ、目を背けていても、時間は流れて時代は進んでいく。そして、わたしも歳を取り、母親はもっと歳を取り、友人は亡くなる。

落合のスマートフォンが、メールの着信を告げた。液晶画面を眺めた落合の顔は、軽く落胆していた。

「お父さんから。また今夜も遅くなるんでしょう」

メールを開く前から予想できていた通り、仕事で深夜の帰りになる旨が記されていた。もともと明るいうちに帰ってくるようなことはない夫だったが、ここのところ帰りが深夜をまわる日も増えていた。口には出さないが、家に帰っても寛げないのだろう。

「連絡してくるだけ、いいじゃないか」

息子に慰められるのも情けないが、落合はうなずいた。

「そうね。仕事だし」

「働き方改革は、取締役には適用されないのかな」

「どうかしら。お父さんの場合、接待のときも多いから、仕事と認定されるかどうかも怪しいし。とにかく倒れないか、心配」

落合の夫は上場企業で取締役までに出世していた。一昔前なら、仕事一途の働き者と称賛されたであろうタイプだが、いまとなっては古いタイプと呼ばれる人間だ。好きな仕事に熱心になっているのではなく、仕事に熱心になることが好きに見える。正直いえば、落合ももっと家庭を顧みてほしいとずっと望んでいた。

「律儀に生きている人だから。でなければ、養子に入ってなんかくれなかっただろう。別に落合家は名家や旧家じゃないんだし。財産だって、たっぷりあるわけでもない」

奏手の言う通りだった。いまでは死語となりつつある「中流」そのものの落合家で、母親との同居だけでなく、夫は養子に入ることも同意してくれた。地方出身の次男坊だったことを差し引いても、有り難いことだった。

「贅沢言ってはいけないわね」

「そうさ、ちゃんとした一軒家に住んでいて、稼ぎのいい旦那がいて、好きなピアノで先生と呼ばれて、ボランティアとはいえその演奏で感謝される機会もあるなんて、悪くない身分だ。ぼくはお母さんみたいな人生を送れたら、文句はない」

「説教してくれる息子もいるし」

「やさしく諭しているんだ。あんまり思い悩むと、老け込むよ」

言われて、落合は思わず目尻のあたりを指でなぞってしまった。だれも面と向かって指摘はしないが、顔に小皺が増えたことは鏡を見るたびに自覚していた。月に一度は染めているので目立ちはしないが、白髪も増えてきた。それに木村と再会したときはふっくらしたと言われたのに、いまは逆に体重が減って顎や二の腕にたるみが出ていた。骨の芯に沁み込んでくるような慢性的な疲労も感じていた。以前は費用対効果をおおいに怪しんでいたテレビ通販の健康食品を、つい買ってしまいそうになることもある。

理由はわかっていた。ただの加齢によるものではない。

自然と天井に視線が動いたとき、二階から鈍い音が響いてきた。

落合は眼鏡をかけると慌てて立ち上がった。それを奏手が制した。

「いいよ、ぼくが見てくる」

「わたしが行く」

結局ふたり揃ってリビングをあとにし、階段を登った。

一応ノックをして声を掛けながら、落合は母親の寝室のドアを開いた。

「お母さん、開けるわよ」

介護用のベッドの脇に、母親は倒れていた。

何かを掴もうと泳がせている手を、息子がそっと握ってゆっくりと起き上がらせた。

「親切にありがとう」

母親は深く頭を下げた。

「いいえ、どういたしまして」

奏手はやさしく答えた。まるで道端で倒れていたどこかのおばあさんを助け起こしたかのような、いくぶん畏まった調子で。

それが正しい対応なのだ。いまだにそんな振る舞いができない落合は、母親と接するたびに悲しくなる。母親は孫の顔をもう覚えてはいない。娘であるわたしのことは、まだぼんやり認識してくれるようだが、真弓という名前はもう呼んではくれない。それどころかわたしを憎悪剥き出しにしてにらみつけたり、邪険に手を振り払ったりすることもある。理由もなく、暴れることも。

行き渋るのを宥めすかして病院で検査をしてもらい、母親がアルツハイマー型痴呆症と診断されたのは二年前のことだった。

まさか、と思った直後に、やっぱりと諦念に捕われた。

だれの身に起きてもおかしくないことが、母親に起きた。特別な不運に見舞われたのではない。投げたコインが裏になるか、表になるか。母親は、裏が出てしまった。そう、受け入れようと努力した。

いまもしている。

病状の進行は速かった。

進行を追いかけ、追いつこうとする落合の気持ちは息切れしていた。

落合は、母親の尻に手を当てた。老人用おむつのなかに失禁していた。

「もう、いいわ。あとはわたしがトイレに連れていくから」

息子におばあちゃんの下の世話をさせるわけにはいかない。

「わかった。なにかあったら、呼んで」

奏手は部屋を出たところで振り返り、微笑んでみせてから階段を降りていった。よく出来た息子だ。たしかにわたしはいままでも恵まれている。ただ、いままでの人生がしあわせ過ぎたのだ。落合も母親に微笑んだ。

「さあ、トイレに行きましょう」

「ひとりで行けます」

呂律はやや怪しいが、きっぱりとした物言いは昔ながらの母親のものだ。

このひとはいま、どれくらいわたしの知っている母親なのだろうか。落合はそんなことを思ってしまう。やがて、わたしもこうなるのだろうか。そんな嫌悪が混じった不安もよぎり、胃のあたりが重くなる。

迷惑そうな母親の手を取り、落合はそろそろとトイレへ先導した。

これからまた、長い夜が始まる。食事をさせたあと、うまく寝かしつけたとしても、母親は何度も目を覚まし、騒いだりするだろう。

そろそろ施設に入れることを考えるべきなのかもしれない。夫にはそうするように暗に勧められている。わたしのからだを気遣っているのはわかるが、同時に血が繋がっていないからドライになれるのだとも、落合は思ったりしてしまう。

木村と再会した高級老人ホームのことを、落合は思い出した。あのあと演奏で何度か訪れ、木村と一緒にステージに立ちもした。母親をあそこに入れてあげたかった、といまは思う。アルツハイマーの症状がここまではっきりと出てしまってからではもう、入所は受け入れられないだろう。仮に入れても、母親はあそこでの暮らしを愉しめる状態ではない。

落ち込む気分を振り払い、何十年ぶりかで聞いた杉島の声を思い出した。

文化祭を控えたある日、廊下で声をかけてきたのは杉島だった。だからわたしはバンドに加わる気持ちになったのだ。息子には羽柴くんのことも持ち出したが、本当のことをいえば羽柴くんは関係ない。木村くんも関係ない。

恋、というよりもただの憧れだったが、わたしは杉島くんに惹かれていた。

背が高く、整った顔立ちで、ときどき授業をさぼるし、近くに寄るといがらっぽい煙草の匂いがする。そんな杉島くんは、女子たちに秘かな人気があった。杉島がバイオリンを弾くと誰かから聞いて、わたしも憧れるようになった。

一緒に演奏した。結局はそれだけだった。

何十年かの長いタイムラグのあるときめきが、落合の胸に忘れていた震えを与えた。その震えに、一瞬、落合はすがりつきたくなった。

江藤幸也

「木村が亡くなった」

杉島からの電話を切ると、江藤幸也は店の暖簾を下ろしてきた麻沙子に告げた。すっかり板についた割烹着を脱ぐ手が止まった。

「木村って、まさかギターの木村先生のこと」

「そうだ。いま、高校時代の仲間から連絡があった」

店の常連で、木村のギター教室にも一緒に通っていた麻沙子と一緒に暮らし、昼間の化粧品のセールスの仕事のあとに店も手伝ってもらうようになって、三年が経とうとしていた。その頃に一度、ギター教室は「先生の都合で」と中断された。

木村は心筋梗塞で入院していた。退院後に問い詰め、ようやく知らされたときは水臭いやつと思った。それまではときおり江藤の店に顔を出していたし、教室後に誘って飲んだりもしていた木村だったが、酒を止められたのか教室以外で会うことはなくなった。そして去年にはギター教室も閉じてしまい、メールをしても芳しい返事が返ってこなくなっていた。

カウンターの椅子のひとつに、麻沙子は弱い磁力で引きつけられたようにすとんと腰を下ろした。

「心配はしてたけど」

「心筋梗塞が再発して、アパートで孤独死していたそうだ」

「なんで、お友だちはそのことを知ったの」

すぐには言葉が出なくて、江藤は言い淀んだ。

「ちょっと俺は木村に腹を立てている」

江藤はワインセラーから、日本産のスパークリングワインを一本取り出した。日本酒の揃えを売りのひとつにしてきた店だが、最近はワインにより力を入れていた。客の要望に応えていかなくては続けていけない。飲食店を多店舗展開する飲食関連の会社にいた江藤は、頑固な大将といった見かけよりずっと、そのへんは柔軟な考えを持っていた。

「ちょっと、お祝いする場面じゃないでしょ」

「仕返しだよ、木村への」

シャンパングラスをふたつカウンターに並べると、江藤は手際よく栓を抜いた。少しだけ泡がこぼれて、カウンターに染みをつくった。

「木村先生がなにかしたの」

江藤は縦とも横ともつかない首の振りかたをした。

「なにもしなかった。違うな、なにもさせなかった」

ふたつのグラスを満たし、ひとつを手にした。

慌てて麻沙子も、残りのグラスを持った。

「木村のバカヤローに」

江藤に合わせて、いいのだろうかと思いつつ麻沙子もグラスを軽く掲げた。

「亡くなったひとに、バカはあんまりだけど」

江藤は呻るように、グラスを飲み干した。もともと性格は穏やかなほうだし、客商売の家で育ったので、いやなことがあっても感情を殺すことには自信があった。それでも、溢れてくる怒りに似たやるせなさを、江藤はこらえきれなかった。もちろん、相手が気心知れた麻沙子だから、できることでもあった。

「電話をくれたのは、杉島という同級生だ」

「あなたより、木村先生と仲良かったの」

「高校時代の仲の良さは、同じくらいだったはずだ。というか、どっちも文化祭で木村とは親しくなったんだ。それまではクラスが同じなだけだった」

「前に話してくれた、木村先生とやったバンドね」

「そうだ。杉島は二年前、木村とばったり再会したんだそうだ。まだギター教室はやっていた時期なのに、木村は俺にはそのことを話さなかった」

江藤の空いたグラスに、麻沙子はゆっくりとスパークリングワインを注いだ。ちいさな泡がグラスのなかを揺らめかせた。

「なにか事情があったんでしょう。倒れたあとの木村先生は、以前以上に気難しくなっていたし」

泡を眺め、江藤はうなずいた。

「そうなんだ。事情があったんだよ」

江藤はまた、グラスを傾けた。仕入れで試飲したときはやや甘いと感じたスパークリンググワインだが、今夜の江藤には味はほとんど感じられなかった。アルコール分も感じなかった。喉で弾ける気泡が、わずかにささくれだった心を慰めた。

「心筋梗塞で入院したときに、あいつは職を失っていたんだ」

「ホームページつくる会社、やってたのよね」

「知ってるだろう、うちのホームページもあいつに任せた。ギター教室で再会して、わりとすぐだ。その頃は景気もよかったし、従業員も結構抱えていたらしい。だけど倒れた頃には会社も傾いていて、いい機会とオーナーに首を切られていたんだ。杉島の話によると」

最後の台詞が、江藤の口を苦くさせた。本人ではなく、杉島から聞かされたことが悔しく情けなかった。

「そうだったの。力になれたかどうかはわからないけど、親しくしてるつもりだったから、相談くらいしてほしかったわね」

「本当だよ。がっかりだ。打ち解けられる友人だと信じていたのに」

江藤は少しだけためらってから、あとを継いだ。

「みっともなくても、俺はちゃんと木村に相談した」

「紗季さんのことね」

グラスに添えた江藤の手に、麻沙子の手が重ねられ、あやすようにさすった。化粧品を扱っているだけに肌の手入れには気を遣っているはずだが、それでも水仕事をさせているせいで、麻沙子の手に以前の艶やかさはない。苦労をかけると詫びるたび、縁あって一緒になったんだからと麻沙子は笑ってくれる。

木村とも縁があったはずだ。少なくとも、俺は感じていた。だから、俺は相談した。引き取ったはいいが、どう接していいかわからない娘のことを、俺は木村にも、麻沙子にも相談した。このふたりにだけ、相談した。それが結果として、麻沙子との縁を深めることになった。なのに木村との縁は、深まりはしなかったのだ。

「麻沙子とのことも、木村にはきちんと相談した」

「そうだった。木村先生、鼻で嗤ったんだっけ」

「だと思った、とか言いやがった」

言ってみて、あれはさみしさを紛らせる笑いだったのかもしれないと、江藤は感じた。

木村はずっと、独身だった。両親も早くに亡くしていた。決まった女性がいる気配もなかった。客商売が長いと、そのへんはなんとなくわかってしまうものだ。しかもあの性格だし、俺に対してもこの仕打ちだ。杉島以外に、気の置けない友人がいたとも思えない。

そういえば、木村が倒れたのは麻沙子とのことを相談してから、わりとすぐだった。俺の掴んださささやかなしあわせが、木村の心を遠ざけたのだろうか。

江藤の高ぶりは収まりかけた。

だが、とまた心が激してきた。

「俺には黙っていたのに、杉島には打ち明けていた」

「あなたとは親しくなりすぎていて、相談しにくかったのかも」

とりなすような麻沙子の言葉に、江藤は首を横に振った。

「そうじゃない。杉島が言うには、木村は杉島には同類の匂いを嗅ぎ取ったからだそうだ」

「匂い、ってどんな」

「世間から弾かれた人間の匂いらしい」

俺だって、離婚も経験し、会社も辞め、ようやく店を手に入れたかと思えば、娘に悩まされた。崖っぷちを生きてきたとまでは言わないが、日当たり良好の平坦な道を歩いてきたわけではない。実家が店を畳んだこともあって、本来進むべき道から逸れて気がつけば未舗装の山道で迷いかけていた。ようやく、舗装路に戻ったといったところだ。財産もないし、保障のある暮らしも送っていない。

杉島は結婚して、子供もふたりいる。本人がそう言っていた。仕事には触れなかったが、少なくとも私生活では俺よりずっとまともだ。

「わたしがいたから、かしら」

気がつけば、麻沙子もグラスを空にしていた。

「紗季さんのときは、役に立ったかどうかはともかく、熱心に相談に乗ってくれたんでしょ。それがわたしのときは、鼻で嗤った。わたしがいるから、あなたと木村先生は違う匂いのする人間になってしまったのかも」

麻沙子のグラスに、江藤はスパークリングワインを注ぎ足した。

「だとしたら、匂いが違ってよかったよ。少なくとも、俺は孤独死はしない」

「わからないわよ、わたしが先に逝くかも」

「としても、おまえの待ってる場所へ行くのだから、孤独ではない」

口にしてから、江藤は気恥ずかしくなった。五十五歳の台詞ではないと思いかけて、五十五歳だから実感を持てる台詞だとも思った。実際、木村は死んでしまった。だれにも看取られず、たったひとりで。

ふたりはグラスを合わせた。

かちん、と音が鳴った。

スパークリングワインを一本空けて、ふたりは店の片づけをした。

ひとりになりたくなった江藤は、明日の仕込みをするからと麻沙子を先に帰した。麻沙子はいまも昼は以前からの仕事がある。江藤だけが残るのは、よくあることだった。

仕込みをするだけの気力はなかった。

腹立たしさはかなり消えていたが、そのぶんやるせなさが呑んだスパークリングワインを逆流させたように、胃の腑のあたりからふつふつ泡を立てて浮かんできた。

江藤は酒を日本酒に変えた。

慣れた手つきで親しい蔵から届いた一升瓶の中身を徳利に移し、湯を張った酒燗器に落とす。とびきり熱い酒が呑みたかった。

燗がつくのを待ちながら、江藤は物思いに耽っていった。

木村ではなく、娘のことだった。

「あちっ」

ぼんやりしすぎているうちに、徳利を持つと火傷しそうなほどの熱燗になっていた。

徳利の口をつまんで、素早く盃を満たした。

「木村のバカヤロー」

さきほどとは違い、力なく呟いた。

燗酒は喉の奥に沁みた。胸にも沁みた。

たてつづけに三杯ほど呷り、江藤は店の脇に立てかけてあるギターケースを取りに立った。先月常連を招いてやった店の九周年を祝う会で、江藤は麻沙子と一緒にギターを弾いた。

て歌った。木村に指導された曲もやった。高校時代からすれば遠くに来たものだが、いい年齢になってこんな真似ができていることが、照れ臭いのと同時に嬉しかった。

ギターはそのとき持ち込んだままになっていた。

実は会に招こうと、木村には電話を入れ、メールもした。電話は留守電になり、残したメッセージにもメールにも、返事は来なかった。

江藤がギターを木村に習い始めてから六年になろうとしていた。最近は手にする機会が少なくなってはいたが、一時期は店を閉めたあと毎晩必ず一時間は弾いていた。才能のないやつが上達したければ、教わったことを反復練習してからだに覚えさせるしかないという木村の教えを守ってのことだった。自分に音楽の才能がないことは、高校時代に思い知らされていた。一緒に演奏した仲間は、俺以外みんなそこそこの才能があった。それに反復練習は、柔道でからだに染み付いていて、たいした苦ではなかった。

九周年の会の前には、久しぶりにまたギターの特訓をした。だから左手の指の先の皮は、まだ固いままだ。

江藤はギターを取り出した。

じゃらんと鳴らして、チューニングはだいたい合っていることにした。いまはスマートフォンのアプリにギターのチューナーもあることは江藤も知っていたし、アプリは入れてあるが、使うのは面倒で気が進まなかった。音なんか、だいたいでいいんだ。

徳利から熱燗の湯気が立つカウンターに戻り、椅子に座ってギターを構えた。曲ではなく、Fのコードをストロークで鳴らした。

六弦とも、難なく音が出た。

アルペジオで弾いてみる。

できた。

人差し指をずらし、Gを鳴らす。

さらにずらしAを鳴らす。

できた。それくらいは、できるのもわかっている。

木村と再会してから六年の歳月が流れたことを、江藤は実感した。

Fがなんとか鳴らせるだけだった俺が、いまでは素直なメジャーやマイナーのコードだけでなく、曲によってはテンションコードも鳴らすし、ストレッチコードと呼ばれる指を強引に伸ばして弦を押さえるコードまで使ったりしている。

木村、なにが聴きたい。まあ、なにを弾いたって、おまえは下手くそが無理しているって皮肉な顔つきをするんだろうがな。

右手を弦の上から離し、江藤はギターのボディについているピックガードの下あたりを撫でた。無意識に、江藤はよくそこを触る。いまでは癖になってしまっていた。

そこには、傷があった。

長年使っていれば、ちいさな打痕はどうしてもついてしまう。探せば、別の個所にも打痕はいくつかあるはずだ。使い込んだからこそのものだ。まな板についた包丁跡みたいなものともいえる。新品のよそよそしさが消えて、からだに馴染んできた証拠でもある。

だが、その傷だけは特別だった。

自分でつけたものではない。

木村と再会して四か月ばかりが過ぎた頃だ。江藤がギターを弾いているとき、娘の紗季が投げつけてきた徳利が当たってできた傷だった。

さいわい、音には影響がなかった。とはいえ、一度ついた傷は消えずにしっかりと残っている。苦い、というより野草を噛んだときのえぐみのような消えない後味が、いまでも尾を引いている。

別れた妻と何度かやりとりをしたあと、紗季はふらりと江藤のもとへ現れた。高校を中退したと聞いていたから、覚悟はしていた。それでも「ヤンキー」そのものの姿をした娘に、江藤は正直嫌悪してしまった。息子が高校一年生で、娘が小学四年生のとき、江藤は離婚した。

当時、仕事の都合で江藤は単身赴任をしていた。勤めていた飲食店運営会社が地方都市に出店することになり、立ち上げを任されたのだ。子供のためと、妻は東京に残った。その生活が予定より長くつづき、妻とは互いに心まで離れてしまった。

江藤は、そう解釈している。妻には別の物語があるのかもしれないが、いまとなってはどうでもいいことだ。江藤が休みなく働いていた間、妻は浮気をしていたのかもしれない。正直、疑った。それらしい噂も耳にした。腹も立ったが、過ぎたことだ。離婚して、会社も辞め、これからをどう生きていくかに必死になると、妻のことはあまり脳裏に浮かばなくなった。連絡が来れば腹の立つこともあったが、飲食会社勤めをしていたときに受けたクレーム電話の要領で半分聞き流すこともできるようになった。

子供のことは、そうはならなかった。

養育費は払っていたが、自分の意志で会いに来る息子とは違い、紗季と定期的に会えたのは小学校を卒業するまでだった。

記憶に残っているのは、まだあどけない紗季の姿だ。セーラー服姿すら見てはいないのだった。

その後、妻は別の男と再婚した。

別れた妻は語りたがらなかったが、そこで悶着があったのだろう。思春期の娘のところへ、見知らぬ男が父親としてやってきたのだから、波風が立っても不思議はない。

とはいえ、金髪の髪にサングラスを載せ、派手な化粧と付けまつ毛、パープルのTシャツの上にスカジャンを羽織って、だぼついたジャージにサンダル履きの娘の姿までは、想像できていなかった。

地方都市で店を立ち上げる時、アルバイトの面接でヤンキーだろうと思える娘には何人か会った。だがさすがにどの子も、面接時にはもっと抑えた服装や化粧をしていた。店には出せない。

それが江藤の素直な感想だった。

引き取ってはみたものの、江藤は紗季とどう接していいのか途方に暮れた。いまにして思えば、娘のほうも自分を持て余し、途方に暮れていたのかもしれない。当時の江藤には、紗季の気持ちが推し量れなかった。

だから藁ほどにもすがれないだろうと思いつつ、木村にも相談した。木村はそのまま店で働かせろと言った。常連客の顔を思い浮かべると、暴挙にしか思えなかった。結局、江藤にとって、元の妻が匙を投げて突然現れた娘より、三年とはいえ慈しんで育てた店のほうが大事だったのだ。

木村の意見は容れず、江藤は紗季に髪を黒くし、化粧をやめ、用意した服を着て店を手伝えと言い渡した。

紗季は拒否した。バイトもせず、江藤が渡す小遣いや、たまには店の金をくすねたりしてふらふらした。

しばらくそんな状態がつづき、家にも居つかなくなり、江藤とのあいだもどんどん険悪になり、あの晩を迎えた。

店の片づけを終え、江藤がギターの練習をしているところへ娘がやってきた。

「なんか用か。金なら自分で稼げよ」

江藤は冷ややかな声をだしてしまった。つい三日前に、また店の売り上げが足りなくなっていたばかりだった。

しばらくの沈黙のあと、紗季が口を開いた。

「ここで働いてやってもいいけど、あたしの好きな格好させてもらうから」

娘は横柄な口を利いた。精一杯の突っ張りだと飲み込んでやる器量が、江藤にはなかった。

「駄目だ。店の空気を壊されるくらいなら、顔出さなくていい」

江藤は娘から顔をそむけ、木村に教わったばかりの曲をギターで奏でた。

「下手くそが気取ってんじゃねーよ」

カウンターの上にあった徳利のひとつを、紗季が投げつけてきた。

くぐもった嫌な音がして。徳利はギターのボディに命中した。

そのあと、床に落ちて今度は高い音を立てて割れた。

ギターのボディには、傷がついていた。

大事な商売道具の徳利で、大事な趣味のギターを傷つけられた。

江藤は怒鳴りつけていた。たぶん、大事な柔道の試合で対戦相手をにらみつけたときよりも、恐ろしい目になっていた。

「出ていけ」

娘の顔が、しまったとうろたえていたのではないかと思ったのは、あとになってのことだった。

紗季は出ていった。

それ以来、顔を合わせていない。連絡もない。消息も聞かない。元の妻は知っているのかもしれないが、そもそも元の妻とも養育費を払わなくなってからは、やりとりはほとんどなくなっていた。

鮎川由香

食後に出すコーヒーを、鮎川はゆっくりと淹れていた。

厨房の窓から見える夜空に、流れ星が尾を引いた。

移住当初は見える星の数に驚き、月の光のまぶしさに驚き、流れ星を数えたりもしたものだが、いまは営業をしているときだと流れ星を見かけても、いい天気の夜だと思うくらいになってしまった。もちろん、流れ星に願い事をしたりもしない。

だいたい、鮎川は願い事というほどのものを持っていなかった。もちろん、自分や家族の健康は願っているし、店のささやかな繁盛も願っている。現状維持できればいいわけではないし、一歩ずつ前へは進んでいこうと努力もしている。ただなにに向かって進もうとしているのかは、自分でもわかっていなかった。考えまいとしているのかもしれなかった。

店からは、客の相手をする母親の笑い声が聞こえてくる。そば打ちまではして、茹でる作業は鮎川に任せた父親は、すでに自宅スペースに下がっていた。

夜の営業は、前日までの予約があったときだけに一組限定でやっている。今夜の客は二年前に別荘を建ててから、たまに寄ってくれる六十代になったばかりの三谷夫婦だった。娘や孫を連れてくることもあるが、今夜はふたりだけだった。

山麓の森ブレンドと名付けられたコーヒーからは、土と木々の香りが立っている。近くの、といってもクルマで十五分ほどの場所に五年前に移住してきた、中山くんから仕入れているものだ。中山くんはアパレル関係の仕事をしていたが、もともとアウトドア派の人間で森のなかにログハウスを建て、さらに趣味が高じていまはコーヒーの焙煎で生計を立てている。同業者だった奥さんはバッグづくりを始め、うちの店にも置いている。まだ貯金を切り崩しての生活だというし、子供がいないからできる気ままな生き方だとも話すが、よく夫婦揃ってそばを食べに来る姿に、鮎川は軽い羨望を覚えている。応援してあげたくもなる。

コーヒーを注いだカップは、車で一時間ほどの場所に窯を構えた南城さん夫婦が焼いたものだ。ご主人が土を捏ね、奥さんが絵付けをしている。南城さんも脱サラ組で、四十歳のときに窯業学校に入り直し、その後大手の窯で修業してからこちらにやってきた。ふたりの焼き物も店に置いている。

長く店をやっているなかで、自然と横のつながりができてきた。多くは、都会から移住してきたひとたちだった。畑仕事をしているひとのつくった野菜も含め、そのひとたちのものを扱うことも増えた。母親の趣味で始めたブックカフェだが、父親の打つそばと鮎川の北欧料理が加わった取り合わせは、不思議な引力を持っているようだった。いまでは鮎川は、移住者中心で定期的に開くイベントの中心人物にもなっていた。

忙しいのは苦ではなかった。むしろ、自分から忙しくしているところがあった。母のようにずっと店に座っているくらいなら、軽トラックのハンドルを握ってあたりを駆けまわっていたかった。

鮎川はコーヒーを運んだ。

「由香さん、もうすぐお婆ちゃんになるんですってね」

三谷さんの奥さんは、仲間意識を交えた笑顔を浮かべていた。ご主人も大きくうなずく。

「かわいいですよ、孫は」

「と言いますね」

鮎川も笑顔で応じながら、いまだに違和感が消えていないことを感じた。

「わたしはひいお婆ちゃんですよ。孫娘のときはそんなでもなかったけど、ひ孫となるとかわいくてかわいくて仕方なくなるのかしら」

　母親もいまから相好を崩している。母親からすれば、娘と一緒に出戻って来た孫の茉由は、不憫な思いが先に立ち、かわいがるよりしっかり育ってもらわなければと接してきたのかもしれない。実際、茉由はしっかりと育った。大学を卒業すると県庁に就職し、早々に職場結婚をして、間もなく母親になろうとしている。

　それはいい。めでたい。孫もきっと、かわいいだろう。

　だとしても、自分がお婆ちゃんになることを、鮎川はうまく実感できていなかった。いつのまに、そんなに年を取ったのだろうと思う。十代の記憶はある。二十代の記憶もある。三十代の記憶もある。四十代の記憶もある。だからいま五十代を迎えていることはわかるし、鏡を見れば納得せざるを得ない自分が映っている。

　孫はかわいいだろうが、そのかわいさにかまける自分は、いまはまだ想像できなかった。想像する気も起きなかった。

「予定日はいつですか」

　ご主人の問いに、鮎川は首を傾げた。

「さあ、いつだったかしら。先月帰ってきたとき、茉由のお腹はそんなに出ていなかったんだけど」

「なに言ってるの、もう臨月ですよ。帰ってきたのは先々月だし」

たしなめるように、母親は鮎川を軽くにらんでみせた。三谷夫婦が少しだけ苦笑の混じった微笑みをつくった。

そうか。年齢とともに、時間の流れは速くなるというけど、あれは本当だ。春から秋にかけての店は、あいかわらず忙しかった。横のつながりが増えるうち、冬でもやることが多くなった。そのせいか風のひと吹きごとに、季節がさらさらと流れていってしまう感覚がある。

気づいたら天国にいるのかもしれない。

「でも、由香さんはまだまだお婆ちゃんとは、呼ばれたくないでしょう。美人だし、若々しいし、活動的だし」

三谷さんの奥さんがフォローするように言った。

「そうそう。下の街でスナックでもやったら、大繁盛しそう」

ご主人の言葉には、鮎川の物思いも飛んで吹き出してしまった。

「スナックですか。父もそば打つのがだんだんしんどくなってきてるし、母も店の仕入れをわたしに任せっきりだから、いっそこの店は畳んでそっちでいこうかしら」

「通いますよ」

ご主人のゆるんだ頬を奥さんがつねった。

「あなたは孫の世話してればいいの。色っぽい世界は卒業」

「卒業してますよ。銀座だって、長いことご無沙汰だ」

「会社の業績が悪いからでしょ」

「それもないことはない」

いいな、と思う。夫に先立たれた鮎川には、こんな空気に浸ることはできない。

「由香さんに、だれかいいひといないの」

奥さんが、矛先を変えた。ご主人はコーヒーを啜りながら腕を組んだ。

「探せばうちにもいるんだろうが、会社辞めてこっちに来てもらうとなると難しいだろ」

「そうね。スナックはともかく、この店は続けてもらいたいし」

「もうここは、わたしではなく由香の店ですから。しっかり続けてもらわないと」

鮎川は母親の顔を見た。含むところなど、なさそうだった。母親の趣味で始めた店だが、勝手に引き継ぎを済ませたつもりのようだった。それは鮎川にとって嬉しくもあるが、困惑することでもあった。

「地元にいいひと、いないかしら。働き者で、力持ちで、料理上手で、おまけに義理の両親にもやさしいひと」

三谷さん夫婦は、まいったとばかりに顔を見合わせた。

「ぼくらは別荘族なんで、地元のことはどうも」

「鮎川さんたちのほうが、いろいろおつきあいはあるでしょう」

母親は、わざとらしく吐息を漏らした。

「いないわねぇ。いいひとはみなさん、夫婦で頑張ってらっしゃる」

ちくり、と母親の言葉は鮎川の胸を針で刺した。悪気はなかったのだろうが。

たしかに、知り合った移住者はみな、夫婦でがんばっている。若いと呼ばれる時期を過ぎてから新しい人生を切り開くには、ひとりよりもふたりがいいのだ。母親にも父親がいた。わたしはそこについてきたオマケだった。自分の意志で、この土地にやってきて店を始めたわけではない。だから、夫を亡くした身でもやってこれた。

この先の鮎川の暮らしを、母親が案じていることはわかっていた。少しずつ本以外の商品を扱うようになり、料理のメニューも変え、土地にも根付いて店はうまくいっている。とはいえ、四季を重ねるうちにひとは歳も重ね老いていく。去年までは客が帰る前に父親が店から下がってしまうことはなかった。今夜は饒舌で元気だが、会話の弾まぬ客のときなど母親はあくびを噛み殺すこともあるようになった。

わたしはまだ元気だ。忙しいのも好きだ。店を変えていくための意欲とエネルギーも十分にある。

それでも近くにある日帰り温泉施設に通う回数は増えたし、ストーブのための薪運びが億劫に思える日もある。本の詰まった段ボールが届くと、持ち上げるときに「よいしょ」と呟いてしまうようにもなった。

いつか、わたしはひとりになる。そのときわたしは、いまより老いている。

店の電話が鳴った。

「こんな時間に珍しいわね」

「夜の予約かしら」

首を傾げるだけで動こうとしない母親のかわりに、鮎川が電話のあるレジへ向かった。本来なら、電話を受けるのは母親の役目だ。母親がそう決めたのに。

「もしもし、鮎川由香さんをお願いしたいのですが」

鮎川が声を出す前に、相手の声が届いてきた。店の固定電話に私用の通話がかかってくることは滅多にないので、鮎川の声は警戒するように変わった。

「わたしですが、どちらさまでしょうか」

「杉島です。高校のとき同級生だった」

「高校の……」

途中で高校を転校していた鮎川は、どちらの高校のことだろうと考えた。

「文化祭で木村と一緒にバンドをやった杉島です」

「えっ、杉島くんなの」

鮎川の警戒心は、いっきに溶けた。大学生になるまでは引っ越しの連続だった鮎川は、いまでも会う学生時代の友人がいない。数年前に偶然店を訪ねてきた木村以外には。その木村も、しばらく顔を見せていない。

思いがけない相手だったが、そうとわかれば鮎川には珍しく懐かしさという感情が込み上げてきた。高校二年のときの文化祭でやったバンドは、数少ない特別な思い出だった。

「どうして、この番号がわかったの」

「雑誌のブックカフェ特集に紹介されただろ。鮎川とご両親の写真入りで」

「あれ、見てくれたんだ」

地方誌や地方新聞、地元のケーブルテレビやラジオにたまに店は紹介されていたが、わりと最近名前の知れた雑誌に大きく扱われたことがあった。

「見たよ、標高千メートルの白樺林にある地方文化発信拠点、だっけ。想像もしていなかったのに、鮎川らしいかっこいい生き方だと感心した」

「やめてよ、なりゆき任せの結果でしかないんだから」

「いま、話せるかな」

鮎川は三谷夫婦のテーブルを窺い、声を落とした。

「少しなら。まだお客さんがいるの」

「そうか、閉店後をねらったつもりだったんだけど」

「常連さんだから、営業時間はちょっと延長中なんだ。でも、母がお相手してるし、あとは会計するだけだから」

「じゃ、簡単に話させてもらう。ちょっと、待って」

受話器の向こうが静かになった。煙草を吸っているんだ、と鮎川にはわかった。高校生のときから、杉島は隠れて煙草を吸っていた。本人は言わなかったが、杉島の服からは父親と同じじいがらっぽい匂いがしたから。父親はこちらに移住すると同時に、煙草はやめた。

「すまん」

「一服しないと、話せないことがあるのかしら」

鮎川の心に不安が芽生えた。斜に構えて退屈そうな態度を取っていたが、杉島の弾くバイオリンの音色は繊細だった。

「不思議だな。江藤や落合に電話したときは、こんなに緊張しなかったのに」

鮎川には懐かしい名前がふたつ、杉島の口からこぼれてきた。

「ふたりにも、電話したの」

「ああ、さっき。昨日は羽柴に電話して、今朝会った」

羽柴颯太。ふたり以上に懐かしく、そしてある意味では身近な名前だった。羽柴が漫画家として成功したことは知っていたが、それはどこか遠い話だった。店に羽柴の漫画はない。いくつかの例外を除いて、漫画は置いていない。母親の方針だった。

杉島、江藤、落合、羽柴、それに鮎川。名前は揃った。ひとりを除いて。

「雑誌の記事を見たのは本当だけど、店の電話番号はその少し前から知っていたんだ。木村が教えてくれた。何度か店を訪ねていたんだろ」

「ええ、ここ三年くらい、来てくれていないけど」

また、受話器の向こうで、杉島は煙草をふかしたようだった。

「最後のひとりになって、気が緩んだのかな。なるべく事務的に伝えるつもりだったんだが、気持ちが乱れてしまった」

「木村くんになにかあったの」

「ああ、そうなんだ。……亡くなったよ。俺と羽柴で確認してきた」

ひとは老いる。あるいは、死ぬ。

古い友だちがひとり、逝ってしまった。夫が逝ってしまったときのことが、鮎川の脳裏をよぎった。足許の床が腐食して沈んでいくような感覚に襲われた。

「鮎川、大丈夫か」

「ええ、とても驚いたけど」

「なんで俺が連絡してるのかとか、そんな話は今度にしよう。葬儀の日取りが決まったら、また連絡する。遠いけど、よかったら送りに来てやってくれ」

電話が切れた。きっと杉島はまた、煙草に火を付けるだろう。

半分ぼんやりした顔のまま、鮎川は三谷夫婦のテーブルに戻った。

「どうしたの、浮かない顔をしてるけど」

母親に指摘されて、無理に笑顔をつくった。

「昔の友だちからの電話だった。雑誌を見たんですって」

「だったら、もっと嬉しそうにしたら」

「これ以上、混雑したらいやだなと思って」

三谷さんのご主人がうなずいた。

「雑誌に出てから、土日は駐車場が満車になったりしてるそうじゃないですか。たしかに常連としては、ちょっと複雑です。あ、お会計をお願いします」

見送りに外に出ると、冷気に震えが走った。高原は昼夜の寒暖差が激しい。

三谷夫婦は早足で車に乗り込んでいった。

エンジンがかかると、マフラーから白い煙が漂った。

フロントライトが灯され、景色の一部が切り取られて映し出される。ライトがハイビームに切り替えられると、夜空の星の瞬きが薄くなった。

助手席側のサイドウィンドーが下げられた。三谷さんの奥さんが会釈した。

「たぶん、明日のお昼にまた寄らせてもらいます」

「お待ちしてます」

鮎川は手を振った。指先がかじかみそうだった。

三谷夫婦を見送り、店を閉めた。

母親を先に奥に戻し、後片付けをして、一日の売上計算を済ませた。

こうして、一日が終わろうとしていた。

迷ってから、熾火になりかけていた薪ストーブに、鮎川は一本だけ薪を足した。

あと少し、部屋に戻るのを遅らせることにした。

近くの椅子を引き寄せ、薪ストーブの前に座った。

新しい薪が、明るい炎を揺らめかせ始めた。

木村くんは独身だった。ご両親も早くに亡くしていたはずだ。杉島くんと羽柴くんが確認したということは、孤独死だったのだろう。

心臓が寒くなるのを感じて、鮎川は胸を腕でぎゅっとくるんだ。

自分の胸がいまでも柔らかくふくらんでいることを、久しぶりに実感した。だが抱きしめてくれるひとはいない。わたしは孤独ではない。両親とともに働き、暮らしている。離れているが、娘もいる。もうすぐ孫もできる。

それでも、孤独と隣り合わせで生きている。

高校二年の文化祭前に、わたしには仲間ができた。そのうちのひとり、羽柴くんはたぶんわたしを好きだった。わたしも羽柴くんを好きになりかけていた。そんな時間があった。

あのときわたしは孤独ではなかった。

転校生のわたしは、孤独には慣れているはずだ。ならばなにがこんなに怖いのだろうか。

鮎川は奥の自宅スペースに戻った。

父親はソファに横になって、寝息を立てていた。まだ起きていた母親はテレビの画面を眺めながら、ワイングラスを傾けていた。

「あんたも飲めば」

「うん、もらおうかな」

キッチンで自分のぶんのワイングラスを取り、ローテーブルに置かれたボトルから赤い液体を注いだ。

いまは、ぬくもりがある。明日もそうであるように願い、努力すればいいのだ。あとはなるように、なる。

鮎川はグラスに口をつけた。標高はここより低いがもう少し北の土地で、自分たちで育てた葡萄を醸す保田さんのワイナリーのものだ。やはり、夫婦で支え合ってワイン造りに励んでいる。コーヒーを焙煎している中山くんの紹介で知り合った。元河川敷だったという石ころの多い畑に、葡萄の摘果を手伝いに行ったこともある。大丈夫、わたしはひとの輪をつくっている。

「電話、なにかあったんでしょ」

動くのが少々億劫にはなっていても、母親の勘はいまだに鋭いままのようだった。

「木村くん、覚えてるかな。何度か店に来た同級生」

「ええ、来るたびに少しずつ顔色が冴えなくなっていたひと。最近、来なくなったわね」

「亡くなったんですって」

言葉にして伝えたことで、鮎川の胸のなかで木村の死が再び実感を帯びてきた。

「そう、由香も友だちが亡くなる年齢になったのね。お婆さんになるって、そういうことでもあるわ」

母親がグラスに口をつけたのにつられて、鮎川もワインを飲み干した。

羽柴颯太

杉島と別れて、羽柴颯太はしばらく街をぶらついた。

マンションに帰る気にはなれなかった。生活をなかば放棄した部屋に戻っても、ろくなことにはなりそうもなかった。どこかへ行きたかった。

木村は消えた。俺は消えていない、まだ。

消えないのなら、置き場を探すしかない。持て余している自分という存在を、どこかに運びたかった。できれば、心だけでも無にできる場所へ。俺はどこへ行けばいいのか。別れてから、羽柴は杉島とあっさり別れたことを悔やんだ。ひとりになってみて、木村の孤独死が身に沁みてきた。杉島と違い、死に顔を見ることは怖くなかったが、そこに自分の未来が重なると膝頭が震えてきそうなほど怖くなった。

足の震えを懸命に堪えて、羽柴はあてどなく歩いた。

やがて、降り立ったことのない、ちいさな駅に出た。

料金表を兼ねた路線図を眺めた。

当然だが、乗り継ぎさえ厭わなければ、どこにでも出ることができる。

羽柴は路線図から外れたその先を思った。

最寄りの駅はどこになるのだろう。

スマートフォンを取り出し、別荘地になっている地名と、杉島が教えてくれた店の名前で検索をかけてみた。

ホームページを見つけた。

北欧風のログハウスの外観と店内、それに料理の写真が出てきた。オーナーの写真があるのではと期待したが、それはなかった。

アクセスのページに移行する。最寄りの駅は、最寄りの高速道路のインターチェンジより遠そうだった。電車で行けないことはないが、タクシーと乗り継いで明るいうちに着けるかどうか。帰りのことも考えると、あまり現実的な選択ではなかった。運転することもあまりなくなったが、クルマは持っている。行くのなら、移動手段はそちらだ。

どちらにしろ、現実的ではないか。どうかしてるな、俺。

羽柴はひとりごちて、改札をくぐった。

鮎川の住む高原ではなく、都心の繁華街のどこかに向かうつもりだった。

鮎川由香に会いたかった。

だがそれは、羽柴のあまりに一方的な思いでしかなかった。杉島から木村の死を告げられれば、俺のことも思い出してはくれるだろう。だからといって、訪ねてくるなんて想像もしないだろう。飛躍がありすぎる。たとえ鮎川が東京に住んでいたとしても、常識ある人間ならいきなり訪ねたりはしない。

鮎川はどうしているのか。それが気にかかるのは、いまの俺が不幸だからだ。突然、妻に出ていかれ、途方に暮れたままだからだ。藁でもなんでもいいからなにかに縋りたいのに、縋れるものを持っていないからだ。未来がないから、顔が過去を向いてしまう。一番輝いていた過去は、漫画連載をつづけた十年間ではない。そこでの大量のアウトプットを可能にした高校時代だ。俺は鮎川由香が好きだった。ラブコメ漫画の主人公みたいに恋い焦がれていた。

あの日に戻れたらと、愚かにも願っている。

鮎川もそうであってくれたらと望むのは、自分勝手が過ぎる。

杉島は、いまの鮎川についてあまり語ってくれなかった。杉島自身は会っていないのだし、木村もここ数年は高原の店を訪ねてはいなかったらしい。夫と死別して、両親と店をやっている。娘がひとりいる。知らされたのは、それだけ。数年後のいま、鮎川は再婚したかもしれない。だとすれば、俺の出る幕などまったくない。

ターミナルで電車を降り、駅前の大型書店で立ち読みして、文庫本を一冊買った。

チェーンのカフェに入って、買った文庫本を読もうとしたがうまく集中できなかった。

妻が出ていってから、本も読めなくなっている。多いときは月に十冊は読んでいたのが、いまはほぼ読んでいない。

木村、俺は終わってしまったのかな。からだは生きているが、人間らしい精神活動は停止している。それが一時停止ならいいが、電源も切れようとしているのかもしれない。

このまま夜を迎えたくないな。

マンションに帰れば、泥酔してしまいそうだった。それ以外に、胸のどこかから湧き出て、吐く息と一緒に漏れてくる不安を紛らわす術はない。

ひとりの顔が浮かんだ。

妻が出ていってから顔を合わせにくい人間が何人もできた。足を運びにくい店もできた。そのなかでも、とっておきのひとりだった。だが会いに行く理由はできていた。

開店までの時間潰しのために、空いてもいない腹に食事を収めた。

電車に乗り、都心の別のターミナル駅に向かった。

不義理をしている店は、駅から徒歩五分弱の雑居ビルのなかにあった。

木村と再会してから、いろんな変化があった。ここへきて羽柴の人生も大きく変わったし、木村本人はもういない。だが再会した店は、いい方向へ転んでいた。

羽柴は雑居ビルの看板を見上げた。

かつて羽柴のマンションがある町近くで少ない常連客相手にやっていた店は、サラリーマンのひしめくターミナル駅に移転して繁盛店になっていた。

同じビルに入るキャバクラの呼び込みをすり抜け、ちょうど開店の時間に合わせて、羽柴は古ぼけたエレベーターに乗り込んだ。

一年以上のご無沙汰だった。

どんな顔をつくるか決めかねたまま、羽柴はエレベーターを降りて店の扉を開いた。

「いらっしゃーい」

変わらないマスターのケニーの声が聞こえてきた。

ギターのチューニングをしていた顔が上がって、羽柴を見た。

「よっ」

としか、羽柴は言えなかった。

当然だが、羽柴が口開けの客だった。以前の店よりずっと広くなった店内は、がらんとしていた。ここが埋まるのだから、たいした出世だ。

いくつもあるテーブル席ではなく、カウンターに羽柴は招かれた。

「久し振りじゃない。どうしてるかと思ってたんだよ」

「一年以上、ご無沙汰してしまった。顔を出しづらくて」

スツールに腰を据える羽柴の脇に立ち、ケニーはぽんと肩を叩いた。

「聞きました。いろいろ大変だったね。でも歌う気になったということは、少しは元気になったんだ」

「いや、そうでもない。ギターも弾いてないし」

「わたしが弾きますよ。最近のヒット曲以外なら。ソーダ割だったよね」

「ボトル、なんでもいいから入れて」

羽柴から離れて、ケニーはボトルの並ぶ棚をいじりだした。

「うちは常連さんのボトルは、簡単には捨てないから」

言葉通り、奥のほうから羽柴のボトルが出てきた。

それを片手にカウンターのなかにまわり、ケニーは氷やソーダ水の用意を始めた。

思いついて、羽柴はたずねた。

「木村のボトルはあるかな」

「彼もしばらく来てない。来ても、酒は飲まないからウーロン茶を出してた」

「そうだったっけ」

「わたしも店では飲むのやめたんだ。おかげでダイエットできてる」

羽柴のなかで時間が止まっていても、世界は動いている。移転する前は店が暇だと飲んだくれていたケニーが、きっぱりと酒を止めていた。確かに、腹のあたりがすっきりとしている。

羽柴のグラスに氷を入れようとするケニーに、羽柴は頼んだ。

「今夜だけ、禁酒をやめてくれないか」

ケニーは、羽柴の顔を窺い、黙ってグラスをもうひとつ持ってきた。気心が知れてるのはいいもんだと思うと同時に、ケニーも商売人らしくなったなとも感じた。ギターや歌の腕前だけで、店を大きくしたわけではないのだ。

ふたつのグラスが酒で満たされた。

「羽柴ちゃんの復帰に乾杯しますか」

グラスに手をかけようとするケニーを、羽柴は制した。

「いや、そうじゃないんだ」

「他になにか、あったかな」

「うん、あったんだ。踏んだり蹴ったり、じゃないけど。ケニーにも今夜か明日には連絡があるはずだ」

「もしかして木村ちゃんのこと」

マスターらしい勘の良さで、ケニーがたずねてきた。おかげで、羽柴は少しだけ話しやすくなった。

「木村は亡くなった。今朝、あいつのアパートで確認してきた」

羽柴はグラスを持った。しばらく呆然としてから、ケニーもゆっくりとグラスを持った。

「献杯」

ふたりは低く声を揃えた。

ソーダ割は口に苦かった。

「羽柴ちゃんは、どうして知ったの」

「木村と共通の友だちから、電話があった。木村はそいつの紹介でバイトみたいなことをしていたらしい。そのバイト先から無断欠勤してると連絡があったそうだ。それでふたりで様子を見に行った。死の予感があったみたいで、いろいろそいつには託してもいたそうだ」

ケニーはまたソーダ割に口をつけた。

「なんか、さみしいよ」

羽柴には、ケニーの気持ちがわかった。木村の死もさみしいが、木村がなにも話してくれなかったこともさみしいのだ。最期まで、かっこよくもないポーズを取り続けて木村は逝ってしまった。ネルシャツにダンディズムなど、似合いもしないのに。とはいえ、ずっとケニーと顔を合わせられなかった自分も同類かもしれないと、羽柴はソーダ割のグラスを揺らした。

「同感だ。一度、倒れたのだってあとから知ったし、その後の病状も語ってくれなかった。

会社を首になっていたのだって、俺は知らなかった」

「薄々は感じてたけど、言わなかったね。木村ちゃんは、一番古くからの常連だったんだよ。話してくれれば、なにかはできたのに」

「たぶん、店を大きくしたケニーに、落ちぶれて見られたくなかったんだろう。妻に逃げられて、仕事もろくにしてない俺にでさえ、木村は見栄を張っていたかったみたいだから」

羽柴のグラスも、ケニーのグラスも空になった。さっきよりも濃く、ケニーは二杯目をつくった。

「無愛想で、面倒なとこのあるひとだったからね」

「歳取ると、自分のプライドと折り合うのが難しくなる」

ほっておけば暗い坂道を転げ落ちていきそうな会話を、ケニーはわざとらしい造り笑顔で断ち切った。

「これを機会に、またご贔屓にして。こんな広い店を維持するのは大変なんだから。常連さんは、ちゃんと支えてくれなくちゃ」

「そうだな。がんばって通うよ」

「生きてるあいだは、愉しくやらないと。木村ちゃんのぶんも、生き残ってる我々が愉しまないと」

なるほど、生き残ってるのか。羽柴は妙に納得した。たしかに俺は生きている。生き残っている。ならば、残りを生きるしかないのだ。

　ケニーが誘った。

「歌おうか。木村ちゃんが、どこかに来ているよ。歌い足りなくて、成仏できずにふわふわしてる気がする」

「たしかにあいつは、往生際が悪そうだ」

「念仏代わりに、歌であの世に送ってやんないと、木村ちゃんの呪縛霊に居つかれたら、店が潰れちゃう」

　朝、アパートで確認した木村の顔が再び羽柴の脳裏に浮かんだ。覚悟していたようなひどい表情はしていなかったが、だからといって安らかでもなかった。霊の存在など信じていない羽柴だが、それとは別に供養という行為には意味を感じた。生き残っている自分やケニーのために。

「そうだな。歌で悼んでやるか」

　ふたりはステージに向かった。

　両脇には、それぞれドラムセットとキーボードが設置され、ギターやベースを弾く人間が四人は余裕で立つことができる。以前の店とは比較にならない、ゆったりとしたステージだ。

　一年少し前には、妻とふたりでここに立ち、ギターを弾いて歌った。

　あのとき、すでに妻には他の男がいたのだろうか。いたのかもしれない。俺は鬱気味で、この店に来るのすら億劫になっていた。妻はひとりで飲み歩く機会が増えていた。

俺は妻さえ疎ましく感じていた。妻もそれを感じ取っていただろう。

そのくせ、妻とふたりで老いていくのだとも思っていた。捨てられて、ひとりにされるなどとは予期していなかった。

俺が悪いのか。そうだろう。甘ったれていた。そうだろう。胡坐をかいていた。そうだろう。だが、妻も酷い。

とりあえず、歌おう。

羽柴はギターを抱えた。弦を鳴らす。

「なにを歌う」

ケニーの問いかけに、高校のとき木村と初めて一緒に歌った曲が浮かんだ。当時、とても人気のあったフォークデュオのヒット曲だった。いまでもこの店では、一夜に一度なら ず歌われているはずだ。

「ベタだけど、木村との思い出の曲」

羽柴はアルペジオで前奏を奏でた。すぐにケニーは了解し、リードをつけてきた。

ターミナル駅にある開店時刻のフォーク居酒屋が、高校の放課後の教室になった。

羽柴は十七歳になった。

54歳　杉島誠一と木村和樹

店を指定したのは、杉島誠一だった。

長屋のような店が軒を連ねてひしめく飲み屋街の奥、似たようなつくりの店が並ぶ路地のなか、騒がしい外国人観光客を押しのけるようにして、二階へとつづく階段を杉島は登っていった。相撲取りならすっぽり嵌まって身動きが取れなくなるほど狭く、へべれけの酔っぱらいなら途中で足を踏み外して転落しそうなほど急で、乱暴な人間が駆け上がれば踏み板が抜けてしまうに違いないほどぼろい階段だ。

まだ杉島は嵌まってしまった人間と踏み板を抜いた人間は見ていないが、転落した人間なら二度ほど目撃していた。

早い時間、といっても午後七時になろうとする店内に、客の姿はなかった。

圭子ママがひとりでお茶を挽きながら、コーヒーを飲んでいた。

「ああ、杉島くん、いらっしゃい」

たいしてウェルカムでもなさそうな声を出しながら、圭子ママはコーヒーカップをカウンターに置くとすぐうしろの棚に並べられたボトルのなかから、国産のいきなり入手困難になったウィスキーを取り出した。ボトルにはホワイトマジックで「すぎちゃん」と書いてある。圭子ママの字だ。字は汚いが、圭子ママはエロ系の出版社で編集長を務めていたこともある。この店は、一時厄介になっていた風俗ライターに連れてこられて、気がつけば常連になっていた。

ボトルの置かれた席に着く。圭子ママの目の前だ。といっても、鉤型のカウンターの前に強引に七席のスツールが詰め込まれただけの店だから、少し圭子ママがカウンター内でずれれば、どの席も圭子ママの目の前になってしまうのだが。

氷と水が用意され、手馴れてはいるがコマ送りにしたような緩慢さで一杯目がつくられる。圭子ママ、といっても還暦を越えている。

「すぎちゃん、あたしも一杯もらおうかな」

「コーヒー飲んでるじゃないか」

「コーヒーはチェイサーにする」

「新しい飲み方だ。アイリッシュコーヒーより、ずっと下品でいい」

圭子ママが自分のぶんをつくるのを待って、かたちだけの乾杯をした。

開け放してある窓の外に、圭子ママは目をやった。向かいの店とのあいだのわずかな空間に、ぽつぽつと雨が落ちていた。杉島は傘を持っていないが、天気予報では明け方までぐずついた天気がつづくと言っていた。

「今夜は閑かも」

「大丈夫、もうひとりは来る」

圭子ママの瞳に、下世話な好奇心の火がともった。

「新しい女を見つけたんだ」

「違うよ。男だ。古い男。高校時代の同級生だ。知り合いが始めた店に紹介して、電話番をやってもらってる」

杉島は何度か、つきあっている女をこの店に連れてきたことがあった。圭子ママの批評はいつも厳しかったが、中らずと雖もだった。妻以上の女を探しているわけではない杉島としては、どうでもよかった。圭子ママは杉島の素性もいまの仕事も心得ていた。

「すぎちゃんみたいな遊び人てことか」

「いや、俺みたいな不器用な男だ。ギターはうまいけど」

「なに言ってんのよ、世渡り上手の床上手のくせに」

「どっちも下手だけど、運の掴み方を覚えたおかげでなんとかなってるんだ」

「麻雀のおかげってわけね」

この店は、徹夜麻雀仲間の集合場所にも使っていた。

「伊達に何十年も打ってない。麻雀自体では負けていても、人生トータルではぎりぎり元を取って終われそうだ」

「長生きするよ、あんたみたいな人は」

階段がみしみしと音を立てた。

ふたりは会話をやめて、上り口に顔を向けた。

まず、鍔の破れたキャップが見えてきた。その下に人相のよくない顔がついていた。人相だけでなく、顔色もよくなかった。ゾンビに噛まれて一時間後くらいの顔色だ、と杉島は内心でつぶやいた。飲み過ぎてそんな顔色になった酔っぱらいを見慣れている圭子ママは、とくに驚いた様子はなかった。お馴染みのネルシャツが視界に入り、杉島は木村和樹に声をかけた。

「すぐにわかったか」

「いや、迷った。昭和にタイムスリップしちまったのかと心配になった」

手にしたビニール傘を壁に立てかけて、木村は杉島の手前のスツールに腰を下ろした。抱えていたバッグは膝の上に載せた。

「どうも、昭和のギャルです」

圭子ママが挨拶した。

「ああ、どうも」

とっさに返答に困ったらしく、木村は頭を下げるかわりに、ニワトリが餌を突つく時のように顔を前に突き出した。

「同じでいいか。それともソフトドリンクにするか」

笑いを堪えながら、杉島はたずねた。

「酒にしてくれ。医者から止められたりはしていない」

圭子ママが差し出したグラスに杉島が酒をつくった。水多めで、薄くしておいた。ボトルの中身が減ることを望んでいる圭子ママは、一瞬つまらなそうな顔をしたが杉島は無視した。

「少し遅れたが、退院おめでとう」

「杉島くらいだよ。そう言ってくれるのは。今回は、検査入院みたいなものだが」

らしくない、木村の台詞だった。

「あら、初対面だけど、あたしもお祝いするよ。退院、おめでとう」

圭子ママもグラスを上げてきた。

「そいつはどうも。いい店だね」

皮肉なのか、素直な感想なのかはわからないが、木村はそう言って狭い店内を見渡した。

「このへんは初めてかしら」

「たぶん。このへんの店は一見では入りづらいし、こんな場所で飲む知り合いは杉島くらいしかいない」

「羽柴だって、飲んでるはずだよ。見かけたことはないけど」

「ああ、そうかもしれないが、あいつが俺を誘うなら別の店だ」

「フォーク居酒屋か。行ってるのか」

「いや、退院後は行ってない。羽柴とも連絡を取ってない」

圭子ママが口を挟んできた。

「羽柴ってひとは、共通の友だちなの」

杉島がうなずいた。

「そうだ、高校時代の同級生。漫画家で、ヒット作も持ってる」

「なんで、連れてきてくれないの。高いボトル入れさせるのに」

「俺はずっと音信不通なんだ。いまは接点ないし。木村とは音楽仲間だから、ギターを弾ける店に行ってしまうのさ」

適当にごまかしたが、杉島自身はむしろ羽柴と会ってみたいと思っていた。ただそうなると、木村が嫌だろうと遠慮していた。たぶん、木村は羽柴に対しては、違う人間を演じている。だから積極的に会う機会もつくらないでいるのだ。

さいわい、ママの関心はずれていた。

「あら、ギターならうちにもあるわよ。二階に置いてる」

二階の店で二階もおかしいが、もともと青線だったときの建物をそのまま使っていることの店には、屋根裏部屋的な以前は布団を敷いていたスペースがある。

「だれかが酔っぱらって置いてったんだけど、うちのお客さんも年代的にギター弾けるひとがいるのよ。下手だけど。だから、あたしが相手するの面倒なときは、ギター弾かせてるわけ」

「手抜きできる便利グッズなわけだ。木村、リハビリ兼ねて一曲やってくれるか」

木村は首を横に振った。

「今夜はやめとく。話もあるし」

「そうだったな。深刻な話か」

木村には相談があると言われていた。夜は仕事でトラブルがあったときに駆け付けられるように店の近くで待機していなければならない杉島は、退院後は週三日勤務にしている木村の休みの日に合わせて、この店に足を運ばせたのだった。

「深刻かどうかはわからないが、最後のお願いだ」

何かから目を背けるように、杉島は外に顔を向けた。雨脚が強くなった様子もないのに、開いた窓から聞こえる雨の音が、はっきりと聞こえてきた。

「あたし、ちょっと買い物行ってくる。氷、なくなりかけてるし」

手抜きはしても勘所は外さない圭子ママが、察しよくカウンターから出て木村の傘を手にした。

「これ、借りますよ。もしお客さん来たら、適当にあしらっといて」

圭子ママは慎重な足取りで、急な階段を降りて消えた。

杉島は煙草を取り出した。いったんは口に咥えたが、火をつける前に口から離した。人差し指と中指に挟まれて、煙草が揺れた。

「最後のお願いってなんだ。終活でも始めたのか」

「ここはママも常連も察しがいい店だな。その通りだ」

木村は膝の上のバッグを開き、なかから茶封筒を取り出した。

「すまないが、俺が死んだら、これを開封してなかに書いてある手続きをしてくれ」

カウンターに載せられた茶封筒は厚みがあった。店の売上金など現金をそのまま扱うことも多い杉島には、札束が入っているとわかった。

「葬式を仕切れということか」

「それもある。俺には身寄りがない。親戚とは疎遠で行き来もしていない。頼めるのは、おまえしかいないんだ」

杉島はしばらく黙って、茶封筒を見詰めた。

「他人に頼られたことがないから、照れるな」

冗談めかして言ったが、場の空気はたいして和まなかった。

「なるべく面倒な始末は、自分でしておくつもりだ。すでに両親の入っていた墓は引き払って、骨壺は俺の部屋にある。俺と両親の遺骨の埋葬先も決めてある。葬儀も問い合わせて、簡単に済ませられるものを見つけてある。葬儀に呼んで欲しい人間のリストもつくっておいた」

茶封筒の表面を、杉島は撫でた。

「こいつは事務的な遺言書みたいなものか」

「そう考えてくれていい」

「いいだろう。俺でどれだけ役に立つかはわからないが、預からせてもらう。ただし、現金は預かれない。俺はギャンブルが好きだし、商売はここのところ右肩下がりだ」

「知ってるよ。酒も呑むし、煙草も吸うし、女遊びもするし、モラルの観念も低い」

「ひどい言われようだが、否定はできない」

「だが、友人の金に勝手に手をつけたりはしない」

「だといいが、なにしろモラルが低いから」

杉島はグラスの酒をいっきに呷り、煙草に火をつけ、深く一服してみせた。ようやく空気が少し和んだ。

「死んだ人間の預金は、簡単には下ろせなくなるのは知っているだろ。だが、死ねばいろいろと費用がかかる。それを肩代わりさせるわけにはいかない」

本気だな、と杉島は感じた。ならばあまりごねるものではない。

「わかった、預かっておこう。返してほしくなったら、いつでも言ってくれ。雲隠れするから」

「自宅の住所は知ってるよ。奥さんまで雲隠れすることはない」

「そうだな。でも俺が先に死ぬかもしれない」

「まずないが、奥さんに事情を話せば返してくれるだろう」

「かもしれない。俺と違って、モラルが高いから」

わざと乱暴に茶封筒を掴むと、杉島はそれを着ていたジャケットのポケットに押し込んだ。一応、確認した。

「まさか、自殺は考えてないよな」

木村の片頬が歪んだ。笑ってみせたつもりらしいが、たるんだ肌にできた窪みに寄った皺が、痛々しかった。老残。そんな言葉が、杉島の頭に浮かんだ。世間的にはまだ中年のはずのふたりだが、歳を重ねるほど実年齢と見た目の年齢の個人差は大きくなる。服が若作りの杉島は、そのぶん若く見えるかもしれない。木村はよれたネルシャツのせいばかりでなく、大病で倒れたこともあるし、仕事がうまくいかなかったこともあるし、私生活で孤独だったこともあってか、そのとき杉島の目にはひどく年老いて見えた。

「ないよ。すぐ死ぬ予定もない。だけど、再発したら今度は命の保証はないそうだ。ひとり暮らしだと、病院へ通報できない可能性も高い」

「面倒見のいい女を探せよ」

ふん、と高校生のときと同じ調子で木村は笑った。

「こんな病気持ちの貧乏で偏屈な年寄りに、だれがやさしくしてくれる」

「若く美人で献身的な看護師さん」

「この前の入院では、まったく見かけなかった」

杉島は、ふと思い出した。

「木村、鮎川のこと好きだったろ」

木村は薄い酒に手を伸ばし、噎せた。

「鮎川を好きだったのは、羽柴だ」

「それも知っている。晩熟の俺は恋愛には興味なかったが、バンドのフロントに立たせただけあって、鮎川は不思議な魅力があったもんな」

「杉島が晩熟とはな。落合はおまえに気があったぞ」

「晩熟だが、女子に人気はあったんだ。木村と違って」

「ふん、落合に惚れていた江藤がかわいそうだ」

「バンド内では、ふたつの三角関係がもつれていたのか」

杉島は高校生のときに見せなかった高校生のような屈託のない大笑いをして、スツールを立つと屋根裏部屋につづく階段を登った。

「やっぱり木村、一曲やってくれ」

階段横の壁に立てかけてあったギターを手にする前に、杉島は茶封筒をポケットの上からさすった。ぽつりと、声が漏れてしまった。

「そんな歳になったのか」

階段を降りようとすると、木村がこちらを見上げていた。木村も俺も、かつて高校生だったのだ。髪も豊かならば、皺もないことになんの疑問も持たなかった頃があった。

降りて、ギターを渡した。

「人前で弾くのは、久しぶりだ」

チューニングをすると、木村は指鳴らしのフレーズをいくつか弾いた。木村のギターを聴くのは、高校以来だった。

「昔の曲をやるか」

木村が弾き出したのは、羽柴とよく演奏していた曲だった。懐かしさが、杉島の胸を疼かせた。背筋を攣ってしまいそうなほど斜に構えてはいたが、俺だって青春したかったのだ。だから自分と似た匂いに反発していた木村がいるバンドに参加したのだ。

音が止んだ。

「あれ、フレーズを忘れちまった」

木村は戸惑った顔をしていた。指が覚えているはずなのにとばかりに、左手を眺めていた。老化のせいなのか、薄いウィスキーのせいなのか、重大な頼みごとのあとで気が抜けたせいなのか、病気のせいなのか、杉島にはわからなかった。木村にもわからなかった。

葬儀当日　杉島誠一

喪服を着るのは、父親の葬儀以来だった。

着心地はよくなかった。スーツを着馴れていないこともあるし、しばらくクローゼットで眠っていた服には、淡く防虫剤の匂いもした。それ以上に、父親のことを思い出してしまうことが、喪服に包まれた杉島誠一のからだを固くさせていた。

マンションの十七階から眺める空は青かったが、杉島の憂いを具現したように低い雲がひとつ、ぽっかりと浮かんでいた。

その雲に向けて、ベランダから煙草の煙を吹きかけてみた。当然ながら、雲が吹き飛ばされていくことはなかった。

サウナに行きたい。そう思った。

木村の死を確認した日から、杉島は繁華街には戻っていなかった。家族のいるマンションの居心地がよかったというより、ひとりの部屋に戻るのが怖かった。持病は歯肉炎や慢性的な腰痛と薄毛くらいで、命に係わるものはない。それでも、同級生の木村の死を目の当たりにした身としては、孤独死が自分とは無縁とは思えなかった。

まあ、正確には、目の当たりにしたのは羽柴で、俺は直接目視は避けたんだが。

臆病は直らない。死ぬのは怖い。木村はいま、どうしているのか。臆病だが非合理的思考が苦手なので、宗教には頼りたくないし、天国にしろ極楽にしろ退屈そうだし木村が落ち着ける場所には思えない。地獄は街のあちこちに口をひろげていて、木村より俺にこそ相応しい。五万円返してくれたのだから、閻魔様も針山地獄や血の池地獄には落とさないだろう。雲の上で、ギターでも弾いているのか。見上げた空に木村を探すが、絵本の世界を信じるには心が汚れきっていた。

木村はもういないのだ。遺体はまだあるが、それもあと数時間で灰になってしまう。灰燼に帰する。無慈悲な響きだ。

杉島の背骨が震度1くらいの微弱にだが震えた。

自分が消えてなくなる。死んだことのない杉島には、理解できなかった。いや、納得できなかった。

木村も理解や納得を、したわけではないだろう。ただ、受け入れてはいたようだ。発病し二度目は命の保証はないと言われれば、死と向き合わざるを得ない。気持ちを紛らわせる家族や同居人はいなかった。ペットも飼っていなかった。拘束時間の短いバイトをするだけで、あとはひとりの時間を過ごしていたはずだ。あるいは、持て余していたのか。ギターを弾いて、やり過ごしていたのか。それでも、十分に考えたに違いない。

煙草をもみ消し、部屋のなかに戻った。

妻も息子たちも外出してしまった。それでも部屋には家族の生活感があり、匂いが籠もっている。俺はひとりではない。いまのところ。

テーブルの上から、封筒を手に取る。

いつか木村に渡されたものだ。なかには現金が百万円。五十万円預金された通帳。羽柴たちの連絡先などが記され、もしものことがあったときの手順が書かれた便せん。それにきちんと印鑑が押され封緘された遺言書が入っている。

「手際がよくて助かったよ」

木村の死を高校時代の仲間や木村がその後につくったらしい数少ない友人に報せたあと、杉島は葬儀社へ改めて打ち合わせの電話を入れた。

あらかじめ細かい打ち合わせがしてあったらしく、澱みのない対応が返ってきた。

木村が指定していたのは、「一日葬」なるものだった。葬儀社に遺体を預け、通夜もせず、告別式もせず、ごく限られた身内だけが火葬場で見送り、骨を拾うという簡素なものだった。僧侶は呼ばないから、読経もないし、もちろん戒名もつけない。盛大に葬儀をするような地位も名誉も金もないのは知っているし、自分の葬儀はこんなものでも構わないと思いながらも、杉島はオペレーターがそれとなく勧めるオプションを自分の財布で頼んでしまいそうになった。

枕飾りと花くらいは。だが、思いとどまった。俺は宗教を信じていないし、なにより木村が望んだことなのだ。世界の片隅のそのまた片隅で、ひっそりといなくなることを木村は選んだのだ。

「一日葬」であっても、基本料金は三十万円近くかかるし、ドライアイスなどの必要な備品の追加も必要になるかもしれなかった。

翌日は警察からの連絡を待ち、死体検案書を受け取りに行った。遺体は葬儀社が移送してくれることになっていたので、また羽柴を誘うのはさすがに心苦しくなって遠慮した。さらに死体検案書の提出と火葬許可申請をしに区役所に行った。

木村が紙切れになってしまったような気がしたが、だからといってひとりで遺体のそばにいてやる気にはならなかった。

葬儀社から連絡があり、葬儀の日取りが決まった。火葬場が混んでいるとのことで、四日後となった。

安いからあとまわしにされたのだろうか。三途の川にも渡り賃がいる。だれにも死は平等に訪れるとしても、死の扱いは金次第というのはあり得る話だ。

羽柴たちに連絡するのは翌日にしたが、もうひとつ、電話を入れた。特殊清掃の依頼だ。これも木村が事前に調べたらしく、業者を指定していた。貴重品の場所も書いてあった。現金類以外で残すように記されているのは愛用のギターだけだった。ギターの相続人は、たぶん遺言書に書かれている。もし迷惑賃として俺が指名されていたら、売り払うのは忍びないから、羽柴か江藤に譲ろう。羽柴は軽音楽部の相棒だし、江藤は木村のギター教室の生徒だったのだから。

まだ早いが、そろそろ出かけるか。

杉島は一応用意した袱紗に包んだ香典袋を、喪服の内ポケットに収めた。

身内ではないが、葬式一切の仕切りを任された喪主代行だ。香典を払う立場なのか、むしろ受け取る立場なのか。よくわからなかった。妻にたずねたが、首を傾げられた。

「持っていけば。なくて困るよりいいでしょ。いらなければ、しまったままにしておけばいいんだから」

妻のアドバイスに従った。なかには妻が新札に丁寧に折り目を入れた一万円を入れてあるが、額が正しいのかもわからなかった。

杉島はマンションを出た。

これからは喪服の出番が多くなるのだろうか。エレベーターのなかにある鏡に映る自分を眺めた。結婚式よりは葬式が似合う薄毛の中年男がそこにいた。

私鉄電車に揺られて都心へ向かう。

そういえば、と思う。羽柴はともかく、他の三人の同級生とこれから顔を合わせるのだった。高校卒業以来だ。

すぐにわかるだろうか。

相手は俺だと気づくだろうか。

生え際が後退した頭を撫でる。羽柴がわかったのだから、気づいてはくれるだろう。木村だって、新宿の雑踏のなかから俺を見出したんだし。生前の木村の指摘が正しければ、いくら歳月が流れたとはいえ、落合を軽く落胆させはするかもしれない。

あれからもう三十年が過ぎていた。歳を重ねると、時間の流れが速くなるとは聞く。一日の長さにさほど違いは感じないが、ひと月一年という単位になると確かに速くなった。録画しておいたビデオを倍速で見ているような、あるいは33回転のレコードを45回転で聴いているような、明らかに違和感を覚えるほどの速さだ。

杉島が乗っているのは、準急電車だった。郊外を走るあいだは各駅に止まり、都心に近づくと主要駅以外を飛ばしていく。俺の人生も準急区間に入っているのだ。

途中の駅で降りて、駅前のはずれに設置された喫煙スペースで一服してから、バスに乗り換えた。煙草吸いは、二十歳を過ぎてもこそこそとしていなくてはならない時代だ。高校生のときは旧校舎の屋上が俺の指定席だった。いまはベランダや喫煙スペースだ。

今日集まる仲間のなかで、高校生のときから煙草を吸っていたのは俺と木村だけだ。木村も校内では吸っているのを見たことがなかった。特別上品な人間が集まる高校ではなかった。すでに反抗や背伸びで煙草を吸うのが、流行らなくなっていたのかもしれない。柔道部だった江藤が吸わないのは当然として、羽柴は時代の空気に敏感だから吸おうとしなかったのかもしれない。そういえば、きちんと読んだわけではないが、俺の知る限り羽柴の描く漫画には、不良が一切登場しない。

俺も不良とは違った。ただ大学に進学して、就職して、結婚して、子供を儲け、終身雇用を全うして、豊かな老後を送ろうとしている人間たちと、一線を引きたかった。気取っていただけかもしれない。いや、気取ろうとして失敗していたのは、木村のほうだ。俺は拗ねていたのだ。拗ねて煙草を吸い、拗ねて高校をさぼり、拗ねて麻雀に明け暮れていた。

なぜ文化祭のときだけ、拗ねるのを止められたのか。

木村と俺は、静かに反目していた。あいだを繋いだのは羽柴だ。さらにつまらぬこだわりを持たない江藤が空気を和らげ、鮎川と落合が彩りを添えてくれた。

高校生らしい。よく聞かされた言葉だが、実態はいまだによくわからない。それでも、あのときの俺は高校生らしかったと思う。十七歳の少年として、下手なりに一生懸命バイオリンを演奏した。

気恥ずかしかったのか、文化祭という祭りの時間が終わってしまい、鮎川が転校していったこともあって名前もないバンドが解散状態になるとともに、俺は高校の教室から遠ざかった。仲間とも遠ざかってしまった。そして、拗ねた俺に戻った。

目的の停留所の少し手前で、杉島は慌てて降車ボタンを押した。

窓外の景色に、見覚えがあった。

降りて、気づいた。高校をさぼり、かといって雀荘へも足を向ける気になれなかったとき、暇を潰していた公園の前だった。

どうやら、斎場は高校からそう遠くない場所にあるようだ。

杉島は公園に足を踏み入れた。近くのベンチに腰を下ろす。

父親の顔が浮かんだ。

斎場の棺のなかに収められていた顔だ。

頑固な顔のままで、口をきつく結んでいた。

死に際には間に合わなかった。いや、一歩手前まで足を運んだのだが、最後に足を翻してしまった。俺は拗ねることをやめる機会を、永遠に失ってしまったのかもしれない。

面倒だとわかっていながら、木村に死後を託されて断らなかったのは、あのときの後悔があったせいもあるに違いない。

スマートフォンが鳴った。妻からだった。

「どうした」

「休憩時間が取れたから、電話した」

「電話なんて、珍しいな」

電話の向こうで、妻は照れたように笑った。

「なんか、心配だったの」

「なにが」

「ちゃんとお友だちを見送れるかなって」

「いくら俺が臆病でも、骨を拾う覚悟くらいできてるよ。いや、ちょっと手が震えるかもしれないが」

「なら、いいの。お骨はうちで預かってもいいからね」

その言葉で、杉島は途端に不安になった。

「忘れていた。あいつ、とりあえず帰る場所がないんだった。みんなと相談して、決める」

「わかった。しっかりね」

「大丈夫だ」

電話は切れた。杉島はポケットの煙草を探ろうとして、やめた。二十歳はとっくに過ぎたが、公園は禁煙だ。

桐の箱に収まった骨壺を抱いている自分の姿を、思い描いた。それぐらいはできる。そのまま夜道をひとりで歩くのは、木村には申し訳ないが度胸のいる作業になりそうだった。実際は駅から自宅のマンションまではすぐなのだが、杉島の頭のなかでは暗い夜道がどこまでも続いてしまっていた。

杉島はスマートフォンで地図を確認し、公園を出て斎場へ向かうことにした。喪主代理はだれより早く現地にいるべきだし、場の雰囲気に慣れておく時間も欲しかった。

葬儀当日　落合真弓

黒いワンピースに真珠のネックレスという、葬儀の定番スタイルを上品だが地味で無難に着こなせている自分に、落合真弓は軽い疎ましさを覚えた。

眼鏡のレンズ越しに鏡に映っている姿は、自分の人生そのものを映し出しているのではないか。

山や谷を求めたことはないが、あまりに平坦にここまで来てしまった。標準より上の、だからといって高すぎもしない、眺めのいい丘の南面みたいな場所でずっと暮らしてきた。父親こそ少し早く亡くしたが、長い闘病生活などはなく穏やかに最期を看取ることのできるものだった。夫の出世は順調で、知る限り浮気の気配もなかった。ピアノ教室も生徒さんの大きな増減もなく、母親からゆっくりと引き継げた。息子も健康に育ってくれた。

ただ鏡のなかの自分は、朗らかではなかった。目鼻立ちは十人前でも、若い頃から落合には人の心をほぐす可愛らしさがあった。恋愛の対象として見てもらえるかはともかく、同性からも異性からも好かれる空気を醸していた。

いまはそれが消えていた。化粧で窶れは隠せても、つくり笑いがぎこちなかった。打たれ弱いのだ。元々そうだったのかもしれないし、打たれることを忘れて油断しきっていたのかもしれない。

母親の認知症は、落合にとって痛みが骨に響く不意打ちだった。

要介護一認定。

様子がおかしいと気づいてから、医師の診断を仰ぐまで時間がかかった。母親が嫌がったからだが、落合自身にもどこかで拒む気持ちがあったのは否めなかった。その間にも、症状は進行した。

まずは風邪気味だったのをいいことに、かかりつけの医師にそれとなく診てもらった。医薬品の匂いを嗅いでか、白衣姿の人物に緊張したのか、医師の顔を見ると母親はしっかりとした対応をしてみせた。隣にいた落合も驚くほど、丸めがちだった背筋も伸びていた。あとで医師に聞くと、わりとよくある反応なのだそうだった。

その後、母親には内緒で医師に往診してもらい、ふだんの様子を見せることができた。医師は意見書を書いてくれた。それを用意した上で、認定調査員の訪問を受けた。このときも異変を察知したのか、母親はしっかりした対応を見せた。

落合もそれなりに調べて、素人なりに母親の状態は要介護二程度だと考えていた。しかしこのままでは、介護以前の要支援と判定されてしまうのではと不安だった。結局、要介護一の認定を受けた。ほっとすると同時に、アルカリ液に漬けられたリトマス試験紙のように、足許から悲しみの青が毛細管現象で這い上がり心に浸み込んでいった。

年々、要介護認定は厳しくなっていることも知っていた。それだけ認知症を患うひとが増えているのだ。母親だけが奇病に冒されたわけではない。むしろ、運動能力の低下や視力聴力の衰えと同じ、老化の一種なのだ。そう自分を納得させようとした。

教室にしている部屋から、ピアノの音が聴こえてきた。

生徒さんではない。

曲はエルガーの「愛の挨拶」だ。オシドリ夫婦の溢れる愛情をピアノに託した、チャーミングな曲を、母親は弾いていた。雑事の記憶が断線されていく頭のなかで、父親との日々を思い出しているのだろうか。

日によるが、昼間のあいだは母親の具合は悪くはなかった。

ピアノの音に誘われるように、落合は教室に顔を出した。

留守をお願いするヘルパーさんと息子に挟まれて、母親はピアノに向き合っていた。

ヘルパーさんは無言でうなずき、息子が寄ってきた。

「お婆ちゃんは具合よさそうだから、クルマで送っていくよ」

「平気。自分で運転できる」

「それじゃ、飲めないじゃないか。今日は高校の同窓会だろ」

「にしては、地味な服を選んでしまったかしら」

落合にしてはうまい冗談で返せた。母親のピアノが、たどたどしくはあっても愉しそうに響いているせいかもしれない。

「せっかく懐かしいひとたちに会うんだから、少しは羽を伸ばしてくるといい」

「だったら、通りでタクシーを拾うことにする」

「料金分、ぼくにくれてもいいよ」

息子はポケットから、クルマのキーを出して揺らした。送っていくと、決めていたようだ。落合も内心、嬉しかった。

ヘルパーさんに一礼し、ふたりはそっと玄関へ向かった。母親が気づいたとしても、ごねることはないとわかっていた。それでも余計な刺激はしないよう心掛ける癖がついてしまっていた。

外は穏やかな天気だった。ワックスで磨かれたクルマのボディーに、白い雲が浮かんでいた。

「わたしもこんな日に空に還りたいわ」

「宇宙葬はお金が掛かる。まだ何十年か余裕があるだろうから、ぐんと安くなってるかもしれないけど」

「わからないわよ。今日見送る木村くんだって、もっと長生きするつもりだったかも」

息子が運転席に座り、落合は助手席に座った。だれも乗らない後部座席がさみしかった。

「お婆ちゃんは運転しないひとだったから、運転免許の返納をせずに済んだね」

「お父さんが生きてたら、返納は渋ったでしょうね。ドライブの好きなひとだったから」

「逆走したり、コンビニにバックで突っ込んだりする前に逝けて、よかったのかもしれない。プライドを墓場まで持っていけたんだから」

「そういう考え方もあるわね」

落合の返事は、しみじみしたものになってしまった。運転が得意とはいえない落合は、やがて免許返納を真剣に考える日が来るだろう。きっと、切ない気持ちになるに違いないと思ったら、少し息が詰まった。

クルマは駐車場を離れた。

自宅の周辺は、事件が起きたときのテレビの実況風に言えば閑静な住宅地だ。第一種住居地域なので、高い建物はない。代替わりで分割された土地の上に建つ家もあるが、たいていは前庭のある隣と距離を置いた二階建てが並んでいる。ピアノのありそうな家、と言ってもいい。そんな家の子は、女の子ならほとんど、男の子も半分くらいは落合のところに習いに来る。すぐにやめてしまう子もいるが、長くつづける子もいる。ピアノ教室をやるには、絶好の土地柄だった。

だからピアノの腕前もそこそこ、教師のとしての腕前もそこそこなのに、人当たりの良さでやってこれた。

しあわせだったのだ。あるいは、運がよかったのだ。

そのことにあまりに無自覚に、時を過ごしてきてしまった。

たとえば木村くんは、しあわせだったのだろうか。しあわせかどうかを、どこまで自覚していたのだろうか。

わたしよりはずっと、自覚的だったに違いない。

わたしはピアノ教室の先生。

木村くんはギター教室の先生。

並べてもおかしくないが、実情は違う。木村くんは別に本業を持っていた。杉島くんの話だと本業は解雇され、病後は失業していたらしい。だからといって、趣味でやっていたギター教室を本業にできはしなかった。ギターが不良の楽器だったのは大昔の話だが、いまでもピアノのように良家の子女の楽器とは思われていない。お稽古事として子供にギターを習わせようとする親は、ほとんどいないはずだ。いたとしても、木村くんが愛想よく生徒さんの親と接している姿は想像できない。

のほほんと母親から継いだピアノ教室をやっているわたしと、距離を置きたくなったとしても責められない。

わたしのピアノと木村くんのギター。楽器が違うし優劣を簡単に比較することはできないが、どちらが本気で楽器と向き合っていただろうか。木村くんではないか、と落合は思ってしまう。

クルマは住宅街から大通りに入った。息子の運転はスムースだ。わたしよりずっと上手い。免許返納はともかく、これから息子に運転を任せる機会は多くなるかもしれない。そうなっても、わたしは助手席に座りたい。

「今日は高校時代の同級生がたくさん来るの」

落合の気持が沈みかけているのを察したのか、息子は軽い調子でたずねてきた。

「高校二年の文化祭で、一緒のステージで演奏した仲間だけみたい」

「そうなんだ」

「木村くん、他にも友だちはいたはずだけど」

とっつきにくい人間ではあったが、クラスで浮いていたわけではない。軽音楽部の同級生や先輩後輩もいた。その名前は、一切なかったらしい。

木村くんにとっても、あのバンドの仲間は特別だったのかしら。そう思いたい気持ちが、落合にはあった。自分だけでなく、仲間全員があの文化祭のステージでの演奏を、かけがえのない思い出として記憶にしっかりと留めていてくれたら嬉しい。

「みんなと会うのは、久しぶりなの」

「高校卒業以来、だれとも会ってない」

「それは意外だね」

「いまにして思えば、そうね。小学校や中学校の同級生なら家も近いし道でばったり会うこともあるでしょうけど、東京は広いから。それに仲間のだれかが亡くなるかもしれないなんて思いも寄らないくらいに、みんな忙しかったのかもしれない」

それでも、木村くんとはばったり出会った。それも家の近所ではない場所で。おおげさにいえば、音楽が導いてくれた。

「たった一度の文化祭の演奏で、ずっと繋がっていられるなんて羨ましい経験だ」

作曲し文化祭で演奏した曲の出だしのメロディーを追って、落合の指が動いた。なんの不満もなく、だからといって胸ときめくような出来事もなかった高校時代だが、あのときはたしかに高揚していた。講堂をほどよく埋めた観客の前で、自分の作曲した曲や当時人気のあった曲をピアノで奏でる。それも仲間と一緒に。

「あなたが生まれる、ずっと前に一度だけそんな時間を持ったことがあった」

「そういえば、ピアノ以外のバンドの楽器編成は、どんなだったの」

「鮎川さんがボーカル。木村くんと羽柴くんがギター。江藤くんがコンガ。彼は柔道部で楽器ができなかったけど、受け身の練習のせいで手のひらの皮が厚かったの」

息子は吹き出した。

「すごい理由だな」

「ブラスバンドで、からだの大きな子はチューバを担当させられるでしょ。あれと同じ。たまたま、音楽室にコンガがあったから。リズム感はよかったわよ」

「柔道にもリズム感は必要なのかな」

「家業が洋食屋さんで、小さい頃から見よう見まねでキャベツの千切りをしてたのが役立ったんだって」

さっきより大きく、息子は吹き出した。落合としては記憶の通りを語っただけだったが、考えてみれば乱暴で愉快な話かもしれない。つられて落合も笑ってしまった。

「受け身とキャベツの千切りって、まるで漫画だな」

「羽柴くんが漫画で使ったか、聞いてみる」

「ぼくが漫画家なら、絶対に使う。というか、受け身とキャベツの千切りの音をサンプリングして、メロディーを乗せてみたくなった」

きっと本当にやるのだろう。テクノロジーの進化にはついていく気もないが、息子は息子の時代の音楽を楽しんでいる。ピアノ教室はわたしの代で終わりでも、母親の遺伝子は受け継がれている。

「あとは」

「杉島くんが、バイオリン」

「まさか弓道部じゃないよね。弓が使えるとかいって」

「あなたが漫画家になりなさい。杉島くんは小さい頃に、バイオリンを習わされていたんだって。上手かったわよ」

とくに感情を込めたつもりはなかったが、息子は母親のちょっとした声の変化に気づいた。

「もしかして、杉島さんが好きだったんじゃない」

「まさか」

否定してから、強く否定しすぎた落合は慌てた。

「というか、だれのことをどう思ってたとか、細かいことはもう覚えてない。みんな、好きだった。だって、高校時代で最高の思い出を共有できた仲間だから」

きれいにまとめ過ぎたが、息子は深い追及はしてこなかった。

斎場の入り口で、落合はクルマを降りた。

「お婆ちゃんのことは、心配ないから」

そう言い残して息子が去ると、落合は深呼吸して気持ちを引き締めた。腕に嵌めた華奢な時計を見ると、まだ1時間ほど早かった。

他の葬儀の参列者が行き交うロビーに入り、案内板で木村の控室を確認し、廊下を奥へと進んだ。

一応ノックをして、閉じられたドアを開いた。

だれもいないかと思った室内には、杉島がいた。すぐにわかった。狭い室内に置かれた椅子から顔を上げた杉島は、一瞬目を凝らしてから笑顔になって立ち上がった。

「落合さん、久しぶり」

葬儀当日　鮎川由香

朝早く、父親の運転するクルマで、鮎川由香は家から最寄りの特急停車駅まで送ってもらった。軽トラックではなく、もう一台所有している四輪駆動のセダンだった。

「あのひとが亡くなったとはなあ。ちょっと、早過ぎる」

何度か店に立ち寄ってくれた木村のことは、父親も覚えていた。

「ご両親も亡くなられているし、そういう家系だったのかしら。高校生のときから、どこか老成していたし」

「愛想のいいひとじゃなかったが、そばはうまそうに食っていた」

父親の言葉に、そばを手繰る木村の顔が浮かんだ。たしかに、どんぐりを頬張る子熊のようにしあわせそうな顔をしていた。もちろん、子熊はテレビで見た映像だ。鹿には何度も出くわして最近では奈良県民並みに鹿に免疫ができてしまったが、山暮らしとはいえ鮎川はまだ熊と遭遇したことはなかった。ただし熊の出没情報を告げる近くの集落の有線アナウンスは、何度か耳にしている。

ふだんは出番のないブラウスの上に鮎川は薄手のコートを纏っていた。喪服はリアシートに置いたバッグに入れてあった。

連なる山のぎざぎざの稜線を、朝陽が照らしていた。いい天気になりそうだった。東京もそうだといいけれど。

「葬儀は葬儀として、久しぶりの東京なんだから、ゆっくりしてくるといい」

「そのつもりで、こんな早くから出かけてるけど」

「うちはなんとかなるから、何泊かしてきてもいいんだ」

「帰りたくなくなるかも」

鮎川は笑った。そうならないことは知っていた。

移住してきた当時は戸惑いもあったし、ここもまた仮の住処と思っていたところもあった。いまは違っていた。都会暮らしへの憧れもないし、両親についてきて始まった田舎暮らしだが案外性に合ってきていた。人生の風に吹かれるままに流れ着いた山裾で、鮎川は着実に根を下ろしているのだった。それでいいのかは、まだ決めかねていたが。

「わたしの仕事の都合で引っ越しばかりさせて、わたしとお母さんの希望でこんな山のなかに連れてきてしまった。同級生が亡くなるくらいだから、おまえももう若くはない。だからといって、まだ老け込む歳でもない。いつもと違う風に当たってみるといいさ」

楽天的な母親と違い、父親が鮎川の身を案じていることは感じていた。自分の老いを自覚しているぶん、自分たちがいなくなったあとのことを考えてしまうのだろう。

「いろいろ見てくるつもり。うちのお客さんの半分以上は東京のひとなんだから、高原の自然に馴染むだけでなく、都会のセンスもうまく取り入れていかないとね」

わかっていながら、父親の言葉をわざと曲解しておいた。店もいいが、自分の人生を考えろ。気持ちはわかるが、考えても仕方ないことだってある。

クルマは駅舎の前に停まった。

支線との分岐駅でもあるが、以前は木造ののどかな駅だった。その趣が鮎川は好きだったが、いまはリゾートを意識した瀟洒な建物に変わってしまっていた。

「留守をお願いします」

バッグを取って、鮎川はクルマを降りた。

「のんびりやっておくよ」

父親は開いたサイドウィンドーから手を振って、去っていった。たぶん、道の駅や地元の食材を扱った店を覗いて帰るのだろう。悪くない老後だし、いささか忙しすぎる時期が長いにしても、いまだ現役なのは素敵なことだ。

一応、指定席を買ってホームに出た。小腹が空いていたのでスタンドのそばに惹かれたが、我慢すると決めていた。そばなら父親の打ったもののほうが、格段に旨い。それに店のメニューに参考になりそうなものを、東京で食べるつもりだった。

木村くん、ごめん。あなたの旅立ちを見送りに行くのだけれど、わたし自身も旅行気分があるのは否定できない。

指定席を取りはしたが、朝早い特急電車は空いていた。

鮎川はバッグから文庫本を出したが、目を落とすことはなかった。

外の景色もろくに眺めなかった。

ひとりで電車に揺られていると、気持ちが高校時代に戻っていった。

文化祭でバンドのボーカルに誘われるまで、今日会うことになっている仲間のだれともとくに親しくはなかった。強いて言えば、羽柴くんが休み時間や退屈な授業の時間中に描いていた漫画には興味があって、席が隣だったこともありよく見せてもらっていた。それでもある線以上に親しくならないように、注意して接していた。引っ越しばかりの生活で、転校先にどう馴染んで、どう馴染み過ぎずに次へ移るかでわたしの頭はいっぱいだった。自分がなにをしたいのかまで頭がまわっていなかった。自分になにか才能があるのか、探ってみようともしていなかった。だから部活にも入っていなかった。

羽柴くんだけでなく、木村くんはギターに熱中していたし、江藤くんは柔道部で活躍していたし、落合さんにはピアノがあった。杉島くんは授業をさぼったりしていたけど何かをしたいと目が訴えていた。クラスの人間関係にどっぷり浸からずに距離を置いていたおかげで、鮎川にはそれぞれの人間が把握できた。仲間になったのは、どこか羨ましいひとたちばかりだった。

みんな、どうしているのか。何十年ぶりにわたしを見て、どう思うだろうか。

冬の朝、家の外に出て冷たい空気を吸いこんだ途端のように、胸がきりっと痛んだ。

都心が近づくにつれ、車窓からの眺めは家並みが建て込み、高いビルが多くなった。鮎川は指定席から腰を浮かしたくなるほど、そわそわしてきた。

東京が何十年振りというわけではない。ただ、ひとりで来るのは東京に暮らしていた高校時代以来だった。いつも娘か、両親のどちらかが一緒で、自分は付き添いに近かった。

新宿駅で特急電車を降りると、軽いめまいがした。人間の多さと動くテンポの速さ。それに気温の違い。いつの季節に訪れても、東京の空気は自然に鍛えられた鮎川の肌にはぬるくなっていた。

改札を抜け、地下から地上に出た。どこに立っているかはわかっているし、とっくに大人になっているが、買い物途中で食べ物屋のショーケースに見惚れているうち母親とはぐれ、世界との接点を失ってしまった子供の気分になった。

実際にも少し迷子になったあと、鮎川は雑居ビルに足を踏み入れ五階へと上った。昭和の時代に、鮎川のように遠方から電車に揺られて大都会に出てきた人間が、怖気づかずに入れただろう洋食屋があった。

迷わず、ビーフシチューを注文した。サイドメニューが選べたので、目玉焼きにした。出てきたのは、予想を裏切らない懐かしい顔をした皿だった。そういえば、江藤くんの実家は洋食屋だったはずだ。一度食べてみたいと思いながら足を向けることはなかったが、こんな顔の皿たちを提供していたのかもしれない。江藤くんは、このビーフシチューと似た朴訥さを持っていた。

空腹だった鮎川は早速ナイフとフォークを持ちかけて、その前にやるべきことを思い出した。スマートフォンで写真を撮る。念のために何枚か。きちんと撮れているか、確認する。いかにもおのぼりさんだが、実際おのぼりさんなのだ。

味も予想を裏切らない、昭和のごちそうの味だった。鮎川は味わうためよりも、考えるためにゆっくりと食べた。

なるほど。たぶん、これがスタンダードなのだ。ある程度の年齢になっているひとたちの、記憶に沁み込んでいる味。いくらおいしくしても、ここから大きく外れてはいけない。

ただし、うちの店は東京の繁華街や下町にあるわけではない。別荘地が控えた高原だ。そこで食べたくなるように仕上げなくてはならない。使うつもりの肉はとてもおいしいものなのだし。

鮎川が築いてきた地元との関係から、最近、ある畜産農家を紹介された。放牧に近い状態で伸び伸びと牛を育てているひとたちだった。すでに東京のレストランなどでは使われているのだが、地元でもメニューに加えてくれる店を探しているとのことだった。それまで卸していたフランス料理屋が閉店してしまったのだそうだ。うちなんてとてもとてもと最初は腰が引けたが、わざわざ訪ねてきてくれて、鮎川のつくるやや怪しい北欧料理を気に入ってくれた。父親のそばも絶賛された。いただいた牛肉は、草の味さえ感じる、やさしくおいしいものだった。鴨肉ではなく牛肉を使った南蛮そばの研究を父親がし始めたのを見て、鮎川にも火がついた。

ある晩、常連の三谷夫婦とステーキの話になった。食べ歩きが趣味のふたりの話は、聞いているだけでも胃酸が湧き出てくるようなものだったが、ご主人がこうオチをつけた。

「若い頃はA５のサーロインを鉄板で焼いてもらってムシャムシャ食べたけど、歳を取ると炭火でじっくり焼いた赤身肉のほうが食べられる。シチューもいいね」

鮎川は閃いた。年配の方が多いこの高原で出すなら、ビーフシチューがいいのではないか。本格的なデミグラスソースをつくるのが大変なことくらい、知っている。それでも時間をかけて丁寧に煮込めばなんとかなる気がするし、うちには薪ストーブがある。ストーブの上で鍋でコトコト煮てみせれば、匂いに誘われる客も出てくるはずだ。

今回の上京で、ビーフシチューを食べ歩こうと決めた。父親には秘密だ。父親はたぶん雑貨屋巡りでもするのだと思っているはずだった。ビーフシチューを食べることは、木村くんを偲ぶことにもなる。やや強引なのはわかっているが、鮎川はそう自分を納得させてもいた。

最初に店に来たとき以来、木村はいつも鴨汁そばを注文した。わたしのつくったミートボールを食べてくれたのは、一度だけだ。そのときの感想を、鮎川はしっかりと覚えていた。

「悪くはない。でも正直言うと、いま俺はビーフシチューが無性に食べたくなった。江藤の親父さんがつくった、ハンバーグにかかったビーフシチューだけど。鮎川の料理を食べたせいで、高校の思い出が蘇ったみたいだ」

若いひとには、ハンバーグをつけてボリューム調節するのもいいかもしれない。

もちろん、時間があれば雑貨屋巡りもしたかった。店の売り上げで言えば、本よりも雑貨の占める割合のほうが高い。母親は不満そうだが、現実は受け入れなくてはならない。本屋もまわりたかった。仕入れにより独自性を出せば、本の売り上げだってもっと上がるはずだ。母親にもまだ話していないが、鮎川は古物商の鑑札を取得するつもりだった。アンティークの雑貨もそうだが、古本を扱ってみたくなっていた。昔の本は、内容を置いておいても、装丁が素敵だった。函入りの本には、貴重品の佇まいがある。戦中や戦後の紙不足の頃のひどい紙質の本でも、黄ばんだページを開けば、活版印刷の活字の魅力を秘めている。別荘にしろ、田舎の家にしろ、都会とは違ってゆとりのある間取りになっている。本を飾るスペースはいくらでもあるはずだった。

他にも、アイディアはあった。

食事を終えると、鮎川は駅から近い大通りに面したオフィスビルの、がらんとしたエレベーターに乗った。

扉が開くと、店があった。中古レコード店だった。

いくつもの店舗を持つ会社の広い店で、店内の棚にはジャンルを問わないレコードがぎっしりと詰め込まれていた。平日の昼なのに、そこそこの数の人間がお目当てを漁っていた。スーツ姿のひともいた。仕事より趣味を優先するひとたちがいる。社会の生産性にとっていいかどうかはともかく、鮎川には心強く感じられた。

どこから手をつけていいかわからないので、鮎川は無難に「ＲＯＣＫ」と看板の下がったあたりに行ってみた。

　高校の文化祭で歌いはしたが、とくに音楽好きではなかった。流行っているものはひと通り聴いてきたが、だれかの熱狂的なファンになったことはない。東京にいた時間が短いこともあって、ライブに足を運んだ回数も自慢できるほどではなかった。レコードやCDも邪魔になるほどは持っていなかった。いまでは音楽配信で済ませている。

　夜のお客さんとは、音楽の話になることもあった。クラシックなら母親が対応したが、あとは鮎川が任されてもっぱら聞き役を務めた。店ではCDで母親の選んだ室内楽か父親が何枚か持っているジャズ、あとは鮎川が適当に買ってきたボサノバのCDを流していた。

　これもあるとき三谷夫婦と、レコードの話になった。以前は山ほど持っていたが、ステレオが壊れたときに処分してしまったとご主人は残念がった。レコードとCDや配信音源との音質の違いの話は、鮎川には理解できなかったが興味は湧いた。

　翌日、切れた電球を買いに下の街にある家電量販店に行くと、レコードプレイヤーが売っていた。一万円しなかったので、買ってみた。買ってから、肝心のレコードがないことに気づいたが、店に戻ると父親がずっと未整理のまま奥の部屋に押し込んである荷物のなかから、趣向を凝らしたジャケットに収められたレコードを取り出してきた。鮎川が中学のときに買って実家に置きっぱなしにしていたアイドルのレコードも混じっていた。つぎに三谷夫婦が来たときにかけたら、大喜びしてくれた。ご主人は自分もプレイヤーを買うと言って、奥さんにレコードがないでしょとたしなめられていたので笑ってしまった。

中古レコードを店でかけ、古物商を取ったら売ってもいい。鮎川はそう考えていた。ただ、音楽の知識が不足していることを、広い店内で実感した。

気がつけば「ROCK」コーナーの片隅にある「AOR」と差された札の前に立っていた。これなら、ある程度は知っている。アダルト・オリエンテッド・ロック。鮎川が高校生や大学生の頃に、しきりに流れていた曲たちだ。

すっと一枚を引き抜くと、見覚えのあるアルバムジャケットが出てきた。赤い建物、ピンクのアメ車、グリーンのテニスコート、青いプールの写真がきれいに四分割されて嵌め込まれている。たしか、本国アメリカではアーティスト本人の顔写真をトロピカルに彩ったものだったのに、日本では差し替えられたはずだった。AORでは曲と同じくらい、ジャケットにも雰囲気を求められたから。日本語でトップスターが歌ったことで本国以上にヒットした、たっぷりすぎる哀愁のメロディーが、鮎川の頭で響きだした。

買おうかな。値段は、新品価格よりずっと安くなっていた。まだ一枚見ただけなのに、心が揺れた。このあと棚から取り出すたびに欲しくなったらどうする。これから斎場へ向かうと言うのに。

しばらく鮎川はジャケットに魅入った。

そのうちに、アイディアが浮かんできた。レコードのジャケットを入れるための額が、雑貨の仕入れカタログにあった。それに入れて、店の壁に飾って売るのもいいかもしれない。いっぺんにレコードと額が売れる。

妄想を描きながら、次々とレコードを眺めていった。全部ではないが、欲しいものがたくさんあった。

明日、また来よう。そう決めて店を出たときには、頭の芯が熱くなっていた。

娘の茉由が結婚してから、鮎川は自分のこれからを以前より真剣に考えるようになった。当面は店をやる。それは決まっていた。では、どうやって続けていくか。鮎川なりに変えていくしかない。動いていれば、ぼんやりとしたビジョンが突然はっきりとかたちを持つことを、高原で商売をするうちに鮎川は学んでいた。

そのあと下町に移動した。事前に下調べしておかなければ、あまりに路線が多すぎてどう乗り継げばいいか迷ってしまっただろう。調べておいても不安で、ずっと次の停車駅の車内電光掲示をにらみ、案内アナウンスに耳を凝らしてしまった。

鮎川の目当ての店は、年季の入った外観に矜持を感じさせる、下町の洋食屋だった。

腹はまだこなれてはいなかったが、薄化粧の美人のような気取っていないのに仄かに気品が漂う店構えに、ここならお腹いっぱいでも食べられる料理を出してくれると確信した。

かわいげのある白い暖簾をくぐった店内は、長いカウンターになっていた。店内には、胃壁を小指で突いてくるいい油の匂いが漂い、近隣のサラリーマンらしい客で席の半分は埋まっていた。

注文はもちろん、ビーフシチュー。

さきほどの店とは違い、おいしい顔をした大きな肉が盛られた深皿が出てきた。山盛りの千切りキャベツとマカロニサラダが、別の皿に添えられてくる。見るからに下町の洋食だ。味も見た目を裏切らなかった。大人にならないと本当においしいとは思えないのに、大人が子供に還ってしまう味だ。

鮎川は黙々と食べた。

半分食べてしまって、写真を撮り忘れたことに気づいた。いいか、とすぐに諦めた。写真なら、ネットですぐに出てくる。それより、うちの店で出すことを考えて食べないと。

まず、キャベツ。高原キャベツの生産地だから、いくらでも新鮮なものが手に入る。とはいえ、千切りではリゾート感がない。ドレッシングに凝ってみるのもいいが、ならばいっそコールスローサラダにしてしまいたい。山盛りはしんどいので、レタスやトマトに珍しい西洋野菜も加えた生野菜も盛る。東京から移住してきて変わった野菜ばかりつくっているひととは、すでに知り合いだ。畑の貸し出しもしているから、いくつかは自分で栽培してみるのもいいかもしれない。マカロニはポテトに変えよう。じゃが芋だけでなく、近隣の産地のものが手に入るときは里芋や長芋を使ってみるのもおもしろい。

ソースはどうしよう。この店の場合、黒に近い色にまで煮込まれ、こってりとした下町のイメージに合った味に仕立てられている。牛肉のよさを殺さず、高原のリゾートを思わせるソースとは、どんなものだろう。木村くんが話していた、江藤くんの実家の店にわたしも行っておくべきだったと悔やんだ。

店を出ると満腹で、またまめまいがした。胃腸と脳が血液の奪い合いをしているようだった。喪服以外たいしたものの入っていないバッグが、急に重く感じられた。

このあと古書店街巡りを予定していたが、欲張り過ぎたかもしれない。

横にならないまでも、ひと息つきたかった。

今夜は、斎場からあまり遠くないビジネスホテルを取っていた。

そこへ向かうことにした。駅の案内で乗り継ぎ方を調べていると、東京は大きい。大きすぎると思えた。

緊張してホテルに着くと、勝手にからだがベッドに倒れていた。指定された時間まで、ひと眠りはできる。一時間、寝よう。そう決めたが、頭の芯が熱くなっていて、疲れているのに眠ることはできなかった。

すると今度は、ホテルで休んでいることがとても無駄で、もったいないことに思えてきた。

自然に手がスマートフォンに伸びた。

このあいだ入力したばかりの連絡先を、鮎川の指先は押していた。コール音が聞こえる。一回、二回。やっぱり、切ろうか。三回。でも、切っても履歴は残ってしまう。四回で相手が出た。

「はい、もしもし」

男の声がした。当然だ。男性に電話したのだから。

それは聞き慣れてはいないが、まったく知らないわけでもない、遠くから風で届いたような声だった。

「お久しぶり、鮎川です」

「うん、わかってる」

ということは、相手も連絡先に入れてくれていたということだ。

「今日なんだけど」

話しながら、なぜ連絡係を務めてくれている杉島ではなく、同性の落合でもなく、このひとに電話したのだろうかと自分の胸を探った。

「羽柴くん、どこかで待ち合わせできないかな。場所、迷いそうで。わたし、いまホテルなんだけど」

鮎川はホテルのある駅名を告げた。

「たぶん、ここからだと羽柴くんの家が一番近いんじゃないかと思って」

なんとかもっともらしい理由を考えついて、鮎川はスマートフォンを口許から離してふうと息をついた。

「そうだな。だったら、駅前で待ち合わせようか。そこから一緒にタクシーで行けばいい」

「そうしてもらえると、助かる。わたし、すっかり田舎の人間だから」

「じゃ、草の匂いがするひとを探すよ。それとも、牛の匂いかな」

ああ、羽柴の声だし、羽柴の話し方だ。何十年振りだが、変わらないところは変わらない。鮎川は、電話の向こう側がぐっと近づいたような気がした。

「牛はひどい。栗鼠にして。わたしはどうすればいい」

「見当たらなかったら、白髪頭でひどい加齢臭がする人間を探して。一時間後でいいかな」

「ええ、大丈夫」

電話を切ってから、鮎川はもう少し話したかったと思った。

葬儀当日　羽柴颯太

スマートフォンが鳴っていた。

ソファで寝てしまった羽柴颯太は、アルコール性の接着剤でくっついている上瞼と下瞼を引き剥がし、薄目を開いてローテーブルの上を探った。

「はい、もしもし」

「昨夜はお疲れ様でした」

電話は、以前の担当編集者でいまは青年誌の編集長に出世している野浦からだった。昨夜は久しぶりに食事をし、そのあと羽柴のリクエストでケニーの店を訪れ、ケニーも混ざってさんざん呑み、さんざん歌い、酔いのせいでうまく弾けないギターを弾いた。

結果として、木村の通夜みたいになった。

「ああ、悪かったね、付き合わせてしまって」

「いえいえ、ぼくも再会の場に立ち会った人間ですし、その後も木村さんは何度かお見掛けして、ギターの伴奏をしてもらったりもしましたから」

毎晩のように酒は飲んでいる羽柴だが、昨夜はしたたかに酔った。最後のほうの記憶は曖昧だ。

「もしかして、送ってくれた」

「ええ、しっかりと。タクシーのなかでフォークソングを歌うものだから、運転手さんに迷惑がられましたよ」

そんなことをしたのか。自分でも驚いた。妻に出て行かれて以来、クリニックに行けば鬱と診断されていい状態が続いていた。酔っても高揚したことはなかったし、まして歌など出てこなかった。これが他人の死を踏み台にした回復の兆しなら、木村には申し訳ないが嬉しいことだが、逆に遂にネジが切れてしまったのかもしれない。

「申し訳ない。道理で、喉が痛いわけだ」

「声もちょっと枯れてますね。のど飴舐めたほうがいいですよ。今日は大切な日なんでしょう」

「そうだった。木村を送る日だ。しっかりしないと」

羽柴はソファから身を起こした。頭を振る。後頭部がズキズキした。喉より頭のほうが痛い。ケニーの店では無理なギターの弾き方をしたのか、左手の指先も痛かった。

「それもそうですが」

野浦は思わせぶりに、間を置いた。

「なんだい」

「初恋のひとに再会する日でしょう」

そう聞いて、体内に残っていた酒が一斉に揮発したかのように、羽柴の全身がざわついた。

「そんな話、したっけ」

「しました。高校の文化祭の話は、担当のときにも聞いていましたし、かなりかたちを変えて漫画にも活かしましたけど、そのときは恋愛感情はなかったととぼけましたよね」

「十年以上前のことを、よく覚えているな」

そうだ、俺は代表作を描いてから、だいぶ経ってしまったのだ。歯周病菌が大活躍しているだろう羽柴の口が、苦くなった。

「嘘つけ、と内心思ってましたから。やっぱり、嘘だった。鮎川さんのこと、好きだったんですね」

「酔うと虚言癖が出るんだ」

我ながら、漫画の吹き出しが似合いそうな言い訳をしてしまった。きっと、野浦は薄ら笑いを浮かべていることだろう。

「焼けぼっくいに火が付くといいですね」

「おいおい、妻に逃げられてやけくそになっている人間を、面白半分で唆すなよ」

「そろそろ、立ち直っていい頃です。それに面白半分ではないです。仕事半分です」

「仕事って、どういう意味だ」

羽柴は立ち上がり、キッチンへ行くと、冷蔵庫からミネラルウォーターを取り出した。喉の渇きが、我慢できなくなっていた。

「大人のラブコメを描いてください。酸いも甘いも、栄光も挫折も経験した上で、高校生の自分を捨てきれないおじさんの恋を」

「……それ、俺のことか」

「そうですね。いっそ私小説ならぬ、私漫画でもいいです」

「それはあまりに恥ずかしい」

「なら、得意の妄想でふくらませて。とにかく、今日はいっぱいネタを拾ってきてください。期待してます。それでは」

唐突に電話は切られた。

羽柴はコップに注いだ水を、痛んだ喉を鳴らして飲んだ。言いたいことだけ、言いやがって。そんなうまくいくか、俺が描いてた漫画じゃないんだから。

冷蔵庫にミネラルウォーターを戻すついでに、ハチミツを取り出し、スプーンで舐めた。喉に沁みた。もうひと舐めする。甘さに誘われたのか、心地よい切なさが込み上げてきた。

「鮎川」

名前を呟いてみてから、いかんいかんと頭を振った。これでは野浦の思う壺だ。酔って判断能力の弱くなった俺に、あいつは洗脳を施したのだ。悪辣な編集者がやりそうなことだ。

羽柴は昨日出かけたまま着ている服を脱ぎ捨て、シャワーを浴びた。

滝行をする修行僧のように冷水をしばらく浴び、耐えきれなくなったところでお湯に変えた。俺はいまだ修業が足りない。そのまま髪をごしごしと洗った。抜けた髪が指に絡まった。今日に限ったことではないが、少なくない量だ。もともと毛髪は多いから、あまり気にすることはないのかもしれない。しかしこのあいだ掃除したばかりなのに、排水口は白い髪の毛で詰まりかけていた。

からだもしっかりと洗った。野浦の言葉が、バスルームではなく羽柴の脳内にリバーブがかかって谺した。

焼けぼっくいに火が付く。

いや、今日火が付くのは、木村の遺体だ。

思ってから、不謹慎だったと反省した。ひとはいずれ死ぬ。生きている以上、そのときは刻々と近づいている。妻に出て行かれ、俺は死んでもいいと思っていた。だからといって、自殺はしなかった。できなかった。俺は死を観念的に捉えていたに過ぎなかった。それが木村の死で、現実的なものになった。

死は怖い。観念的でなく現実的問題として死と向き合っていた木村は、とても怖かったんじゃないか。

生きている俺は、なにを期待しているのか、からだをしっかりと洗っている。みっともないが、俺が生きていくためには、こんな愚かさが必要らしい。

バスルームから出るときには、羽柴のからだも気持ちもしゃんとしていた。Tシャツにブリーフ姿で買い置きのバナナを食べると、胃腸も動き出した。

さて、着替えるかと思ってクローゼットを漁ったが、喪服が見つからなかった。

最後に着たのはいつだったか。正確には覚えていないが、妻が出ていく前だった。妻方の親戚の通夜に、妻と揃って列席したのだから。

だとすれば、妻がどこかにしまったのだろう。あまり気が進まなかったが、羽柴は妻の使っていたほうのクローゼットを開いた。

妻の服が持ち去られてぽっかり空いた空間の片隅に、クリーニングのビニール袋を被った喪服が掛けられていた。

俺の心そのままだ。漫画のいいシーンになる。

大丈夫、これから葬儀だが、同時にバンド仲間との同窓会でもある。会いたい顔が待っている。今夜の俺は、ひとりではない。

羽柴は喪服に手を伸ばした。

リビングで置きっぱなしにしてあるスマートフォンが鳴った。

杉島からだろうか。小走りでリビングに戻りスマートフォンの画面を見て、羽柴の全身に緊張が走った。杉島ではなかった。つい最近登録したばかりの相手だった。

んんん、と喉を鳴らしてみた。声の調子はだいぶ戻っていた。高校生のときに比べれば深酒などで痛んでいるに違いない声帯から、羽柴はゆっくり探るように音を出した。

「はい、もしもし」

「お久しぶり。鮎川です」

ああ、こんな声だった。まだ残っていたぶんの体内のアルコールが、一斉に開いた毛穴から揮発していくような感覚に再び襲われ、羽柴のからだは冷水を浴びたとき以上に強く震えた。もしかして、このスマートフォンは高校時代と繋がっているんじゃないか。そんな錯覚を起こしかけた。

葬儀当日　羽柴颯太と鮎川由香

待ち合わせた改札口に、羽柴颯太は十分早く着いた。

まだ鮎川由香の姿はなかった。それでいい。会う前に少しでも気持ちを落ち着かせておこうと、わざと早めにやってきたのだから。

どんな鮎川が現れるのだろうか。羽柴と同じ歳なのはわかっているが、どんな歳の重ね方をしてきたのかは知らない。杉島が教えてくれたのは、夫と死別して、両親とリゾート地で店を営んでいるということくらいだ。

見つけたら、どう声をかけようか。

見てもいないスマートフォンを顔に向けながら、絶えず視線を散らしてそれらしいひとを探しつつ、羽柴はゆったりと構えている振りをしようと努めた。緊張や興奮は悟られたくない。なんだか高校生みたいだな。我ながら苦笑が浮かんできたとき、視界の端でこちらに手を振る姿が見えた。

ゆっくり顔を動かせと自分に言い聞かせる間もなく、羽柴の首は勝手にきゅっと向きを変えていた。

鮎川だった。何十年経っていようと、こちらに向かって歩いてくるのは羽柴の知っている、記憶のなかにしっかりとある鮎川だった。待ち合わせではなく、街で偶然見かけたとしても、ひと目でわかったに違いない。見た目の変化はあっても、羽柴の胸に刻まれた鮎川特有の佇まいはそのままだった。

黒いパンツスーツにパンプス、インナーは襟のついた白いブラウス。通勤時の銀行員にも見えかねないところを、肩までの艶やかな長い髪と精悍ささえ覚える日焼けした顔色が、アウトドアの似合う行動派の女性の正装に仕立てていた。

「すぐ、わかったわ」

鮎川は淡い色のルージュから、予想通りの白い歯を覗かせた。羽柴は用意しておいた、漫画的に芝居がかった台詞を口にした。

「すまん。白髪のおじいちゃんになってしまった」

「染めてないの、逆におしゃれに見える。髪型、決まっているし」

気づいてもらえて、羽柴は嬉しかった。妻が出て行って以来初めて、今日は時間に追われながらも、髪を入念にセットしたのだった。ドライヤーを使うのも、髪に整髪クリームをつけるのも久しぶりのことだった。

「文化祭のとき、すごく主張したのを思い出した。人前で演奏するんだから、それなりの服を着ようって」

「覚えてる。あれは木村に向かって言ったんだ。なのに、あいつ」

「よれたネルシャツを着てきた」

　ふたりの顔が同時にほころんだ。

「まさかあいつ、今日もネルシャツってことはないよな。葬儀を任された杉島に確認しておくんだった」

「木村くんも、そこまで頑固じゃないでしょう。でもうちの店に来るときは、いつもネルシャツだった」

「いつも同じ汚いキャップを被って。漫画のキャラかって」

「うちの店では、いつも鴨汁そばを食べていた。一度だけわたしのつくったミートボールを食べてくれたけど、感想で言われたのは、江藤の実家がやっている洋食屋で食べたビーフシチューは旨かったなんて、あんまりよね」

「それ、俺と行ったときだ。確かにあの店のビーフシチューは旨かったけど、俺は鮎川のミートボールが食べてみたくなった。それに木村といえば、地下の購買部でいつも食べていた焼きそばパンのイメージだ。ビーフシチューなんて、あいつには高級すぎる」

　自然と口から言葉が溢れてきて、羽柴は安心した。何十年という空白の時間に、自分は怯えすぎていたのかもしれない。

　羽柴は改札口の上にある時計で時間を確認した。

「まだ早いんだ。少しお茶していかないか」

「うん、まかせる」

駅前にはチェーンのコーヒースタンドが何軒かあるが、羽柴はそれを通り越して一本裏の道にあるカフェに入った。慣れたふりはしていたが、打ち合わせで一度使ったことのある店を必死で思い出し、検索して場所を見つけておいた。

羽柴はカフェオレを、鮎川は本日のストレートコーヒーのマンデリンを注文した。テーブルには逆に置かれかけて、鮎川が、ストレートがわたしですとちいさく手を挙げた。高校時代なら、女子みたいな注文をしたことが恥ずかしくて、さかりのついた猿のお尻並みに頬を染めたところだが、羽柴もさすがに慌てたりはしなかった。

「昨日、木村の行きつけだった店で、ちょっと飲みすぎたんだ。そこのマスターも来ることになってる」

「そうなんだ。わたしは店でコーヒーを淹れるようになってから、仕事モードでついストレートコーヒーを頼んでしまうの。いまは近くで豆を輸入して焙煎してる友人から仕入れてるから、なおさら気になって」

そんなところから、ふたりは互いの近況を語った。

といっても、おもに話したのは鮎川だった。東京を出たことのない羽柴にとって、鮎川の暮らしぶりは興味をそそられるものだった。対して、羽柴には話したくもない暗い心情以外には、語るべきほどのものがなかった。

「杉島から聞いてるだろうけど、妻に逃げられてね。才能が枯れかけてたときだから、仕事もまったく手につかなくて、公私ともになにもないんだ」

素直に語ろう。それだけは決めて、羽柴は家を出てきた。同級生相手だから、見栄を張りたい気持ちもある。木村が見栄を張りつづけてひとり亡くなっていたのを見ているからこそ、せっかく会えた懐かしいひとには正直であろうと思った。

「十年くらい、ずっと連載してたんでしょ。木村くんに聞いてから、わたしも読んでみた。知り合いが描いてると思うと、くすぐったさが込み上げてきてすぐに読むのやめちゃったけど、娘は面白いって言ってた。あるわけないでしょと思いながらもページをめくらせて、最後はあるかもしれないと思わせる妄想力がすごいって」

「一応、褒められたと受け止めておく」

「わたしや娘に褒められなくても、ずっと人気があったんだから、多くのひとに支持されたのは間違いないわ」

「うん、支持されるように努力した。正直、ぶっ倒れてしまいそうになったことも、一度や二度じゃない。でも、昔の話だ」

「だったら、いまは充電期間でいいんじゃない。羽柴くん、わりと元気そうに見えるし」

羽柴はカフェオレをすすって、カップを見たまま言った。

「それは鮎川と会えたからじゃないか」

言ってしまってから、自分の描いている漫画の主人公になったみたいで、今度は頬が猿の尻の色になりそうだった。

「ふふ、照れてるでしょう。高校時代から口はうまかったけど、照れ屋でもあったよね。漫画家の先生になっても、そのへんは変わらないね」

「やっぱり、漫画みたいにはいかないいんだよなあ」

なんとか、羽柴はおおげさなため息を吐いてみせることができた。

告白したわけでもないし、振られたわけでもない。軽い鍔迫り合いをしてみただけだ。どちらも大人なんだし。そう自分を納得させた。それにしても何十年ぶりの再会で、すぐに言う台詞ではなかったかもしれない。敏腕編集者の野浦に話したら、描き直しを命じられるに違いない。

「漫画みたい、か。でもこうして羽柴くんと会ってること自体が、漫画以上のありえないシーンだったりもしてるけど」

「たしかに、ついこの間までは予想もしていなかった」

「わたしのことなんか、思い出しもしなかったでしょ」

「それは鮎川のほうだろ」

「そうね。店を開けている季節はやることがいっぱいあるから、思い出に浸っている時間はない。そのくせ、気がつくと景色をぼんやり眺めていたりはする」

「高原のブックカフェなんて、優雅で洒落た商売に聞こえるんだけど」

「高名な漫画家の先生なんて、気難しくて高慢に思えるんだけど」

「それはない。高名でもない」

「と同じくらい、それはない。優雅では、決してない。不安をエネルギーにして、じたばた足掻いています」

江藤幸也と麻沙子

新調した喪服のポケットに黒いネクタイを忍ばせて、江藤幸也はソファの背に凭れた。

気がつけば一緒に暮らしていた麻沙子のマンションは、店からほど近い住宅街のなかにあった。１ＬＤＫだがゆったりした間取りで、江藤が店にいる時間が多いせいもあって、手狭と感じることはなかった。むしろギター以外の私物のほとんどは料理道具や器といった店に置くものしかない江藤には、程よい広さといえた。

ソファを始めテーブルや棚などの調度品はシンプルだが統一感があって、江藤の趣味ではないが寛げるものだった。

シャワーを浴びたあと髪をまとめていた麻沙子は、部屋着姿で浴室から出てくると目を丸くした。

「せっかちというか、生真面目なのは知っているけど、まだ早いんじゃない」

「斎場に行く前に、寄りたいところがあるんだ」

「わたしも一緒に？」

「そうだ。昼飯の予約を入れてある」

麻沙子は、髪の渇き具合を指先で確かめながら首を傾げた。

「昼から予約が必要なところに行くなんて、初めてじゃない。しかも今日なんて」

「店が休みだから、仕込みの必要もないだろ。それに思い立ったが吉日、と言うじゃないか」

「吉日って、今日は葬儀の日よ」

「それでも、大安吉日だ。俺もたぶん木村も仏教徒じゃないから、暦はどうでもいいんだ。支度してくれ」

麻沙子は慌てだした。

「支度と言うけど、喪服で食事なんて法事みたいになってしまうじゃない」

「喪服と考えず、フォーマルウェアだと思えばいい。俺はこれを着て結婚式に出たこともある」

「男の人はネクタイを替えるだけだから」

「女だって、装飾品を替えればどちらにでもなるんじゃないのか」

「女性の場合は、そうはいかないの。喪服にするけど、文句は言わないでください」

「うん、文句はない」

江藤にせかされて、麻沙子は黒いスーツに着替え始めた。江藤はまったく亭主関白のつもりはないし、以前の結婚でもそんな振る舞いはしなかったが、麻沙子が立ててくれるのでときおりぞんざいな口ぶりになってしまう。

「食事はどんなところですするの。予約してくれたというんだから、フレンチとかイタリアンかしら」

「似たようなものだな。行ってのお愉しみ」

江藤は言葉を濁した。自分の知らないところで木村が弱り、死んでしまったことを納得できずにいた江藤だが、一晩経つと憤りは鎮まった。かわりに木村の抱いていたであろうさみしさと無念さが、だし汁に漬け込まれたようにひたひたと染みてきた。

俺はなんとか、店を軌道に乗せた。だからといって、いま死んでいい人生だったと胸を張れるだろうか。後悔はある。いくつでもあるし、大きな後悔もある。ほとんどはやり直しがきかない。

だが、いまからやれることもある。忙しさにかまけて、あとまわしにしてきたこと。ギターはやれた。もう木村には教われないが、あとは自分の精進次第だ。もっと大切な、教わっておかなくてはならないこと。やるべきこと。

江藤が物思いに耽っているうちに、麻沙子は支度を済ませていた。

「いつでも、出かけられるわよ。超特急バージョンだけど」

店が立て込んで洗い物が溜まったときなど、驚異的な手際の良さで麻沙子は片付けをこなしていくことがある。その能力を発揮したらしかった。このひとはひとりで生きてきたんだな、と改めて感心した。俺より、ずっと強い。

「では、行こうか」

「だから、どこへ」

江藤は芝居がかった仕草で、胸をぽんと叩いてみせた。

「いつか麻沙子にも食べさせたいと思っていた、うまいものを食べさせるところだ」

マンションを出ると、江藤は駅へは向かわず大きな通りに出た。

「電車では乗り継ぎが面倒な場所にあるんだ。今日は贅沢して、タクシーで行こう」

近くの駅からは都心のターミナルに一本で出る。あとはさまざまな路線に接続しているから、たいていの場所へは便利に着ける。

「郊外にあるのかしら」

「まあ、そうだな。最寄りの駅からもちょっと距離があって、バスに乗るひともいる」

「隠れ家レストランかしら」

「俺にとっては、まさにそんな存在だ」

江藤はタクシーを拾った。行き先を告げる声に麻沙子は耳を澄ませたが、江藤は目的地をはっきりとは口にしなかった。

「とりあえず環状線に出て、北上してください」

どこに連れていかれるのか。不安にはならなかったが、麻沙子には見当がつかなかった。職業柄、江藤は話題の店には詳しいし、客からの情報を得て、休みの日に足を運んだりしている。麻沙子がお供することもある。ただしそのほとんどは、自分の店と比較しやすい居酒屋や和食の店だ。フレンチやイタリアンなんて、行った試しがない。

しばらく走ったあとで、郊外へつづく街道のひとつを曲がるように、江藤は運転手さんに指示した。

道路に掲げられた表示板が二十三区内を離れ、都下の市部に入ったことを示していた。その市の名前を見て、麻沙子は思い出すことがあった。

「たしか実家って、このあたりじゃなかった」

「そうだよ」

「ということは、お父さんかお母さんに教えてもらった店なの」

江藤はおかしくなってきた。麻沙子は勘がいいはずだが、完全に油断しているようだ。

「だれも店とは言ってない」

「店じゃないとしたら……、えっ、まさか」

ようやく、麻沙子も悟った。

「ちょっと。実家に行くなんて、聞いてないわよ」

「麻沙子に食べさせたいところに連れて行くとは言ったし、予約してあるとも言った。うちが洋食屋をやっていたことは話しただろ。フレンチやイタリアンみたいなものだ」

実家への道順を告げながら、慌てて化粧や髪型の確認を始める麻沙子をちらちらと横目で窺い口許を緩めた。なし崩しに一緒に暮らしだしたのと、店の借金を完済していなかったので、正式に入籍はしていなかった。互いの親にも報告もしていなかった。それで日々の生活に支障があるわけではないが、事情を知る常連客からはそろそろきちんとしたらと促されてはいた。

いいタイミングをつくってくれた。木村の死を、江藤はそう捉えることにした。やるべきことをやり、やりたいこともやる。いままでの後悔は仕方ないにしても、この先は悔いを残さないよう生きる。

タクシーが実家の前に着いた。

郊外の住宅地が似合う、タイル張りの二階建てだった。玄関からつづく庭が、よく手入れをされていた。

麻沙子は明らかに緊張していて、タクシーから降りる動きも急に歳を取ったみたいにぎこちなくなった。

「うちの親だって、もう少しスムースに動くぞ。もうふたりとも八十歳を越えてるけど」

「当たり前でしょ。心の準備ができていないんだから」

「ふたりとも気さくな商売人だから、心配はいらないって」

肩を押すようにして、麻沙子を玄関まで運んだ。

「待って、お土産買ってないじゃない。手ぶらは失礼でしょ」

「土産は、麻沙子だよ。年老いた両親には、息子の嫁はなによりの土産だ。二度目だけど」

「まだ嫁ではないし、わたしは初めてです」

足を止める麻沙子に構わず、江藤はインターホンを鳴らした。

なかで足音がして、玄関のドアが開いた。

江藤の母親が顔を出した。店をやっていた江藤の子どもの頃と同じ、愛想のいい顔をして迎えてくれた。

「いらっしゃい。お待ちしてました」

ふっと麻沙子の肩に入った力が、抜けた。母親のこの笑顔と、父親のつくる料理が胃袋に沁み込んでいく匂いで、一見の客も店のなかに吸い込んでいたのだ。奥から、その匂いも漂ってきていた。

「おっ、できてるな」

「お父さん、張り切っちゃったんだから」

江藤たちがリビングに足を踏み入れると、対面式になっているキッチンから父親が顔をみせた。顔は皺だらけだが、背筋はぴんと伸びていた。店をやっていた頃に、客を迎えるのと同じトーンの声が響く。

「いらっしゃい」

声のかけ方が同じだっただけでなく、父親は白衣にコック帽を被っていた。それがいまだに似合っていた。

「気合い入ってるなあ」

「そりゃ、息子からのリクエストがあったんだから。しかも素敵なお嬢さんまで、連れてきてくれて」

「いえいえ、お嬢さんなんて呼ばれる年齢はとっくに過ぎました」

「わたしみたいなお婆さんからしたら、まだ十分にお嬢さんですよ」

夜の営業で比較的手が空いていると、母親は客とこんな会話を交わしていたものだ。

父親がキッチンから出てきたので、江藤は両親に麻沙子を紹介した。一通り挨拶をしたあと、ふたりは促されて席に着いた。

すかさず母親がワインとグラスを運んできた。店で出していたの同じ顔のポテトサラダとキャロットラペも一緒だ。

「あなたの送ってくれたワイン、なんだか高そうね。こんな立派なものをお店で出しているなんて、居酒屋というよりちょっとした割烹ね」

「まさか、でもただの居酒屋には飽きてきた。ワインも置いてはいるけど、ボトルではそんなには出ないよ。いまはまだ、ワインに合う料理はあまりつくっていないし。とにかく、母さんは座って。店じゃないんだから」

「なにかお手伝いします」

腰を浮かしかけた麻沙子を、すかさず母親がとどめた。

「いいの、いいの。久しぶりにこうしてみたら、楽しくなってきちゃった」

父親がキッチンから母親を呼んだ。さきほどから漂っているいい匂いが、一段と濃くなって湯気の立った皿が両親の手によって運ばれてきた。

「お待たせしました。ご予約いただいた大人様ランチでございます」

皿の上には、表面がほどよく焦げ、弾けんばかりに気持ちよくふくらんだハンバーグが横たわり、右にはココットに入れられたサケのホワイトシチュー、左にはエビフライとクリームコロッケを従えていた。奥には面取りされたニンジンとジャガイモ、それにカリフラワーとブロッコリーの温野菜が添えられていた。そして皿の横に置かれたソースパンのなかでは、茶褐色のビーフシチューがたぷたぷと揺れていた。

両親もテーブルに着いた。

「ハンバーグのビーフシチューがけをメインに据えてくれとの注文に応えた。うちの看板メニューだったしな」

「あれ、シチューに浸かってるビーフ、もも肉じゃないね」

「おまえも目利きができるようになったか。奮発して国産牛のサーロインを使った。ハンバーグも国産牛と三元豚の合い挽きにした。店でもこんな肉を使って調理したかった」

「そんなことしたら、食材費で店が潰れてたわよ。幸也も気をつけなさい」

麻沙子に目で同意を求めながら、母親が笑った。

「町の洋食屋という枠のなかで、オヤジはうまい料理をつくってたよ。とくにデミグラスソースにはこだわってた」

「そりゃ、洋食屋の命だからな。久しぶりだったが、丹精込めたぞ」

江藤は自分の皿に、たっぷりのデミグラスソースに浸ったビーフシチューをかけた。麻沙子もそれに倣う。

ハンバーグの真ん中をナイフとフォークで切り取ると、ナイフの腹でデミグラスソースを肉になすりつけてから、江藤は口に放り込んだ。

懐かしさが込み上げてきた。オヤジの店の味だった。じっくりと煮込まれて、具材の味を搾り取って凝縮しているのに、白いご飯にも合いそうなやさしさがあった。

「うまい。深みがあるのに、濃すぎない。だから肉の旨さがわかるし、メシにかけて掻き込みたくなる」

すかさず、麻沙子も答えた。

「おいしいです」

ふたりの反応に満足したようにうなずき、父親もさらに手をつけた。

「うん、我ながらいい出来だ。ブランクが感じられない」

「そうですね。店を畳んでからもう何年になるのかしら。そのあと勤めた社員食堂だって、辞めてから十年近くなってるのに、お金が取れる味」

江藤はビーフシチューを注ぎ足した。

「高校生のとき、こうして食べたかった」

「俺の修行時代は、客の食べ残しの皿を舐めて味を覚えたんだ。たまにでも、ちゃんと食べさせただけ有り難く思え」

父親はナイフとフォークを置いて、古びたノートを差し出した。

「デミグラスソースのつくり方が書いてある。一子相伝の奥義をおまえに託す」

「ありがとうございます」

江藤は両手で恭しくノートを受け取った。

「おまえが店を継ぎたがってたのは、わかっていた。ただ洋食屋で食える時代は終わろうとしてたんだ。許してくれ」

江藤は首を振った。

「謝ることなんかないさ。俺だって、やってるのは居酒屋だ。でもただの居酒屋じゃ、いまより先には進めない気がしてきた。それに俺がやりたかったのは、さっき親父が言った通り、洋食屋だったことを思い出した。だからメニューに洋食を加えたいんだ。デミグラスソースは手を抜かず、真面目につくらせてもらうよ」

和やかな時間を過ごし、実家を出たときにはそれなりの時刻になっていた。ふたりは大通りまで出て、タクシーを拾うことにした。

タクシーのなかで、江藤は麻沙子に頭を下げた。

「今日はありがとう」

「それはこっちの台詞。ご両親、お元気だし、いいひとたちね」

「これから、たまには一緒に顔を出そう」

「店にも来てもらいたいわ。試食を兼ねて」

江藤は麻沙子の手に手をかさねた。ほろ酔いのせいか、温かい手だった。

「高校のとき、一度だけ木村が羽柴と一緒に店に来たんだ。ハンバーグのビーフシチューがけを食べさせたら、無愛想なあいつが旨いと唸ったんだ」

「そうか。木村先生との思い出があったんだ」

前を向いたまま、江藤は言った。

「借金も返したし、そろそろ籍を入れようか」

麻沙子はそっとうなずいた。

5人と木村和樹

「呆気なかったな」

抱えている白い布で覆われた骨箱を、羽柴颯太は軽く撫でた。

本来なら、あとを託された杉島誠一が持つべきだが、羽柴がかわりに葬儀社のひとから受け取った。怖がりの杉島は、骨を拾うときも手が震えていた。

「まだ、温かいぞ。ほら」

羽柴は杉島の手を取り、骨箱に触れさせようとした。杉島はぎょっとして、素早く手をひっこめた。

「冗談だって」

他の四人は、その姿に気持ちと顔の筋肉をほぐした。

斎場をあとにして、五人はゆっくりと歩いた。怖がりだが仕切りはうまい杉島が、近くに見つけていた居酒屋に向かっていた。

「とりあえず俺が抱えているが、最終的には杉島が家に安置するんだからな」

「やっぱり、そうなのか。まあ、そうだよな」

「木村くんも嫌われたものね」

鮎川由香が軽く杉島をにらんだ。

「高校時代も、もともとは反目してたけど」

落合真弓も、調子を合わせた。

「そうだったのか。俺はまったく気づかなかった」

江藤幸也は初耳だとばかりに声を上げた。

「柔道に忙しくて、おまえは教室にいるあいだは寝てばかりいたから」

羽柴の指摘に、江藤は頭を掻いた。また、さきほどより大きな笑いが起きた。

「なんだか、不思議な気持ち。こうしてみんなと久しぶりに顔を合わせてると、木村くんは遅刻してるだけに思える」

落合の言葉を、羽柴が受けた。

「遅刻じゃなくて、早退だ。しかも杉島以外には無断早退」

杉島が足を止め、居酒屋の前で揺れる暖簾を指した。ややくたびれたしもた屋には、ひっそりとあかりが灯っていた。

「ここだ」

同業の江藤が、店構えを一瞥してうなずいた。

「よさそうな店だ。木村も好きそうだ」

暮れかかった空の下、五人は暖簾をくぐった。

奥の座敷が用意されていた。瓶ビールを三本頼んだ。

「献杯」

声を揃え、それぞれのグラスに口をつけた。

しばらくの沈黙のあと、落合がテーブルの端に置いた骨箱に目をやりながら、ぽつりと言った。

「いまはまた実感が薄れかけてるけど、お別れに顔を見たときは胸に応えた」

他の四人はうなずいた。

棺に入れられた木村と最後の別れをしたときのことを、それぞれが脳裏に浮かべていた。見送ったのは、五人の他には江藤の連れの麻沙子とケニーが連れてきたギター仲間たちで、合計十人だけだった。それが木村の望んだことだった。

あっさりと、木村は火葬されていった。

骨を拾うと、麻沙子は江藤に耳打ちして、先に帰っていった。あとでその気になったらうちに寄ってもらって、支度しておくから。それは半分は口実で、江藤の高校時代の仲間との再会を、邪魔したくなかったのだ。

ケニーたちとも葬儀場の前で別れていた。こちらは羽柴に耳打ちしていた。店でみんなと弔いに歌っているから、気が向いたら来てくれと。

肴が運ばれてきた。

「さあ、精進落しだ。食べよう」

杉島が声を張り、箸袋から箸を取り出した。

「まだそのへんにいるはずだから、聞こえるように木村の悪口大会を始めるか」

羽柴が天井の隅を見上げると、刺身につけようとしていた杉島の箸が止まった。

「やめろって。木村はちゃんと往生したって」

「おまえ、見てないじゃないか」

羽柴は、杉島から電話が入り、ふたりで木村のアパートを訪ねた顛末を、暗くならないように杉島の怖がりぶりを誇張して話した。

江藤が日本酒を注文したついでのように、たずねた。

「ところで、だれが最初に木村と再会したんだ」

ひとり事情を知っている杉島が答えた。

「羽柴、鮎川、江藤、落合、俺の順だ」

「杉島が最後なのか」

「そうだ。だから羽柴から、再会したときの木村の様子を語るのがいいんじゃないか」

杉島に促され、まず羽柴が口を開き、五人は順に木村との再会を語った。

再会したときによって、木村の印象は微妙に違っていた。同じなのは、ネルシャツにキャップ姿だったことだ。

「あいつ、幽霊になっても絶対あの格好だから、すぐわかるな」

羽柴の言葉に、また杉島が顔をしかめて呟いた。

「結局、あいつの人生はゆるやかな下り坂だったんだ。羽柴と会ったときは社長だったが、俺と会ったときは病気を抱えた失業者だった。見栄っ張りのあいつは、それをみんなに悟られたくなかったんだろう」

「だから、自分から離れていったわけか。ギター教室はやめてしまうし、俺の店にも寄りつかなくなって、嫌われたかと思ったりもした」

運ばれてきた日本酒を手酌しようとした江藤の手から徳利を取り、落合が猪口に酒を満たした。木村への不満を止めて、江藤は「ありがとう」と落合に頭を下げた。その仕草に軽く笑みを浮かべながら、杉島が引き取った。

「からだはもともと丈夫だし、自分の店を繁盛させ、新しいパートナーまで見つけた江藤とは、とくに距離を置きたくなったんじゃないか」

「自分にないものを、全部持ってるもんなあ」

羽柴は、杉島の揶揄したような調子に合わせてから、自嘲してみせた。

「でも下り坂どころか、崖から転落した俺には連絡してきてもよかったはずだ」

「羽柴は成功者じゃないか。ちいさな店をなんとか切り盛りしている俺なんかより、ずっと妬ましい存在だったんだろ」

妻に出て行かれたことは杉島から聞いていたが、あえてそこには触れずに江藤が言い返した。

「それだって、十年一昔の話だ」

「健康そうだから、次の山に登ればいいじゃない」

残っていたビールを飲み干し、鮎川は猪口を取った。杉島が徳利に手を伸ばすと、自分では注がずに羽柴に渡した。

「いいアドバイスをもらったんだ。お注ぎしろ」

杉島に促され、羽柴は鮎川の猪口に徳利を傾けた。

「山はそこにあるから登れる。俺の視界には濃い霧がかかって、登るべき山さえ見えない」

「霧なんて、そのうち晴れるわ。すると目の前には美しい山々が、峩々として聳えているはず」

「それは鮎川の暮らしている森の話だろ」

「そうよ。自然のなかに身を置いていると、草刈ったり、薪割ったりに忙しくて、くよくよしてる時間はあまりないし、そのうち山にも登りたくなってくるの」

「引き締まったからだつきで羨ましいとは思ったけど、登山してるの」

落合の問いに、鮎川はあっさりと首を横に振った。

「ううん、してない。麓でうろうろしてるだけ。それでもジムに通うよりずっと逞しくなってしまう」

力瘤をつくって見せられて、他の四人は驚嘆しつつ笑った。

「木村が連絡先を教えてくれていれば、もっと前に俺たちはこんな場を持てたかもしれないのにな」

嘆息する羽柴に、杉島が猪口を持たせた。

「鮎川、注いでやってくれ。こいつはさみしいんだ」

「そうだよ。このなかで身寄りのない木村に起きたことが、明日は我が身かもしれないのは俺だけなんだから」

鮎川は傾けかけた徳利を止めた。

「そんなことはないわよ。わたしだって、娘は嫁いでしまったし、両親がいなくなったら森にひとりよ。倒れても、救急車だってすぐ来てはくれない」

「だったら、羽柴と暮らしたらいい。こいつの仕事なんて、どこにいてもできるんだ。山もよく見えるから、新しい山に登り始めるだろう。まあ、草刈りや薪割りの役には立たないけど、それなりに有名な漫画家先生だから、店の広告塔くらいにはなるし」

完全に冗談めかした杉島の言葉だったが、羽柴は耳たぶが熱くなった。なにか反応しなければと思ったが、うまい言い返しが思いつかなかった。

「うーん、うちは広告宣伝費、かけてないの。どうせなら、江藤くんみたいに力持ちで、料理も接客もできるひとがいいな。麻沙子さんという素敵な奥さんがいるから、無理なのはわかっているけど」

かわりに鮎川が見事にはぐらかした。羽柴の耳たぶからは、血が引いていった。なにも江藤を持ち出さなくてもいいではないか。確かに江藤からは、俺にはまったく持ち合わせのない生活力が伝わってくるが。

「料理なら、教えるよ。今日もここに来るまえに実家に寄って、オヤジ秘伝のデミグラスソースのレシピをもらってきたんだ。木村も旨いと言ってくれた、実家のハンバーグにかかってたビーフシチューのやつだ。羽柴も覚えているだろ」

「ああ、絶品だった。舌より胃袋で食事している高校生には、もったいなさすぎた」

羽柴と鮎川は顔を見合わせた。

「もしよかったら、わたしにも作り方を伝授して。木村くんは、わたしにもその話をしていた。だから今日の昼間は、ビーフシチューの食べ歩きをしてきたの」

「だったらうちの実家に呼べばよかった。実は父親につくってもらっていたんだ」

向かいに山があったら谺が返ってきそうな声を上げ、鮎川は心の底から残念そうな顔になった。

「食べてみたかった」

「一子相伝の味だけど、鮎川になら喜んで教えるよ。木村の供養にもなるし」

盛り上がりそうになったふたりの会話を、杉島が遮った。

「また振られたな」

「またって、なんだよ」

高校時代につづいてか。いや、あのときは告白もできなかったんだから、振られてはいないぞ。そこまで口にすることを羽柴がためらっていると、杉島は話を変えた。杉島は杉島なりに、再会した五人にとって意味のある夜を演出したかったのかもしれない。

「それより江藤、せっかく麻沙子さんが気を利かせて席をはずしてくれたんだ。鮎川ではなく、おまえが話したいのは落合だろ」

一瞬、それぞれの思いが交錯する沈黙があった。えっ、そうなのと鮎川。やっぱり、そうだったのかと羽柴。おい、やめてくれよと江藤。杉島くん、わかって言ってるの、わかってないのと落合。

「俺の描いたラブコメを読み過ぎだよ、杉島」

緊張をほぐすように、羽柴はおおげさに声を上げた。自分のことになると脳の血流が悪くなるのに、他人のことだとさっと血が巡る。

「確かに、そうだ。俺も読んだ。柔道部ではなくて剣道部になっていたが、使っている小手や面がスウェーデン製の発酵ニシンの缶詰並みに臭いからって、ニシンってあだ名をつけられた男子が、ピアノがうまい女子に告白して、ごめんなさい青魚が苦手なんですと断られる話があったよな」

「あったかな」

羽柴はとぼけた。鮎川は吹き出していた。

「あったよ。実家はラーメン屋で店の手伝いもしたいのに、変なニオイがするからと客がいるときは店への出入りを親に禁じられていた。どう考えても、モデルは俺だ。はっきり言っておくが、俺は柔道着をよく洗濯していたし、消臭スプレーもかけていたから、そんなに臭くはなかった」

「そうか、匂いを気にして毎日何度も柔道着に消臭スプレーをかけている男というのも、おもしろいな。今度があれば、その設定にする」

「ああ、そうしてくれ。でも俺が言いたいのは、そのあとだ。古い話だから認めるが、俺は落合さんに仄かに惹かれていた。でも落合さんが好きなのは俺じゃないと知っていたから、気持ちは秘めていたんだ」

羽柴は腕組みしてみせた。

「わかってくれ。それだと、漫画としてはつまらないんだ」

「違うでしょ。ここはちゃんと自分の気持を認めた江藤くんを、讃えるべきよ」

たしなめてきた鮎川に、杉島も乗っかって蒸し返した。

「羽柴とはえらい違いだ」

羽柴は猪口を呷って、時間を稼いだ。さて、どうごまかすか。それともいっそ、俺は鮎川が好きだったと何十年か遅い告白をするか。

「実は、わたしも羽柴くんの漫画読んだ」

ぽつりと落合が漏らしたことで、羽柴はまた口を開かなくてもよくなった。

「わたし以外、みんなちゃんと読んでるんだ。わたしはすぐ、読むのをやめてしまったの」

一番読んでほしくないような、読んでほしいような相手である鮎川の驚いたような声に、ふたりで再会したあとのやりとりで芽生えた羽柴の抱いた淡い期待のようなものが、計り終えた血圧測定器の腕帯のように萎んでいった。

「読んでないのか。鮎川は絶対に読んだほうがいい。いろんな女の子に分割されて、何度もモデルにされてるから」

余計な解説を、杉島が加えた。反論はせず、羽柴は恨みがましく杉島をにらみ、帰りには何食わぬ顔で木村の骨箱を押し付けてやろうと決めた。

「ピアノのうまい子が、わたしをモデルにしたのは読んですぐわかった。ニシンが江藤くんなのも。漫画のわたしは、ピアノの先生に憧れに似た恋心を抱いていることになっていたけど、あの先生にもモデルはいたのかな」

不意を衝かれたかたちで落合に問われ、羽柴はとりあえず言葉を濁した。

「いなくはないけど、どれもモデルはあくまでモデルで、俺の妄想ですごく歪められたものだから」

「ときとして、歪め過ぎだ」

江藤の指摘はもっともだが、ピアノの先生もかなりモデルから歪めたというか、遠ざけたものになってしまった。他にも分身を出したせいもあって、モデル本人も気づかないほど。

「あれ、杉島くんだよね」

モデルの名前を口にしたのは落合だった。

「えっ、そうなのか。俺、ピアノ弾けないし、同級生だぞ」

生前の木村から指摘されていたのに、杉島はとぼけてみせた。高校のときなら、醒めた表情をつくって落合を傷つけていたかもしれない。

「世間に対して斜に構えて大人ぶってる姿勢を、モデルにしたんだ」

「なるほど、そういうことか」

「あと、実は怖がりで臆病なところも」

「不愉快だな」

「木村のアパートでの本人確認、おまえが怖がるから俺が引き受けた。あれも愉快ではなかった」

杉島は黙った。ついでにみんなも黙らせてしまった。

「まあ、人生は漫画のようにはいかない。大人になると、なおさらだ」

フォローになっているかどうかはともかく、羽柴としては素直な感想を述べてみた。

「木村のことでは、悔いが残る。こちらからもっとしつこく連絡してみればよかった」

しんみりと江藤が呟いた。

「そうね。木村くんのことだけじゃなく、悔いってあるわね」

落合の同意に、鮎川が意外そうな顔をした。

「落合さんにも、悔いはあるんだ。わたしなんかには羨ましいくらい、問題なく暮らしてきたように見えるけど」

「これでも一時期より痩せたんだけど、見た目は高校のとき以上にふっくらしたし、つい最近まで平凡だけど幸福に生きていたつもりだった。でも、見落としていたことがあった」

高校時代には決して見たことのない翳が、落合の顔に差しているのを見て江藤はたじろいだ。いつ見ても日当たりのいい庭みたいな印象のこのひとが、俺は好きだったのに。

「俺なんか、悔いだらけだよ。失敗の多い人生だから」

なかでも娘のことは、悔やんでも悔やみきれない。江藤の頬が引き攣った。

「他人から見たら、流されるまま好き勝手に生きてきたように映る俺だって、この歳になると悔いのひとつくらいはあるんだから」

杉島が思い浮かべたのは、父親のことだった。

「ましてや、俺は言わずもがな」

羽柴は苦笑してみせるしかなかった。

「みんな、そうなの。わたしは悔いはないよ。失敗はあるけど、だから今日に繋がってるし、明日に顔を向けていたいから。木村くんのことだって、高校時代の文化祭仲間で見送れたんだから、悔やむことはないと思う。悔やむ暇があったら、将来の不安に備えたり、立ち向かったりしたい」

半分は強がりだ。あるいは、そうありたいという努力目標だ。鮎川は笑ってみせた。

「鮎川、カッコよすぎるだろ」

独り言めかせて、羽柴は呟いた。そのあとは骨箱に目をやりながら、声にはせずに胸のうちで語りかけた。

なあ、木村。そう思わないか。おまえも好きだったろ、鮎川のこと。

ゴト。

うなずくように、骨箱が揺れた気がした。

酔ったのだろうか。

ゴトゴト。

いや、また揺れた。音も聞こえた。他のみんなも不審そうな顔をしている。

まさか、木村の霊が返事をしているのか。

この世に悔いを残して、死んでも死にきれないと訴えているのか。

ゴトゴトゴト。

違う。本当に揺れているのだ。骨箱だけではない。テーブルの上ではグラスや皿も無様なダンスでも始めたみたいに揺れている。

ゴトゴトゴトゴト……。

それだけではない。天井から釣り下がったライトも、壁にかかった品書きも揺れている。いや天井自体、壁自体が揺れている。

みんなが腰を浮かしかけたが、揺れが激しくてだれもうまく立つことはできない。

「地震だ。でかいぞ」

ミシミシミシミシ。

店が軋みだした。

あちこちでガラスの割れる音がする。物が倒れる音も。それに地鳴り。

ズドンッ。

からだが宙に浮きそうな縦揺れがきた。

落合はとっさに外した眼鏡を庇うように身を丸めた。

江藤は座敷の畳に受け身を取りながら倒れた。

羽柴は無意識に鮎川を抱き寄せた。

骨箱が空を飛んだ。

それに杉島が飛びつく。

ドドドドドド……。

……ド……ド……ドド……ドドド……ド……ド…………ド………………

…………。

五人は意識を失った。

…………。

第三部

おきざりにした
リグレットを拾いに。
あの日のきみへと、もう一度

杉島　1年前

気がつくと、杉島誠一はベンチに腰かけていた。

背中と腰に木製ベンチの湿気を帯びたひんやりとした感触はあるが、痛みや凝りは感じなかったので、そう長い時間座っていたのではなさそうだった。

目の前には、ロータリーがあり、その奥に公民館かなにかみたいな駅舎が見えた。駅舎の脇に立つ樹が黄葉していた。ロータリーには、タクシーが二台停まっている。身長差のある運転手ふたりがクルマから降りて会話を交わしている。枯れきった漫才コンビを思わせるふたりに、こちらを気にする様子はなかった。

他には人影はない。

見覚えがあった。そう感じたら、脳のまわりに紫煙が漂っているようにぼんやりとしていた意識が、次第にはっきりとしてきた。

これは父の故郷の、最寄り駅だ。

間違えるはずもない。一年前、杉島は父を見舞いに訪れたが、結局顔を合わせることはなかった。腹立たしさと、早くも芽生えた後悔の念を振り払うように、杉島は駅の改札脇にあるスタンドのそば屋でマイタケそばをすすり、さらに地元の銘柄豚を使った「名物」

を謳う駅弁を買って、快速から乗り継いだ帰りの新幹線の中で貪り食った。味は覚えていない。たぶん、味覚は麻痺していたのだろう。

三日後、父は亡くなった。

通夜と葬式には、顔だけは出した。ただし喪主は母親に任せ、遺骨も拾わず、弔問客と言葉を交わすこともなかった。意地になっていたのだ。

それだけの確執のある父と息子だった。姉はいまでもしつこく叱ってくるが、杉島だけの責任とは言えなかった。

とりあえず、俺は東京からはるばる病院までは足を運んだのだ。会うのをかたくなに拒んだのは、父のほうだった。その声は弱々しいものだったが、杉島が立つ廊下にも漏れてきた。

杉島は黙ってその場から消えた。

それはともかく、と杉島は生々しい記憶の世界に嵌まりかけた状態から我に返った。

なぜ、俺はこの駅前にいるのだ。

改めて確かめると、杉島は喪服を着ていた。

そこだけ一足早く冬が訪れたような、喪服の寒々しい黒い色を眺めているうちに思い出した。そうだ、俺は木村の葬儀に出ていたのだ。身寄りのない木村の死の始末のひと通りを引き受けた俺が、なぜこんな場所にいるのか。

杉島は、ようやく記憶が途切れた瞬間に行きついた。

地震だ。大きな地震があった。

通夜のあと、高校時代の懐かしすぎる仲間たちと飲んでいるとき、地震が起こった。

……そのあとは、わからない。

どこかに頭を打ちつけて失神したのだろうか。であっても不思議のないほどの激しい揺れだった。あるいは、飲んでいた居酒屋の建物が崩落し、下敷きとなってしまったのか。であっても不思議のないほどの年季の入った木造家屋だった。

もしかして、俺は死んでしまったのか。

もうすぐここに父が迎えに来るのだろうか。

風が吹いた。本当に紅葉や黄葉した木の葉を舞い散らしてここまで流れてきたに違いない、ひんやりと乾いた木枯らしだった。

杉島は背筋をぶるっと震わせた。

死んでも、五感は残るのだろうか。景色が見えているということは視覚があるということだから、皮膚が寒さを感じてもおかしくはない。

そうなのだが、いまの冷たさは真冬の朝や吹雪いたゲレンデなどで、過去に何度も経験したのと同じ冷たさだった。つまり、生きているから感じるものではないか。痛みほどではないが、生きつづけるために体内で発信と受信がなされる危険信号のはずだ。

俺が死んだとは思えない。夢のなかだとも思えない。

杉島はベンチから立ち上がった。

軽く足許が揺らぎ、自分のからだがアルコール分を含んでいることに気づいた。ひどく酔っているというほどの状態ではないが、もしクルマの運転をしていて検問に遭ったら、酒気帯びと判定される程度には酔っていた。

ということは、と考える。

ついさっきまで、俺は呑んでいたことになる。さらに、ということは、いまは地震が起きた直後ということになる。

杉島は空を仰いだ。わかっていたことだが、陽射しが降っていた。ときおり吹く風は冷たいが、小春日和と呼んでいい日だった。

地震が起きたのは、夜だ。いまは、午前か午後かもはっきりしないが昼だ。

おかしい。時間がずれている。

それ以前に、東京にいたはずが、東京から直線距離で二百キロはある場所にいる。

考えられるのは、ワープだ。杉島には懐かしい単語だった。思春期やそれ以前の頃、主人公がワープやタイムワープしてしまうドラマや小説が流行っていた。杉島も自分が戦国時代や幕末にワープしたらなどと夢想したものだった。脳細胞以外を駆け巡る血流が過剰だったのだ。あるいは、父親の抑圧から逃げ出したくてたまらなかったのかもしれない。

死んでもいず、夢でもない。酔いとなんらかのショックで長時間寝ていた可能性もある。時間はともかく、空間を瞬間移動してしまったとしか考えようがない。あと、俺の頭がおかしくなっているとも考えられるが、そのわりには俺は妙に冷静だ。酔っていることまで、自覚している。

杉島は駅舎へと歩き出した。

少し迷ったが、来る気配のない客待ちの長い時間をおしゃべりで潰している運転手たちに近づき、声をかけた。

「すみません、いま何時ですか」

運転手ふたりは互いを見交わし、ふたりして興味半分面倒半分といった顔になった。背の高いほうの運転手が答えた。

「腕時計持ってないのかい」

背の低いほうが続けた。

「最近、スマートフォンがあるから時計してないひとも多いけどさ」

言われて、杉島はポケットにスマートフォンが入っていることを思い出したが、とぼけた。

「スマートフォン、忘れてきちゃって」

背の高いほうが左腕を顔の前に持っていった。

「十一時三十四分」

背の低いほうがうなずいた。

「ということは、次の東京方面快速の到着まで二十三分だ」

「ありがとうございます」

礼を言って立ち去りかけてから、杉島は本当に聞きたかったことをたずねた。

「ぼんやりしてしまったけど、ぼくはいつからあのベンチにいましたかね」

ふたりはまた互いを見て首をひねり合った。

「さあな。気がついたときにはいたよ」

「そうだな。いつ気がついたかは、覚えてないけど」

ならば、仕方なかった。

地震のような物理的に人目を引く現象はなしに、空気のなかから染みだすように、俺はベンチに座ったのだろう。とりあえず、杉島はそう理解しておくことにした。こんなときはあれこれ考えるより、動いてみたほうがいい。駅舎のなかに足を踏み入れると、杉島はまずズボンの尻ポケットからスマートフォンを取り出して、時間を確認した。

十一時三十五分。

運転手の教えてくれた時間の一分後を、スマートフォンの時計は示していた。いまの時間の流れは、気を失う前と同じようだ。一分経つのに、一分を要する。

しかし、なにか違和感があった。

杉島はじっと画面をにらんだ。

時刻の下に、ちいさい文字で日付が記されている。

十月二十二日になっていた。

おかしかった。通夜が営まれたのは、十月十五日だ。一週間が経っていることになる。翌朝というならまだわかるが、気を失っているには長すぎる時間だし、それだけ長く酔ったままなら二日酔いどころではないことになる。そんなに飲んだ覚えはない。やはり、場所だけでなく時間もワープとやらをして未来に来てしまったのか。

ここは一週間後の世界なのか。地震によって起こった時空の歪みで、偶然飛ばされたのならいまが一週間後だろうと、一年後だろうと、いっそ百年後だろうと俺にはどうすることもできないのだから受け入れるしかない。だが、場所がこの駅だったことは、偶然とは思えない。

あらためて見まわすと、この駅舎や周辺に、地震の爪痕は見当たらなかった。いままで経験したこともない地震だったが、直下型で二百キロ先ではたいした揺れはなかったのか。

杉島はスマートフォンをオンにして、カレンダーを確認してみた。

また、違和感があった。今度はしばらく画面をにらみつづけて、ようやく気づいた。

カレンダーに示された年は、去年のものだった。

「ということなら、……わかる」

杉島はひとりごちた。去年の十月二十二日、それは杉島がもう長くないと宣告された父親を見舞おうとした日だった。

あの日、いや今日、俺はたしかにここへ来た。

駅舎のなかは陽射しがあまり差し込まないせいか、杉島は肌寒さを覚えた。

あの日は病院からの帰りに寄った構内のそば屋に、杉島は足を向けた。

「すみません、マイタケそばください」

口が勝手に動いていた。注文してから、あの日と違うことをしたいのなら、違うものを食べるべきなのではないかと思ったが、注文し直しはしなかった。

地震のときにいた居酒屋でそれなりにつまみを口にしたはずだが、厨房からの湯気と匂いが杉島に空腹を覚えさせた。

「はい、おまちどおさま」

上着の内ポケットに財布があった。千円札と入れ替えに、小銭と熱そうなどんぶりが目の前に差し出された。

どんぶりを持って壁沿いにつくられたカウンターに移り、杉島はマイタケそばに箸をつけた。さくさくに揚がったマイタケの天ぷらは山の香りを立て、立ち食いとはいえそば粉をふんだんに使っているそばと相俟ってうまかった。

俺はいま、締めの一杯を食べているのか。それとも、遅い朝食にありついているのか。

どちらにしろ、杉島はからだから酔いが退いていくのを感じた。

あっという間に、食べ終えてしまった。

胃の腑が温まると、覚悟が決まった。

最終確認のつもりで、杉島は自分の頬をつねった。大の大人がやることではないかもしれないが、大の大人の力で手加減せずにつねったのでかなり痛かった。

夢ではない。ではなんなのかは、わからない。しかし俺は去年の十月二十二日にいる。

まさか叶うとは思っていなかったが、戻れるなら戻りたいとひそかに思っていた過去にいる。ならば、思い迷うことはない。後悔の念を取り除く。

あの日と同じように病院へ行き、今度は父親がなにを言おうと面会するのだ。結果、喧嘩別れになるのなら、それは仕方ない。なるべくそうならないように努力はする。確執は一生消えないかもしれないが、それは俺の問題で、父親の思い残すことをひとつ減らしてやれればいいのだ。

杉島は駅舎をあとにして、ロータリーの運転手たちに近づいた。

「乗せてもらえますか」

「もちろん。そのためにここにいるんだから」

背の低いほうの運転手が、前に停まっているタクシーの運転席に乗り込んだ。すぐに後部ドアが開かれた。

背の高いほうの運転手はタクシーから少し離れ、腕時計に目をやった。たぶん次の快速の到着時刻を改めて確認し、それまでの時間をひとりでどう潰そうかと思案したのだ。

杉島はタクシーに乗り込んだ。

「どちらまで行きますか」

父親の入院する、このあたりでは一番大きな総合病院の名前を告げた。

「わかりました」

とタクシーを発車しかけてから、運転手はバックミラー越しに杉島を覗き込んできた。

「その服装は、葬儀社の方ですか」

「いや、見舞いだけど……」

答えかけて、杉島は自分が喪服を着ていることを思い出し、慌てて言い訳した。

「葬式の帰りなのを忘れていた。病院に行く前に、どこか服を売っている店に寄ってもらえますか」

「だったら、国道沿いの大型スーパーに寄りましょう。気に入る服があるかは保証できませんが」

タクシーは駅を離れた。

さびれた商店街を抜けると、あたりは山里の様相を呈してきた。前にも走った道のはずだが、杉島は初めてのように窓の外に目をやった。前のとき、といっても今日だが、あのときは気が重すぎて景色にまで気を配る余裕はなかったのだ。

あの日も木々は色づいていたのだろうか。

いま色づいているのだから、いたのだ、きっと。

立ち寄ってもらったスーパーマーケットで、店員に任せてシャツとジャケットを買った。下は折り曲げて履けば裾上げの必要がないジーンズにした。合わせて靴もスニーカーにした。喪服は手提げのついた紙袋に入れてもらった。買った服は安かったし、財布のなかはいつもよりずっと潤沢にしておいたので、問題はなかった。

ついでにトイレに寄った。

尿意はあったのだが、たいした量は出なかった。

徐々に緊張しつつあるのかもしれなかった。

杉島はトイレの鏡で、自分の顔を点検した。酔いの残滓は見当たらなかった。葬儀に出る前に剃っておいたので、無精ひげも気になるほどには伸びていない。

だが、目を離せなかった。

似ていた。杉島は自分の顔が父親に似ていることに愕然とした。一緒に暮らしていた頃、自分が高校生だった頃の父親に、鏡のなかの中年男性はよく似ていた。

地味なシャツとジャケットのせいかもしれなかった。たまに被っている帽子がなく、薄くなった髪が露わになっているせいかもしれなかった。木村の葬儀を仕切った疲れが出たせいかもしれなかった。突然のワープへの不安のせいかもしれなかった。父親と対面する緊張のせいかもしれなかった。それらすべての条件が合わさった結果と考えるべきかもしれない。とにかく、鏡のなかのどこにでもいそうなおじさんは、最後に顔を合わせたときの父親に似ていた。

杉島は無理に笑いを浮かべることで、鏡から自分の目を引き剥がし、トイレを出た。

杉島が戻り、タクシーはまた走り出した。

もともと空いていた道は、行き交うクルマもまばらになっていった。

数少ない信号のひとつに掴まり、タクシーは停車した。信号を挟んで、反対車線にもタクシーが停まった。運転手が手を振ったように見えた。杉島の乗るタクシーの背の低い運転手も手を振り返した。

「前の快速でお客さんを乗せて、やはり総合病院へ向かった仲間です」

訊ねもしないのに、背の低い運転手は杉島に説明した。

もしやと思い、杉島はシートから背を浮かせた。

信号が青に変わる。

ゆっくりとタクシーは発進する。

向こうのタクシーもゆっくりと近づいてくる。

運転手同士は窓を開いて、会話を交わした。

「駅か。こっちはこれから病院だ」

「入れ違いだな」

杉島は向こうのタクシーの後部座席を注視した。客が乗っていた。中年の男性だ。俯いているのではっきりと顔は見えない。だが、着ている服に見覚えがあった。一年後も何日かに一度は身に付けている、妻が選んでくれた服の一着だ。

俺だ。あそこに俺がいる。ドッペルゲンガーというやつだ。いや、この俺こそがドッペルゲンガーなのか。

全裸で外を吹く風に晒されたかのように、杉島の全身に鳥肌が立った。

窓を開こうとしたとき、あまり柄のよくなさそうなエアロパーツをつけた後続車にクラクションを鳴らされ、杉島の乗ったタクシーは急にスピードを上げて走り出した。

いま、俺は一年前の俺を見た。いや正確には、一年後からやってきた俺がいまここにいるべき俺を見かけたことになるのか。

すでに俺は病院に行き、父親に面会せずに病院をあとにしていた。

あの俺は、怒っている。最後まで我を張った父親に、憎悪を感じている。そのことを、俺はよく知っている。あのときの感情が、まざまざと蘇ってくる。

だが、一年の月日が流れたあとの俺は、怒り以外の感情も抱えているのだ。

一年前に意識が戻りかけた杉島だったが、すぐに冷静になれた。

怒りながらも、一年間、俺は後悔の念に苛まれた。同じ過ちを繰り返したら、なんのためにいまこの場所にワープしてきたのかわからなくなる。

杉島は首を無理にまわして、うしろを見ようとした。わずかにちいさくなっていくタクシーの姿が目に入った。

あとは任せろ。

なかに乗っている自分に向けて、杉島は心のなかで語りかけた。

いったんは怒って病院をあとにした俺だが、思い直して引き返した。一度顔を合わせてしまっている母親と姉には、そう説明するのだ。

よし、と一旦うなずいてから、杉島は大変なことに気づいた。

さっきすれ違った俺、つまり母親や姉とすでに顔を合わせている俺は、このタクシーに乗っている俺とは、服装が違っている。喪服こそ着替えたし、髪型などは一年前とほぼ同じだが、服はまったく違う。少なくとも、他人の趣味を細かく批評する癖がある姉は、絶対に気づくに違いない。

難題に杉島は頭を抱えたくなった。実際には片手で額をこすった。

母親や姉には会わずに、機会をねらってこっそり病室に忍び込むか。だが姉か母親のどちらかは病室で付き添ったままのはずだ。どちらかが、気分転換に休憩室でテレビに見入る時間くらいあるだろうが、ふたり揃って病室を空にすることはまずないだろう。

わずかなその機会をじっと窺うのは、あまり現実的ではない。病院には、医師、看護師はじめ多くの目があるし、監視カメラだってあるのだ。不審者に思われてはいけない。実際、いまここに存在すること自体がおかしい不審者の身なのだから。

何度か転職し、どれも現場での仕事が多かった杉島は、また何度となくその場の機転で窮地を脱してきた。

母親と姉とは、会うしかない。問題はどう言いくるめるか、だ。

あたりに建物はあまり見当たらない、丘陵の上に病院はあった。昔ならば、サナトリウムが建っていそうな場所だ。実際、そうだったのかもしれない。

「病院の入り口手前で停めてください」

「いいですけど、このあたりに見るほどのものはなにもありませんよ」

「面会する前に、心の整理をしたいんです」

「なるほど」

運転手は納得してくれたらしく、病院の手前でタクシーを停めた。

タクシーを降りると、杉島は病院とは反対側にゆっくり歩きだした。時間つぶしのためだった。

すでに腹積もりはできていた。ただある程度の時間を取ってから向かうほうが、母親や姉が服装の違う自分を受け入れやすくなるはずだった。

秋晴れの、いい天気だった。駅よりも標高が高いのか、あたりの木々の色づきは、見事だった。夜の街で商売をしていた杉島は、ときに世界はネオンサインよりもずっと目にやさしく鮮やかになってみせるのだということを忘れかけていた。いや、目を伏せてきたのかもしれなかった。たとえば、一年前の俺のように。あの俺は、この景色を視界に入れておきながら、鑑賞することはもちろん、見たという認識もせずに去ったのだ。

父親は見ているのだろうか。

まだ認識できるだけの頭脳の働きは残しているはずだ。なにしろ、俺の面会を拒否する意思を、はっきりと示したくらいだから。

やがて、世界は消える。父親には三日後に。木村にはほぼ一年後に。俺も一年よりは先の、いつかに。あるいはそれは、今日かもしれない。

消える前に、せめて世界は美しいと感じたいではないか。

「なんて、俺らしくもない」

あたりに人影がないことを確かめてから、杉島は芝居がかった声を上げてみた。

声が消えると、世界はしんと静まり返った。

突然、思い出した。最初はバイオリンだった。

小学一年生になったときだった。父親はなにか習い事をしろと言ってきた。杉島は水泳教室に行きたいと答えた。父親は渋い顔をした。泳ぎなんぞは、自然と覚えられるものだ。

習いに行くものではない。田舎育ちの父親は、子供の頃は近くの川で遊んでいるうちに泳げるようになったと話した。しかし杉島の家の近くを流れているのは、ふだんは足首辺りまでしか水位がないし、魚がいるだけで話題になるような汚れた川だった。だいたいコンクリートで護岸されて、水辺に近づくことすらできない。

他に習いたいものはなかったし、なにかと言いながら父親には腹案があるのだと察した。しばらく考えるふりをして黙っていると、案の定、バイオリンはどうかと言ってきた。唐突だった。姉はピアノを習っていたし、家にはピアノがあるからそれならわかる。なぜ、バイオリンなのか。

あとで母親から聞いたところによると、父親の育った田舎の旧家の同級生がバイオリンを習っていて、父親はとても羨ましかったらしい。父親の家はどちらかといえば貧しかった。わりと裕福なはずの杉島の家のテレビがクラスで最後まで白黒だったのは、父親に染みついた倹約をよしとする生活方針のせいだ。母親の実家で暮らすようになってからも、暮らしぶりを変えはしなかったわけだ。

結局、杉島はバイオリン教室に通うことになった。分数サイズと呼ばれる子供用のではあるが、バイオリンも買い与えられた。

杉島は渋々、教室に通った。バイオリンを弾くこと自体は、やってみればそれなりに面白かった。ただ、ドの鍵盤を押せばドの音が出るピアノと違い、フレットのない弦楽器は正確な音を出すのも最初は難しい。我ながら気持ちの悪い音になる。それを姉にからかわれるのは嫌だった。学校の友だちに知られるのも嫌だった。それでも中学入学までは続けた。入学祝いなのか、正式サイズのそれなりの値段もするバイオリンを買い与えられたが、嬉しくはなかった。杉島が欲しがった変速機つきの自転車は不要と片付けられ、すでに健康を害して入院していた母方の祖母が、病院へ見舞に来させるためと理由をつくって買ってくれた。それからすぐ、祖母は亡くなった。あのときは悲しい以前に怖くて、遺体にすがって泣きじゃくる姉を離れて見ていた。

ゆっくりと丘陵の道を辿り、戻った。

そして二十分経過したのをスマートフォンで確認してから、杉島は病院の敷地内に足を踏み入れた。

正面入り口を入ってすぐのロビーは、混雑していた。何列も用意された長椅子には、多くの年配者が腰を下ろしていた。杉島の父親と変わらない年齢のひとたちだ。ここにいるひとたちは、からだのどこかに故障を抱えてはいても、まだ入院するまでには至っていない。

そのせいか、ロビーはどこか賑やかだった。大声で会話を交わすひとはいないが、漂うざわめきに活気があった。根拠は薄弱にしろ、明日も、来月も、来年も、自分はこの世界に属していると信じるひとたちの発する生命エネルギーが、杉島の肌をちくちくと突ついてきた。

ロビーを抜けて、杉島は病室のある階へ向かうエレベーターの前に立った。

上へのボタンを押す。

三日後なら、下へのボタンを押すことになるのだろうことを意識して。霊安室は地下に用意されているものだ。

遺骨になれば、墓の下に収められる。昔から、地下は死者の国とされてきた。

杉島は死者の国など信じていない。天国も地獄も信じていない。死とは無だ。ぼんやりとだが、そう受け止めていた。さらにぼんやりとだが、死ぬまでに「無とは宇宙に帰すること」だと思えるようになりたいと願っていた。そう思えれば、死の恐怖も幾分かは薄らぐのではないか。

父親はいま、怖いのだろうか。木村は怖かったのだろうか。

俺は怖い。子供の頃から怖がりだったし、木村の死の確認もひとりでは行けなかった。もしかしたら、俺が病室の前まで来て引き返してしまったのは、死にゆく父親と顔を合わせるのが怖かったからではないか。父親が面会を拒否する声を耳にして腹を立てたのは、逃げだすためのいい口実だったのではないか。

やってきたエレベーターに乗り、父親の病室がある階のボタンを押した。

白い箱のなかに、ひとりになる。

静寂。エレベーターの上昇する機械音はしているはずなのに、杉島は無音の世界に閉じ込められた気分だった。

いままで気づかなかったが、俺は閉所恐怖症でもあるのか。

そう感じかけたとき、エレベーターの扉が開いた。

忙しなさそうなナースステーションを抜けて廊下を進み、談話室を覗いた。

そこに姉がいた。

いつもの江戸っ子もどきにちゃきちゃきとしている姉ではなかった。窓の外に拡がる景色に目をやってはいたが、とくになにかを見ているようではなかった。強いて言えば、景色の先にちらつく深淵から目を背けられず、かといって正視もできないで思考停止しているような顔つきをして、椅子に腰を下ろしていた。

「姉さん」

杉島はそっと声をかけた。

死神に呼びかけられでもしたように、姉のからだがびくっと震えた。

「誠一、……あんた、戻ってきてくれたんだ」

死神ではなく、亡霊でも見るような目になってから、姉は世間智にたけた力を瞳に取り戻した。

「頑固な人だし、からだは弱り切っていても気持ちまで弱ったところは見せたくないから、自分からあんたに会うとは言えないのよ。廊下で聞いてて、あんたが帰っちゃった気持ちもわからなくはなかった。あんたが父さんをどう思っているかも知ってる」

姉は一度、言葉を切った。

「でも、最後だから」

杉島はゆっくりとうなずいた。

「だから、いろいろ考えてね。戻ってきた」

杉島は曖昧に答えた。なるべく自然に一年前の俺に繋がるためには、こちらから余計なことは言わないほうがいいと判断していた。

だが、細かいことを見逃さない姉は当然気づいてしまった。いや、細かいことではない。ぱっと見れば、だれでも気づくことに気づいただけだ。むしろ、少し遅かったかもしれない。

「あんた、さっきと服が違うじゃない」

返事は用意していた。

「頭を冷やそうと思って、駅への途中にあるスーパーに寄ったんだ。そこのイートインスペースでマイタケそばを食べたんだけど、気持ちが乱れていたんだろうな。汁のほとんどをこぼしてしまい、服を汚してしまった。だから服売り場で上から下まで買って、着替えてきた」

姉は杉島の服を点検するように、視線を上から下へ、また下から上へと走らせた。

「たしかに、ふだんは無理して若作りしてるあんたにしては、野暮ったい恰好になってる。

年相応とも言うけど」

　姉は納得したようだ。突っ込まれればぼろの出そうな言い訳だが、姉も目の前にいる弟がさっきとは入れ替わっているとは夢想だにしていないし、それ以上は詮索してこなかった。

　姉はまっすぐに杉島を見た。

「会ってくれるのね」

「親父のためというよりは、俺自身のためにね。親父のいなくなった世界にまでわだかまりを引きずって、余計な後悔の念に悩まされたくはない」

「その言い草、素直じゃないけど、よしとしておくわ」

　ふだんの姉なら、もっと嫌味な言葉を重ねただろう。姉も姉なりに、杉島がもう一度へそを曲げたりしないように、気を遣っているのがわかった。姉貴風を吹かされてうんざりすることも多いが、実際に姉だったのだなと杉島は軽く反省した。姉はまだまだ世にははかるだろうが、姉とも悔いのないつきあいをしていこう。

「あんたが帰ったと知って、あのあと父さん、ぐったりしちゃった。もしかしたら、いまは眠っているかもしれない」

「そうか。意地を張るのも、体力が必要だからな。俺も正直、ちょっと疲れている」

「わたしだって、母さんだって消耗しきっているわ。身近な人間の命の終わりに付き添っていると、自分の命も削られていくみたい」

自分のぶんまで世話をさせていることに、杉島はうしろめたさを覚えた。杉島の妻は看護師だ。自分と父親の関係がうまくいっていたら、早い段階から介護の手伝いを申し出てくれたに違いない。そのぶん、姉や母親も少しは息が抜けたかもしれない。

「母さんは、いまも病室にいるんだ」

「そう。なんだかんだ言って、夫婦ってことなのかな。愛情なのか、義務感なのかはわからないけど」

父親と母親は、決して仲のいい夫婦ではなかった。父親がこの病院のある生まれ故郷で暮らすと言っても、母親はついていかなかった。ときおり様子を見に足を運んでいたようだが、東京でのひとり暮らしを愉しんでいた。父親が亡くなってから一年後も愉しそうにやっていることも、杉島は知っている。

だが仲が悪かったとは言えない。

ふたりは見合い結婚だそうだが、お互いにどこに惹かれたのかは謎だ。母親は一人娘だった。父親は地方出身だった。母親には家土地があり、父親には学歴と手堅い勤め先があった。条件は合っていたのだろう。世代的に、結婚に対する考え方が杉島とは違うのかもしれない。

「眠っていたら、起きるのを待つから無理に起こさないでいい」

「ちょっと見てくるわ」

姉は談話室を出ていった。

杉島は煙草が吸いたくなった。もちろん、病院内は禁煙だ。

手持無沙汰を紛らわすために、杉島は窓際に寄って景色を眺めた。病院に入る前にじっくり見てはいたが、高いところから遠くまでを見下ろすと、青い空と黄葉や紅葉とのコントラストがより見事だった。

妻にも見せてやりたい。

なぜか、そう思った。考えてみれば、父親と母親とは事情が異なるが、杉島もまた長く夫婦で別に暮らしていた。一年前にワープしてしまった身としては、このあとどうしたいなどと予定を立てられる立場ではなかったが、また一年先に戻れて妻と一緒に暮らすようになったら、ふたりで温泉旅行でもしたかった。定年を迎えた夫がよく提案して、妻にやんわり断られているようなことを、杉島はぼんやりと思った。

姉が戻ってきた。

「しばらくうつらうつらしていたらしいけど、いまは起きているわ」

いよいよだ。杉島は軽くくちびるを噛んで気合を入れた。

「体調はともかく、機嫌が悪くないことを願うよ」

「さあ、ラジオを聞いていたわ」

「落語でも流しているのか」

そういえば、気難しい父親がときおりテレビやラジオでやっている落語に、耳を傾けていることがあった。ただし、にこりともせずに聞いていた。あれはなんの理由があって、聞いていたのか。少しだけ、たずねておきたい気持ちが湧いた。

「交通情報を流していた。電車で来てるあんたには関係ないけど、高速は工事渋滞が起きてるんだって」

「親父には、もっと関係ない情報だな」

「天国への道も、渋滞してるといいんだけどね」

姉にしてはおもしろいことを言ったので、杉島の口角が緩んだ。死んだらどこへも行かずに消えると思っている杉島だ。

「天国に行くとは限ってないだろう」

「父さんの前で、そんなこと言っちゃ駄目」

杉島が父親は地獄に行くと思っていると勘違いした姉は、ぐっとにらんできた。

いつまでたっても姉が出来の悪い弟として扱う。それでいいのかもしれなかった。中学生の頃から、父親に反抗する杉島を姉はいつも庇ってくれた。それすら、疎ましく感じていたときもあった。自分だけいい子ぶっている。姉と父親は同性ではないせいか、あるいは姉が上の子らしくしっかりしていて現実的な性格だったせいか、親密ではないがわりとうまくいっていた。

あいだに入っていた姉の役目も、これで終わる。

「母さんにはあんたが戻ってきたことを耳打ちしたけど、父さんは知らないから」

「それでいいよ」

杉島と姉は談話室をあとにした。

廊下に出ると、杉島は静謐に包まれた。生と死の境界線上にある場所を、山の背を進むように辿っている気分になった。

いつのまにか足音を忍ばせていた杉島と姉は、病室の前で立ち止まった。

扉が閉まった病室のなかからは、物音は聞こえてこない。ラジオはいま、どんな番組を流しているのか。天気予報だろうか。暮らしの豆知識か。それとも、お便りコーナーか。週末に近くでコンサートをする歌手がゲストに来て、宣伝をしているかもしれない。

ぼんやりしかける杉島の顔に、姉は「わかっているわね」と念押しするような目配せをしてきた。

杉島は覚悟を示すように、しっかりと姉を見返してうなずいた。

姉が扉を開く。

病室特有のなにかを隠しているような匂いが籠もった空気が、杉島の鼻に漂ってきた。薄められた死の匂い。

杉島の背中を、ちいさな震えが這っていく。父親と会うことではなく、死に近づくことが怖くなったのかもしれなかった。

俺は立ち入れなかったが、羽柴は木村の部屋でもっと強烈な死の匂いを嗅いだのだ。

俺の親父は、まだ生きている。

ベッドの脇の椅子に座っていた母親が、こちらに顔を向けた。

ラジオは音楽番組に変わっていた。聞き覚えのある弦楽四重奏が流れていた。これが映画の一シーンであったなら、チェロの独奏が似合うところだと思いつつ、杉島はバイオリンの軽やかな音色に励まされた。

姉がまず、病室に入った。

「お父さん」

呼びかけに、父親は軽く唸った。

それ以上、姉は語りかけなかった。

杉島は割れやすい貴重品でも抱えているかのように、慎重な足取りでベッドへと向かった。

父親は窓側に横向きになっていた。

「父さん、俺だ。誠一だ」

たぶん、わかっていたのだろう。かすかに頭が動いた。だが、その目は杉島を見ようとはしなかった。

「考え直して、会いに戻ってきた」

母親が椅子を立ち、杉島に譲った。

杉島は腰を下ろした。父親の顔がすぐ近くになった。顔色は薄黒く、いまにも衰弱に負けて崩れそうだった。それでも、意志だけで生きているような父親は、下手に動いたら集中の糸が途切れて息絶えてしまうとでもいうように視線を動かそうとはしない。

「あいかわらず、頑固だね」

父親に伝わるように、杉島はおおげさに苦笑してみせた。

「顔なんか見なくてもいいけど、いまの俺は父さんにかなり似てきたよ。さっき鏡を見てそのことに気づいて、我ながら驚いた。父さんの遺伝子を受け継いで、額もかなり後退してしまったけど、恨んではいない」

聞いているのか、いないのか。いや、耳に届いているからこそ、父親は視線もからだも動かそうとはしなかった。

「お父さん、誠一になにか言ってやって」

母親が呼びかけると、父親はふんと鼻を鳴らした。杉島は、それを「聞いてはいる」との合図と理解した。

「父さんの期待していた人生は歩まなかったけど、俺はこの歳までなんとかやってきた。立身出世はしてないし、地位も名誉もない。金は少しだけ貯めたが、老後が安心かどうかはわからない。でも、俺らしくやってこれた」

母親が杉島の肩に手を当てた。

「父さんは父さんらしく生きた。親子だって、なにもかも同じとはいかないさ。理解できないことだってある。それでいいじゃないか」

杉島は、父親に合わせて窓の外に目をやった。

「初めて来たけど、いいところだね。父さんがここで暮らすことにした気持ちが、なんとなくわかるよ。俺は都心で育ったし家もなくなっちゃったから、ふるさとを想う気持ちはうまく持てないけど、父さんにはここがしっくりくるんだろうな。それがわかっただけでも、来た甲斐があった」

気がつけば、杉島はそんなことを語っていた。語りながら、自分の思いに気づいて少し驚いた。

幼い頃も、杉島は父親の実家を訪ねたことはなかった。父親の両親のことも、ほとんど知らない。聞いておけばよかった。いや、もし一年後に戻れたら、母親の知っていることを聞いておこう。

杉島は椅子を立った。

「そろそろ、行くよ」

父親の視線が動いた。

杉島を見ていた。老いて、萎んで、枯れた顔のなかで、濁った目が自我を振り絞ってにらんでいた。杉島はそこに、未来の自分を見た。

「ふん」

父親はまた、今度は大きく鼻を鳴らした。そして、また視線を逸らしてしまった。

和解の言葉、と杉島は受け取ることにした。

振り返らず、杉島は病室を出た。

姉と母親がついてきた。

「誠一にしては、上出来だった」

姉がぽんと肩を叩いてきた。

「ありがとね」

母親は涙ぐんでいた。

杉島は照れ臭くなった。「最後だからな」とか憎まれ口が出かかったが、飲み込んだ。照れるような場面ではないのだ。一年経っても悔いが残っていたことを、俺はきちんとやり直したのだ。

これが現実であるならば、の話だが。

「ここでいい」

杉島は姉と母親と別れ、ひとりで廊下を進み、エレベーターで一階に降りた。

安堵と同時にひどい疲れを覚えた。頭の芯が痺れるようで、いったんはロビーの椅子に腰を下ろしたが妙に居心地が悪かった。べつに周囲のひとたちに不審がられてもいないのに、ここにいてはいけないという気持ちになった。

重たく感じる腰を持ち上げて、杉島は病院の外へ出た。

エントランスには、ちょうどタクシーが一台入ってきたところだった。

降りてきた人間と入れ違いに、杉島は後部座席に乗り込んだ。

「駅まで」

声を出すのが苦しかった。

「待たずにお客さんを乗せられるなんて、今日はついてます」

そう言ってバックミラー越しに笑った運転手の目が、えっと見開かれた。

「お客さん、さっきもここから駅まで乗せませんでしたっけ」

どうやら、来るときに反対車線を走ってきたタクシーに乗ってしまったようだった。あのタクシーには、ここにいる俺からすれば一年前の俺が乗っていた。

「双子なんです。着てる服が違うでしょう」

運転手は無遠慮に振り返ってきた。

「言われれば、違いますね。さっきのひとは、もっと洒落た格好をしていた。あ、これは失礼しました」

失言を置き去りにするように、運転手は急いでタクシーを発進させた。

杉島は失笑しようとしたが、面倒になってやめた。

とにかく駅に戻る。そうすべきだと、俺のなかのなにかが命じている。

問題はそのあとだ。俺はどうすべきなのだろうか。東京に戻ったとしても、俺からすれば一年前に当たるこの世界には、そこで生きている俺がいる。病院を訪ねて姉や母親と会っているし、このタクシーにも乗っていたのだから、間違いない。

もちろん、あちらが正しい存在だ。迷い込んできたのは、俺のほうだ。だから俺は消えなくてはならないのではないか。一年後の世界に戻れればいいのだが、その方法がわからない。地震のせいでこちらにワープしたのなら、もう一度同じ大きさの地震が起こってくれなくてはならない。それまでは一年かかる。いやそのとき起こるのは、最初のときと同じ地震だから……。

頭の芯がずきずきと痛んだ。

おかしなことが起こったのだ。論理的に考えても無駄に違いない。

運は天に任せる。

思えば、杉島はそうやって生きてきたとも言える。会社を辞め、仕事を転々とし、それでも順風満帆とはいかないが、波瀾万丈とまでもいかずに今日まで生きてこれた。いや、一年後まで生きてこれた。

なんとかなる。

タクシーが駅前に滑り込んだ。

支払いをして、駅舎に入ろうとしたが、なにかに背中を引っ張られた。振り返っても、だれもいない。かわりにベンチが目に入ってきた。気がついたとき杉島が座っていた、ロータリーに設置されたベンチだ。

目には見えないちいさなブラックホールがそこにあるかのように、強烈な引力に吸い寄せられて、杉島はベンチへと歩いていった。

自然と腰を下ろしていた。病院のロビーとは違って、木製の固いベンチなのに腰にしっくりときた。妙に安らいだ。

秋風が、杉島の前髪に吹きつけた。薄くなって久しいはずの前髪が、ふわりと揺れた気がした。

抗えないほどの眠気に襲われて、杉島は目を閉じた。

そうだ、こんなときには念じるのではなかったか。もといた世界、一年後に戻れますようにと。

閉じた瞼の裏に浮かんだ自分の映像が、前に手を伸ばした。歪んだ時空の透明な突起を掴んで、足を踏み出した。

そう、そっちだ。

だが、背後で呼ぶ声がした。

杉島は踏み出しかけた足を止め、振り返った。

そのまま、杉島はうしろへと転げ落ちていった。

落合　4年前

瞼の裏にうっすらと陽射しを感じて目を開くと、風に流れる白い雲のあいだから太陽が覗きかけていた。

一瞬、落合は天に召されていくのかと思った。昔見たアニメの最終回のように、天使に手を引かれて。

だが、浮遊感はなかった。神の御許にいく幸福感もなかった。むしろ、胸は不安でいっぱいだった。落合は首を傾げた。

太陽が出ているなら、いまは昼ということになる。おかしくはないか。たしかわたしは木村くんの葬儀のあとで、高校時代の仲間たちと居酒屋にいた。そして、とても大きな地震に見舞われた。つい、さっきのことだ。

その証拠にと、落合は自分の右手首を左手で掴んだ。右手は眼鏡のフレームを握りしめて、震えていた。いや、左手だって震えている。心臓に手を当てれば、激しく動悸を打っている。

それなのに、目の前には青空が広がっている。白い雲も、不吉な地震雲などではない。長閑そのものの、ぽっかりとした雲だ。

落合は眼鏡をかけた。

だいたい、わたしはどこにいるのか。居酒屋のなかにいたはずなのに、いまは空が見える。お尻が冷たいことに気づき、落合は心臓にやっていた手を下ろした。てのひらに、つるりとした硬い感触が伝わってきた。

恐る恐る、落合は視線を落としていった。

まず背の高い樹木が、目に入ってきた。樹木のなかには軽く色づいているものもあり、季節は秋のようだった。地震の起きた夜も秋だが、いまがそのときの秋なのかはわからない。向こうには、ビル。やがて、住宅の屋根。ビルも屋根も、壊れた様子はない。

視線は水平で止まらなかった。

屋根から見えた住宅の手前には、フェンスが張られていた。その内側は草木が植えられた公園になっていた。さらに手前には、いくつかの遊具があり子どもが遊んでいた。近くのベンチには、母親の姿もあった。

見覚えがあった。落合も子供がちいさい頃、ここで遊ばせたものだった。それだけではない。落合自身もちいさい頃は母に手を繋がれて、この公園で遊んだ。家からほど近い、公園だった。

それを落合は見下ろしていた。

ということはと、落合はさらにゆっくりと慎重かつ緊張して自分の近くを見まわした。

落合は、なじみ深いコンクリート製の滑り台の上に体育座りしていた。

ここを何度滑り降りたかわからないし、息子を何度滑らせたのかもわからない。

アノクタラサンミャクサンボダイ……。

落合はこんなときに唱える呪文をつぶやきながら、丹念にざらつきが取られた滑り台をてのひらで撫でた。ちいさい頃、たまたまテレビの再放送で見た変身ヒーローものの主人公が、唱える台詞だ。意味不明だが語呂がよく、落合の頭を何十年も離れなかった。大人になって有名なお経の一節であるとは知った。やはり、有り難いものだったのだと思った。繰り返し唱えて、動悸が収まっていくのを待った。

とりあえず、どこにいるのかはわかった。危険な場所ではない。とすれば、慌てる必要もない。

ピアノ教師をしている落合だが、生徒の発表会やボランティアでの演奏、ときには友人のコンサートのゲストなどとして人前で演奏する機会がある。そんなとき、上がり性の落合は、出番直前までひどく緊張した。だがこの呪文を唱えると、不思議と心が落ち着いていくのだった。

実は漢字も覚えていた。薔薇や檸檬は書けないくせに。

阿耨多羅三藐三菩提。

覚えたが、頭のなかではずっとカタカナで唱えていた。

アノクタラサンミャクサンボダイ。

意味はいまも知らない。有り難いで止めておくほうが霊験があると考え、調べることはしなかった。

唱えているうちに、童心が蘇ってきた。もしかして、すべては長い夢で、わたしはここで遊んでいた子どもに還ったのではないだろうか。

なかば願望だった。子どもの頃は毎日がたのしかったわけではない。三歳でピアノを始めさせられた落合は、上達は速かったし、母親に命じられるままにレッスンに励んだが、たのしくはなかった。譜面通りには弾けても、自分の弾きたいように弾くだけの能力がないことが、ぼんやりとだが幼くしてわかってしまったからだった。自分より下手でも、瞳も音もきらめかせて鍵盤を叩く子がいた。自分と同じだけ練習すれば、その子たちのほうが上手になるし、ひとの心を捉える演奏ができるに違いなかった。

もともとの性格なのか、そうした屈託のせいなのか、落合は引っ込み思案の子どもだった。我の強い子どもには押しやられたし、だからといってひとり遊びに熱中できもせず、みんなのあとを半歩遅れでついていくような子どもだった。

それでも、子ども時代はよかったと思い込みたくなる自分がいた。

なんの苦労もなくお嬢さん育ちをして、結婚してもそのまま実家暮らしを続けている落合でも、ずっとささやかな屈託は抱えていた。

ピアノの才能があったら。

あるいは、ピアノ以外のなにかで才能を見つけられていたら。

自分は恵まれていると知ってはいても、一度きりの人生ならもっと声の大きな人間でありたかった。

とくに母親が認知症を患ってからは、その思いが強くなった。ピアノのことで母親を恨む気持ちはまったくないし、母親とは仲良くやってきた。自分と違って自己主張も自然にできる母親は、自分以上に恵まれたひとだと感じていた。

だが、そうだったのだろうか。波に洗われる砂の像のように「自分」を崩していく母親を見ていると、やりきれない現実から目を逸らしたくなる。

与えられた場所でささやかにしあわせを守って生きてきても、理不尽な試練が待っている。ならば、老いや死の観念がない、子どものままでいたかった。せめて老いや死を宇宙の果てのように遠い未来と思えるときに戻り、一度きりの人生で自分を試してみたい。

そんな思いが、天に通じたのではないか。

落合は、首をぐっと下げた。

喪服を着ていた。

ここがどこで、いつであろうと、木村の通夜の続きの時間のなかに落合自身はいることを知った。

「そう都合よくはいかないわよね」

何年振り、いや何十年振りかで落合は滑り台を滑り降りた。途中でからだがつかえることなく、下まで降りきることができた。

気分爽快とはいかなかったが、覚悟はできた。

「では、行きますか」

観客の待つステージに上がるかのように、落合は足を踏み出した。

母親と子どものあいだを突っ切って、落合は公園を出た。

家までの道順はわかっている。風景も馴染みのあるものだ。ただし、そこに逆に違和感はあった。周囲をじっくり眺めながらゆっくり進んでも、あれだけの揺れの地震が起こった形跡はまったく見当たらなかった。

住宅街に漂う空気は平穏で、不安の予兆の欠片すら見当たらない。道端の小石さえ、落合にはゆったり寛いで転がっているように思えた。

いくつか角を曲がり、何軒か先に自宅が見えてきた。

出かけたときのままの家だった。

早足になりかけたとき、家から人影が出てきた。思わず、落合は近くの家の敷地に身を隠した。

「晴れてよかったわ。雨の日は、あなたの運転だとひやひやするから」

聞き覚えのある声が聞こえてきた。はきはきした物言いは、懐かしくさえあった。母親の声だった。

「だから丈夫なクルマを買ったじゃない。安心して乗ってください」

これも聞き覚えのある声に、落合は口を塞いだ。声を上げてしまいそうになったからだ。それはまずいと、雨の日の運転とは違って的確に反射神経が働いてくれた。

今のは自分の声だ。ただしいつも聞いているのとは、少し違う。生徒の弾くピアノを録音することがあるが、そのときに入ってしまった自分の声を再生して聴こえてくる声だった。

落合はそっと顔だけを出した。

母親と自分がクルマに乗り込んでいく。

やがてエンジン音が聞こえ、クルマは車庫から道へと出てきた。運転席には自分、後部座席に母親。ふたりとも外出用の服装に身を包んでいた。

落合は顔を引っ込めた。クルマが前を通り過ぎていく。ハンドルを握る自分の横顔を、落合は呆然と眺めた。

ここにはもうひとりの自分がいて、母親と出かけていった。目にしたのはほんの短い時間だったが、ごく自然に振る舞っていた。そして、母親は元気だった。

認知症と診断される前、落合はよく母親と連れ立って出かけたものだ。

ここは過去の世界なのだろうか。ならば、地震の形跡がないのも納得がいく。

クルマが去るのを待って、落合は足音を忍ばせて家に近づいた。かえって不審者に見えてしまうかもしれないことにまでは、気がまわらなかった。さいわい、あたりに人影はなく、エンジン音が消えたあとには静寂が訪れていた。

足音を立てないようにしたせいか、地面を踏む足の裏が心許なかった。気にかけている体重が半減したかのように、落合のからだはふわふわとして、いまにも宙に浮いてしまうか、空気に溶け込んで消えてしまいそうな気がした。

自宅の玄関に辿り着き、喪服のポケットを探ってキーホルダーを取り出した。

鍵はついていた。自分がふたりいるのだから、同じ鍵がふたつあっても不思議ではない。鍵を手にしてから、落合はそう考えることにした。

日中なら、自分と母親が出かけてしまえば、家は無人のはずだった。ピアノの音はもちろん、なんの物音も聞こえてこない。

鍵を鍵穴に差し込む。ついうしろを振り返ってだれも見ていないことを確認してから、落合は鍵をまわした。

問題なく、鍵は開いた。

さっとドアを開き、なかに身体を入れると、またさっとドアを閉じた。

家の匂いが鼻孔を揺すった。間違いなく自分の家だ。

脱いだ靴を揃えてから、落合はまずリビングに向かった。ソファに腰を下ろすと、安心したのか全身から力が抜けて、ビーズの詰まったぬいぐるみのようにソファのかたちに合わせてクタリとしてしまった。

眠気に襲われかけて、いけないと首を振ってテレビをつけようとリモコンを取るため、ソファの前のローテーブルに手を伸ばした。

そこに新聞があった。たぶん夫が出勤前に目を通していったものだ。

落合はさっとそれを掴み、踊る見出しには目もくれず上にちいさく記された日付を確認した。

四年前のものだった。

「本当に過去に戻ってきたみたい」

落合はこの日の記憶を探ろうと、眉間に皺を寄せた。皺は徐々に深くなっていったが、脳内のあらゆる引き出しを開いても、特別な出来事は見つからなかった。

母親が認知症になる前の落合の日々は、淡い幸福に包まれてゆるやかに流れていった。人生とはそうしたものだと、かすかな諦念と大きな肯定感で日々を受け入れていた。

しかしここに戻ってきたことには、なにか意味があるのではないか。

新聞をローテーブルに戻した。

立ち上がり、リビングの隅にある姿見の前に立った。

喪服を着た、ここにいる自分より四年の歳月を重ねた自分が映っていた。

そうだ、わたしは地震に遭う前、再会した高校時代の友人たちと語りながら、戻れるならと願った過去があった。それがいまなのではないか。母親が認知症の兆候のサインをそれとなく出し始めたとき、暢気に構えていたわたしは気づきもしなかった。だから、ここに戻されたのだ。

でも、どうしろと。

途方に暮れかけてまたソファに身を沈めたくなるのを堪え、落合は二階にある夫婦の部屋へ向かった。

まず、着替える。

喪服のままでは目立つし、なにかと行動しづらい。

クローゼットを開いて、なるべく動きやすい恰好を選んだ。上はシャツにカーディガン。下は一本だけあったジーンズを選んだ。四年後の落合は、動きやすいスキニータイプのジーンズを三本持っている。母親の面倒を見るためだ。ジーンズを手にしたまま物思いに耽りかけて、落合は自分を励ました。

「考えるのは、あと。とにかくできる支度をして、自分が帰ってくる前にここを去る」

鍵があるのだから、いつでも来ることはできる。しかしピアノ教室をしている落合は、家にいることが多い。また来ればいいと気安く考えるのは危険だった。

履いたジーンズの腰まわりはゆるかった。四年前よりいまの落合は痩せていた。ベルトで腰を締めて、落合は軽装になった。そのあと旅行バッグを取り出し、下着や服の替えを詰めた。いつまでこの四年前の世界にいることになるかわからない。

「お金も必要だわ」

落合にはへそくりがあった。万が一のときのためと思いながら、一度も使うことなく増え続けている箪笥預金が、実際には箪笥ではなくクローゼットの奥にしまい込まれている。いまこそ万が一のときだと、落合は紙幣の入った封筒も旅行バッグに入れた。四年前の時点の正確な額はわからないが、五十万円はあるはずだった。

脱いだ喪服をクローゼットに戻し、落合は玄関に向かった。

ドアを少しだけ開いて、あたりの様子を窺ってから落合は家を出た。

早足で駅に向かった。行き先が決まっているわけではなかったが、とりあえず家の近くから離れたかった。

「落合先生、こんにちは」

駅へ続く商店街で、声を掛けられた。恐怖に近い感情で、落合は足が地面から浮きかけた。白昼のことなのに、中学生のときに入った歩くお化け屋敷でいきなり暗闇から幽霊が飛び出してきたときと同じくらい硬直し、声が漏れないように口に手を当てた。だれにも会いませんようにと念じていたのに、願いは叶わなかった。

相手は教室の生徒だった。中学入学と同時に教室をやめてしまうのだが、いまはまだ小学生で赤いランドセルを背負っていた。

「あら、こんにちは。先生急いでるから、またね」

会話をして齟齬が生まれるのが怖くて、それだけ言うと落合は逃げるように駅へと急いだ。

電車に飛び乗り、三つ離れた駅にあるチェーンのビジネスホテルに部屋を取った。前に知人が上京したときに宿泊していて、ロビー脇にある喫茶スペースでお茶をしたことがあったので選んだ。

用意された部屋は狭いが清潔で、ベッドはセミダブルだった。世慣れていない落合には、変哲のないビジネスホテルのシングルルームでさえ物珍しかった。ひとりでホテルに泊まるのは、初めてのことかもしれなかった。部屋のあかりをつけようとしてうまくいかず、カードキーを握り締めたままなのに気づいた。たしか入口近くの差込口に差さないといけないのだった。以前、母親と泊まったときのことを思い出して、落合はキーを差してあかりを灯した。

ベッドの端に腰かけ、落合は深い安堵の息を吐いた。これでひとまず、安心できる場所を確保した。あとはゆっくり考える。これから、どうすべきか。無意識に、落合は枕のひとつを抱きかかえた。

この時間に戻ってきた理由が間違っていなければ、するべきことは決まっていた。いまの自分の苦悩と照らし合わせて、他に理由は見当たらない。

母親に認知症の診察を受けさせ、少しでも進行が遅れる治療を受けさせる。

問題は、どうやって母親をその気にさせるかだった。

落合は母親の性格を知り尽くしていた。生まれてからずっと一緒に暮らしてきて、仕事も受け継いだのだから当然だった。一言でいえば、母親は我が強かった。しっかりし過ぎる自分というものを持っている人間だ。

そんな母親に、あなたの自我は崩れようとしていますと告げることなど、落合にできるはずがなかった。

だいたい、四年前に来てしまったわたしが母親と面と向かったら、母親は絶対に違和感を持つはずだ。母親の認知症の兆候には気づいていない四年前のわたしではないことを見抜き、警戒するに違いない。

夫や息子に相談するのも、得策とはいえない。ほぼ同じ外観を持っているとはいえ、ジーンズのサイズが変わっているのだ。他にも変化はあるだろう。ピアノ教室の生徒さんとすれ違う程度なら誤魔化せても、身内はだませない気がする。また、そうあってほしい。毎日接していながら、四年間の変化に無頓着でいられたら、わたしは大きく傷つくだろう。

それもまた、落合は怖かった。

いっそ、四年前の自分に打ち明けるのはどうだろう。

奇抜だが、いいアイデアにも思えた。四年前の自分が納得すれば、夫や息子を巻き込むこともできる。

問題は、四年前の落合が、四年後からやってきたわたしという存在を受け入れるかどうかだった。

母親に認知症を納得させるのと同じくらい、難しいかもしれない。

落合は深く重く長い息を、抱いていた枕に吹きかけた。

母親の認知症がわかるまでの落合は、穏やかな日常が支配する以外の世界は、まったくの他人事として目を向けようともしなかった。むしろ目を逸らしてきた。宇宙人が存在しようと自分とコンタクトしてくる可能性はないし、お化けが実在しようと自分に憑りつく可能性はないと決め込んでいた。ずっといつかは来ると警告されていた大地震でさえ、自分の住む場所にたいした被害は及ぼさないのではと漠然と決めていた。

大地震は起こった。結果、もっと予期せぬ出来事も起こった。

四年後から来た落合は、宇宙人やお化けのようなものだ。それと遭遇したとき、自分が果たしてどんな反応を示すか。

「きっと、あなたは認めないでしょうね」

今頃は自宅に戻って寛いでいるかもしれない四年前の自分に、落合は語りかけた。頭のなかで、四年前の落合はうなずいた。

「それでも、やってみるしかないか」

落合はベッドに倒れ込んだ。

すぐに睡魔が全身を包み、落合は眼鏡をつけたまま朝まで眠った。

たくさんの夢を見た。ありえない体験を、必死で脳が消化しようとしていたのかもしれない。夢の最後で、木村がギターを弾いていた。聴いているはずが、いつのまにか落合は鍵盤ハーモニカで合わせていた。美しく、もの悲しいメロディーだった。こうして木村くんといるということは、本当は、わたしはもう死んでいるのだろうか。いや、違う。これは夢だ。

夢のなかで夢だと気づいて、落合は目を開いた。

地震以降のすべてが夢であってくれたらと願ったが、落合が目覚めたのはビジネスホテルのセミダブルベッドの上だった。

早朝の淡い陽射しに、落合は目を細めた。大丈夫、とは断言しかねる状況だが、わたしは生きている。ならば生きなければならないし、やれることをしなければならない。

同じ朝のなかにいるはずの四年前の自分は、まだ眠りのなかだろう。

落合はシャワーを浴び、身繕いを済ませ、フロントに連泊を告げて鍵を預け、ホテルを出た。まだラッシュアワーには時間がある駅周辺は閑散としていたが、ひとの動きも始まっていて、開いている店もちらほらとあった。そのうちの一軒の喫茶店に入り、落合はモーニングを注文した。

不思議なくすぐったさを覚えながら、落合は運ばれてきたコーヒーに口をつけた。

四年前の自分は、いや地震に遭ったときの自分も、ひとりでこんな朝早くに喫茶店に入ったことなどなかった。入る理由もなかったし、入りたいと思ったこともなかった。旅先でもない限り、朝食は家で摂っていた。

いま、わたしはひとりだ。

母親も夫も息子もいるし、ピアノ教室の生徒さんも、友人たちもいるが、わたしのものではない。ここにいる四年前のわたしのものだ。

ひとりなのだ。

感傷的になりかけて、落合はトーストを齧った。他人の焼いてくれたトーストは、自分で用意したものよりおいしかった。さくっと焦げたパンの上で溶けたバターの塩味をゆっくりと味わうと、ひとりも悪くないと思い直せた。おまけに今日は食器の後片付けもしなくていいし、洗濯や掃除からも解放されている。

喫茶店をあとにした落合は、書店でしばらく四年前の情報を読み漁ってから、ホテルに戻った。

まだメイキングされていないベッドに腰かけ、スマートフォンを眺めた。

一応、電源が入ることはわかっていた。ただ、電話が繋がるかどうかは不安だった。落合がスマートフォンを買い替えたのは、二年前だ。最新機種を選んだ。だからいま手にしているスマートフォンは、四年前にはまだ発売されていない、つまり存在しないものになる。連絡先のひとつを、画面に呼び出す。通じなければ、番号はわかるのだからホテルの電話でかけ直せばいい。

落合は「通話」を押した。

呼び出し音が聞こえてきた。通じている。

四年後からきた自分と悟られずに相談できる相手を考え、迷ったが、最後は夢をお告げと解釈することにした。できるならもう一度、会ってみたいという気持ちもあった。

呼び出し音が止んだ。

「……はい」

不機嫌そうな声が聞こえてきて、落合は慌てた。

「あの、落合だけど」

「わかってる。すまん、寝てた」

「かけ直そうか」

「いいよ。こんな時間まで寝てるほうがおかしいんだ。つい、朝方までギターを弾いてたもんだから」

落合は不思議な感覚に包まれた。わたしはいま、死んだひとと話している。電話の相手は木村だった。

「そうなんだ。熱心ね」

「暇なんだよ。それにしても、昨日は驚いた。まさかあんな場所で落合と何十年かぶりに再会するなんて。長生きはするもんだ」

「ええ、そうね。本当にそうだわ」

曖昧に相槌を打ったあとで、木村の言葉とクルマに乗り込む自分と母親の姿が重なった。落合は自分がどんな状況の時間に戻ってきたのか、正確に理解した。あれはボランティア演奏を頼まれた高級老人ホームに、向かうところだったのだ。

タイミングから考えて、木村に電話したのは正しかったのだと落合は意を強くして切り出した。

「会ったばかりで申し訳ないんだけど、相談に乗ってほしいことがあって」

「ボランティア演奏のことかい」

「ではなくて、……身内や親しすぎるひとには相談しにくいことなの」

「ふーん、金ならないよ」

あからさまな物言いに吹き出しかけて、落合は思い出した。ここ数年、木村は仕事を失っていたと杉島が語っていたことを。そして簡素な葬儀を。

「お金ではないこと。その証拠に、相談に乗ってくれるなら、食事をごちそうする」

「だったら会うのは、酒が呑める夕方にするか。でも、主婦は家を留守にはできないか」

四年前の自分なら、悩むところだろう。夫の帰りは遅いし、息子はどうにでもなるが、母にひとりで食事をさせるのは気が引ける。だが、未来から飛ばされてきたわたしは、いくらでも自由が利く身だ。

「それなら、大丈夫。場所と時間は、木村くんに合わせられる」

夕方六時にふたりの住む町の中間あたりにあるターミナルで、待ち合わせることにして電話を切った。

夕方までの時間をどう過ごそうかと迷ったが、落合は約束の時間よりだいぶ早くターミナルのある街へ向かい、大きな楽器店に入った。

ピアノ売り場に顔を出すと、店員のひとりが笑いかけてきた。

「落合先生、今日はどうされましたか」

落合は店員の表情を窺ったが、笑顔が崩れることはなかった。たしかこの店員と顔を合わすのは、数か月ぶりだ。生徒のピアノ選びなどで、落合はたまにここに顔を出していた。

四年前の落合だと思い込まれ、疑われてはいないようだった。

「次の約束まで時間ができたので、試奏室をお借りできないかと思って」

売り場の奥は、いくつかの防音ブースになっていて、時間貸しでなかのピアノを弾くことができるようになっている。

「珍しいですね。大丈夫です。開いてます」

「では、二時間お願いします」

落合は案内されたブースに入り、ピアノの前に座った。なにか用事がない限り、子どもの頃から毎日ピアノに向かってきた。過去に戻りあやふやな存在となった身だが、身に付いた癖で落合は指を鍵盤に落としたくなっていた。

楽譜は持っていなかったが、いくらでも暗譜している曲がある。指が動くままに、落合はピアノを弾いていった。二時間はあっという間だった。時間の流れは一定ではない。ただし未来という一方向へと流れていて、その流れには逆らえないはずなのに、わたしはなぜかここにいる。最後に高校時代、バンドのためにつくった曲を奏でた。

店から出ると、あたりはすっかり暗くなっていた。

待ち合わせをした駅ビルの広場になったスペースに入ると、椅子のひとつに考える人の失敗作のような恰好をして木村が座っていた。

落合の足が、金縛りに襲われて止まった。

木村が生きている。ここは四年前なのだし、何時間か前には電話で会話もしているのに、落合は幽霊を見てしまった気持ちになり動揺した。

四年後のことだけは、絶対に口にすまい。

落合は心でアノクタラサンミャクサンボダイと唱えて足の呪縛を解き、木村に近づいた。木村の死はもちろん、自分が四年後から来たことも話すつもりはなかった。

気配に気づき、木村の顔が落合に向けられた。どこか不思議そうな目をしていた。

「落合、だよな」

「ええ、待たせたかしら」

「それはいいが、昨日の印象より痩せて見えるのは気のせいか」

木村は違和感を持ったようだった。何十年も会っていない期間があった。そのあともさほど頻繁に顔を合わせていたわけではない。だから木村なら疑われないのではないかと思ったが、昨日会ったばかりだったのだ。なにか言われるかもしれないとは、覚悟していた。

「一日で痩せられれば、世話がないけど、そう見えるなら会ったあとの出来事のせいかもしれない」

「マラソンでもしたか。完走のあとは何キロも痩せるらしいが」

「そうね、頭のなかで同じ場所をぐるぐる走っていたのかも」

強引な言い訳だったが、まさかSF的な状況に身を置いているなどとは思ってもいない木村は、納得することにしたようだった。

「だとしたら、相談内容は深刻そうだ」

「愉しい話でないことはたしかね」

木村は腰を上げた。

「行くか。たいした店じゃないけど、うまい肴を出すとこがあるんだ」

先に歩き出した木村に、落合は早足でついていった。このひとは、女性と肩を並べて歩くことがあまりない人生を送ってきたのだ。たとえば夫は、若い頃から手をつないで歩くようなひとではなかったが、わたしと歩くときは歩幅をせばめてくれていた。ずっとひとりきりで生きてきた木村くんは、孤独が板についている風情があった。四年前はそのことに気づけなかった。いまのわたしと違い、四年前のわたしは孤独に鈍感だったのだろう。

路地に入ってしばらく行った店の暖簾を、木村はくぐった。落合が予想していたよりは、小ぎれいな店だった。

ふたりは小上がりに通された。

「呑めるんだよな」

「少しなら」

木村は瓶ビールを注文し、品書きを手にした。

「好き嫌いはないから、お任せする。あ、鶏肉は少し苦手だけど」

「しばらく来ないうちに、少し高くなってる」

「気にしないで」

「ピアノ教室は繁盛しているんだ」

そんなやりとりで、やはり四年前には木村の生活はあまり芳しくなかったことが、落合には窺い知れた。いまもそうだが、高校時代も木村は着るものに頓着するほうではなかった。キャップにネルシャツにジャンパーにコットンパンツのいでたちといえば、休日の夫と変わらない。ただ四年前の記憶と照らし合わせてみると、どれも昨日着ていたのと同じもののようだった。

木村がビールを運んできた店員に料理の注文するあいだに、落合はグラスにビールを注いだ。

「まあ、乾杯ぐらいするか」

四年後には献杯する人間と、落合は乾杯した。

「で、相談ってなんだ」

すぐに木村から切り出してきた。

「あとまわしにすると、気になって酒や料理の味がわからなくなるから」

落合は慣れない手つきで、グラスに残っていたビールを飲み干した。

「母親のことなの」

「昨日、一緒にいたあのお母さんがどうかしたのか。俺には元気そうに見えたけど。元気すぎて、男でもつくったか」

「まさか。それはない」

「うん。俺も想像したくない」

正直すぎる感想に、落合は笑ってしまった。私生活はずっとひとりだが、任された会社がうまくいったり傾いたり、最後は解雇されたりと木村は木村なりに苦労してきたのだなと、これも四年前には見過ごしていたことを落合は感じた。

笑い終えて、落合は背筋を正した。

「まだごく初期だと思うけど、母が認知症らしいの」

落合は、昨日感じた母への違和感をややおおげさに伝えた。実際はもっとあとになって気づいた兆候も話し、昨日の帰りのクルマのなかで、母に診察を勧め大ゲンカになったことにした。痩せて見える言い訳として。

ビールを焼酎のお湯割りに変えながら、木村はろくに合いの手も入れずに耳を傾けていた。話にひと段落ついてから、木村は口を開いた。

「つまり、どうやって猫の首に鈴をかけるかが問題なんだな。たしかにあのお母さんが、素直に診察を受けに行ってくれるとは考えにくい」

「かなり手こずったわ」

思わず過去形で話してしまい、落合は慌てて言い繕った。

「あっ、母の意に向かないことをさせるときは、いつでも苦労してきたの。それに老人扱いされるのが、嫌いなひとだし」

「さみしいな」

　ぽつりと木村が漏らした。

「うちは早死にの家系で、とっくに両親とも亡くしているから、老人扱いすることもできなかった。それに比べれば落合のお母さんは長生きしているが、永遠に生きつづけられるわけではない。どのみち別れに向かって、時間は流れているんだ。さみしいと思わないか」

　わたしはなぜか、時間の流れに逆らってしまった。だからまた、こうして木村くんと会っている。それでも、さみしい。木村本人の口から「早死にの家系」などと言われると、落合は涙が込み上げてきそうになった。

「生きてることが、さみしいのかしら」

「天涯孤独の身の上である俺には、沁みる台詞だ」

「ごめんなさい。木村くんのことを言ったつもりはないの」

「わかってる。落合だって、さみしい。自分が認知症だと知ったら、お母さんだってさみしい。だけど、できることはあるし、やるべきだ」

「早期なら、進行を遅らせる手立てもあると聞いているし、なんとかしたいの」

「俺も力を貸したいが、ギターを弾くくらいしか能がない男だ」

「そんなことない。話を聞いてくれただけでも、少し気持ちが軽くなったわ。わたしも貰おうかな」

木村が飲んでいる焼酎を、落合は指さした。

「芋のお湯割りでいいか」

落合はうなずいた。

沈黙が訪れた。それなりに繁盛している店の喧噪にも、落合の耳の鼓膜は揺すられなかった。

酒が来るまで、落合は肴を摘まんだ。木村はくいと焼酎を呷り、肴に伸ばしかけた箸を止めた。

「酒で血の巡りがよくなったのか、ひとつだけ思いついたことがある」

落合は、口のなかにある味つけの濃い料理を飲み下して、木村を見た。

「昨日の施設なんだが、医務室が併設されているんだ」

木村の話によると、常勤は看護師さんだけだが、週に二日、医師が来る日があるとのことだった。施設には認知症の傾向があるひとも入居しているから、知識もあるし、実際に診察もしているらしい。あの施設のひとの子どもに、ピアノを教えている落合の頼みならば、もう一度、母親を施設に連れていけば、ついでを装って診察してもらえるのではないか。

ちょうど届いた焼酎のお湯割りを、木村を真似て落合は呷った。すぐに頬が火照ってきた。

「名案だわ。木村くん、冴えてる」

木村は苦笑した。

「おおげさだな。一度、演奏しに行ったときに少し気分が悪くなって、たまたま診てもらったことがあったんだ。そのとき、お医者さんと話し込んだのを思い出しただけさ」

「あそこへなら、母を連れていける。診察もお願いできると思う」

快活に答えながら、心のなかで落合は思案した。とはいえ、わたしが連れて行くわけにはいかない。四年前のわたしをうまく動かさなければならない。

「わたしだけでなく母ともピアノを演奏したいと、木村くんが誘ってくれたことにしてもいいかしら」

「構わないよ。実際、やってみたいし。同年代のひとの演奏は、入居者のひとたちの心に響くんじゃないか」

あとは音楽の話になった。聴いたり、演奏したりしているジャンルは違っているが、その接点を探りながらの話は愉しかった。木村も珍しく饒舌になった。四年前に戻ったのは、母親の認知症のことだけではなく、木村と親密な時間を持つためだったのではないかとさえ思えた。

三杯目のお湯割りに口をつけながら、酔いで少しだけ気が大きくなった落合はなるべく何気なさを装って訊いた。

「ところで、木村くんの体調はどうなの。この歳になると、どこか悪いところが出てきたりするものだけど」

木村は口許を歪めてみせた。

「まあ、ぼちぼちだよ」

「施設で具合が悪くなったと言ってたわよね」

「あれは、二日酔いみたいなものさ」

はぐらかされた。

「呑み過ぎも含め、注意してね」

それくらいしか言えなかった。母親のこともそうだが、やるべきことはやろうとしつつも、落合はどこかにためらいと諦観を抱えていることを自覚した。

過去をいじくって、未来を変えていいのか。そもそも、未来は大きく変わらないのではないか。母親の認知症の進行を遅らせることくらいなら、できるかもしれない。しかし木村の死を消せるとは思えなかった。だから、このままだとあなたは四年後に死ぬとは口にできなかった。

いま、本当はなかった時間を、落合は木村と過ごしている。落合にとってと同じように、この時間が木村にとっても愉しいものであることを願うばかりだった。

結局、三時間近く居酒屋で過ごし、木村と別れた。こんなに長く木村と話し込んだのは、初めてだった。高校時代は木村に限らず男子と話すのが苦手だったし、再会してからは練習を含めて一緒に演奏することに時間を割いていて、個人的な話に踏み込むのを避けていたのかもしれない。木村は私生活を深く訊ねられたくない空気を漂わせていたし、となれば落合も自分について積極的に語ることは控えてきた。そのうちに疎遠になってしまった。

コンビニに寄ってコーヒーやソフトドリンク、それにスナック菓子を買い、落合はホテルに戻った。

そのときになって初めて、一緒に地震と遭遇した高校時代の仲間たちのことが頭に浮かんできた。みんな、無事で地震後の時間を過ごしているのだろうか。それともわたし同様、過去に飛ばされてしまったのか。

たぶん、そうなんだろう。勘は鈍いほうだと経験上知っている落合だが、なぜかみんなもまた過去に飛ばされたのだと確信できた。

いずれにせよ、みんなのことが浮かんだのは、自分の気持に余裕が生まれたからに違いない。木村はいいアイデアをくれた。あとはどう実行するかだ。

なんとかなる。酔っているので、具体的な策を考えることはできないくせに、落合はこれもまた確信してしまった。

コーヒーを飲んで、かたちだけでも酔いを醒まそうとしてから、落合はスマートフォンを取り出した。

夜は更けていたが、まだ電話をかけるのに非常識という時間でもなかった。

善は急げ。善であるかは、落合の与り知らぬことだ。もしかしたらこの世界の秩序を乱すことであっても、木村からもらったアイデアを捨てることはできない。

電話の相手はすぐに出た。

「はい、河原崎でございます」

「夜分すみません、ピアノ教室の落合です」

「あら、先生。昨日はわざわざありがとうございました。演奏された木村さんと同級生で、久しぶりの再会だったなんて、ご縁があったんですね」

相手に調子を合わせ、落合は四年前のことを昨日の出来事としてしばらくやりとりしたあと、声の調子を変えた。

「実はご相談というか、お願いがひとつあるんです」

「演奏のことでしたら、なるべくご希望に添えるようにしますが」

「いいえ、母のことなんです」

「大先生、ですか。なんでしょう、昨日もお元気そうでしたけど」

わたしもそう思っていました。落合は心で呟いた。

「できたらお会いして、お話したいのですが、明日の昼はお忙しいでしょうか」

河原崎さんに予定はなく、午後に会うことになった。お宅かその近くまで伺うと河原崎さんは言ってくれたが、母には知られたくないのでとホテルの近くの喫茶店を指定させてもらった。

「本日はここまで」

電話を切って、スマートフォンに向かって告げると、落合はテレビをつけた。見覚えのあるドラマをやっていた。落合にとってだけは、再放送ということになる。うろ覚えのストーリーと照らし合わせながらテレビを眺め、落合はスナック菓子に手を伸ばした。

「木村くんに昨日より痩せてみえると言われたから、明日までに少しは太っておかないと」

母親の認知症がわかってから、落合はいくら食べても以前ほど太ることはなくなっていた。介護で体力も使うし、気疲れが激しかったせいだ。いまは、食べるとそのぶん太りそうな気がしていた。

一夜漬けならぬスナック菓子の一夜食いで体重が増えたかどうかは定かでないが、木村の通夜以前の落合と同程度に常識に囲まれて生きている河原崎さんは、落合が入れ替わっていることにはまったく気がつかなかった。

「実は母が……」

と落合は切り出した。夫の仕事上、さまざまな老いの問題と接している河原崎さんは、驚きもせずに話に耳を傾けてくれた。

紅茶とセットにしたチョコレートケーキの最後の一切れをきれいに食べ終えてから、河原崎さんはひとを安心させる笑顔をつくった。

「わかりました。主人にはわたしから話を通して、自然に診察を受けられるようにしておきます。お連れになる日が決まったらお知らせください」

「近々、木村くんと一緒に、ボランティアの演奏をさせてください。その日に母を連れて行きたいと思っています」

「ああ、それはいいかもしれません。大先生がうちの施設を再訪する、自然な理由になりますから」

「ひとつ、お願いがあります」

落合は揃えた膝の上に手を置いて、背筋を伸ばした。

「お伺いしたとき、なにも知らないふりをさせてください。そのときの母の状況次第では、心配そうな顔でおろおろしてみせるかもしれません。診察してもらうようにわたしが仕組んだと気づくと、母はかたくなな態度を取るかもしれませんので」

付き添うのは、四年前のなにも知らないわたしなのだから、そこの辻褄を合わせなければいけないというのが本当の理由だった。昨夜、スナック菓子を食べているうちに思いついたことだった。糖分補給と顎の運動のおかげかもしれなかった。だとしたら、母にも甘くて噛み応えのあるものを食べさせればよかったと後悔しかけて、落合は自分の思考回路の単純さに苦笑してしまったのだった。

「そうですね。先生は大先生の側に立ってあげてください。味方がいれば、不安な気持ちは軽減しますから」

河原崎さんの言葉に、まずは落合の不安が軽減された。

深く頭を下げて河原崎さんと別れてから、落合は電話で木村に経緯を報告した。木村にも、自分はなにも知らないふりをさせてくれと頼んだ。木村もまた、了承してくれた。

あとは、と落合は考えた。

当日まで、することはなかった。いや、当日も母に付き添うのは四年前の自分であって、未来から来たわたしではなかった。わたしはその場に立ち会うことすら、難しいかもしれない。わたしと四年前のわたしがばったり出くわすようなことはあってはならないが、あの施設に忍び込んでそうならない保証はない。

だとしたら、これからわたしは四年前の世界でなにをすればいいのか。

したいことは、あるようで浮かばない。

とりあえずホテルに戻ろうか。

そう思ったのに、落合の足は駅へと向かい、電車に乗っていた。

自宅のある駅で降りると、見えない糸に引かれるようにして落合は歩き出した。不用意に自宅に戻るのは危険だという感覚のせいか、落合は近くの公園に入っていた。

大地震のあと、気づいたらいた公園だった。今日の公園は無人だった。落合はコンクリート製の滑り台を見上げた。

あそこでわたしは体育座りをしていた。

また、そうしてみろとなにかが告げていた。

落合は滑り台に上り、体育座りをした。コンクリートの冷たさがお尻に伝わってきた。

四年後に戻れるのかな。

淡い期待が湧いてきたとき、悪戯っ子がいきなり背中を押してきたようにして、落合は滑り台を滑り落ちていった。

ああ、そっちじゃない。

思ったが遅かった。あたりの景色は消え、無重力の闇へと落合のからだは放り出された。

江藤　6年前

閉じられていた瞼を開くと、視界を塞ぐようにしてドアがあった。

なんだ、このドアは。

というか、変だぞ。俺はいったい、どうなったのだ。

江藤は思考停止したがる脳を無理に動かそうと拳に力を込めてみて、自分の手が膝の上に乗っていることに気づいた。

江藤は視線を膝に落とした。

しゃがんでいた。

それも便座の上に。

俺は木村の葬儀に出て、そのあと高校時代の仲間たちと居酒屋に寄った。そこで大きな地震に見舞われたはずだ。揺れの大きさは、こうして便座に座っていても、はっきりとからだに刻まれている。

そこで記憶は途絶えている。

ならば、店の席で呑んでいた俺は、無意識にトイレに逃げ込んだのだろうか。室内なら狭い空間のほうが頑丈なのは知識としてあるが、だからといって咄嗟にトイレに逃げようと思ったりするだろうか。それも仲間を見捨てて、ひとりだけで。いや、そんな真似はしないはずだ。柔道二段の黒帯に賭けて、しない。

江藤は手を首にやった。太い紐状のものに触れた。見れば黒帯ではなく、黒いネクタイだ。着ている上着も黒い喪服だ。

慌てて尻に手を当てたが、パンツを下ろしてはいなかった。

用を足していたわけではない。

だが、トイレにいる。恥ずべき行為だが、やはりひとりで逃げ込んだと考えるのが自然かもしれない。

静かだった。

あれだけの地震があったのだ。騒然としていてもいいはずなのに、外から音らしい音は聞こえてこない。むしろ静まり返っていた。

　便座から立ち上がり、ドアノブに手をかけようとして、ドアに貼られた紙に目がいった。

「ご来店ありがとうございます。当店は皆様が安心して寛げる店を目指しております。他のお客様のご迷惑になるような行為はご遠慮ください」

　いかにも居酒屋にありそうな注意書きだったが、しばらく江藤の目は釘付けになった。はっきりと見覚えがあった。

「これは、俺の字だ」

　独立する前も飲食店を手掛ける企業に勤めていた江藤だが、手書きポップの類を書くのはずっと苦手でバイトの子に頼んでいた。独立してからはそうもいかず、下手なりに気を遣って自分で書くようになった。まさにその文字が、目の前にあった。

　ということは、ここは俺の店のトイレなのか。

　改めて見まわすと、たしかに慣れ親しんだ店のトイレのなかだった。

　だがいまは、トイレのドアに貼り紙などしていないはずだ。いかにも安手の居酒屋臭いと麻沙子が嫌がるからだ。客だった頃は店の内装のことなど口にしたことがなかった麻沙子だが、一緒に店をやるようになってからは女性客の視線を意識して、シンプルで清潔、かつ少しだけかわいい店づくりへの路線変更を目指しだしていた。

　だから貼り紙などないはずだが、江藤がその貼り紙を書いたことも間違いなかった。

しばらく考えて、思い出した。麻沙子がまだ客だった頃、店の営業にようやく目処が立ってきて、そろそろ客を選びたいと思った江藤が貼ったものだ。

もちろん、とうの昔に剥がされてしまったものではある。

なぜか、それがある。

自分の店のトイレにいるだけでも十分におかしなことなのに、何年も前に引き戻されてしまったというのか。場所も時間も、ついさっきまでと違ってしまっているなんて、地震のときに頭を打って俺の脳はおかしくなってしまったのだろうか。

混乱する江藤の頭に、トイレの外からの音が届いてきた。

外にだれかいる。

若い頃に柔道をやっていた癖で、江藤は身構えかけた。世界がおかしくなったのか、俺がおかしくなったのかはわからないが、いまは用心するに越したことはない。本能がそう訴えていた。

音はつづいた。

たどたどしく濁ってはいるが、和音だった。

貼り紙の文字くらい、江藤のよく知っている音だった。

これはギターの音じゃないか。

それもお世辞にもうまいとはいえない、超のつく初心者が弦を鳴らしている音だ。ちょうど、木村が先生とも知らずに麻沙子に誘われるままにギターを始めた頃の俺みたいに。

待てよ。

江藤の記憶が、繋がり始めた。あれは、たしか六年前のことで、麻沙子はまだ店の常連のひとりだった。ギターを弾く気になったのは、店の経営が安定してきたからだ。貼り紙をしたのは、あの頃だったのではないか。

とすると、いま聞こえている下手なギターを弾いているのは……、俺、なのか。

そのとき、スマートフォンの呼び出し音が鳴り響いた。慌てて江藤はポケットを探ったが、自分のスマートフォンではなかった。

ギターの音が止む。

トイレの外から、声が聞こえてきた。

「はい、もしもし」

不機嫌そうな声は、録音機材を通して聞く自分の声だった。

「少しなら」

言葉数の少なさに、相手は別れた妻だと思った。

「お客さんに誘われて、出かけようとしていたところなんだ」

間違いない。江藤の記憶が完全に蘇った。これは初めてギター教室に行き木村と思いがけない再会をする直前の、俺の声だ。

店の入り口が開く音がした。麻沙子がやってきたのだ。トイレのドアの向こうには、六年前の俺と麻沙子がいる。

ふと、思った。いま俺がトイレのドアを開けて出ていったら、どうなるのだろう。六年前の俺はひどく驚くだろう。麻沙子もひどく驚くだろう。いや、この俺だって、改めて驚くに違いない。

電話のやりとりは続いていたが、もう江藤の耳は聞いていなかった。妻の用件はわかっていた。娘の引き取りだ。地震の直前、時間を遡れるのならどこまで戻って人生をやり直したいかと、俺たちは話していた。そのせいで、ここに戻ってきてしまったのかもしれない。

やがて、ふたりはそれぞれのギターを抱えて店を出ていった。トイレのドアが邪魔したので見たわけではないが、江藤は覚えていた。

一分ほど待って、江藤はトイレのドアを開けた。

想像通り、そこには自分の店があった。ただし、六年前のものだ。

そう思ってみると、窓からの陽射しが当たったカウンターやテーブル、椅子などが微妙に新しく思えた。その椅子のひとつに、江藤は腰を下ろした。

一応、事情はわかった。納得できたわけではない。江藤は自分を常識的な人間だと思っていた。幽霊も、妖怪も、ＵＦＯも、ネッシーも存在するとは思っていないし、宇宙人はいるかもしれないが、地球に飛来したことがあるかどうかを真剣に考えてみたことさえない。ましてやタイムワープやパラレルワールドになど、興味を持ったこともない。小学生のときはノストラダムスを信じかけたが、二十一世紀が来るときには世界の滅亡など考えもせず、将来のために一心不乱で働いていた。中学生のときにショートショートなら何冊か読んだが、その後ＳＦ小説は手に取ったことさえなかった。友人たちがタイムワープや未来人の登場するドラマの話をしていても、そんなもの見る時間があったら店の手伝いをしたほうがマシだと聞き流した。自分の身がそんな世界に放り込まれるなどとは、刺身の褄に切った大根一本ほども思ってはいなかった。

納得はできない。まったく、できない。が、とりあえず受け入れるしかない。

では、どうするか。江藤は椅子から立つと、カウンターをまわりこんで厨房に入った。酒冷庫のなかに入れてあるペットボトルを取ってコップに水を注ぐと、ぐいと呷った。

舌から喉を通り、胃の腑へと落ちていく。

冷たくて、美味かった。

それはリアルな感触だった。しかも水を呑んだら、尿意まで催してきた。

夢ではないようだ。

江藤は出てきたトイレに入った。

今度はきちんとトランクスを下ろし、便座に腰かけた。小用でも、江藤は便器に座って用を足す。とくに店では、自分の尿でトイレまわりを汚したくはなかったので、必ずそうしていた。麻沙子のように店を飾り立てたいとは思わないが、飲食に関わる人間として店の清潔は強く心掛けていた。

さて、下腹に力を入れようとしたときだった。

江藤の意識は急速に遠のき、からだごと便座のなかに吸い込まれていくような感覚に襲われた。

おい、まだなにか起きるのか。勘弁してくれ。

そう思い、意識が途切れかけたとき、ぐいと首のうしろを掴まれたような感覚があり、江藤は天井から伸びてきた腕に便器のなかから引き上げられた。

遠のいた意識が戻ると、江藤はまず自分の着ている喪服を点検した。濡れてはいなかった。便器のなかに落ちたわけではないとわかり、安心しかけてから気を引き締め直した。

また、なにか起こったのかもしれなかった。

この先、まだまだなにが起こるかわからない。だからといって、なにが起きても驚かない胆力は持ち合わせていなかった。柔道二段ではあるが、神経は細かいほうだ。

トランクスを下ろしていることを思い出し、念のため外の気配に耳を澄ましてから、用を足した。親が死んでも腹は減るというが、時空を飛ばされても尿は出るのだなと思うと、江藤の頬は緩んだ。

少しずつドアを開けて、江藤はトイレから出た。

だれもいない店があった。

まずトイレを出たところに設置された洗面台で、丁寧に手を洗った。衛生上の配慮から癖になっている。そのあと鏡を見て、見慣れた自分の顔にふと思った。

老けたかもしれない。六年前の俺は、もっと肌の色艶がよく、皺が浅かったのではないか。自分の顔などろくに見たことのない江藤には、はっきりしたことはわからなかった。ひとの顔は、六年でどれほど変わるのか。面と向き合えば、細かい老化の痕跡だらけなのかもしれない。

そういえば、昔から自分の顔にはたいして興味がなかった。二枚目でないことは自覚していたし、できれば二枚目に生まれたかった。だが十人並みであるなら嘆くほどのことはない。そのかわり、表情には気を遣った。客商売の家に生まれ跡を継ぐ意志もあったので、人当たりの良さは大切にしてきた。一見のお客さんが緊張を解けるさりげない笑顔も、甘えたい常連にあえて見せる渋い顔も、江藤は自然に作れるようになっていた。皺も老化も、不快感を与えなければ味のうちだ。その意味では、味のある顔だった。

洗面台を離れた江藤は、カウンターへと向かいつつ、店のなにかが変わっている気がした。

もしかしたら、元の時間に戻れたのだろうかと一瞬だけ期待したが、店のあちこちには麻沙子の嫌う貼り紙があった。そういえば、トイレのドアにもあった。

では、なにが違うのか。

窓の外に目をやって、わかった。

天気が変わっていた。さっきは晴れていたのに、いまは外に小雨がぱらついていた。あの日、江藤は麻沙子と教室まで歩いた。天気がよかったからだ。ずっと陽射しのなかを歩いたし、雨など一滴も降らなかった。

江藤は店の壁にかけてある時計を見た。

午後の一時をまわったところだった。

ギターの教室は二時からだった。時刻はだいたい合っている。

あらためて店のなかを見渡した江藤は、カウンター脇の壁にかけてある日めくりのカレンダーに目を留めた。

そうだった。店を始めてしばらくのあいだの自分は、店のことで頭がいっぱいで曜日の感覚を失っていた。飲食店が失敗する理由はいくつもあるが、そのうちのひとつであり大きな落とし穴でもあるのが、働きすぎで体調を崩すことだとは学んでいた。だから週に一度、日曜日は定休日にした。それでも定休日を忘れて、日曜日に店を開けようとしたことが何度かあった。その反省から、江藤は客のためではなく、自分のために日めくりのカレンダーを置くようにしたのだった。

毎晩、店を閉める前に、その日の締めくくりとしてだけでなく、明日が何日の何曜日であるかを確認するために、江藤は日めくりをめくる習慣をつけていた。

それも麻沙子と暮らすようになって、やめてしまった。貼り紙同様、日めくりも麻沙子には不要な小物と映っていたのがわかったし、生活にめりはりの生まれた江藤にもなくても困らないものになったからだった。

日めくりの数字は赤かった。

日曜日だ。木村の教室があるのも日曜日だ。ただし、隔週。

いまは教室のないほうの日曜日だ。その証拠に、日めくりの下にはギターケースが壁に立てかけられていた。花活けには竜胆が挿されていた。

また時間が動いたのだ。六年といった長い時間ではないが、江藤はトイレのなかでまた短いタイムスリップを経験したことになる。

なにか意味があるのだろうか。

なにか意味があるのだろうか。

考えるまでもなかった。江藤はすでに気づいていた。日めくりは上にちいさく何月かが書かれ、その下に大きく日にちが記されている。俺がトイレで気を失いかけているあいだに、何枚もの日めくりがめくられたのだ。日めくりの数字は、初めてギター教室に通った日から四か月ばかり経った日を示していた。

それがなんの日であるか。

江藤は、はっきりと覚えていた。

江藤の足が自然と日めくりのほうへ動いた。指先は日めくりの数字をなぞった。

娘の紗季と、最後の言い争いをした日だ。

どこへ行ったかもわからず、帰ってくるのかもわからない娘を待っていることに耐えられなくなった自分は、明日からの仕込みを理由に夜になって店にやってくる。たいしてすることもなく、気晴らしのギターを弾いていると、娘が入ってくる。

江藤は足許のギターケースをカウンターの椅子を並べた上に寝かせて、開いた。

なかには、当然ながら江藤のギターが収まっていた。六年後も使い続けている、いわば愛器だ。

数時間後にはつくことになっているあの傷は、まだギターにはついていなかった。

傷のないギターを、江藤はそっと取り出した。

椅子に座り、交差した膝の上にギターを載せて、構えた。

軽く弦を鳴らす。

チューニングは、だいたい合っていた。

そのまま、江藤は目を閉じた。この六年間ずっと抱えていた後悔の念が、あらためて胸の奥から滲み出て、ゆっくりと全身に広がっていった。やがてギターの指板に置いた左手の指先と弦に触れていた右手の指先にまで、後悔が伝わっていった。

俺の人生は、ぼんやりと思っていたのものとはだいぶ違うものになってしまった。

洋食屋の息子に生まれた俺は、料理が好きで、客商売も好きで、子供の頃は親の跡を継いで洋食屋になるのだと思い込んでいた。

そろそろ具体的に進路を決めなくてはならない高校生になっても、洋食屋の厨房で白いコックコートを身に纏った自分を思い描いていたはずだ。町場の、家族経営でやっているささやかな洋食屋。レストランガイドの星には無縁だが、だれの舌にも馴染む料理を、誰の財布にもあまり負担にならない額で提供する店。そこでしばらくは下拵えを手伝いながら父親の技を盗み、やがて父親のアシストとして少しずつ料理を任され、いずれは年老いた父親に代わって厨房の中心に立つ。

高望みではなくまさに分相応の夢だったと思うが、叶いはしなかった。実家の洋食屋は時代の波に勝てずに、廃業してしまった。

そこまで人生を戻ってやり直しても、当時の俺に店を立て直す才覚などなかったのだから仕方ない。

就職した飲食関係の会社で知り合った元妻と結婚したことも、結果からいえば失敗だったが、だからといって他のだれかと結婚していたら円満な家庭を築けたかといえばそれも自信はない。

地方への転勤を断っていたら、とは思う。もしそうしていたら会社には居づらくなっていただろう。だからといって、あのときにはまだ独立して自分の店を持つという決断はできなかった気がする。

俺なりに、真面目に生きてきたが、残念ながらこうなった。真面目すぎたからこうなったのだとしたら、仕方のないことだ。それに残念といっても、すべてが残念なわけではない。そこそこ繁盛している店を持てたのだし、麻沙子とも出逢えた。悪いことばかりではなかった。七十点くらいの人生かもしれない。赤点ではない。高校時代の成績と似たようなものだ。

それでも、娘の紗季のことだけは悔いが残る。もっと違う対応ができたはずだし、するべきだった。

だから、ここに戻されたのだ。

あまり時間はないが、すべきことをしなくてはならない。

娘の紗季との決定的決裂を避ける。できれば、紗季の提案を受け入れ、店で働くことを認める。

そうすべきだったと悔いているいまの俺が、六年前の俺をどうやって説得するか。

いきなり直接会うのは、危険だった。未来から来た自分などというオカルト的な存在を、俺が受け入れるとは思えない。悪質ないたずらと決めつけるか、自分の脳が異常をきたしたと考えるかのどちらかだ。六年後のこの俺だって、自分の身に起こってしまったからとりあえず受け入れているだけだし、どこかで夢や幻であってくれたらといまこのときも願っていないわけではない。

俺が六年前の俺と顔を合わせるのは、最後の手段とすべきだ。

だとしたら、紗季と会うのはどうか。紗季が話を切り出す前に、こちらからうまく話を持ち掛けて、店で働いても違和感がない程度に化粧や髪の色をおとなしくすることに同意させる。

悪くない考えだ。

なのだが、紗季は家を出たままだ。居場所はわからない。この店に現れるのは、夜になってからのことだ。探すにも、当てがない。紗季もスマートフォンは持っていたが、番号は教えられていなかった。

なんで、電話番号くらい聞いておかなかったのか。

いや、聞いたのだ。それに娘の紗季は「新しい機種に買い替えてくれるなら、教える」と答えたのだ。

いまにして思えばそれも紗季の拗ねた甘えで、もう一押しすれば教えたかもしれない気もする。スマートフォンくらい、買ってやってもよかったのだ。半分腹が立ち、半分呆れた俺は、それ以上なにもいわなかった。小学生のときの記憶しかないのに、いきなり高校中退の不良になって現れた娘の扱いがわからず、自分から距離を詰めようとはしなかった。

ため息を吐いたあと、江藤は思い直した。紗季の番号はわからなくても、知っている電話番号はある。

ポケットからスマートフォンを取り出した。六年前のものではない。麻沙子と揃いで機種変更したが、データは以前使っていたものから移行してある。

一緒にギター教室に通い始めて四か月ならば、麻沙子とは店主と常連よりはずっと親密になっていた。紗季のことがなければ、男女の仲になっていてもおかしくなかったはずだ。

どこまで正直に話すかはともかく、麻沙子に相談しよう。

自分のスマートフォンが使えるのかは怪しかったので、江藤は店の固定電話から掛けることにした。

スマートフォンの画面を見ながら固定電話の前に立つあいだに、江藤の気が変わった。

その前に、もう使うことがないと思っていた番号に掛けてみたくなった。

江藤は木村のスマートフォン番号をプッシュした。

数回の呼び出し音のあと、不機嫌そうな木村の声が聞こえてきた。

「はい、木村ですが」

江藤の店の番号は、木村のスマートフォンには登録されていないようだった。

「江藤だけど」

「なんだ、おまえか。どうした、今日は教室は休みのはずだぞ」

名乗ると、声の棘が少しだけ取れた。それでも無愛想な対応は変わらなかった。俺はいま、死者と話している。江藤は不思議な感慨に襲われ、背筋が震えた。やはり俺は、本来ならありえないおかしなところにいるのだ。

「ギターのことじゃないんだ」

「金はないぞ」

　知ってるよ、とこれは胸のうちで江藤は応じた。

「実は、娘のことなんだ」

「親子喧嘩か。俺は家庭を持ったことがないし、子どももいないからろくな役には立てないと、前にもいったよな」

　その通りだった。昔からの友だちだからと気を許して相談したが、木村はありきたりのことしか口にしなかった。俺が思っているほどには、木村は心を開いていなかったのだ。だから、羽柴や鮎川、落合、杉島と再会していたことも、俺には黙っていた。いや、いま俺がいる六年前の時点では、まだ落合と杉島とは再会していなかったか。どっちにしろ、水臭いやつなのだ。

「そうだったな。いいんだ、ちょっと声を聞いてみたくなっただけだから」

「店に顔を出してもいいが、今夜は店も休みだろ」

「そうだ。気にしないでくれ。それじゃ」

　と電話を切りかけて、無駄とは思いつつ江藤はいってみた。

「木村も、なにかあったら、俺でよければ相談に乗るからな。金でもいいぞ。少しなら」

「覚えておくよ。じゃ、切るぞ」

電話は切れた。

すまん。もっと親身になってやりたいが、その前に俺にはやるべきことがあるんだ。娘のことがうまく片付いて、まだ時間に余裕があったら、もう一度ゆっくりと話をさせてくれ。

切れた受話器に向かって思いを告げながら、江藤は頭のどこかでたぶんそんな時間までは与えられていない気がしていた。過去を乱して未来に影響を及ぼしてはいけない。ＳＦ的思考はないが、真面目な倫理観を江藤は持っていた。ただし、ほんのささやかなひとつの変化くらいなら、神様は大目に見てくれるかもしれないと思い込もうともしていた。

電話が切れると、自分の気持ちを立て直すために江藤は大きく頭を振った。酒でも呑みたいところだったし、少し手を伸ばせば好きな日本酒がいくらでもあるのだが、そうはしていられなかった。

江藤は麻沙子のスマートフォン番号に電話した。化粧品販売の仕事をしている麻沙子は、日曜日でも仕事が入ることがあるし、仕事以外でも外出していることが多かった。

電話はすぐに繋がった。

「もしもし、江藤幸也です」

俺だけど、と口にしかけて、違う違うといったん口を噤み、六年前の関係を思い出してフルネームを名乗った。

「あら、どうしたの。今日は、ギター教室なら休みよ」

木村と同じ反応に、江藤は笑いかけてしまった。俺は用事がないと、だれかに電話したりはしない人間と思われているらしい。それは当たっているし、六年後もあまり変わっていないのだが、二度続けて同じ反応をされると反省材料にも思えてくる。一期一会。禅や茶の精神は飲食店の店主と客の関係としてはよく心得ているつもりだが、これからはもっと友人の関係も大切にしよう。

反省はあとでするとして、少なくとも声は六年前とあまり変わっていないことがわかった。だとすれば、顔を合わせてもなんとかなるかもしれない。

「教室のことではないんです」

語尾もですます調でいくことにした。

「だったら、なにかしら。天気は生憎だけど、デートの誘いだったりして」

この麻沙子の気安さがあったから、娘が出て行ってしばらくしてからだが、俺は麻沙子を本当にデートのようなものに誘うことができるようになったのだ。江藤はつい余計なことを言ってしまった。

「デートの誘いは、もうしばらく待ってください」

「じゃ、愉しみに待ってます」

ふふふ、と麻沙子の笑い声が届いてきた。

「実は折り入って、相談があります」

「男性用の化粧品を使いたくなったのかしら。あ、これは冗談だから」

「申し訳ない。化粧品には興味ないんです。六年後になっても」

「六年後って」

麻沙子はまさか、六年後から来た人間と話しているとは、露ほども思っていないのだ。

「いまのは気にしないでください。それより、相談があるんです。娘のことです」

そう告げると、麻沙子の声は改まった。

「わかりました。わたしでよければ、相談に乗ります。いま、どちら」

「店です」

「だったら、お店に向かいます」

「いや、ぼくが……」

言いかけて、麻沙子の部屋を訪ねるのも厚かましい気がした。いまはまだ交際前のふたりだ。女性の部屋に押しかけるよりは、休みとはいえ準パブリックスペースである店で会ったほうが好ましい。

「やっぱりお願いします。雨のなかなのに、すみません」

「どしゃ降りではないし、近いから」

電話を切ると、江藤はそわそわしてきた。どう相談するかは決めていなかった。自分が六年後の世界から来たと話すかどうかも、決めていなかった。

江藤は気づいた。これからやってくる麻沙子が、六年前のこの世界で顔を合わせる初めての人間であることに。トイレのドア越しに自分と麻沙子の声は聞いた。木村とも電話では話した。だが、まだだれとも直接顔を合わせてはいない。

江藤は窓際に行って、外を眺めた。

雨のせいか、人影はなかった。

しばらく見てから、思いついて厨房に入り、常備しているマスクをつけた。少しでも体調がすぐれないと感じたときや冬場など風邪が流行しているときは、江藤はマスクをつけて外出したし、開店前の店でもマスクをして支度をしていた。

マスクをすれば、顔の下半分は隠れる。麻沙子が抱くかもしれない違和感も、だいぶ軽減されるかもしれなかった。正体を明かすにしても、いきなり驚かせてはいけないと思った。

それから、店の入り口の鍵を開いた。

さて、どこで待とうか。

厨房のなかが一番落ち着くが、食材をいじるわけにはいかない。

ギターでも弾くかとケースを手にしたが、それよりは麻沙子にどう話すかを考えておくべきだと思ったが頭はまわらず、江藤はギターケースを手にして広くもない店のなかを、繁殖期を迎えた雄熊みたいにうろついた。

江藤が店内を二十周ばかりしたところで、店のドアが開いた。

麻沙子だった。濡れた傘を畳み、入口の傘立てに立て掛けてから、こちらを向く。

懐かしささえ覚えるその顔は、呆然としていた。目が瞬かれていた。

「殺し屋かなにかの変装のつもり？」

江藤には、なんのことか理解できなかった。

麻沙子が窓を指さした。

見ると、外の景色に重なって、江藤の姿が薄く映し出されていた。

マスクにギターケースは自覚していたが、江藤は喪服を着こんでいた。サングラスこそしていないが、指摘されてみればたしかに、ラーメン屋でよく見かける漫画に登場するマシンガンを隠し持った殺し屋みたいだった。

「相談とかいって、変装を見せたかったのかしら。そんな茶目っけがあるひとだとは知らなかった」

予想外の反応に、江藤はうろたえた。

「誤解です。殺し屋なんかではなくて……」

木村の葬儀、と口にしかけて思い止まった。正体を明かすにしても、それは伏せておかなくてはいけない。なにしろ、麻沙子と木村は二週に一度は顔を合わすのだから。

「だったら、なんのつもりかしら」

「つもりではなく、俺は未来から来たんです」

切羽詰まってつい口走ってしまったが、麻沙子は真に受けずに吹き出した。

「だったら、時空省に所属する過去調査員のつもりかしら。どれくらいの未来から来たの」

「六年後です。気がついたら、店のトイレにいました」

「トイレって、場所を選ばないワープね。それに六年はずいぶん中途半端。それでは、世界はいまとあんまり変わっていないでしょう」

「世界はそうですが、俺と麻沙子の関係、……いえ麻沙子さんの関係は大きく変わっています」

麻沙子の顔から笑いが消えた。俺はなにをいっているのだ。江藤はマスクの上から口を押さえた。それが滑稽な仕草に映ったのか、麻沙子はまた微笑んだ。

「どう変わっているの」

「それは言えません」

「未来のことを話すのは禁じられているのかしら」

「ではなくて、……恥ずかしいからです」

マスクからはみ出した部分の江藤の頬は、紅潮していた。すでに一緒に暮らしている女性を相手にして、羽柴の漫画みたいなシーンを演じている場合ではないと、江藤はあえて難しい顔を作った。

「それより、相談です。今夜、俺と娘の紗季は口論になります」

「今夜も未来だけど、それは予感なの、それとも予言かしら」

江藤に比べれば、麻沙子は柔軟な思考ができる人間だ。同時に常識も兼ね備えている。未来から来たなどという滑稽な話を、いきなり信じてもらえるわけはない。

「なぜ喪服を着ているのかは話せませんが、マスクをしているのは理由があります」

「風邪気味で頭がぼんやりしているとか」

「頭は混乱していますが、ぼんやりはしていません」

江藤はマスクに手をかけた。

「半分隠せば、印象はあまり変わらないと思いました。全部晒した六年後の俺の顔は、こうです」

ゆっくりと、江藤はマスクを外してみせた。口裂け男になっているわけではないが、麻沙子の反応はとても気になる。

プールのジャンプ台から飛び込む気分で、息をしっかり止めて麻沙子の様子を窺う。

麻沙子は、江藤の顔を凝視してきた。美術品を鑑賞するのではなく、贋作かどうか見抜こうとする目つきに、江藤はたじろいだ。

「どうですか」

「……歳を取っているようにも見えるけど、気のせいかもしれない。そんなにまじまじと見詰めたこともないし」

たしかに、いまの時点ではまだ江藤と麻沙子は付き合い始めていないのだから、見詰め合う機会も持っていない。江藤の目には、六年前の麻沙子はそれなりに若やいで映っているが、それは見詰める機会を山ほど持った目で見ているのと、一緒になってから店の手伝いをさせて苦労をかけてしまったせいかもしれなかった。

「困ったな」

力が抜けて、江藤は手にしていたギターケースを落としかけた。

それで、思いついた。

「だったら、これならどうかな」

ケースを椅子の上に置き、江藤はなかからギターを取り出した。

「わたしにオリジナル曲でも捧げるつもり？　うれしいけど、未来から来た証拠にはならないんじゃない」

江藤は椅子に座って、ギターを構えた。

「オリジナル曲をつくる才能はないし、音楽の才能自体あるとは思っていませんが、俺は努力はできる人間です。六年間、さぼりさぼりだけど練習を続ければ、この程度にはなるんです」

手馴らしに、コードをいくつか鳴らす。なかに難しいコードを紛れ込ませておいた。

息をひとつして、江藤は演奏を始めた。

最近覚えたばかりの、複雑なアルペジオが主体でハンマリングオンやプリングオフ、ハーモニクスといったまだ木村から教わっていない奏法の入った曲だった。

途中たどたどしくなったところはあったが、一番を弾き終えた。

麻沙子の様子を窺う。

麻沙子は拍手してくれた。

「すごい」

「信じてもらえましたか」

「ほんの少しだけ。一週間前の教室のときとは、見違えるような演奏だわ。でもいつまでも下手なわたしに合わせて、わざとたどたどしく弾いていたのかもしれないでしょ。練習期間が六年間なのか、四か月なのかは、わたしには判断できない。木村先生なら、わかるんだろうけど」

江藤は肩を落とした。

「そうだな。木村にも聴かせたかった」

「木村先生が、どうかしたの」

慌てて、首を振った。

「木村のことはいいんです。半信半疑でいいから」

「十分の一信十分の九疑、くらい」

たとえ十分の一でも信じる気になってくれたのなら、わざわざギターを弾いた甲斐はあったとしなくてはならない。

「それでいいです。いまの俺に、娘との言い争いを止めさせる方法はないか、考えてください」

麻沙子は、カウンターの椅子に腰かけた。

「お酒、もらってもいいかしら」

「わかりました」

江藤は厨房に入り、酒冷庫のなかを探った。麻沙子が好きな、燗をしなくてもおいしく呑める純米吟醸酒を選んだ。

一升瓶から徳利に移し、麻沙子に渡した盃にゆっくりと注いでいく。

「六年後も、お酒の注ぎ方は同じなのね」

「そっちは、長年の商売ですでに出来上がっているから」

麻沙子はおいしそうに、注がれた酒を口にした。

「思いつくのは、ふたつ」

考えてくれたのだと、江藤は背筋を伸ばした。

「その前に、質問があります。もし、いまわたしの目の前にいる幸也さんが六年後から来た幸也さんなら、いまの幸也さんはどこにいるの？」

「この時間なら、家にいるはずです」

答えてから、江藤ははっと気づいた。

「そうか。ギターなんかより、麻沙子さんに電話してもらえばよかったんだ。番号は知ってますよね」

「ええ、知ってます」

麻沙子は自分のスマートフォンを手にした。かける前に、江藤に確認してきた。

「かけていいのね」

「お願いします」

江藤は力を込めて首を縦に振った。麻沙子は恐る恐るといった感じで、江藤の名前が映し出されたスマートフォンの画面に触れた。

呼び出し音が鳴る。

一回、二回、三回……。

「ただいま、電話に出ることができません」

留守電の案内が聞こえてきて、麻沙子は電話を切った。

「寝てるのかしら」

「ありえます。ギター教室のない休日は、だらけていましたから」

「六年後も」

「違います。とても話したいけど、やめておきます」

麻沙子はスマートフォンをしまった。

「未来から来たという証明はできていないけど、話を先に進めましょう」

「助かります」

「ひとつは、その場にわたしも同席して、間を取り持つ」

「名案です」

ノーアイディアだった江藤は、大きくうなずいた。だが、麻沙子は首を傾げていた。

「どうかしら。わたしがいることで、口論自体が起きないかもしれない。だけど、いずれは起きてしまう可能性は残ってしまう」

「その可能性は高いです」

「問題が先送りされるだけだものね」

もっともだ、と江藤は考え直した。先送りして、また問題が再燃する場面に、江藤がこれからワープできる保証はない。麻沙子は江藤よりずっと冷静だった。

「もうひとつは、難しいかもしれないけど、直接いまの自分に会って説得すること」

「それができれば……」

江藤は唸った。

「不可能なの」

「ではないと思います」

トイレのドア一枚を隔てて存在していたのだから、ドアがなくてもたぶん可能だ。

「ただ、麻沙子さんも知っての通り、俺は真面目な男です。常識外のことには、拒否反応を起こします。ここにいる俺は夢であってくれたらと願いつつも、起こってしまったことを渋々受け入れていますが、いまを生きているほうの俺は絶対に信じてくれません。たとえ、俺が目の前に現れても」

「かもしれないわ。真面目で頑固で常識人だから」

「本人の俺が保証します」

断言してから、江藤は笑ってしまった。麻沙子もまた吹き出していた。笑っている場合ではないが、笑うしかなかった。

「でも、試す価値はあると思う。それに……」

麻沙子は手酌で酒を注ぐと、いっきに呑み干した。

「わたしもこの目で確かめたいし」

椅子から立ち上がった麻沙子は、江藤の腕をぎゅっと掴んだ。逃がさないわよ、と言わんばかりに。

「行きましょう」

答えはわかっていたが、江藤は訊ねた。

「どこへですか」

「幸也さんの家。電話には出なかったけど、家にはいるんでしょ」

「いるはずです。俺の記憶の通りならば」

言いながら、江藤は外していたマスクをつけた。

店の入り口まで行ったところで、麻沙子は自分の傘を取った。

「そういえば、傘がないわ」

「雨、降ってましたね」

江藤の全身を麻沙子の視線が往復した。

「気がついたらトイレにいたなんて、まだ信じたわけではないけど、少なくとも今日、幸也さんは店から一歩も出ていないみたいね。朝から雨だったから」

麻沙子の傘に肩を寄せて入り、江藤と麻沙子は雨のなかに出た。

「相合傘、ね」

「ですね」

これから何回も何十回も、こんな機会はあるよ。江藤は胸のうちで呟いた。

家まで五分ほどの道のりを、どちらもそれ以上口を開かずに歩いた。

借りているマンションが見えてきた。築十五年の２ＤＫ。ひとり暮らしには十分だし、娘と住むのにも、麻沙子と住むのにも狭いということはない。

三人で暮らそうとまでは、江藤は望んでいなかった。娘の紗季が店で働くことになれば、紗季は近くでひとり暮らしを始めたがるだろう。それは許してやらなくてはいけない。俺はギター教室の日に、麻沙子と親しくなっていく。紗季の気持ちが落ち着くのを待って、麻沙子と暮らす。店は紗季とやってもいいし、麻沙子とやってもいい。

あってもいい未来に、江藤には思えた。

すべては、過去が変えられたらの話だ。変えられなければ、俺は麻沙子の部屋で同居を始めるし、娘は俺の前から姿をくらますのだ。

マンションのエントランスで、畳んだ傘を麻沙子は江藤に差し出した。

「ここで待っていて。まず、わたしがひとりで会ってきます」

「部屋は４０５号室です。面倒に巻き込んで、すみません」

「面倒はいいけど、心臓が痛くなってきた。もしかしたら、わたしはこれからとてもＳＦ的な場面に出くわすのね」

「まず、間違いなく」

麻沙子はエレベーターのボタンを押した。

すぐにエレベーターがやってきた。

乗り込んでから、麻沙子は訊ねてきた。

「うまくいったとして、そのあとここにいる幸也さんはどうなるの」

江藤は首を傾げた。考えないようにしていた問いだった。

「まあ、なるようになるわね」

エレベーターが閉じた。

江藤はエントランスの壁にもたれ、道に目をやった。

雨脚が強まっているようだった。

これから自分で自分を説得するという大事業が待ち構えているのに、からだが雨に濡れそぼった衣服のように重たくなっていくのを、江藤は感じていた。

瞼まで重たくなってきて、目をこすったときだった。

マンションの前を店のほうへと小走りで駆けていく、娘の紗季を見つけた。

「紗季」

マスクの下から呼びかけた声は、自分でも驚くほど力が無かった。

江藤はあとを追おうとしたが、足が動かなかった。ずるずると腰が床へと落ちていった。

あんまりなタイミングだ。これでは、結果はまったくわからない。戻ってからのお愉しみなのか。

だが、葬儀の晩に戻れる気がしない。

江藤の意識は遠のいた。

鮎川　13年前、そして……

揺れていた。

意識に空白があった。いきなり大きな地震に見舞われたのだから無理もない、と鮎川は思った。咄嗟にどう対応したのかも覚えていないが、無事に生きてはいるようだった。痛みもない。

余震だろうか。小刻みにだが、揺れは続いている。

しっかりと閉じていた瞼を、悲惨な光景が広がっていませんようにと、祈る気持ちで鮎川は開いていった。

そして、もう一度、意識が空白になりかけた。

ここはどこ。

目と脳のあいだに混線や断線が起きているのか、見えているものが理解できなかった。

わかるのは、さっきまでいたはずの居酒屋ではないことだけ。

わたしは鮎川由香。

自分の名前は把握していることを確認して、気持ちを落ち着かせようとしてみる。ショックでおかしくなっているとしても、自分がだれであるかまで忘れてはいない。かろうじて命綱を掴んだ自我のおかげで、目の捉えている映像を、脳が情報として処理し始めた。

揺れは、余震によるものではなかった。

信じがたいことに、鮎川はバスの座席に座っていた。

たしかにバスだった。座席はすべて前方を向いたタイプだが、観光バスではなさそうだ。たぶん、路線バスだ。

座っているのは、一番後部の左端、窓際。だから車内はよく見渡せた。

立っている者はいないが、車内の席は半分以上埋まっている。後頭部しか見えないので客層はわからないが、白髪頭がある一方、窓に顔をこすりつける子供の姿もある。

淡い陽射しのなか、低い街並みが窓外を流れていく。

壊れたり、崩れたりといったものは目に入ってこない。

大地震直後とは思えない、「日常風景」というタイトルの水彩画のなかをバスは走っているようだった。

ここはどこ。いまはいつ。

また空白へと逃げ込もうとする意識の尻尾を掴まえて、鮎川は窓の外に目を凝らした。地震の爪痕を探すのではなく、無心に風景を眺めることでヒントを探そうとした。

東京ならば、二十三区を離れた郊外。いや、近県のベッドタウン。むしろ、地方都市のバイパス沿いによく見かけそうな風景があった。どこにでもありそうなのに、どこか懐かしさを感じさせた。

道沿いには、一階が店舗になった低層ビルが多く、ときおり大きな駐車場を備えたチェーンのレストランやファストファッション店、パチンコ店などがあり、空き地になっているスペースもある。

知っている。鮎川は徐々にそう感じ始めていた。わたしはここに来たことがある。それも一度ではなく、何度も。そして、確信した。

道沿いに並ぶ店のうちの一軒が、大きな看板を出していた。

地方の名物の名前を記した文字が、手招きしながら踊っていた。

父親の最後の赴任先。高原に越す前に、娘と一緒に両親の厄介になっていた街だ。

なぜ、ここにいるのか。鮎川には見当もつかなかった。おかしな夢を見ているとしか思えないし、思いたいが、座席の下から伝わるバスのエンジン特有の細かくリズミカルな振動は、あまりにリアルだった。

やがてバスは終点に着いた。鮎川もよく買い物に足を運んだ、大手企業が営む街最大のショッピングモールだった。

鮎川は腰を上げた。そのときになって、手に整理券を持っていることに気づいた。小銭入れを探って料金を用意し、最後のひとりとなってバスを降りた。

「どうも」

喉の手術をした人間が声の出具合を試すように、鮎川は運転手にいった。

「ありがとうございました」

「はい、どうも」

中年の運転手は、ごく自然に答えた。

自分は目に見えない亡霊などではなく、ちゃんとこの場にいることを第三者に認識されている。鮎川は少し安心した。

亡霊、と思って、そのあと喪服を着ていることを鮎川は思い出した。念のため、腕を顔の前に持ってくる。黒い上着の袖が目に入った。

木村の葬儀のあと高校時代の仲間と居酒屋にいた自分と、いまの自分は繋がっている。喪服がそれを物語っていた。ただどうしたわけか、場所と時間が移ってしまった。とりあえず、場所がどこであるかはわかった。まったく見知らぬ土地ではなく、自分にゆかりのある場所だった。いくら引っ越しばかりの半生だったとはいえ、偶然であるとは思えない。なにか意味がありそうだ。

時間、あるいは日時、もっと言えば年月日はいつなのか。あれだけの揺れを東京で感じたのだから、首都圏から遠く隔たっているわけではないこの街だって、冷静に考えれば無傷なはずはない。だがまわりにそれらしい傷跡は見当たらない。ということは、地震より前の過去にいるのかもしれない。仲間といるあいだに夜を迎えていたはずなのに、いまは明るい。空を見ると陽は傾こうとしているようだったが、夜ではないのだから過去にしろ、未来にしろ、時間がずれているのは間違いない。

物思いに耽っていた鮎川は、無意識に足を動かしてモールの建物に入り、エスカレーターで二階に上がり、気がつくとモールにテナントで入っている大型書店の前に立っていた。立ち読みのひとたちで賑わっている。

ここには、よく通った。とくに母親が高原で書店を開くと決めてからは。

鮎川はまざまざと思い出した。

そうだ、娘の茉由の通うことになった高校の入学式に合わせて、父や母より一足早く高原に引っ越すことになった日の前日にも、母と娘と三人でここに来たのだった。

あらためて周囲にいるひとたちを眺めると、コートを羽織った人もいれば、薄手のセーター姿のひともいて、春の遅い土地の三月末を思わせた。

鮎川は店頭近くに平積みされた本を手にした。

十数年前に映画化され、ベストセラーになった本だった。

「おばあちゃん、お母さんがいないんだけど」

聞き覚えのある声が近くで響き、鮎川は反射的に手にした本を開いて顔を隠した。

「たぶん、奥の絵本コーナーよ。あっちで開く店には、絵本をたくさん揃えることではわたしと意見が一致してるけど、どんな絵本を置くかでは揉めてるから」

「そんなの、売れてる絵本に決まってるじゃない」

「あなたのお母さんがいうには、街で売れる本と高原で売れる本は違うんだって」

「わかる。家の近所では買わない饅頭も、温泉行くと食べたくなるもん」

「おじいちゃんのそばも、街でやったら潰れるでしょうけど、高原だから人気が出てくれるといいんだけど」

本を開いたまま、出来得る限りの横目になって、鮎川は声の主を盗み見た。わかっていることを、念のため確認した。自分の置かれている不思議な状況を、受け入れるための作業でもあった。

すぐ近くにいるのは、娘の茉由と母だった。

十五歳の娘は、まだあどけなさを残していた。新しい土地への移住に心を馳せている母も、若やいで見えた。

十三年前。遠い昔のような、ついこのあいだのような時間に、わたしは来てしまったらしい。春一番の風を思い切り吸い込んでしまったかのように、鮎川の胸はざわついた。

娘と母は、奥へと歩いていった。いま思い出したが、その先でわたしは絵本を選んでいるはずだった。

本を平台に戻すと、鮎川はふたりのあとを追った。

他の売り場とは少し仕切られて、子供が遊べるスペースなども用意されている絵本コーナーの手前で、鮎川は足を止めた。また近くにあった本を手に取り、顔を隠して娘と母の背中を窺った。

娘の甘えた声が響いた。

「お母さん、お腹空いた」

棚を向いていた女性が、顔を娘のほうへ向けた。

怖いが、ここまで来て見ないわけにはいかなかった。それでも、視線はゆっくりとしか動かすことができなかった。

視線の先にいるのは、わたしだった。

鮎川は顔を隠すだけでは足りない気になり、不自然なくらいに慌てて本棚の陰に逃げ込んだ。監視カメラに捉えられていたら、明らかに不審人物だ。実際、通りかかった客に迷惑そうな目を向けられた。ふだんなら頭を下げる鮎川だが、いまはそんな余裕もなかった。

すぐそばで、娘と母と、わたしが会話を交わしていた。声は届いているはずなのに、しばらく鮎川の耳は消音モードになってしまった。

十三年前、わたしはここに来た。明日には、この土地を去る。幼い頃から父の転勤に付き合わされてきたわたしにとって、何度目の引っ越しになったのだろうか。すぐには数えられないが、いまのところ最後の引っ越しだ。

わたしはどんな顔をしているのか。

本棚から半身を出して、鮎川は目を凝らした。

娘と母に、わたしは屈託のない笑顔を見せていた。

「もう少しだけ、待って。今日見ておかないと、気安くは来られなくなるから」

「もう、待てない。貧血で倒れそう」

「だったら、おばあちゃんと先に行ってようか。食べたいものは決まってるんでしょ」

「そうね。お母さんもすぐ行くから」

消音モードが解かれ、なんでもない母子三世代の会話が耳に届いてきた。ただし、わたしがわたしの声でわたしの娘と母に話しかけているものだった。聞いているわたしは、だれなのだろう。

娘と母が、わたしと別れて絵本コーナーを離れようとしていた。図書室で秘密の話を盗み聞きしてしまった気の弱い生徒みたいに、鮎川はまた本棚のうしろに身を寄せた。

「焼きたてパンが食べ放題の店があるんだ」

「胸焼けしそうね」

パンなら、高原の家のまわりには、おいしい店が何軒もある。薪窯で焼く店も、自然酵母を使った店もある。娘も母も、まだその事実を知らない。

娘と母が書店から出ていくのを確認して、鮎川は視線をわたしに戻した。

背もたれがなくどちら向きでも座れるキューブ型のソファに腰を下ろし、わたしは一冊の絵本に目を落としていた。眺めるのではなく、見入っていた。絵本のなかに吸い込まれていくんじゃないかと心配になるほど、真剣で切実な眼差しが向けられていた。

自身もSF小説のなかに連れ込まれたような状況にいる鮎川は、なぜかこの光景に魅せられた。さらに十三年前、自分がどんな思いを抱いて生きていたのか知りたくなった。

手にしていた本でそれとなく顔を隠し、絵本のページに目を落としているわたしの正面を避けて迂回しながら、鮎川は絵本コーナーに入り、寝ついた子どもを起こさないようにベッドに身を沈めるときの慎重さで、わたしとは背中合わせの格好でソファの端にそっと腰を落としていった。

腰が落ち着いた途端、鮎川は思い出した。

わたしが読んでいるのは、オオカミが主人公の絵本だ。一匹のオオカミがブタやヤギの国に迷い込む。仲間たちでたのしむブタやヤギを心で羨みながら、オオカミは捨て台詞を吐いて去っていく。

しばらく読み返してはいないが、いまでも鮎川が大好きな絵本だった。転校生の心情を引きずって生きてきた鮎川は、オオカミの孤独を共有できた。

「いい絵本ですよね」

胸の思いが自然と声帯を動かし、意識する前に鮎川は語りかけていた。

わたしが絵本から顔を上げ、こちらへ首を向ける気配があった。それに呼応して振り向こうとする自分の首を、鮎川は押さえることができなかった。

鮎川を見て、わたしは戸惑っていた。

「……ドッペルゲンガー、でしたっけ」

しばらくして半分自問するような声が漏れてきた。鮎川はうなずきかけて、首を傾げた。

「かもしれません。たぶん、わたしは十三年後のあなたです」

「たしかに、わたしより年上に見えます。遠くで暮らしている年の離れた姉みたいな」

「うまい喩えをしますね。自分で自分を褒めても仕方ないけれど」

わたしは戸惑いを残しながらも、頬を緩めた。鮎川も笑ってみせた。

「あまり、驚かないのね。そんな気はしていたけれど」

「驚いてますよ。でも、面白くもあります。人生の転機を前に、自分と会えるなんて」

座り直して上半身を鮎川に向けてから、わたしはたずねてきた。

「死ぬんですか、わたし。十三年後に」

「えっ、どういうこと」

「喪服、着てますけど」

「これは違うの。友だちの葬儀に出席していたから」

少し考えて、わたしは納得したようだった。

「死に装束は白い着物でしたね。亡くなったのは、わたしにとっても知り合いの方ですか。つまり、十三年前にはもう出会っているひとですか」

鮎川は困った。木村とは高校の同級生だから、出会ってはいる。だが、再会はまだこれからだ。

「難しい質問だわ。それに、知らないほうがいい気もする」

「未来のことは話せないんだ」

「さあ、どうなのかしら。会っているけど会ってない、で勘弁して」

「謎々みたいですね」

「うん、うまく伝えられないわ。自分に話しているのに」

ふたりは同時に似た笑いを浮かべた。年の離れた双子みたいに。先に表情を戻したのは、わたしのほうだった。

「でも、なにかを伝えに来たんですよね。いまのわたしに」

鮎川は困った。自分がここにいる理由など、わかってはいなかった。

「そうかもしれない」

「なんだか、あやふやなことばかりですね」

鋭い指摘に情けなさを感じ、鮎川は明日から新天地で暮らすわたしの役に少しは立ってやりたくなった。

「じゃ、未来のことを少し話すわ。わたしはあやふやな存在だけど、あなたは大丈夫。明日から、とても前向きに生きていくことになる。今度の移住は、いままでの引っ越しとは違う。オオカミはやめて、ブタの仲間になれる」

鮎川は絵本を指さした。

「なるほど。憧れのブタになれるのか」

「ただし、オオカミの心は忘れない」

「ブタの皮を被ったオオカミですね」

「見た目はこれ。ブタまではいってないつもり。あとは自分でたしかめて。十三年かけて」

勢いよく、わたしはソファを立った。

「もう、行きます。母と娘が待ってますので。会えて、愉しかった」

「こちらこそ。ドッペルゲンガーなんかにつきあってくれて、ありがとう」

絵本を抱えてレジに向かい、会計を済ませると、わたしは書店を去っていった。

ソファに腰かけたままその姿を見送り、鮎川はちらりと思った。さっきは否定したが、もしかしたら自分はあの大地震で死んだのかもしれない。あるいは、死のうとしているのかもしれない。

鮎川は手にしていた本を落とした。

意識が遠のきだしていた。傾いた上半身を両手で支えようとするが、うまく力が入らない。

十三年前のここを、離れようとしているようだった。

次は天国かもしれない。

がくっと首を垂れると、鮎川は書店のソファから消えた。

落ちる。

上り詰めたジェットコースターが落下を開始するときに似た浮遊感のあと、鮎川は短く深い眠りに落ちた。

なにもない空間を、鮎川のからだはしばしのあいだ漂った。


目覚めた鮎川は、クルマの運転席に凭れていた。

車内に見覚えがあるというより、車内にこもった匂いに懐かしさがあった。いい匂いではないが、臭いわけでもない。内装に薄く染みた体臭のようなもの。

クルマは、かつての鮎川の愛車だった。運転しやすく、価格も手頃な国産の小型車。高原へ移住すると決めたときに手放したが、それまで十年近く乗っていたものだ。娘の小学校入学のときに購入して、日常の足として使っていた。家にはもう一台、夫が乗るワゴン車があった。休日に遠出するときはそちらを使い、近くで食事をするときなどはこちらを使っていた。

そのせいだろうか、クルマにはかすかに夫の匂いが混じっている気がした。

だとしたら、まだ夫が生きている時間に戻ったのだろうか。

鮎川はフロントガラスの外に目を凝らした。

ずらりとクルマが並んでいた。どこかの大駐車場のようだった。少なくとも、鮎川が頻繁に訪れていた場所ではなさそうだった。

あたりを窺ってから、鮎川はクルマを降りた。

冷たい風が、鮎川のからだをなぶった。

どうやら、高速道路のサービスエリアのようだった。

レストランや土産物売り場のある建物に、鮎川は足を向けた。近づくにつれ、眼下に大きな湖が見えてきた。

「ああ、ここは」

鮎川は思い出した。夫と娘と暮らしていた家と、両親の住む家の中間あたりにあるサービスエリアだった。夫が元気だった頃、娘を連れて何度か実家に顔を見せるときに立ち寄ったものだった。

でも、それならば。

鮎川は足を止め、振り返った。しばらく探すと、愛車が見えた。

このクルマではなく、夫のワゴンに乗っていたはず。

また風が吹いた。湖を渡ってくる風は冷たかったが、陽射しはやさしかった。

父親の最後の赴任先より北で標高も高い土地にいるだけで、いまもまた三月なのかもしれない。

ぼんやりとした記憶のなかにあったサービスエリアの景色が、輪郭線がついているかのようにくっきりと鮮明に見えてきた。鮎川は記憶を探った。あの日も、ここに立ち寄って食事をした。

それがいまに違いないと、なぜか確信が訪れた。

鮎川は建物に入り、迷わずフードコートの一角に向かった。

やはり、いた。

昼時を過ぎていたが、春休みでそれなりの客で賑わう席のひとつに、わたしとその家族を見つけた。

鮎川は顔を伏せて近づき、背中を向ける恰好で隣のテーブルに着いた。

十六年前のわたし、娘、そして父と母がすぐそばにいる。

首をゆっくりとまわして、鮎川は四人のテーブルを見た。

わたしは普通にラーメン、育ち盛りの娘はチャーシュー麺、そば打ちを始めていた父は山菜そば、洋食好きの母はオムライスを食べている。

四人の会話が鼓膜を震わせた。

「お友だちとは、ちゃんとさよならできたのかい」

父の問いに、娘の茉由はしっかりとうなずいていた。心配をかけまいと、子どもなりに気遣いをして元気に振る舞おうとしている。

「うん、した。住所も電話番号も交換した」

「わたしの転勤で、由香には何度もさみしい思いをさせてしまったのに、孫も転校させるのは心苦しいな」

「転校じゃないよ。中学校には、ちゃんと一年生の一学期から通うんだから。それに小学校の友だちも、三つの中学校に別れちゃうから、そんなに変わりはないし」

「茉由は、しっかりしてるなあ」

「わたしだって、子供の頃からしっかりしてたわ」

と横から口を出したわたしに、母が軽く息を吐いてみせる。

「あなたはしっかりし過ぎていて、かえって心配だった。転校先で問題を起こしたことはないけど、馴染もうとしていないことも伝わってきていたし」

「転校生の大変さはよく知っているから、茉由の小学校卒業まで引っ越しは延ばしたの」

「わかっているさ。大人のわたしだって、赴任先が何度も変わるのにはいい加減疲れ果てているんだ」

「おじいちゃん、退職が待ち遠しいみたい。田舎でゆっくり余生を送りたいんだって」

「いいじゃない。おばあちゃんは退屈しそうだけど」

「そうね。お店でもやるわ」

「なんの店」

「趣味の店。なんでもいいの。本屋さんでも、雑貨屋さんでも、喫茶店でも」

「全部やればいいじゃない。わたし、バイトする」

健気というより、新しい遊び場を見つけたように茉由はさっと手を挙げた。母は思案顔をつくってみせた。

「バイト代、出せるかしら」

盛り上がる話に、わたしが水をさした。

「その前に、中学に入ったら新しい友だちつくって、なんでもいいから部活やって、塾にも通ってもらいたいわ」

「大丈夫。転校生で愉しめなかったママのぶんも中学生を満喫するし、死んじゃったパパのぶんも人生は充実させるから」

屈託のない声が響いたあと、テーブルはしんとなった。

「あれ、空気重くなってるけど」

「ごめん。ママも愉しめなかった十代のぶん、これからの人生を満喫する」

「そうだよ。そのほうがパパも天国で喜ぶって。どっちが先にカレシつくるか、競争しよう」

聞いているうちに、鮎川は胸が詰まってきた。

かつて、こんな時間があったのだ。夫の死を乗り越え、母と娘が新天地で生きていこうとしていたときが。

どうやら、自分は人生で何度もあった引っ越しのときを遡っているらしい。

新天地での生活に胸弾ませたふりはしているが、十二歳の娘はどう感じていたのだろう。父親を亡くし、見知らぬ土地へ引っ越していく。決して気楽なことではないし、当たって砕けろ、ではうまくいかない。周囲を窺いながら、自分を出し入れして溶け込んでいかなくてはならない。鮎川は何度もその作業を繰り返してきた。正直、疲れた。父を軽く恨みもした。「転校生」の味気なさと疎外感を生きてきたからこそ、娘はずっと同じ土地で成長させてやりたかった。せめてと小学校の卒業まで引っ越しは延ばしたが、見知らぬ環境に放り込まれることに変わりはない。不安はあるはずだ。

娘の中学時代にとくに問題が起きなかったことを、鮎川は知っている。うちに連れてくる友だちも、つくっていた。高校入学時にまた引っ越したあと、移住先に泊まりにきた同級生も何人かいた。

それでも、鮎川は娘に直接問いかけてみたくなった。

本当は、引っ越したくなかったんじゃないの。

「トイレ、行ってくる」

隣のテーブルから、娘の声がした。

ちらりと窺うと、娘がひとりでテーブルを離れていくのが見えた。

気がつけば、鮎川も席を立っていた。

距離を置いて、鮎川は娘のあとを追った。

追いかけながら、必死に考えた。どうすれば、相手を驚かせることなく、話しかけることができるか。

ここにいるわたしは、まもなく四十歳という中年を迎えようとしている。自分は五十代半ば、中年と呼ばれる時期の終わりが見え始めている。年齢差による見た目の違いははっきりとあるが、同一人物だとはわかる範囲内だ。ここにいるわたしのふりもできないし、他人のふりもできにくい。

結局は、離れた場所から黙って見ているしかないのか。

娘がトイレ棟に消えた。

鮎川の足は止まりかけた。

だいたい、喪服ではないか。この春に中学生になる女の子が、母親によく似てはいるが年齢の合わない黒ずくめの人間に突然話しかけられたら、白昼の人混みであろうと怯えるに決まっている。

ためらいよりも、この機会を逃してはいけないという思いが勝り、鮎川もトイレ棟のなかへ進んだ。

ちょうど娘は個室のドアをしめようとしていた。

そうだ。夫と建てた家には娘の部屋があり、三年生になるとひとりで寝るようになった。あのときと同じ要領でドア越しに声を掛ければいい。声だけならばラーメンを食べながら会話を交わしていたわたしと、聞き分けがつかないのではないか。年齢とともに女性の声は低くなるというが、それは見た目よりはずっと微妙なもののはずだ。

閉じられたドアをしっかりと見詰め、鮎川はしばらく待った。

娘が便座に腰を下ろしたであろう間合いで、鮎川は個室のドアをノックした。

「茉由、お母さんだけど」

実際にこんなタイミングで話しかけることはないだろうし、なぜいくつもある個室のうちのどこに入ったかがわかったのかは説明できない。それでも聞き覚えのある声に名前を呼ばれたら、答えてはくれるはずだ。希望的観測に、鮎川は賭けた。

「なに、こんなところで。いま出られないんだけど」

賭けは当たった。声は戸惑っていたが、返事はあった。

「いいの。おじいちゃんとおばあちゃんの前では聞きにくかったことがあるの。引っ越すこと、本当のところ茉由はどう思っているのかしら」

鮎川は息を吐かずに、いっきにたずねた。

「どう思っているかと聞かれても」

一瞬、間が出来た。

「これもまた人生、って感じかな」

大人びた、それでいてコミカルな調子の答えが返ってきて、鮎川は耳に持っていきかけていた手を下ろした。本音そのもの、ではないにしろ、それに近い言葉だと感じた。

「ありがとう。安心した」

鮎川は個室の前を離れ、そのままトイレ棟を出た。レストランには戻らなかった。

湖がきれいに望める場所にあるベンチに、鮎川は腰を下ろした。

次の時間が鮎川を呼んでいた。

湖面のきらめきが、ぼんやりとしてくる。

鮎川の意識が遠のいた。

浮遊感のあと、なにもない空間を落ちていく。

深い、一瞬の眠り。


意識が戻ってきたあとも、鮎川は闇の中にいた。

もしかして、次の時間への移動の途中に迷子になってしまったのではないか。軌道を外れた宇宙船のように、果てのない世界へと投げ出されてしまったのではないか。そんな不安から心まで闇に侵されかけたが、次第に目が慣れてきて、あたりは完全な漆黒ではないことがわかってきた。

どこからか、淡い光が入ってきている。どうやら屋内にいるらしい。

鮎川は自分が木製の椅子に座って、テーブルに腕をついていることに気づいた。つづいて、真新しい木材の匂いに鼻孔が軽く刺激されていることもわかった。

ゆっくりと振り向くと、四角く切り取られた空間の上方から、わずかな星明かりが差し込んでいた。窓だった。カーテンはない。月は出ていない。地上の遠くには、家のあかりもぼんやりと見えた。

鮎川は理解した。

ここは、娘の小学校入学に合わせて建てた家のなかだ。

となれば、自分はいま、ダイニングテーブルに手を乗せて座っていることになる。

鮎川はそっと椅子を立ち、履いたままでいた靴を脱いでから、うろ覚えの記憶を辿って壁を探り、電気のスイッチを入れた。

貧弱な電球がともった。

その光に映し出された家のなかは、閑散としていた。

引き渡しは済んだものの、まだ引っ越しは完了していない時間に鮎川は戻されたようだった。

ダイニングテーブルと椅子のセットは、それまで暮らしていたアパートのものでは娘の茉由の席がないと、大型家具店に行ってまず購入したものだった。

リビングスペースの隅には、一緒に買ったふたり用のソファも淡く照らし出されている。ソファの上には、寝袋が畳まれている。家を建てた喜びに浸りたいと、夫は引き渡しを受けると泊まっていたことがあった。

あとは家具らしいものは、なにもない。

キッチンにはコップやいくつかの有り合わせの食器はあるはずだが、冷蔵庫もまだない。夫ほどではないが、鮎川も家を建てたことは嬉しかった。これから家族三人で、ずっと暮らしていくのだと思い込んでいた。父親の仕事の関係で引っ越しばかりだった鮎川は、人生ゲームのゴールに辿り着いたような気分さえ持っていたのではなかったか。

大豪邸ではまったくない、駅からも商業施設からも離れていて、畑を整地した分譲地の一角のささやかな二階建てだったが、鮎川にはなんの文句もなかった。

このときは、しあわせだった。

しあわせとは、あとになってつくづくと噛み締めるものなのかもしれない。

わずか五年経たないうちに夫が亡くなるなどとは、鮎川にとっては想定外のさらに想定外、宇宙の果ての向こう側を想像するより難しかった。

鮎川はソファに身を沈め、寝袋を膝にかけた。

新築の木の匂いのなかに、夫の体臭がふわりと漂った気がした。

そういえば、もう何年も夫のことをしっかりと思い出していない。命日には夫と出会い、結婚して、娘を授かったこの街の高台にある墓に参るが、手を合わせているあいだにすることは、近況報告だった。

転校生として生きてきた鮎川は、もともと過去への執着を持たないようにしてきた。思い出は、色褪せるに任せてきた。

高原に移住して、両親と店を始めてから、さらに前ばかりを見るようになった。見知らぬ土地での暮らしを安定させるために必死だったこともあるが、夫のことを忘れたかったのかもしれない。死んだ人は帰らない。引っ越し前の友だちとは自然と音信が途絶えていった。夫もひとりであの世へ引っ越してしまったのだから、早く忘れたほうがいい。無意識に、そう考えていたのではないか。

いま、夫がまだ生きている時間に来てみて、鮎川は夫に会いたいと強く思った。

なぜいままで二回のワープのようなもののときと同じに、遠くからでも生きて動いている夫の姿を見ることができる状況に、自分は置かれなかったのか。少し、腹立たしささえ覚えてきた。

いっそ、引っ越し前のアパートを訪ねてみようかという気も起きてきた。この家から歩いたことはないが、同じ市内だしたぶん三十分くらいのものだ。十分歩ける距離だ。夜道を喪服の女がひとりで歩いていたら、すれ違ったひとは肝を潰すかもしれない。それもまた、面白い気さえしてきた。

よし、歩いてみよう。

ソファから身を起こし、床に置いた靴を拾って玄関へ向かおうとして、窓の外に近づいてくるクルマのライトを見つけた。ルーフの上にもライトがともっているから、タクシーだ。

夫だ。

夫婦として生活を共にした人間の勘というより、突然の過去への遡行を繰り返しているなかでの、直感だった。ただ過去へ戻されているのではない。引っ越しのタイミングばかり三度目だ。最初は自分自身と言葉を交わした。次は娘だった。ならば、いま望んだように今度は夫なのではないか。神様だか、悪魔だか、宇宙のシステムだか知らないが、いまわたしを過去に運んでいるなにかは、意図を持っているに違いない。

鮎川は慌てて電気のスイッチを切り、暗闇に戻った部屋のなかを記憶を辿りながらそろそろと移動し、階段を見つけて四つん這いになって二階に上がった。

クルマの音は近づき、家の前で停まった。

鮎川は二階に上り切ったところで、息をひそめて身を丸めた。

玄関のドアノブがまわる音がして、外の空気が家のなかに侵入してきた。やや乱れた靴音がつづく。

やはり、夫だ。こんな夜があった気がする。酔った夫から、今夜は新しい家に泊まると遅い時間に連絡がきた夜が。

ドアが閉まり、玄関のあたりでなにかを探るような音がした。

やがて、光がともった。光はふらふらと揺れ動いた。

懐中電灯だった。引っ越しが完了するまで、靴箱のなかに懐中電灯を用意していたことを鮎川は思い出した。

懐中電灯の光は一瞬、鮎川が身を丸める二階を照らしたが、留まることなく揺れてリビングへと消えていった。

すぐにリビングのあかりがともった。

水道の蛇口から水が流れる音が聞こえてきた。

そして、水を呑み干す夫の喉が鳴る音。

「ふう」とひと息吐く声。

すぐそこで、夫が生きている。感動にも似た思いが胸から上がってきて、鮎川の喉も鳴りかけた。

不規則な夫の足音に続いて、また声が聞こえてきた。

「あ、俺だけど」

電話をかけたようだ。

「うん、酔ってます。職場の連中と呑んでた。つい盛り上がっちゃって、途中で抜けようとしたんだけど、許してもらえなくて。明日、休みだし」

呂律が少し怪しかった。足音は続いている。リビングのなかをうろうろしているらしい。声は聞こえてこないが、電話の相手はわたしだ。たぶん、呆れつつも不機嫌ではないはずだ。陽気になる夫の酒を、わたしは嫌いではなかった。

「いや、迎えはいいんだ。茉由、もう寝てるだろう」

そういえば、酔った夫をクルマで迎えに行ったことが、何度もあった。

「実はさ、タクシー拾ったんだけど、つい新しい家のほうを道案内しちゃってさ。今夜はこっちに泊まります。うんうん、じゃ、そういうことで」

電話は切れた。足音も止まり、どさりと夫がソファに倒れ込む音がした。そのまま、寝袋に潜り込もうとしているようだった。

込み上げてくる笑いを、鮎川は口をきつく塞いで堪えた。

いま、夫はしあわせだ。わたしもしあわせだった。娘の茉由も新しいおうちが気に入っていたから、しあわせのはずだ。

そのしあわせを、わたしはちゃんと味わい、嚙み締めていただろうか。

こんな時間がずっと続いていくと、根拠もなく信じていた。ささやかなりに、しあわせに包まれて歳を重ねていくものだと、安心しきっていたのではないか。

ひとは、いつか死ぬのに。いつかは、いつだかわからないのに。病気、事故、災害と世界は命を脅かすもので溢れていて、このちいさな家の屋根や壁なんて、危険から身を守るにはブーフーウーのブーが建てた藁の家同然の脆さなのに。

いつのまにか鮎川が堪えているのは、笑いではなく涙になっていた。

自分が前ばかり見て生きてきたのは、うしろを向くと後悔してしまうからだったかもしれない。

寝息、というよりは鼾に近い音がリビングから響いてきた。

その音に耳を澄まし、鮎川は無理に笑った。笑ってみたら、置かれている状況がおかしくなってきた。

足音を忍ばせて、鮎川は階段を降りた。

電球のあかりをつけたまま、夫はソファの上で寝袋にくるまって眠っていた。冬眠している熊みたいに。羽化する日を待つ蓑虫みたいに。産着にくるまれた産まれたての茉由みたいに。

鮎川は電球のスイッチを切った。

暗闇がリビングを満たす。

寝息の音を頼りに、鮎川は夫の眠るソファに近づき、すぐそばの床に腰を下ろした。

次第に暗闇に目が慣れていき、夫の寝顔が浮かび上がってくる。

手を鼻先に持っていくと、呼吸する息が鮎川の指をくすぐった。

おずおずと頬に触れてみると、温もりが伝わってきた。

わたしはこのひとが好きだった。このひとを選んだこと、このひとと暮らしたことは間違ってはいなかった。

鮎川はそのことを、しっかりと確信できた。

ただし、とも思う。このひとは、もういない。もしかしたら大地震で死のうとしている自分が、過去を遡っているのかもしれないが、そうだとしてもあの葬儀の夜まで自分は生きてきた。夫なし、で。死ぬことなくまたあの時間に戻れるのなら、そこからも生きていかなければならない。

なんで、死んだの。

なんの憂いもなさそうに眠る夫が憎らしくなって、鮎川は頬をつねった。軽くしたつもりが、指先につい力が入り過ぎてしまった。

「んん、ううん」

痛みを感じて、夫は顔をしかめた。慌てて鮎川はつねるのをやめたが、夫は薄く目を開いていた。

「由香、なのか」

寝ぼけた声が漏れた。

「……」

鮎川はどう答えていいかわからなかったし、話したい気持ちは溢れるほどあったが、また眠ってしまってくれたらとも願った。いま自分のすぐそばにいるのは、しあわせに浸っている寝惚けた酔っ払いなのだから。

「おまえ、少し老けたみたいだ」

頭が働いていないせいか、夫の口から思いやりに欠けた言葉が出てきた。正しい指摘なのだが、鮎川はちいさく傷ついた。そのせいか、正直に答えた。

「そうね、未来から来たから」

「未来って、いつ」

「二十年くらい」

「なにしに、来たんだ」

酔いと眠気と闘っているような、あやふやな声がたずねてきた。

「さあ、わからない」

閉じかける瞼をなんとか堪えて、夫は鮎川を見た。

「由香、喪服を着てないか。もしかして、俺が死んだのか」

「違う」

嘘ではなかった。夫が死んだのは、もっとずっと前だ。

「だったら、由香が死んだのか」

「かもしれないけど、違う気がする」

「……夢、なのか」

「みたいなものだと思う」

「だよな」

夫はまた、眠りに落ちようとしていた。鮎川はそれでいい気がした。ただ、一言だけいっておきたくなった。

「からだは大事にしてね」

夫はちいさく頷いたかに見えた。

すぐにまた寝息が聞こえてきた。

鮎川も眠くなってきた。暗闇に身を置いているからではないことはわかった。

次の時間に移るときが来たのだ。

このあと、いくつの時間に行くことになるのだろうか。引っ越しをすべて辿るのだとしたら、まだまだ先は長い。記憶も定かでない幼い頃から、ずっと引っ越しを繰り返してきたのだから。

少し、疲れてきたな。

鮎川の意識は遠のいていった。

鮎川はもう一度、夫の頬に手を伸ばそうとした。
その指先が届く前に、鮎川の姿は消えた。

第四部

おきざりにした
リグレットを拾いに。
あの日のきみへと、もう一度

羽柴　高校2年

高速のエレベーターが目的階に着いたときのような、軽い無重力感を覚えて羽柴は意識を取り戻した。

なにか考える前に、まず聴覚が反応した。

音が響いていた。

まとまりのない、さまざまな音。

建物が倒壊しているのだろうか。そう感じてから、羽柴は大地震に見舞われたことを思い出した。経験したことがないほど、激しい揺れだった。

俺はどのくらいの時間、気絶していたのだろう。

ぎゅっと閉じていた目をゆっくりと開きながら、本来なら最初に意識に届くはずの視覚情報がなかったのは、目を固く閉じていたせいかと納得した。

目前に拡がる光景を、羽柴の脳はうまく処理できなかった。

混沌があった。ただし、予期していたような瓦礫の散乱ではない。羽柴がいる場所は、仲間と呑んでいた居酒屋でさえなかった。

若者たちがいた。ほとんどが男だ。十代後半、だろうか。なにかを抱えている者が多い。

抱えているのは、楽器だ。掻き鳴らしている者もいる。ディストーション、かけすぎだ。そう思ってから、鳴っているのがエレキギターだとわかった。視線を動かせば、エレキベースもいた。教室の端では、ドラムセットを叩く者もいた。

知っている。俺はこの場所をよく知っている。

音像と映像が頭のなかで繫がって、記憶が立体化して蘇ってきた。

高校生のとき入部していた、軽音楽部の部室だ。騒がしい音を出すので、旧校舎と呼ばれる古い建物の一番隅の教室をあてがわれていた。

懐かしさと疑問が、羽柴の胸に同時に込み上げてきた。

俺はなぜ、ここにいるのか。

大地震に見舞われたのは、あれは夢だったのか。それとも、いま見ているものが夢なのか。それにしては、あまりにもはっきりと存在している。耳を澄ませば、ギターのチューニングの狂いも聴き分けられるし、目を凝らせばギターのボディーの塗装が剝がれかけているのも見分けられる。

夢、にしては細部がはっきりしている。

立ち上がってみて、羽柴はそれまで椅子のひとつに腰を下ろしていたことに気づいた。

教室といっても、授業に使われることはなくなって久しいので、机や椅子は壁際に寄せられていた。そのひとつに、座っていたらしい。

羽柴が動いたのに、だれも視線ひとつ寄越さなかった。

羽柴はひとりの若者に近づいた。下手なくせにお決まりのフレーズを大音量で鳴らしたがる、三年生の先輩だった。いまはエレキギターを抱えて、世界で一番有名なツインリードのメロディーを、ひとりでたどたどしく弾いている。

「ちょっと、いいですか」

何十年も前の癖がいまだに染みついていたのか、羽柴は敬語で話しかけた。

反応はなかった。下手なりにギターの音に集中しているのかもしれなかった。

羽柴は声を張り上げた。

「あのですね、聞こえませんか」

それでも、反応はなかった。

仕方なく、羽柴は先輩の肩を軽く叩いてみようとした。

あれ。

羽柴の手は先輩の肩をすり抜け、宙を切った。なんの手応えもなかった。

自分の手を、羽柴はじっと見詰めた。昔、漫画のネタに使おうと調べていて、結婚線が途中で切れていることを知った。そのときは気にも留めなかったが、当たっていた。いまも切れている。はっきりと見える。

ぞわっと、背筋を悪寒が走った。

生命線はどうだったか。生命線はあった。当然だ。見方は忘れた。ただ、覚えていることがあった。羽柴は両手のてのひらを開いて、目の前に持ってきた。左右で、だいぶ生命線は違っていた。違うほど、複雑な人生を送ることを示していたはずだ。

先輩には、羽柴の声は届いていない。姿も見えていない。存在にも気づいていない。触れ合うことはできない。

つまり、俺は幽霊なのではないか。

もう一度、祈る気持ちで先輩に触れてみた。手は空を切った。

幽霊なんて非合理な存在は信じていなかったが、いまの自分を説明するのにはもっとも合理的ではないか。

しばしの絶望のあと、羽柴はとりあえず観念した。だとしても、願いが叶ったじゃないかと考え直した。妻に出ていかれ、俺は日々を生きる力を失っていた。死ねないから、生きているだけだった。

それが大地震のおかげで、自殺という簡単には実行できないプロセスを省略して、あの世へ行けることになったようだ。たぶん落ちてきた屋根の下敷きにでもなったんだろう。

喜びはなかった。

むしろ、惜しいことをした気になっていた。大地震で突然に命を絶たれる呆気なさ。不人気だが気になる連載漫画が途中で打ち切られて、本当はこの先のつづきに面白い展開が待っていたのではないかと思うような、諦めの悪いもどかしさがあった。

幽霊になったことはとりあえず受け入れるとして、俺はなんで部室なんかにいるのだ。

高校生のときだって、ここを天国だと感じてなどいなかった。

アンプにつないだ楽器やドラムの音がうるさくて、俺と木村は天気さえ良ければ部室に顔だけ出した後、アコースティックギターを手に……。

そう思った途端、思った通りの場面に羽柴は出くわした。

部室から出ていく木村と、俺。

部員たちをすり抜けて、羽柴はふたりのあとを追いかけて部室を出た。

「外はすげー暑そうだ」

俺の声がした。

「暑苦しい部室よりはましってこと」

木村の声もした。

半袖の、俺はチェックのシャツ、木村はくたびれたTシャツを着た背中。羽柴の通う高校には、制服はなかった。

ふたりの手には、重そうなギターのハードケースが握られている。

汗臭そうなふたつの背中を追ううち、羽柴の胸はレモンの果汁を直接心臓に絞られたように震えた。

何度となく繰り返した、なんの変哲もない、むしろ退屈といっていい光景が、数十年経って幽霊になった羽柴の目には、とてつもなく愛おしいものとして映った。

若かったんだ。かつて俺も、確実に若かった。自分の描いた漫画のようにうまくはいかないが、若さが持つ可能性にまみれた日常を生きていたのだ。

ふたりは階段を登っていった。

「一年のとき思ったんだけど、講堂でやるのにアコギ二本だけってのは弱い」

木村のこの台詞を、羽柴は覚えていた。

そうだ、ここから始まったのだ。

俺がほんのひとときの味わった青春の時間が。そして初恋の時間が。

「そりゃそーだけど、みんなバンドを組んでるからな。一年でもドラムやベースをやらせる、暇な部員はいないぞ」

「わかってる。軽音の部員は当てにしてない。ありふれたロックバンド編成にしたいわけじゃないし」

「だったら、どんな楽器が欲しいんだよ。バンジョーやマンドリン入れて、カントリーっぽくしたいのか」

「それも面白そうだけど、できるやついないだろ」

「ブラバンから管楽器でも引き抜くか。ドとレとミの音か出ないクラリネットとか」

「そんなやつは、即退部だ。軽音みたいな音楽より自己主張が好きなやつのたまり場と違って、ブラバンは厳しいんだぞ。それにあいつらは、自分たちのステージで手一杯だ。文化祭の花形だしな」

「小学校の授業で、ハーモニカか縦笛が得意だったやつはどうだ?」

「ブルースハープなら、俺だって吹ける。クロマチックハーモニカは、きれいな音出すの難しいんだぞ。ハーモニカを舐めるな」

「舐めるのは、好きな女子の吹いた縦笛だけにしろってか」

「羽柴だったら、本当に舐めかねない」

「俺は変態か。そうだ、変態だ。高校二年の男子が変態じゃないなんて、そっちのほうが変態だ」

頬を緩めかけてから、木村は真顔になった。

「名言は作詞か漫画にでも使え。一年の文化祭ではおまえのMCがそれなりに受けたのは認めるが、いまは真剣に話してるんだ」

「真剣しらけ鳥、なんて」

この台詞に、あとを追う羽柴は恥ずかしさのあまり消えてしまいたくなった。消えているも同然の幽霊的存在であっても、肉体的感覚は残っているようだ。

今度は、木村は吹き出した。

「おまえ、よく恥ずかしくもなくそんな駄洒落、口にできるな」

「聞かすは一時の恥、聞かさぬは一生の恥だから」

「聞かすじゃない、聞くだろ。と、突っ込めばいいのか」

「迷わず、突っ込め」

「俺たちは、漫才コンビじゃない」

「フォークデュオだもんな」

間延びしながらも羽柴の返しにつき合っていた木村だが、ここで深くため息を吐いた。

「アコースティックギター二本だと、どうしてもそういう目で見られてしまうよな」

「いまどき、ださい。俺はフォークソングも好きだけど」

「俺だって、嫌いじゃない」

「けど、木村はフォークでは使わない変なコードも押さえられるし、変なピッキングもできるし、変なリズムにも合わせられるもんな」

「変、とか言うな。難しいと言え。羽柴は変態だが、俺は超絶技巧を目指している」

「女泣かせのテクニシャンか」

「ギターの話だ」

ふたりは饒舌だった。高校時代の自分が口も頭もよく回転していた自覚は羽柴にあったが、記憶のなかの木村はもっと無口のはずだった。ただし十代にしては年寄り臭い偏屈な口調なのは、記憶の通りだった。

「気難しい」

「気、は余計だ」

階段を登り切るのに合わせたのか、オチがついたところでふたりは屋上に出た。

雨ざらしのベンチがひとつある以外は、なにもない殺風景な屋上だったが、頭上にひろがる透明感のある青空からは眩しい陽射しが降り注いでいた。

それなりに生徒の姿がある新校舎の屋上と違い、ここには人影もない。だから天気さえよければ、ふたりにとって格好の練習スペースだった。

だが、その日は違っていた。

いつもふたりが座ってギターを構えるベンチには、人影があった。

「あれ、杉島じゃないか」

呼びかけられて、慌てて杉島は口に当てていた右手を隠した。

空に向け、うっすらと紫煙が漂っていた。

ふたりを認めると、杉島は隠した右手を戻した。指先には煙草が挟まれていた。

「なんだ、おまえたちか」

木村はあからさまに不機嫌そうな顔になった。

木村は杉島を快く思っていなかった。端正な顔出ちと、適度な不良の匂いのせいで、杉島は女子に人気があった。冴えない羽柴以上に冴えない顔立ちで、人気どころか陰気な性格もあって女子とはろくに口も利けない木村が、反感を持つのも無理はなかった。音楽が好きなのはたしかだが、木村がギターを弾き始めた動機には異性にもてたいということもあったに違いない。もちろん、羽柴の動機はほぼそれだけだった。残念ながら、ふたりとも所期の目的はまったく達成されていなかった。

「おまえたちでよかっただろ。一応、校内は禁煙だぞ」

「未成年はどこも禁煙だ」

羽柴の言葉に、呟くように木村が補足した。自分もごくたまにだが、煙草を吸う癖に。

杉島は煙草を屋上の床で揉み消して、ポケットに収めた。

「マナーはいいな」

気まずい空気を和らげようと、羽柴は笑ってみせた。木村は笑わなかったが、杉島は片頬で笑ってみせた。

「残念ながら、育ちがいいんだ」

嘘ではなかった。羽柴と杉島は同じ中学校出身で、クラスも同じになったことがあり、まだ世間に対して杉島がいまほど斜に構えていないときには、家に遊びに行ったことも何度かあった。一帯の地主とかで、大きな門のある古い木造の二階建てに住んでいた。お姉さんが紅茶とケーキを出してくれたこともあった。

「そうだった」

突然、羽柴は頓狂な声を上げ、杉島に駆け寄った。

「杉島、部活なんてやってないよな」

「強いて言えば、麻雀クラブだ。非公認だが」

杉島は雀荘に入り浸っていると噂だった。

「それは課外活動だろ」

「さすがに校内に麻雀牌を持ち込んだりはしないさ。重いからな」

「杉島、文化祭の日は予定あるのか」

「予定は未定だが、雀荘に行くんじゃないか。文化祭に興味はない」

「そこをひとつ、頼みがある。幼馴染の一生のお願いだ」

羽柴はギターケースを置いて、深く頭を下げた。

「よせよ、頭は下げるのも下げられるのも苦手だ」

羽柴は頭を上げ、芝居がかった懇願の視線を杉島に向けた。

「俺たちのバンドに入ってくれ」

「なんだ、それ」

困惑の表情を浮かべた杉島は、羽柴から視線を木村に移した。木村も似たような困惑の表情を浮かべている。

その木村に羽柴は駆け寄って、杉島の前へ連れて行った。

「木村もお願いしろ」

「なんでだ」

「杉島はバイオリンが弾ける。中学のときに聴かせてもらったが、結構な腕前だ。ツィゴイネルワイゼンだっけ」

「えっ、そんな曲を弾けるのか」

木村が頓狂な声を上げた。

「弾けるってほどのものじゃない。それにバイオリンなんて、しばらく触ってもいない」

立ち去りかける杉島の腕を、羽柴はぎゅっと掴んだ。

「すぐ、思い出すって。小学校のあいだはずっと習っていたんだよな」

木村も杉島の腕を掴んだ。そして、頭を下げた。

「俺からも頼む、一緒に文化祭のステージに立ってくれ」

これには、杉島も驚いたようだった。

「木村まで、よせって。おまえ、俺のこと嫌いだろう」

木村は頭を下げたまま答えた。

「不良ぶってるヤツは好きじゃない。だけど、楽器をやるヤツは好きだ。バイオリンを弾ける人間は羨ましいし、バンドに入ってくれたら嬉しい」

その言葉を聞いて、杉島はしばらく考え込んだ。そのあいだも、木村は頭を下げていた。死ぬ前の木村は、杉島にだけわずかに心を開いた。高校のときも、再会したあとも一緒にギターを弾いた俺ではなく。「同じ匂い」と、杉島は言っていた。育った環境や、外見や、表現方法や、渡世術や、違いは多かったが、木村と杉島は似た者同士だったのかもしれない。運やタイミングで、ひとりは無職で孤独死を遂げ、ひとりは商才を発揮して家庭も持ちたいした持病もなく生きている。

境遇だけを見れば、俺も無職に近いし哀れなひとり暮らしだ。木村とは音楽という共通の趣味もある。それでも違ったのだろう。俺は日当たりのいい場所を歩きたがる人間で、木村と杉島は暗がりの路地を求めてしまう人間なのかもしれない。

あるいはこの場で、すでにふたりは認め合っていたのかもしれない。

やがて、杉島はうなずいた。

「とりあえず、一度合わせてみるか。俺も麻雀に少し飽きていたところだし」

木村の頭が上がった。羽柴と目を合わせ、少し照れたような顔つきをした。

幽霊の羽柴は、このやりとりにすっかり嬉しくなってしまった。最後は木村が杉島を説得したのに、羽柴がふたりを日の当たる場所へ連れ出した気分になってしまった。

「青春だな」

三人の肩を叩いたが、すべて空振りに終わった。

それでも満足して、幽霊の羽柴はベンチに腰を下ろした。

途端にふらっと意識が薄くなった。

気がつくと、羽柴は階段に腰を下ろしていた。旧校舎の階段かと思ったが、それにしては生徒たちが行き交っていた。どうやら、ほとんどの授業がおこなわれる新校舎の階段らしかった。

幽霊でも、気を失うことがあるのか。

新発見をした気分で、羽柴が立ち上がろうとしたときだった。

女子生徒のひとりがすごい勢いで、階段を駆け上がってきた。

中腰になっていた羽柴は、咄嗟にうまく避けることができず、スキー台からまさに滑降しようとするジャンパーの姿勢で固まってしまった。

向かい風に煽られた気がしたのは、目の前で女子生徒の穿いている短いスカートがひらめいたからだ。

健康すぎる太ももが、羽柴の頭上を越えていく。

羽柴は身をすくめたが、衝突は起きなかった。

女子生徒がそのまま階段をさらに駆けあがっていく、軽快な足音が背後を遠ざかっていった。

そうだ、俺は幽霊だった。みんなには見えないし、接触もできない。

無駄に怖がったりせずに顔を上げ、翻るスカートのなかを正視しておけばよかった。

くだらない後悔を覚え、漫画にしたら受けるシーンだと思いつつ、今度こそ幽霊の羽柴は立ち上がった。

そのまま階段を降りようとすると、上から聞き覚えのある声が聞こえてきた。

「杉島、うまくやってくれよ」

いまよりは少し澄んだ、高校時代の自分の声だった。杉島の声が続いた。

「なんで、俺なんだ」

「俺や木村と違って、おまえは女子に人気がある。悔しいが、この現実はどうしようもない」

「羽柴の思い込みだろう。俺は女子に興味はない」

「今年のバレンタイン、いくつチョコをもらったんだ」

「覚えてない」

「そうか。俺は覚えている。よく聞け、ゼロ個だ」

聞いていて羽柴は情けなくなり、振り返るのも嫌になってきた。しかしこの体験が、俺にラブコメ漫画を十年にわたって描き続ける暗黒面の力を与えてくれたのだ。少なくとも女子に関する限り、陽射しは杉島にばかり降り注ぎ、俺は年中梅雨前線の下に置かれてじっとりと湿って暮らしていた。

「ピアノが欲しいといったのは、杉島だろ。頭は下げるのも下げられるのも嫌いなのは知ってるが、おまえなら頭を上げたまま誘えるんじゃないのか」

木村の声もした。声量はないが、ぼそぼそした言い方にどこか挑発する響きがあった。

その言葉で、幽霊の羽柴は遥かな過去の一場面を思い出した。

沈黙が訪れたのが気になって羽柴が振り返ると、杉島と木村が不穏ににらみ合っていた。

三人とも、旧校舎のときとは違い、薄手の長袖シャツを着ていた。季節が少し動いたのだ。

「おっ、来た」

羽柴のややわざとらしい囁きで、空気が緩んだ。

羽柴は杉島の肩を押した。

「わかったよ」

たいした勢いで押されたわけではないが、観念したように杉島はそのまま階段を降りていく。幽霊の羽柴は、思わずからだを壁際に寄せた。

ぶつからないんだったな。

だれにも聞こえないのにちいさくつぶやき、杉島のあとを追う。

廊下に降り立った杉島は、前から歩いてくる三人組の女子のひとりに声をかけた。

「落合さん。ちょっとお願いがあるんだけど」

声を掛けられるとはまったく予期していなかった落合は、無意識にかけている眼鏡のフレームに手をやり、身を震わせるようにして足を止めた。

「わたしに」

落合はおずおずと自分を指さした。一緒にいた女子ふたりに、問いかけの視線を送るが、女子たちも同じ視線を返すだけだ。

杉島は構わず続けた。このクールさが、十代の女子には大人びて見えるのだ。眺めていて、幽霊の羽柴は舌打ちしたくなった。

「ピアノ、弾けるよね」

「……一応」

真意を測りかねて、落合は慎重に答える。だが、その頬は紅潮している。羽柴や木村では、こんな反応は示さなかったに違いない。

幽霊の羽柴が顔を上に向けると、階段の手すりから顔だけ出してこちらの様子を見守る、間抜けな姿のふたりがいた。

「一応、ってことはないよ。始業式や終業式のとき、いつも講堂のピアノで校歌を演奏してるじゃないか」

「あれは音楽の先生に頼まれるから」

「実力を認められてるんだ」

「……というより、先生と母が知り合いだから」

「音楽仲間だろ。きみのお母さんは、ピアノ教室をやっているもんな。きみもちいさい頃から、ピアノに親しんできたんだよね」

杉島は、落合を「きみ」と呼んだ。なんでもないことのようで、並の男子に口にできる言葉ではない。幽霊の羽柴は感心した。バレンタインに複数個のチョコレートをもらえるやつは、無駄に照れて「おまえ」とか「あんた」などと失礼な呼び方をすることはないのだ。

「一緒に来てくれ」

杉島は落合の手首を掴んだ。見なくても、幽霊の羽柴にはわかった。階段の手すりから覗くふたつの顔が、口を半開きにして呆然となっていることを。いきなり女子の手を取るなどという行為は、いきなり不良にビンタを食らわす以上の度胸が必要なはずだが、杉島はさらりとやってのけた。

「どこへ行くの?」

抗うことなく杉島に手を引かれながら、落合は訊ねた。

「講堂」

落合へというより、階段の上のふたりに向かって、杉島は答えた。

落合と一緒にいた女子ふたりは、なにが起きているのか判断できず、その場を動けずにいた。女子ふたりを押しのけるようにして、羽柴と木村は杉島のあとを追った。羽柴の手にはバイオリンケースが握られていた。

幽霊の羽柴も、慌てて駆け出した。間抜けふたりを追い越し、杉島と落合に並ぶ。

手は取ったまま、杉島は落合の顔は見ずに前を向いて話した。

「中学でやめてしまったけど、バイオリンを習っていたんだ」

「知ってる。前に羽柴くんと話しているのを聞いたから。バイオリン、素敵よね」

少女漫画の主人公のようにつぶらではない落合の瞳だが、主人公に負けないくらいに煌めいた。ギターを弾けるんだ、ではこうはならない。幽霊の羽柴は、来世があるのなら絶対にバイオリンを習おうと決意した。輪廻転生など、命の数が合わないと鼻で嗤っていたくせに。

「殺人音波にならない程度の音しか出ないけど」

「よければだけど、聴いてみたいな」

「そのために、誘ったんだ」

「えっ、聴かせてくれるの」

「ただ聴いてもらうんじゃない。一緒に演奏するんだ」

「わたしと」

「まずは、ふたりで合わせてみようよ」

杉島と落合は、講堂に入った。ふだんは体育館としても使われているが、放課後でも昼休みでもない授業の合間の休み時間なのか、人影はなかった。

隅に置かれたピアノの前に来て、ようやく杉島は落合の手を離し、ピアノの蓋を開けた。落合を椅子に導き、座らせる。

落合の問いに、杉島は講堂の入り口をちらりと見た。高校生の羽柴が貴族のお付きの者よろしく、さっとバイオリンケースを置いて、身を隠した。

「バイオリンは」

幽霊の羽柴は、苦笑いが浮かんできた。完全に裏方で端役だった。

杉島はゆっくりと歩いてケースを拾い、なかからバイオリンを取り出した。

「Eの音をくれないか」

落合が、鍵盤でミを鳴らした。

それを聞きながら、調弦をしつつ杉島は落合の許へと戻っていった。

「おまえはどこぞの国の王子様か」

つい幽霊の羽柴は突っ込んでしまったが、もちろん杉島の耳には届かない。

調弦を終えて、杉島はピアノの脇に立った。

「譜面ないけど、なにを弾けばいいのかしら」

不安そうな声になっている落合に、杉島はあっさりと言った。

「なんでもいいよ。超絶技巧は無理だけど。できれば、クラシックよりポップスがいいかな。アドリブで適当に合わせるから」

「ヒットしている曲とか、あまり知らないけど」

「だったら、オリジナルとかないの。自分で作曲したのとか」

「あるにはあるけど……」

落合は鍵盤に置いていた手を引っ込めた。

「こっちも下手なバイオリン弾こうとしてるんだから、恥ずかしいのはお互い様さ。でも、やってみればきっと愉しい。キーは何?」

落合は手を鍵盤に戻した。

「だったら、Dで」

「わかった」

胸に手を当てて、落合は心のなかで唱えた。アノクタラサンミャクサンボダイ。深呼吸してから、落合は鍵盤に指を落とした。

モーツァルトに似た明るいメロディーが流れ出した。

数小節、ピアノに耳をそばだててから、杉島はバイオリンの弦を鳴らした。

杉島はうまく曲調を掴んで、徐々に音数を増やしていった。華やかさに哀愁が忍び込んでいく。基礎が出来ている人間は違うと、たしか高校生のときも感じたことを幽霊の羽柴はしみじみ感じた。

この曲に俺が詞をつけたのだ。落合の書いたメロディーラインだけでなく、杉島の弾いたバイオリンを思い出し、期待と不安の交錯する詞を書いた。幽霊の羽柴は、そっと歌詞を口ずさんだ。文化祭で歌ったのは、俺ではないけれど。

いま聴いても、詞と曲の雰囲気はうまく調和していた。落合は、俺以上に日当たりのいい場所を歩いてきた人間だ。同じ施設でボランティアをしていたからといって、木村とはまったく匂いが違う。入居するお年寄りの好きな曲という縛りがあったから、ふたりで演奏することもできただけで、音楽の趣味だってほぼ被らないはずだ。その他については、火星人と金星人くらい、あるいはM78星雲人と白鳥座星人くらい互いに理解できなかったのではないか。木村が心を開くのは難しかったのはわかる。

曲が終わった。

講堂の入り口から、拍手が聞こえてきた。間抜けのふたりは拍手しながら、ピアノへと寄ってきた。

不審そうな顔になって、落合は問いかけてきた。

「羽柴くんと木村くん。どうして、ここにいるの」

あとは従者に任せたとばかりに、杉島はピアノから離れた。

「俺たちが軽音に所属してて、ふたりでギター弾いてるのは知ってる」

ふたりの演奏を聴いて興奮したのか、高校生の羽柴はやや鼻息荒く切り出した。

「なんとなく、だけど」

「文化祭でステージに立つとき、アコースティックギターだけだと貧乏臭いって木村が言い出して、杉島に入ってもらった。そうしたら今度は杉島が、ピアノが欲しいと言い出したんだ」

木村も興奮していたのかもしれない。

「ピアノといえば、この高校には落合しかいない」

木村なりに声を張り上げたが、落合は身を固くしてしまった。

間抜けふたりの間抜けな交渉に呆れたのか、杉島がまた口を開いた。

「いまの演奏、愉しかった。曲もよかった。一緒にやろう」

杉島は握手を求めて、手を差し出した。

惹き込まれたように落合は椅子を立ち、おずおずと杉島の手を握った。落合のかけている眼鏡のレンズが、講堂に差し込む光を反射してきらりと光った。

「じゃ、やります」

杉島は軽く頷いて、間抜けたちを見た。

「だってさ」

「ありがとう、落合。きっといいバンドになるよ」

杉島から離れた落合の手を、高校生の羽柴が握って強く振った。そのあと、木村も落合と握手した。

杉島に便乗して女子の手を握ったというより、嬉しさのあまりついやってしまったのだろうが、落合からしたら迷惑なことだったろう。正直言えば、幽霊の羽柴も握手したいところだった。落合が入ったことによって、バンドから貧乏臭さは完全に消し去られたことを知っていたから。

過去に経験した場面を眺めていただけだが、ほっとしたのか幽霊の羽柴は疲れを覚えてピアノの椅子に腰を下ろした。

また、意識が遠のいていった。

尻裏の冷たさで、羽柴は意識を取り戻した。

まず目に入ったのは蛍光灯だった。

やけに天井が近いな。

さすがに三度目となると、そう思えるくらいには幽霊の羽柴は冷静だった。

押さえたトーンで会話する女子たちの声と、なにか作業しているらしい音が耳に響いてきた。

ぶらぶらと足が浮いていることに気づき視線を落とした羽柴は、ステンレス製の大きな作業台に腰かけていることを知った。作業台には、水道の蛇口と流し台もあった。

顔を横へ向けて声のする方向を見ると、十人ばかりの女子がエプロンと三角巾を着けて調理に勤しんでいる。

家庭科室だった。

用のない羽柴は、ほとんど足を踏み入れたことがない。校舎のなかでも、女子トイレと女子更衣室の次に縁のない場所だった。

授業中にしては先生の姿が見当たらないし、教室内にいる女子の数も少ない。ということは、部活中だ。羽柴は鼻をひくつかせた。幽霊ならば視覚情報は得られても、あとの五感は閉じて描写されることが多い。だが羽柴は聴覚があるし、人間には触れられないが、物に対しては触覚もある。さらに嗅覚もあって、食材の匂いに誘われた。完全な幽霊ではないのかもしれない。ではなんなのか。いい匂いで鼻孔を満たしながら、自分が準幽霊またはは半幽霊とでも呼ぶべき、中途半端な上にも中途半端な存在に思えてきた。

作業台から高校生のようにひょいと床に着地して、羽柴は女子たちに近づいた。

羽柴は女子たちをすり抜けて、コンロに掛けられた鍋のなかを覗いた。

湯気の下で艶のある褐色の液体が軽く沸騰していた。贅沢なことに、献立はビーフシチューだった。

旨そうだ。よだれが出そうなほどに強くそう感じたが、涎は垂れず、腹も鳴らなかった。幽霊もどきだから、食欲まではないのかもしれない。脳は食べたがっているが、胃は食べたがっていない。満腹感も、空腹感もない。そういえば、喉も乾かないし、トイレに行きたいとも思わない。

食欲問題はともかく、と羽柴は思った。

なぜ俺は家庭科室なんかにいるのだろう。自分はもちろん、木村や杉島とも無縁だし、落合も料理研究部の類に入っていたりはしなかった。入っていたら、文化祭は食堂営業で忙しすぎてバンドをやったりはできない。

「おっ、いい匂い」

野太い男子の声に、女子たちの顔が動いた。羽柴もそちらに顔を向けた。

少しだけ開かれたドアの隙間から、角刈り頭の顔が覗いていた。

同じクラスの江藤だった。

なるほど。江藤がいたのか。部活は違うが、江藤なら料理研究とは無関係ではない。羽柴は納得した。

「あっ、いいところに来た。江藤くん、キャベツの千切りをお願い」

「おっす」

部長らしい女子に声をかけられ、江藤は慣れた様子で家庭科室に入ってきた。柔道着を着ていた。

「部活はいいの？」

「今日は顧問の都合で、早仕舞いなんで」

女子のひとりがビーフシチューを小鉢に盛って、江藤に差し出す。遠慮なく口をつけた江藤は、軽く頷いた。部長が真剣な顔で、江藤の感想を待っている。

「家庭の味としては、十分合格。デミグラスソースの味が少し薄いけど、そこをクリアされたら、うちが潰れちゃいますから」

部長とのやりとりを見ている限り、江藤は頻繁に家庭科室に出入りしているようだった。教室では女子と積極的に話す姿を見た覚えがないが、ここではごく自然に親しく会話をしていることに、幽霊の羽柴は少し不快感を持った。なんだ、江藤にはこんな秘密の場所があったのか。俺と同じ、女子には無縁のやつだと思っていたのに。

江藤は手を洗ってから、包丁を受け取ると、見事な手つきでキャベツを刻み始めた。目の前で展開されたのは、熟練の技だった。ミスター・スローハンド。そんな言葉が浮かんだ。世界三大ギタリストのひとりの速弾きが速すぎて、逆に止まって見えることからついた愛称だ。江藤にも、献呈したい。速弾きならぬ、16ビートの速切り。しかも刻まれた千切りは、美しく薄い。

羽柴は見惚れた。

あの日のように。そうか、今日があの日なのだ。

包丁がまな板を叩くリズミカルな音は、開いたままのドアから廊下にも流れ出た。

「おっ、いい音。いい匂い」

ドアの前で立ち止まって声を上げたのは、高校生の羽柴だった。家庭科室には無縁でも、前の廊下くらいは通りかかる。手には、ギターケースを持っている。

「ああ、羽柴か。どうだ、俺の腕前は」

「見事だね。見てるだけで、腹が鳴る最高のリズムだ。柔道部にしておくのは勿体ない」

「おいおい、これでも黒帯だぞ。それに柔道も、案外、リズムが大切なんだ」

「味見したいなあ」

羽柴の願いは、部長にぴしゃりと撥ねつけられた。

「食べるだけで、つくらない男子にあげる料理はご用意しておりません」

キャベツを刻み終えた江藤が、包丁を丁寧に拭いてから返して羽柴のほうへ歩いてきた。

同じクラスというだけでなく、江藤はフォークソング好きで、漫画もスポ根モノと料理対決モノを中心に詳しい。硬派な運動部所属でありながら軟弱な文化部所属の羽柴と教室ではよく話をする仲だったが、家庭科室での姿は教室でよりずっと頼もしく輝いていた。もしかしたら、柔道場で見る以上かもしれなかった。

部員の女子たちに手を振ると、江藤は羽柴と並んで廊下を進んだ。幽霊の羽柴もうしろをついていった。

「楽器ができるって、いいな。憧れる。ギター、弾けるようになりたいよ」

「やればいいじゃん。江藤は練習熱心だから、すぐ上達するさ」

「時間がないよ。柔道と家の手伝いで手一杯だ」

「勉強は」

「時間があっても、やる気が起きない。キャベツ刻んでるほうが向いてるんだ」

「俺も教科書読むより、余白にパラパラ漫画描くほうが向いてるんだ」

階段で上と下に別れかけたところで、江藤が不思議そうな顔をした。

「旧校舎で木村と練習じゃないのか」

「ああ、音楽室を借りられるようになったんだ。落合のおかげで」

そう聞いて、江藤は少し驚いたようだった。

「落合って、うちのクラスの落合のことか、ピアノがうまい」

「うん、バンドに誘ったら、入ってくれたんだ。音楽教師お気に入りの落合が話をつけてくれて、音楽室が使えるようになった。杉島がバイオリンを弾くのも、音楽の先生のお気に召したらしい」

「杉島もバンドに入ったんだ。バイオリンとは、あいつ、お坊ちゃんなんだな」

「家は地主だ。でも父親はおっかないらしい。よかったら、練習を見ていくか」

「いいのか。柔道着だけど」

「落合が鼻摘まむかもな」

「だったら、着替えてくる」

「冗談だよ。クラシックのコンサートじゃないんだ。ドレスコードはない」

階段を降りかけていた江藤の足が、音楽室へ向かおうとする羽柴と並んだ。幽霊の羽柴の顔がニヤついた。江藤は、音楽に憧れがあって、ピアノが弾ける落合のことも憧れていたんだな。ありがちな青春だが、そこがいい。

音楽と格闘技&料理。ジャンルは違うが、ふたりともわかりやすい得意分野がある。ひとつのことに打ち込んでいる人間は、まったく別のものであっても同じように打ち込んでいる人間を認めるし、惹かれる。幽霊の羽柴は、漫画の連載が始まって必死でペンを走らせるようになり、そのことを実感していた。木村流の分類でいけば、ふたりとも俺と同じ日当たりのいい場所を歩く人間だから、相性もよかったはずだ。

惜しいかな、江藤は健康優良児だったが二枚目ではなかった。人柄も良すぎて、異性を惹きつける翳など見当たらなかった。それに江藤は音楽に興味を持っていたが、落合は格闘技は仕方ないにしても、料理にも高校の時点では興味はなさそうだった。

音楽室には、すでに他の三人が集合していた。

「見学者を連れてきた」

「失礼します」

体育会系らしくお辞儀をしてから、江藤は羽柴と一緒に音楽室に入った。

「変わった観客だけど、だれかに聴かせるほうが演奏に気合が入るかもな」

木村が木村なりに、歓迎の意を表した。

「なんだか、恥ずかしいけど」

すでに落合はピアノの前に座っていた。

「全校生徒の前で弾いてる人間が、いまさらなにを言うんだか」

羽柴はギターをケースから取り出しながら、江藤を軽く小突いた。

「江藤は、落合のピアノのファンなんだ。だから始業式と終業式にはいつも、全力で校歌を歌ってるんだぞ」

「俺はもともと、地声がでかいんだよ」

江藤は照れながら、落合に軽く頭を下げた。落合も頭を下げ返した。

杉島が弓を弦に当てた。

「俺は準備できてるぞ」

羽柴は慌ててチューニングをした。

幽霊の羽柴は、江藤と並んでバンドの前に立った。

「いつもの順でやっていくからな」

木村の言葉に、全員が姿勢を正した。

まず、羽柴と木村のギターのアルペジオ。そこに落合のピアノが加わり、杉島のバイオリンが鳴りだす。

「かっこいいじゃんか」

江藤が唸った。

おいおい、それほどでもないよ。とくに俺のギターは滑らかさに欠けている。他の音がうまく消してくれているけど。隣で幽霊の羽柴は苦笑した。

バイオリンが止み、羽柴のボーカルが歌い出す。木村のハーモニーがつけられる。

江藤の両手は、自分の膝を叩いて細かくリズムを取っていた。包丁で鍛えた手首のスナップが効いているのか、見ていて指先の跳ね方が気持ちいい。

ひとりとはいえ観客がいるせいか、バンドの演奏にも熱が入っていた。羽柴の歌声は明らかに、江藤に向けられている。木村も江藤を見ながら、ギターをかき鳴らしていた。

自分のために演奏してくれていると江藤も感じているのか、リズムを取る手の動きが激しくなり、幽霊の羽柴の耳には膝がパンパンと鳴る音が聞こえた。柔道着の下衣は薄い。あとで赤く腫れるに違いない。

演奏が終わった。

江藤は激しく拍手していた。

「よかった、すごくいい。音楽のことはよくわかんないけど、フォークでもないし、クラシックでもないし、なんか新しくて洒落てる」

高校生の羽柴が胸を張ってみせた。

「だろう。俺の歌以外は、結構いいんだよ」

「自覚はあるんだな」

木村がぼそりと言った。杉島が口許を歪めて、ちいさく笑う。反目していたはずのふたりだが、バンドを組んでみると意見が合うようだった。

「まあ、羽柴のせいだけじゃない。演奏にまだノリがないんだ」

「わたしのピアノが、真面目すぎる気がする」

落合の言葉に、江藤は激しく首を振った。

「いや、いかしたピアノだった。校歌の演奏より、ずっといい音が鳴ってた」

「あれはただの伴奏だから」

「俺のバイオリンが入れば、落合は校歌でもいいピアノを弾く」

「……そうかもしれないな」

杉島の言葉を聞いて、江藤は少し悔しそうだった。

「俺も楽器ができたらなあ」

木村が、嘆息する江藤をじっと見た。

「いま、演奏してたじゃないか」

「えっ、聴き惚れてただけだけど」

「膝を打ってたじゃないか。膝だって、立派な楽器だ。しかも悪くない演奏だったぞ」

杉島がごく自然に同意した。

「たしかに。いまの演奏がまずまずよかったのは、江藤の取るリズムに乗せられたところもある」

「俺の膝が、楽器なのか。ずいぶん安上がりで、見栄えのしない楽器だ」

江藤は自分の膝をさすった。

「もっと見栄えのする楽器も、江藤ならできる気がする。ちょっと、つきあえ」

木村はギターを置くと江藤を促して、ふたりで隣接する音楽準備室に消えた。

幽霊の羽柴は唸った。こうやって、バンドのメンバーを増やしていったんだ。これもまた青春じゃないか。

しばらくして、音楽準備室からそれぞれ大きなものを抱えて、ふたりが出てきた。

コンガだった。

ピアノの脇にコンガが置かれた。

「自分流でいいから、さっきの膝の調子で叩いてみろ」

木村に言われ、江藤は恐る恐るコンガを叩いた。

ポコポコ、とコンガは剽軽な音を立てた。江藤は胸叩きのやり方がわからずに戸惑う若いゴリラのように、途方に暮れた顔つきになった。

「叩き方が、わからない」

「いい音出そうとしなくていい。おい、羽柴、ギターで適当にストロークを鳴らせ」

木村の意図を解して、羽柴は彼なりにブルースの循環コードをロック調のストロークで弾き出した。

「江藤、合わせて叩いてみろ」

「おう」

柔道の試合に臨むときのような気合いを入れて、江藤はコンガを叩きだした。

最初は戸惑っていた江藤だが、すぐに羽柴のリズムに合わせてきた。アイコンタクトで、羽柴がいい感じであると伝えると、コンガの音は高鳴った。落合のピアノがおずおずと入ってきた。江藤の顔が嬉しそうに綻び、コンガの鳴りが一段とよくなった。杉島もバイオリンのスタッカートから加わってきた。腕組みしていた木村が、我慢できなくなったように最後にギターでリードを弾き出した。

できることなら高校生の羽柴からギターを奪い取って、自分も演奏に加わりたいと幽霊の羽柴は歯噛みした。

木村が大きくギターのボディを掲げて、アドリブ演奏を締めた。

悪くなかった。いや、よかった。全員の顔から充実感が溢れて音楽室を満たしていた。

壁のバッハやベートーベンの肖像画も笑っているようだった。

はだけた柔道着の前から覗く江藤の胸には、汗が光っていた。

「うひゃー、気持ちいい。最高だ。一本背負いがきれいに決まったときみたいだ」

木村が江藤の肩を叩いた。

「うちのバンドのメンバーになるか」

「いいのか」

羽柴がうなずき、杉島がうなずき、最後に落合がこっくりとうなずいた。

「うっす。よろしくお願いしますっ」

江藤は体育会系らしく、大声で答えた。

その大声が幽霊の羽柴の耳には、リバーブが掛かって谺してきた。ふらつきながら、幽霊の羽柴は近くにあった椅子に腰かけた。

あと、ひとりか。

早く、その場所に行きたい。いや、そこはまだゴールではないし、むしろ高校生の俺にとってはスタート地点だったのだ。

もはや馴染みになった、意識が遠のく感覚がやってきた。

「月日は百代の過客にして、行きかふ年もまた旅人なり」

意識を取り戻しながら、聞こえてきた台詞に幽霊の羽柴は反応した。ということは、俺もまたいまは旅人なのだな。空間ではなく、時間を旅している。しかも移動のたびに居眠りして観光スポットだけを効率よく眺めているようなものだ。苦労して東北を訪ね歩いた松尾芭蕉とは、だいぶ違う。

幽霊の羽柴は、教室で授業を受けていた。前後左右には、黒板の前に立つ教師に顔を向ける高校生たちがいる。ずらりと並んだ机のひとつに肘を突き、やや窮屈な椅子に座っているが、だれかと重なったりはしていない。どうやら、休みの生徒の机を間借りしているようだった。

「おい、羽柴」

いきなり指名されて、幽霊の羽柴は慌てて立ち上がった。

「はい」

返事も大きな声でしたが、古文の教師はべつの方角を見ていた。その視線を追っていくと、机に突っ伏してまさに居眠りをしている高校生の羽柴がいた。

そうか、指されたのは俺ではなく、あいつか。

当然のことに気づいて座りかけたが、高校生の羽柴を隣から揺する女子の姿に目が釘付けになった。

高校生の鮎川だった。

幽霊の羽柴の心臓が、ドクンと鳴った。本当は、もう止まっているのかもしれないくせに。

ピンでとめたストレートの長い髪。利発そうだが、冷徹にも見える切れ長の瞳。細く尖った顎。淡いブルーのボタンダウンシャツに、紺のベストを着ている。鮎川は女子らしい小物を身に付けたりしないし、派手な色や柄の服を着ていることもなかった。それでも羽柴の目には、高校生のときも幽霊になったいまも、鮎川は早春の陽射しを浴びているように鮮やかに煌めいていた。

強く揺すられて、ようやく高校生の羽柴は目を覚ました。鮎川になにか囁かれて、よろめきながら椅子を蹴るように立ち上がった。

「松尾芭蕉の句をひとつでいい、言ってみろ」

「えーと、ですね」

しっかりしろ。古池や、くらいは知ってるだろ。幽霊の羽柴は歯がゆくなった。

「あっ、そうだ。やせ蛙、まけるな一茶、これにあり」

教師は苦笑しながら、首をひねった。

「惜しい。いや、惜しくない。それは小林一茶だろ。まけるな芭蕉、とは言ってない。だが、おまえの頭のなかで起こったことはわかった。蛙で、間違った方向に繋がってしまったんだな。座れ。ここから先は起きていろよ」

「すみませんでした」

高校生の羽柴は席に着いたが、幽霊の羽柴は立ったまま教室を見渡した。木村は呆れ顔をしていた。一番うしろの席で江藤が笑っていた。しばらくして、真面目に教科書に向き合っている落合を見つけた。いくら探しても、杉島の姿がなかった。そのうちに幽霊の羽柴は気づいた。そうか、杉島はさぼって雀荘にいるのだ。かわりに俺が、杉島の席にいる。みんなには見えないが。

幽霊の羽柴も席に着き、大胆に黒板に背を向けて、高校生の羽柴と鮎川を眺めた。たまたま隣同士の席に座っているが、どう見てもお似合いではなかった。俺の描いたラブコメでは、冴えない男子がクラス一の美人に恋をして、最後はめでたくハッピーエンドを迎えていたが、現実にはそんなことは滅多に起こらない。都市伝説に過ぎない。俺と鮎川にも、もちろん起こらなかった。目立つことをやんわりと拒否しているような鮎川だから、ぱっと見はクラス一の美人ではなかった。愚かな男子どもはべつのもっとわかりやすい女子に目を向けていた。決して取っつきにくいわけではないが、鮎川からは他人と一定の距離を保とうとする薄いバリアのようなものが出ていた。成績も優秀だった。

生徒会長でも運動部のレギュラーでもない冴えない一般男子には、恋愛対象とするには遠すぎる存在だったともいえる。

なのに、高校生の俺は好きになってしまった。幽霊の羽柴は、いまでもはっきりと覚えていた。入学式の朝、教室で何人かずつの輪を作っている他のみんなから離れ、ひとり毅然と窓際の席に座っていた鮎川を見た途端、恋に落ちてしまったのだ。

中学生のときにも、好きになった女子はいた。何人もいた。だれにも相手にされなかったが、だれのことも本気で好きになったわけではなかった。冴えない男子なりに、あるいは冴えない男子だからこそ、恋に恋していたのだ。

鮎川への想いは違った。日々、ゆっくりと募っていった。同じクラスだとはいえ、話す機会はそれほどなかった。遠くからちらちらと見ている日が続いた。ある日、授業中に教科書の端に描きだしたパラパラ漫画が途中で止められなくなり、休み時間になってもつづきを描いて完成させ、出来栄えに満足してページをめくっていると鮎川が寄ってきた。

「わたしにも見せて」

あのときの、驚きと喜び。突然過ぎて言葉が出てこなかった俺は、恐る恐る黙って教科書を手渡した。

描いたのは、嫌いな教師の似顔絵が徐々に変化して鬼になり、また変化して別の嫌いな教師になり、また変化して今度は天狗になり、また変化してまた別の嫌いな教師になり、最後は髑髏になってしまう絵だった。

渡した教科書をパラパラとめくっていった鮎川は、笑うよりも感心してくれた。

「うまい。よく特徴を掴んでる」

教科書を机に置くと、着ていたジャケットのポケットから一冊の文庫本を差し出してきたのだった。アメリカのビートニク詩人が書いた、タイトルそのままにロード小説とでも呼ぶべき一冊だった。読書は漫画中心だった当時の俺は、もちろんどんな本なのか知る由もなかった。

「これになにか描いて」

そう言うと、鮎川は教室を出ていってしまった。

鮎川と親しくなる千載一遇のチャンスだった。どんなパラパラ漫画を描くべきか。もともと真面目に授業を受けていたわけではないが、そのあとの授業にはまったく身が入らなかった。ただし、ノートにはペンが走った。浮かんだアイディアの試作で、すぐにページは埋まっていった。

その夜は、半徹夜でパラパラ漫画を描いた。ついでに渡された文庫本の飛ばし読みもした。ぶっ飛んでいる旅の本だと思った。まず教科書には載りそうもない。成績優秀のくせにこんな本を読んでいる鮎川が、ますます魅力的に思えてきた。だからパラパラ漫画の主人公にも、旅をさせることにした。

まずは鮎川の似顔絵を描いた。主人公は、もちろん鮎川だからだ。美化はしなかった。むしろ戯画化した。そんなタッチの教師の絵を見て感心してくれたのだから。美人に描かれて、鮎川が喜ぶ気もしなかった。

顔だけの鮎川をちいさくしながら、全身を描いて、歩かせる。

バス停でバスに乗ると、バスは何ページも使って文庫本の余白を一周する。景色も描きこんだ。

終点でバスを降り、食堂に入る。店主とおばさんの顔は、教師にしておいた。カツカレーを食べる。お腹をさすり、お金を払う。さてと地図を眺めていると、ひとりの青年がやってくる。自分に似せて描きたかったが、堪えて顔のアップはなしにする。ふたりは一緒に歩きだす。

ふたりは一日行動をともにするが、夕方になり青年は家へと帰っていく。鮎川はまたバスに乗り込み、次の土地へ向かう。

そんな内容だったはずだ。

翌朝、白眼に充血した赤い筋を浮かべて高校に向かい、文庫本を鮎川に返した。

鮎川はその場では、文庫本をめくらなかった。すぐに感想が欲しかったので、肩透かしを食らった気分だった。

昼休み、鮎川は文庫本を片手に教室を出ていった。

午後の授業が始まる寸前に戻ってきた鮎川は、さらりと言った。

「感心じゃなくて、感動した」

もしかしたらあのとき、俺は将来漫画家になろうと決意したのかもしれない。

それから、鮎川とはときどき会話を交わすようになった。だからといって、ふたりの間になにか大きな進展があったわけではない。高校生の俺には度胸がなかった。才覚もなかった。経験もなかった。たぶん、鮎川よりずっと子どもだった。背伸びしてあの文庫本は読んだが、伝わったのは「なんでもあり」ということだけだった。

幽霊の羽柴が長い回想に耽っているうちに、授業は終わった。

学級委員が教室の前に出てきて、今日は担任が外出しているのでショートホームルームはありませんと告げた。みんなは帰り支度を始めたり、部活に出る準備に取り掛かった。

部活をしていない鮎川は、さっと教室を出ていった。

かわりに木村が高校生の羽柴に寄ってきた。

「うまく口説けよ」

「ああ、わかってる」

授業中の眠気が吹き飛んだように、羽柴は表情を引き締めた。

まるで告白でもするかのような緊張感を抱えて、羽柴は教室をあとにした。幽霊の羽柴もついていく。

そうだよな、次はこの場面だ。

幽霊の羽柴は五十過ぎた人間あるいは幽霊らしくもなく、胸をときめかせた。

せっかく新しいメンバーを迎えたのだから、いままでの羽柴と木村のレパートリーだけでなく、落合の曲もやろうという話になった。それまで曲は木村、詞は羽柴が担当していたので、その曲も羽柴が詞をつけることになった。

クラシックの素養がある女子がつくったせいか、歌唱力のある正統派アイドルが歌いそうなメロディーだった。羽柴の詞も、自然と女性一人称のものになった。杉島の弾いたバイオリンにもインスパイアされた詞は、直接ではないが羽柴の初恋が反映されたものになった。

自分でつけた詞だが、羽柴が歌ってみるとしっくりこなかった。落合は歌うことを頑なに拒絶した。

「女性ボーカルを入れようか」

羽柴の提案に、反対する者はなかった。だが、候補を持っている者もいなかった。

「羽柴が責任を持って連れてこいよ。ピアノが欲しいといった俺は、責任取って落合をリクルートしたんだから」

杉島の主張に他の者がうなずいた。

ふたりになってから、木村が訊ねてきた。

「当てはあるのか」

「歌わせたいひとはいる。歌がうまいか知らないけど、歌詞に合ってる気がするし、バンドの顔にもなると思う」

木村にはそう答えた羽柴だが、最初は無意識に、途中で自覚してからは意識的に鮎川を思い描いて歌詞を書いたのだから、合っているのは当然だった。詞の内容は、パラパラ漫画をロマンチックに仕立て直したものだった。旅する少女の物語だ。

「もしかして、鮎川のことか」

正解を口にされて、羽柴は狼狽えた。手にしていたギターケースを落としかけた。木村は決して人間関係の機微に敏い人間ではない。そんな木村に見抜かれてしまうほど、自分は恋心を垂れ流していたのだろうか。それとも、木村も鮎川に想いを寄せているのか。

「……まあ、そういうことになるかな」

「歌声次第だけど、いいんじゃないか。ただ鮎川がうんと言うかな。バンドなんて面倒臭いと思われそうだ」

木村の指摘は、羽柴が心配していることでもあった。部活もしていないし、特定のグループにも所属していない鮎川は、濃い関係を嫌っているように見えた。羽柴がずっと鮎川に対して及び腰で踏み込めずにきた理由の、ひとつでもあった。

幽霊の羽柴が思い出し笑いをしているうちに、高校生の羽柴は鮎川に追いついていた。

「待ってくれ。ちょっと話があるんだ」

口説くといっても、つきあってくださいと告白するわけではない。バンドに誘うのだ。ハードルは低い。断られても、痛手もちいさくて済む。

高校生の羽柴は、そう自分に言い聞かせていた。

校舎の出入り口近く、付近は上履きから外履きに履き替えようとする者たちが放つ放課後の解放感でざわついていた。話をするのに、ふさわしい場所とは言えなかった。

「羽柴くんが、わたしに」

探るような目つきが警戒心を露わにする前に、慌てて羽柴は答えた。

「うん。突然だけど、あの、お願いがある」

杉島のようにはいかないな。幽霊の羽柴は苦笑した。天性の技術がないなら、誠意だろ。

「バンドで歌ってくれないか」

前振り一切なしで、羽柴は切り出した。声は上ずっていたが、気持ちだけは鼻血が吹き出しそうに込めた。

「バンドって、木村くんとやっているバンドのこと」

「そうだ。文化祭のステージに向けて、いまは木村だけじゃなく、杉島と落合と江藤にも入ってもらってるんだ」

「不思議な組み合わせね」

「ギター二本とバイオリン、ピアノにコンガ。変な編成かもしれないけど、いい感じの音が出てる」

「楽器じゃなくて、その五人が一緒にやっているって、少し不思議な感じがする」

「言われれば、そうかもしれない。確かに寄せ集めだ」

鮎川は無下に断りはせず、会話を続けてくれた。

さらに羽柴が言葉を継ごうとしたとき、ふざけて走ってきた男子たちが鮎川に肩をぶつけていった。軽くよろめいた鮎川の腕を掴んで支えた羽柴だが、柔らかい感触に慌てて手を離した。

幽霊の羽柴はため息を吐いた。神様がくれた偶然をもう少し大切に味わえよ。杉島みたいになんのためらいもなく、女子の手を握れる人間ではないんだから。

とはいえ、幽霊には過去を変える方法はなく、どんなに地団駄を踏んでも過去に起こった出来事をなぞることしかできない。

「場所を変えない」

鮎川の提案に、羽柴はようやく周囲のせわしなさに気づいた。

「そうだな。ここは、落ち着いて話をするところじゃないよな」

「地下の売店は、どう」

「ああ、いいね。放課後なら空いてるし」

ふたりは地下へと続く階段を降りた。幽霊の羽柴も、完全に鮎川にリードされている高校生の自分の腑甲斐なさにがっかりしながらついていった。

昼休みはパンなどを購入する生徒たちで混雑している売店だが、放課後のいまはいくつも用意されたテーブルのほとんどに人の姿はなかった。

鮎川は隅のテーブルの椅子に腰を下ろした。

対面に座りかけて羽柴は動きを止め、そのままの姿勢で訊ねた。

「なにか、奢らせてもらうけど」

幽霊の羽柴は、高校生の羽柴の言葉に満足して、よろしいとうなずいた。

「だったら、オレンジジュース」

「わかった」

羽柴は自販機に走り、オレンジジュースをふたつ購入した。

紙パックのオレンジジュースを手渡すと、すぐに鮎川はストローを刺してひと口飲んだ。

もしかしたら、鮎川もそれなりに緊張しているのかもしれない。そう思ったのは、幽霊のほうの羽柴だった。高校生の羽柴にはそんな観察をする余裕はなく、ストローをうまく差し口に入れられずに苦労していた。

喉を潤した鮎川は、まっすぐに羽柴を見た。

「なんで、わたしなの。歌、聴いたことないでしょ」

もっともな疑問だった。

好きだから。とは、答えられない。

ようやく刺さったストローから、羽柴はオレンジジュースを口に含んだ。そのあいだに、用意していた台詞を思い出した。

「落合の書いた曲に、ぼくが詞をつけたら、女子の一人称の歌になった。ぼくや木村が歌っても、様にならない。女子に歌ってほしいと思ったとき、鮎川が歌っている絵が浮かんだ」

羽柴はズボンのポケットを探って、折り畳んだノートの切れ端をテーブルの上に広げた。スタンドマイクの前で歌っている、鮎川が描かれていた。あえてポーズは取らせずに棒立ちに近い姿勢で、笑顔ではなくときおり教室で見せている少し投げやりな表情にした。絵を覗き込んだ幽霊の羽柴は、この頃から画力があったんだなと感心した。いや、デッサンはおかしいが、線に熱がある。

鮎川は黙って、絵を見ていた。

羽柴は落ち着かなくなって、腰をもぞもぞさせた。

「文化祭でやるんだっけ」

鮎川は、なにか考えている様子に見えた。

「うん。講堂でやる。たぶん、結構なひとが集まる。五曲ぐらいやるつもりだ。他の曲でもコーラスとかつけてくれるとめちゃくちゃ嬉しいけど、落合とぼくでつくった一曲だけ歌ってくれるだけでもいい」

鮎川はノートの切れ端を手に取り、上野の美術館で名画でも鑑賞しているみたいにさらにじっくりと絵を眺めた。

「……まだ曲聴いてないのに、なんだかイメージが湧いてきた」

そう聞いて、羽柴は喜びでからだに力が入ってしまった。手にしていた紙パックを握り締め、ストローからジュースが飛び出して、羽柴の顔を直撃した。

「うわっ、冷たい」

腕で拭おうとすると、鮎川がハンカチを差し出してくれた。その顔が綻んでいた。

「わたし、歌、そんなにうまくないよ」

「いいんだ。鮎川らしく歌ってくれれば」

「練習、いつから」

「よければ、いまから。みんな、音楽室で待ってる」

「杉島くん、休みだったけど」

「授業はさぼっても、練習には来てる。江藤も部活を抜け出してくる。柔道着のままだけど」

残りのオレンジジュースを飲み干し、羽柴は腰を上げた。

「行こう」

羽柴は鮎川に手を伸ばしかけて、やめてしまった。

まあ、いいんじゃないか。幽霊の羽柴は寛大な気持ちになって音楽室へ向かおうとしたが、足が重くなってきた。なんだ、全員揃っての練習風景は見られないのか。

階段を上がっていくふたりを見送り、さっきまで高校生の羽柴が座っていた椅子に腰を下ろし、意識が遠のくのを待った。

羽柴以外の4人　文化祭直前

馴染みのある硬質な感触を、指先が愉しんでいた。

親指のはらが探った情報に、脳がリャンピンと反応した。漢字にすれば二筒だ。完璧な盲牌ができるわけではないが、簡単な牌なら目で見る前に自然とわかる。だからどうしたと言えば、どうでもいいことだ。

それより、俺はどうなってしまったのか。

手のなかの牌を見てはいない杉島の目は、緑色を背景に捨牌が並ぶ場に注がれていた。

まだ手の揃っているやつは、いないようだ。

反射的にそう思いながら顔を上げた杉島誠一は、目の前といっていい距離しか挟まずに、自分の顔があることを認めて狼狽えた。

いつの間にか俺は俺と面と向かい合っている。しかも、こいつは俺には違いないがいまの俺じゃない。

顔は若く、轆轤を挽きたての器のように生硬だった。

いまの俺の顔に至るまでには、これが人為的に歪められ、肉付けがされ、文様が施され、さらに年月のなかで罅や欠けや色落ちが起きたわけだ。亡くなろうとしてる父との再会を経験したせいか、驚きはすぐに消えて、杉島は感慨に耽りかけた。

「表情から配牌を読み取ろうとでもしてるんですか。早く、牌を切ってくださいよ」

若い自分に指摘されて、杉島は指先で握っているのが麻雀牌なのだと改めて認識した。

「ちょっと、待ってくれ」

杉島は素早く周囲に視線をやり、無意識にはわかっていた自分の置かれている状況を、きちんと把握しようとした。

杉島は対面には若い自分、左右にはその友人らしい二人で麻雀卓を囲んでいた。煙草の匂いが充満した空間のなかには、いくつもテーブルが置かれ、四方に座った人間が頭を突き合わせている。場所は雀荘だ。

自分の配牌をさっと確認して、場にももう一度目を走らせてから、杉島は直感で一枚を選んで捨てた。最近はやる機会も減ったが、何十年も打ってきた杉島だ。一瞬にして自分の配牌を読み、どれを切るべきかを判断できる。

配牌は、よくも悪くもなかった。

自分の手と突き合わせて三人の捨て牌をしっかり点検しながら、杉島はさらに状況を理解した。目の前にいるのは、高校生の自分だ。高校をさぼって、よく雀荘に出入りしていた。面子が足りないときは、基本は店の人が席を埋めていたが、ときにはフリーでやってきた見知らぬ人間が加わることもあった。

俺はその立場で、高校生と卓を囲んでいるのだ。

山から牌を取り、切る。

突っ張っていたんだな。目の前で無表情をつくって牌をいじっている自分が、杉島はいじらしくなった。古臭い日めくりのような人生を消化している、父親の圧力が息苦しかった。その父親と曖昧な距離を取っている母親にも、不信感があった。家庭内の空気に鈍感なふりをして、うまく立ち回っている姉は苦手だった。

家族の延長で社会を捉えていたのか、高校生活を謳歌する気にもなれなかった。先輩後輩関係のある部活になど関わりたくなかったし、仲のいいふりをして足を引っ張り合うクラスの人間関係にも深入りしたくなかった。

自然、足は雀荘に向いた。

「ロン」

上がったのは、杉島だった。満貫。三人から不満が出ないように、安くもなく、高くもない上がりをつくろうとしたが、こうなってしまった。

麻雀は、運に左右されるところが大きい。配牌はまさに運任せだし、一対一の勝負ではないから、思惑も交差する。そこが魅力でもある。とはいえ、長い時間指していれば実力がものをいってくる。短時間でも、経験はものをいう。

「おじさん、プロじゃないの」

「遊び人だよね。こんな時間にいるし」

左右のふたりが、ため息代わりに言葉を投げた。壁の時計を見ると、午後の早い時間だった。

「きみたちだって、遊び人だ。授業中の時間だろ」

左隣の高校生が、両手で牌を混ぜだした。

「さ、やろうぜ」

勝ち過ぎないように気を遣いつつ杉島は打った。接待麻雀をしたことがない杉島には、難しい作業だった。半チャン二回が終わり、杉島は二万点ほど浮いてしまった。

「俺はもう行く」

高校生の杉島が立つと、あとのふたりが文句を言った。

「いまやめたら、おじさんのひとり勝ちじゃないか」

「おい、待てって。仲間を見捨てる気かよ」

冷たい返事が返される。

「いや、俺はトントンだし、おまえたちと仲間じゃないから」

ひとりが皮肉たっぷりに、もうひとりに告げた。

「音楽仲間のみなさんとの、バイオリンのお稽古のほうが愉しくなったんだってさ」

高校生の自分は足許からバッグとバイオリンケースを取り上げた。

そうか、いまは高校二年生の文化祭前なのか。杉島は嬉しくなり、自分も立ち上がった。

「ひとり減るなら、俺もここまでにしておく。払いは、雀荘代だけにおまけしといてやる」

雀荘の狭い階段を駆け下りながら、先を行く高校生の杉島を呼び止めた。

「バイオリン、やるんだ」

階段を降りきったところで、高校生の杉島は振り返った。

「それが、なにか」

そう問われると、杉島に言うべきほどのことはなかった。

「俺も昔、バイオリンをやってたんだ」

高校生の杉島は、じっと杉島を見た。

「さっきから思ってたけど、おじさん、俺に似てるよね」

杉島はちょっと躊躇ってから、訊ねた。

「将来、俺みたいなおじさんになるとしたら、悲しいか」

しばらく考えて、高校生の杉島は答えた。

「昼間から雀荘にいる人生を、いい歳になるまで続けてたら、おしまいでしょ」

杉島は満足した。

「いい答えだ。俺はそのことに本当に気づくのに、何十年もかかったけどな」

「じゃ、行くから」

高校生の杉島が早足で歩いていく。バンド仲間の待つ、音楽室へ。俺が見ていなければ、走りだしたいのかもしれない。

杉島は歩道のガードレールに腰を乗せた。意識が遠ざかっていく。

鼓膜が震えている。

最初に戻ってきたのは、聴覚だった。

鼓膜の振動が大きくなっていく。それもいつも聴き慣れている音たちより、速く激しく。鳴っているのは、聞き慣れたクラシック曲ではなく、ヒットチャートを賑わしていた懐かしいポップソングだった。

もちろん、落合真弓も何度も耳にしたことはあるが、曲名は思い出せなかった。どんな歌手あるいはバンドが歌っているのかも浮かんでこなかった。落合の家には立派なステレオがあったが、ターンテーブルに載るのは、ほとんどがピアノ曲のレコードだった。ポップスのアルバムは、落合が買うまでたぶん一枚もなかった。初めて買ったのは高校二年のときだ。ロックではなく、アイドルものでもなく、最新のヒット曲でもなくて、何年か前に流行った、ヒットチャートを賑わしたにしてはしっとりとしたものだった。

家のレコードは、ピアノ教師をしている母親が買い揃えたものだ。言わば趣味と実益を兼ねたコレクションだった。多忙な父親は、ステレオをいじっているところを見た記憶がない。

「大丈夫ですか」

そう問いかけられて、落合は目を開いた。

見上げた視線の先に、かかっている曲よりずっと懐かしい顔があった。なぜか、落合は驚かなかった。むしろ、異国で日本人に出会ったような安心感を覚えていた。

鏡のなかでしかまじまじと見たことのない顔を、落合は瞬きもせずに見詰めた。

あどけなさを十分すぎるほど残した、無垢と呼びたい顔だった。わたしは、こんなに素敵な顔をしていたんだ。男子の気を引く派手さはないし、色気にも欠けているけど、世界を肯定している人間の持つやさしさとほのかな母性が伝わってくる。

「あの、気分が悪いのなら、店員さん、呼びますけど」

戸惑う声に、落合はさっと腰を上げた。上げてから、いままで自分が段差になった床に座り込んでいたことを知った。

落合は、十代後半に見える自分に言い訳した。

「そうじゃないの。ちょっと疲れたなと思ったら、無意識に座っていたみたい。おばさんになるって、いやね」

「ならいいんですけど」

「ふだん、クラシックしか聴かないから、流れている騒がしい音楽に耳がびっくりしたのかもしれない」

「わかります。わたしもさっきから耳が少し痛いです」

耳に手を当てて塞いでみせる仕草が、落合の微笑みを誘った。

「あら、若いのに」

「高校生ですけど、わたしもいつもはクラシックばかり聴いてるので」

よく知っているわ、と応じてしまいそうになり、落合は口を噤んだ。まさか遠い未来の自分と話しているとは思ってもいないだろうが、クラシックしか聴かないという共通項に親しみを持ったのかもしれない。話を続けた。

「でも今日は、ニューミュージックのアルバムを買いに来たんです」

手にしていたレコードを、落合に示した。

見覚えのあるジャケットだった。いまでも探せば、家のレコード棚に収まっているかもしれない。

「ああ、そのレコードならわたしも知っているわ。弦とピアノの入った、しみじみとした歌心のある曲が入っているでしょう」

「あ、そうなんです。文化祭で、その曲を演奏するんです」

そうか。いまは、初めて自分の小遣いでレコードを買った日なんだ。ならば、心が弾んでいるはずだ。知ってはいるが、高校生の自分から訊いてみたくて落合は訊ねた。

「ひとりでやるの？」

「いいえ、バンドです。誘われちゃって。バンドといっても、アコースティックギターがふたりと、バイオリンとピアノ、それにコンガという、変わった編成です。あと、ボーカルの子も入りました」

バンドのメンバーは全員揃っている。文化祭がかなり近づいた時期になって、落合はレコードを買ったことを思い出した。演奏の参考のためというより、気持ちが高ぶって買わずにいられなくなったのだった。

「なんだか、愉しそうね」

「はい、バンドを始めてから、ピアノ弾くのが好きになって。いままでも好きだったんですけど、ほとんど独奏だったんです。みんなで音を合わせる面白さは、知らなかった。母はちょっと不満そうですけど」

クラシックピアノの練習時間が減っていることに、母親は文句を言ったが、珍しく落合は耳を貸さなかったのだった。

「お母様は、クラシックがお好きなのね」

「ピアノ教室をやっています」

そこで一度言葉を切り、高校生の落合は探るように落合の顔を見た。

「こんなこと言うと失礼かもしれないけど、顔立ちがおばさまと似てます。姉妹といっても不思議がられないくらい。ただ、おばさまほどおっとりとはしてませんけど」

おっとりしていると自分に指摘され、落合はあらためて波風なく生きてきたことを実感した。母が認知症になるまでのことだが。

そういえば、母に診察を受けさせることには成功したのだろうか。成功したら、その先の未来は変化しているのだろうか。わたしは再び高校生のわたしのように、世界を肯定できるだろうか。

一瞬、そのことが頭をよぎったが、それ以上気に留まることはなかった。

「文化祭、うまく演奏できるといいわね」

「はい、みんなでステージに立つところを想像すると、いまから緊張しますけど」

「大丈夫、きっとうまくいく」

落合は、高校生の落合の肩に手を置いた。余計な肉のついていない、気持ちいい硬さをした肩だった。

「ありがとうございます」

落合と高校生の落合は同時に眼鏡のフレームに手をかけてから、軽くお辞儀をして、高校生の落合はレジへと向かっていった。

落合の視線は、その背中から離れることができなかった。

レジで店員にレコードを渡し、なにか話しながら、支払いをする。なんでもない光景が、愛おしかった。

袋に入れたレコードを渡されて店を出ようとして、高校生の落合は振り返った。落合と目が合った。

高校生の落合は、もう一度軽くお辞儀をした。落合は、ちいさく手を振って応えた。

もし元の時間に戻れたら、あのレコードを探し出して聴いてみよう。

そう思いながら、落合はまた店の段差に腰を落とした。意識が遠ざかっていく。

鼻が勝手にひくついていた。

高温で熱せられて飛散した、おいしい匂いの微粒子が大量に漂っている。

鼻孔の奥がひくひくと動く。肉の脂が焦げていく甘くて香ばしい匂いを深く吸い込むと、胸には甘酸っぱいものが生まれていった。

ジューッ、と音を立てているのは、使い込まれた黒くて重い鉄皿に違いない。

大好きな場所に運ばれてきたようだ。

失われた、ちいさく閉じた俺の原風景。本当なら、俺がいるべきだった場所だ。

期待を確信に変えるために、江藤幸也はゆっくりと瞼を開いた。

よく磨き込まれたステンレスの調理場で、白いコックコート姿の中年男性が、背中を向けてガス台の上のフライパンを煽っている。

父親だ。顔を見るまでもなく、店の一部と化したような動きでわかる。

目を転じれば、茶色くくすんだ空間。木目調の上に、長年の営業で湯気や煙をしみ込ませた壁。

江藤は、実家が営んでいた、そしていつかは自分が跡を継ぐつもりでいた洋食店のカウンターに陣取っていた。

グラスに入った水と三角に折られた紙ナプキンに載せられたナイフとフォークを母親が用意してくれた。

食事時ではないのか、他に客の姿はない。

ということは、いまフライパンで父親が焼いているハンバーグは、俺が注文したことになる。

口の中いっぱいに唾液が溢れてきて、江藤はゆるんだ口の端から涎を垂らしかけ、慌てて唾液を飲み込んだ。

きっと、あれだ。

ハンバーグにはいくつかのバリエーションがあったが、江藤は一番豪華なメニューを思い浮かべた。賄いではなかなか食べさせてもらえず、誕生日や柔道の大会でいい成績を取ったときに、特別に作ってもらっていた。

フライパンから下ろされたハンバーグが、オーブンに収められ、父親はこちらに顔を見せた。

作るハンバーグと同様に質のいい肉と脂を蓄えた張りと艶のある父親の顔は、四十代半ばに見えた。

だとすれば、俺は……。

「遅くなりました」

そう考えたとき、俺がエプロンを締めながら厨房に入ってきた。手伝いは子どもの頃からやっていたが、身長や風貌からして高校生になっていそうだった。

「いらっしゃいませ」

高校生らしい江藤は、客である俺に軽く一礼した。

店以外では薄ぼんやりとしていることが多かった俺だが、店のなかでは父親の立ち居振る舞いを一生懸命に真似ようとしていた。

「キャベツを切っておいてくれ」

「はい」

息子というよりは、弟子として素直に返事をして、慣れた動きでキャベツをまな板に載せて包丁を握った。

トントントン、と気持ちのいいリズムでキャベツが刻まれていく。見事なものだった。いまの俺より、上手かもしれない。江藤は感心し、若い自分の切っているキャベツが食べてみたくなった。

　ハンバーグには温野菜が添えられるので、キャベツはつかない。

　江藤は父親にとも自分にともなく、声を掛けた。

「あの、いま刻んでいるキャベツがおいしそうなので、お金は払うんで別盛りにしてもらえますか」

「承知しました。切り立ては瑞々しいですからね」

　腕は確かだし、見た目は職人らしい頑固さも見え隠れしていた父親だが、客の要望にはできるだけ応えていたものだ。

　褒められて、キャベツを刻む高校生の江藤の手が止まった。

「ありがとうございます」

「リズムがいいよね。なんか楽器でもやってるのかな」

「最近、コンガを始めました」

　そんな気はしていたが、いまは高校二年の文化祭前なのか。江藤は納得した。高校生の江藤が頭を下げているうちに、父親は適量のキャベツを皿に盛った。ドレッシングと一緒に、カウンターに置かれる。

「前菜がわりにどうぞ。息子を褒めて頂いたし、うちの看板メニューを注文いただいてるんで、これはサービスです」

「なんか申し訳ない」

江藤は素直に皿を受けた。ここでお金は払うと繰り返しても、父親が固辞することはわかっていた。

キャベツはとても薄く均等に刻まれていて、シンプルに美味しくて部活帰りの十代のように頬張った。部活帰りの十代である高校生の俺が、横目で見ながら笑いを堪えているのがわかった。

キャベツを食べ終わる頃合いで、注文した料理が湯気にまみれて出てきた。

ハンバーグ、ビーフシチューがけ。

油の爆ぜるハンバーグのまわりに、父親自慢のデミグラスソースで作られたビーフシチューが、たっぷりと盛られている。

ナイフとフォークを手にすると、江藤は無心で口に運んだ。口のなかには美味さが、胸のなかには懐かしさが肉汁よりもたっぷりとろとろと溢れていく。

うまい。味覚とは記憶の集積だと、なにかで読んだことがある。だとするなら、これこそが俺にとっての究極で至高の味だ。この店こそ、永世三ツ星レストランだ。もし難癖をつける覆面調査員が来たら、得意の一本背負いで投げ飛ばしてやる。

泣きそうになるのをなんとか堪えて、江藤は食べ続けた。

思いがけず口にできたこの味を、しっかりと舌に焼き付けておかなくてはいけない。そして元の世界に戻れたなら、俺の手できっちり再現するのだ。

「ごちそうさまでした」

皿を舐めたい気持ちを抑えて、江藤はナイフとフォークを置き、手を合わせた。三角をほどいた紙ナプキンで口を拭い、胃の底から満足の息を漏らした。

「きれいに食べていただき、嬉しい限りです。お清めになったらいいんですが」

言われて、江藤は自分が喪服姿なことを思い出した。

父親が頭を下げると、高校生の江藤も頭を下げた。いい親子だ。俺は息子とこんな関係にはなれなかった。娘とはひどいことになった。

この親子に、ずっと店をやらせてあげたかった。この店を守っている俺なら、息子や娘ともっといい関係を築けたかもしれない。

レジで待つ母親に支払いをして、店を出た。しみじみと看板を眺める。店を畳む決断をしたのは父親だが、江藤は申し訳ない気持ちになった。

ふくれた腹をさすりながら歩道と車道を隔てるガードレールに腰を乗せると、意識が遠のいていった。

肌に当たり髪を揺する風が、ひんやりとしている。

きっと、秋なのだ。

川の匂いがする風は、ちいさく歌声も運んできた。

音楽の授業での独唱なら、いい成績は貰えそうにない。決して腹式呼吸ではなく、音程もやや不安定で、抑揚にも欠けている。

それでいて、耳は声を聴きたがってしまう。

どこか投げやりな風情もあるくせに、澄んだ声質のせいか、それが切なく胸に響いてくる。若いときにしか出せない、心をそのまま世界に向かって開いたような歌声。

耳を傾けているうちに意識がはっきりしてきた鮎川由香は、目を閉じたままくちびるを動かした。

歌声に合わせて、歌う。

もう何十年も歌っていない歌だが、鮎川は忘れていなかった。

いかにもピアノで少女が作曲したのが伝わってくる、甘く少し荘厳な落合の書いたメロディー。

羽柴の作詞はメロディーとは距離を置いて、無垢な心を大切に抱えて旅する少女の孤独を描いている。

メジャーの曲に、マイナーの詞。その不安定さが、わたしの声に合っていた。いや、高校生のわたし自身にぴったりだったのだ。

そうか、曲が出来てわたしに歌わないかと誘ったのではなく、羽柴くんは最初からわたしに歌わせるためにこの詞をつけたんだ。

今頃気づくなんて。

遅いにも、程がある。

苦笑しながら目を開くと、高校生の鮎川がこちらを窺っていた。

高校二年の時に住んでいた社宅からほど近い場所にある、川沿いの公園だった。鮎川はベンチに座っていて、高校生の鮎川はより川べりに立っていた。

鮎川は歌うのをやめた。やめてみて、いつのまにか自分が大きな声で歌っていたことを知った。

見慣れない生き物に出会ったときのように、あるいは異星人にでも接近遭遇してしまったかのように、用心した足取りで高校生の鮎川が近づいてきた。

「こんにちは」

怪しいものではないことを示したくて、鮎川から声を掛けた。

「なんで、いまの歌を知っているんですか」

当然の疑問だった。ヒット曲ではなく、名もない高校生が作った、まだ人前で歌われたことのないオリジナルソングなのだ。

鮎川は困ったし、嘘をつくのが面倒でもあった。度重なる過去への旅で疲れていたのかもしれない。だから深刻にならないように軽い調子を心掛けて、正直に打ち明けた。

「わたしは未来のあなただから」

そう聞いても、予期していたほど高校生の鮎川は驚かなかった。信じたのかどうかはともかく、話を合わせてきた。

「タイムマシンで来たとか」

「時空を飛んできたみたいだけど、マシンは使っていない」

「死んだんですか。喪服、着てるし」

「走馬灯のように過去を遡ってここまで来たから、死んでいるのかもしれない。でも実体はあるの。触ってみる」

差し出した腕に、高校生の鮎川は恐る恐る触れた。わたしに、わたしが触れた。指先は冷たかった。

「生きてますね、たぶん」

「仮に死んだとしても、この年齢までは生きられるんだから、あまりショックではないでしょう」

「遠い将来のこと、ではあるかな」

「案外、すぐだけどね」

実感だった。目の前にいる高校生の鮎川は、つい昨日の自分にも思える。

「おいくつなんですか」

「女性に年齢を聞くのは、失礼でしょ。たとえ自分に対してでも」

「未来のことは話せないんですね」

「前にも……、違う。未来でもあなたにその質問をされた」

「また、会うんですか」

「あなたの未来とわたしの過去が同じものならば」

「未来ではなく、違う世界から来たのかもしれないってこと」

「すべては夢かもしれない」

「わたしのですか。それともあなたの」

鮎川は笑ってしまった。

「わたし、こんなに人を質問攻めにするような性格だったかしら」

「ふだんはしません。わりと寡黙」

「そうよね。わたしの記憶ではそうだったわ」

鮎川の髪を撫でる風が、ほんの数分前より冷たく感じられた。川面が夕陽で煌めいた。そろそろ時間なのだ、と鮎川は理解した。

「わたしにもひとつだけ、質問させて。バンドの仲間のことを、どう思ってるの」

高校生の鮎川は、迷わず答えた。

「誘ってくれて、感謝してます。引っ越しばかりの生活で、初めてできた友だちかもしれない」

「その通りだわ。羽柴くんに感謝ね。彼が誘ってくれたんでしょ」

「なんでわたしに歌わせようとしたのか、彼の発想は謎です」

「難しい謎なんかない。いいことを教えてあげる。羽柴くんは、あなたが好きなの」

そう告げると同時に、鮎川は意識が薄らいでいくのを覚えた。

「もう、行く時間みたい」

「次はどこへ」

「さあ、母のお腹の中かしら」

鮎川は意識を失った。


巻貝に耳を当てた子供の頃を、羽柴は思い出していた。

遠い海鳴り、寄せては返す波音、頭上を吹く海風、流れる砂の音、そして海水浴客たちのざわめき。

あれはいくつのときだ。

初めて両親に連れられていった夏の砂浜は、熱く湿っていた。なにかに呼ばれるように、俺はまだ覚束ない足取りで海へと駆けだした。

俺の最初の記憶だろうか。

そこへ還ってきたのならば、いよいよ俺は消えるのだ。

未練はある。たっぷりとある。妻に去られ、仕事の意欲も失い、死んでもいいと思っていたくせに、いざとなると怖い。

天国の存在など鼻で嗤って生きてきたが、この先に待つものが「無」ではないことを羽柴は祈った。

ゆっくり、ゆっくりと瞼を開く。

目の前に神様がいた。

俺の女神様。

死のうとしているかもしれないのに、ひどい出来とはいえ冗談が浮かんだことに、羽柴は作家的満足を覚えた。同時に、死ぬ前にもう一度会えたことで、この世への未練も消えかけた。

女神様は喪服でパイプ椅子に座り、うしろの椅子に座る羽柴の席をものさみしげに振り返っていた。

「鮎川」

呼びかけたが、答えはなかった。鮎川は軽く首を傾げ、探し物でもするように羽柴のいるあたりに目を走らせた。

「どうしたの」

鮎川の隣で声がした。落合の声だった。落合は喪服ではなかった。いかにも外出着という格好に身を包んでいた。

「うしろの席に気配を感じたし、羽柴くんの声も聞こえた気がしたんだけど、だれもいないわ」

「そろそろ出番だというのに、あいつだけどうしたんだ。大地震で命を落としたのか」

落合のさらに隣にいたのは、杉島だった。杉島も喪服ではなかった。杉島らしくない、地味で安っぽい恰好をしていた。

「縁起でもないことを言うな。きっと、来るさ。高校時代に戻りたがっていたのはあいつなんだから」

杉島の向こうから、江藤が首を伸ばして鮎川を見ていた。

「俺ならここにいるぞ」

大きな声を出してみたが、答えるものはいなかった。鮎川がまた、うしろを振り返ろうとしてやめた。

羽柴はパイプ椅子を立った。

羽柴の視界に周囲の様子が入ってきた。

高校の講堂だった。ステージに向かって、たくさんの椅子が並べられ、多くの椅子は高校生やその親族、友人で埋められていた。

ああ、文化祭の日だ。

高校二年のあの日、いやこの日、長いといえば長い人生で一番かけがえのない一日に俺はいる。

羽柴は、何もかもが懐かしくなった。はるかな宇宙から地球に帰還した人間みたいな感慨に胸が締め付けられた。すでに文化祭前の時間のおいしい部分をつまみ食いしてきたのに、当日のステージを目の当たりにすると、それだけで泣けてきそうだった。

なのに……。

俺は自分が高校生だったこの時間を生きている人間に見えないだけでなく、木村の葬儀を共にした鮎川たちにも見えない存在なのか。

羽柴は鮎川の肩に手を伸ばしてみた。

手は宙を切り、鮎川に触れることはできなかった。

消えかけた未練が、津波になって押し寄せてきた。

鮎川に触れたい。

だが、何度試しても鮎川と空間的に重なることはできるが、その肌に触れることは叶わなかった。

どうやら、杉島が言ったことが正しいようだ。大地震で時空が歪んだのかどうしたのかは知らない。とにかく何かが起き、鮎川たちも過去へ投げ出された。ただし、四人は生きてこの時間のなかにいる。だから互いが見えている。たぶんこの時間を生きているひとたちにも見えるし、触れられるのだろう。

死んだ、あるいは死のうとしている俺だけが、だれにも見えない。

死とは孤独なものだと思い知り、羽柴はがっくりとうなだれた。

そのとき、ぶっきらぼうな声が耳に響いた。

「俺には見えるぞ。少しぼんやりしているが」

隣の声に顔を向けると、木村が立っていた。あの日、あの部屋で倒れたときの格好をしていた。木村といえば、ネルシャツだ。さらに思い出したように、手にしていたキャップを被った。

「……木村」

「どうした、幽霊でも見るような目をして」

空いていた羽柴の隣の椅子に木村は座った。そして、付け足した。

「幽霊、らしいけどな。羽柴同様、鮎川たちには見えない」

「やっぱり、そうなのか」

羽柴も椅子に腰を戻した。

「とにかく、全員揃ったわけだ」

「木村、どこから来たんだ」

「さあな。自分の部屋で倒れた後のことは、なにも浮かばない。ここにいるのは、たぶんおまえたちが呼んでくれたからだ」

　ステージに進行係が上がってきた。

「つづきまして、2年A組の仲間によるバンド演奏です」

　前の席にいる四人が、熱心に拍手していた。

「バンドの名前、つけとけばよかったな」

「気取った名前なんか、恥ずかしいだけだ。仲間、でいいじゃないか」

　木村に言われて、羽柴は納得した。

　ステージに、高校生の羽柴たちが上がってきた。木村以外のメンバーは、各人なりに凝った服に身を包んでいる。

　木村は、いま隣にいる木村が着ているのとどこが違うのかわからない、ネルシャツ姿だった。

　羽柴は、新調の鮮やかなブルーのジャケットとオレンジのシャツに、なぜかループタイを下げていた。いまの感覚でいえば、恥ずかしすぎて笑ってしまいたくなる。だが高校二年生なりに考え抜いて決めたのだ。

　落合はいつもの眼鏡をかけ、フリルのついた光沢のあるブラウスに、黒の裾がひろがったパンツを穿いていた。ライブより演奏会向きの服だったし、ソリストというより伴奏者に映る控え目な印象だが、逆にそれが自分の立ち位置をはっきりさせていて好感が持てた。

杉島は、ブラウンのタートルネックの上にブラウンのジャケットを羽織り、ブラウンのチノパンツを穿いて、靴もブラウンのコインローファーで決めていた。品のいい服を着崩しているところが女子受けしそうで、いかにもな感じに仕上げていた。

江藤は、柔道着に黒帯をきりりと締め、頭にはコック帽を被っていた。ふざけているとしか見えないが、本人からすればなぜコンガを叩くことになったのか、そのルーツを物語る大真面目の正装だった。

鮎川は、首にはスカーフを巻き、ワインレッド地に白の水玉模様がびっしりと施されたワンピース、腰を黒いベルトで締め、足許も黒のストッキングにショートブーツ。胸にはムンクの「叫び」が描かれた大きな缶バッジの出で立ちでセンターに立つと、バンドにアイコンが生まれ一気にステージ上が華やいだ。

当時、木村のネルシャツは諦めていたし、江藤の姿には思わず笑ってしまった羽柴だが、バンドとしての統一感があまりにもない六人それぞれのファッションにはがっかりした。それが四十年近く経った目で見ると、逆にメンバーの個性が出ていて好ましく映った。

仲間が楽器のセッティングをするあいだ、ボーカルの鮎川は突っ立っていた。からだのどこにも力みを入れず、かといって脱力もせず、手足と背筋を伸ばして講堂の一番うしろを見ていた。

その姿の無防備な初々しさのせいか、講堂は静まった。

これから始まる演奏への期待が、徐々に高まっていくのが羽柴にはわかった。

「鮎川さん、素敵」

落合の囁きが、羽柴の耳にも届いた。

「自分でもそう思う。いまと違って凛としてる」

答える鮎川の声に、羽柴は大きくうなずいた。木村がふんと鼻を鳴らした。幽霊になっても、斜に構えた性格は直らないのだなと羽柴は口許が緩んだ。

ステージの上の羽柴と木村が、アイコンタクトを取る。

木村が足でテンポを取ると、落合のピアノがゆったりと流れ出す。

しばらくして、杉島のバイオリンが響く。ふたつの楽器の音が高まったところで、一瞬、音が止む。

今度は羽柴のギターストロークと木村のリードが鳴って、そこに江藤の小気味よいコンガが加わる。

鮎川がスタンドマイクを握って歌い出すと、大きな拍手が起きた。

それを煽るように、ピアノとバイオリンが再び奏でられる。

「いいじゃないか」

「悪くない」

羽柴と木村はうなずき合った。

演奏は続いた。いつまでも続いて欲しいと、羽柴は願った。この時間、たしかに俺は生きていることが愉しかった。バンド仲間と違う人生を歩きだした俺は、この喜びを再現したくて高校生たちが主役のラブコメを描いたのかもしれない。

だが、時間は過ぎ去る。それも愛しい時間ほど、全速力の駆け足で。

羽柴たちのステージは終わった。

大きな拍手。

物語のクライマックス。

それでも、時は流れ、人生のつづきが始まる。どんなに退屈でも、どんなに過酷でも、死という本当の終わりに向かって進んでいく。

「終わったな」

「死んだのに、いい思い出ができた」

「俺も、だ」

羽柴はあらためて隣の木村を見た。なんだか、ぼんやりとしていた。

「羽柴、おまえはまだ死んではいないようだ。死にかけてはいるかもしれないが」

「どういうことだ」

「俺はもう消える。おまえも死んでいるのなら、一緒に消えてもおかしくない。なのに、おまえがどんどん遠ざかっていくのがわかる」

「おい、待て。まだ行くな。話したいことが山ほどある」

「それは仲間と語ってくれ。じゃあな、ありがとう」

木村が消えた。

愕然として、羽柴はパイプ椅子に乱暴に背中を預けた。椅子がガタッと大きく音を立てた。

その音に、鮎川が振り向いた。

「羽柴くん、来てたんだ」

今度は、羽柴は椅子の上で仰け反った。

「鮎川、俺が見えるのか」

「見える」

「声も聞こえるのか」

「聞こえる」

「触れるか」

手を差し出すと、鮎川が握ってきた。温もりと柔らかさが伝わってくる。

鮎川に触れることができた。羽柴のからだを生命エネルギーと呼びたい熱いものが駆けめぐっていく。

気がつくと、落合、杉島、江藤の三人が揃って羽柴を見ていた。宙ではなく、羽柴の顔にしっかりと視線が注がれていた。

「羽柴もいたか。ひとりも欠けずに、自分たちのステージを見ることができたわけだ」

杉島の言葉に、羽柴は空席になってしまった隣の椅子に目をやった。

「そうだ。ひとりも欠けていない。木村もしっかり見ていたよ。もう、行ってしまったけれど」


羽柴たち五人は、文化祭で賑わう光景にそれぞれの高校時代を重ねながら、旧校舎の屋上へ向かった。

思った通り、夕暮れが近づく秋の淡い陽射しのなかで、そこだけはエアポケットに嵌まったように人影もなく静まっていた。

「杉島、煙草吸ってもいいぞ。高校生のときみたいに」

羽柴の言葉に、杉島以外はなるほどとうなずいた。

「おまえもギター弾いていいぞ」

言い返されて、羽柴は首を横に振った。

「ギターがないし、木村もいない」

鮎川が、羽柴の横のなにもない空間を見た。

「さっきまではいたのよね。でも、羽柴くんにしか見えなかった」

落合は不思議そうに、羽柴の顔に目をやった。

「そのときは羽柴くんのことが、わたしたちには見えなかった。鮎川さんは気配を感じたみたいだけど」

江藤は、淡々と訊ねてきた。

「木村はどんな様子だったんだ」

「顔は土気色で、眼球が半分飛び出し、口と鼻の孔と耳からも体液を流していた」

「嘘だろ」

怯えた声は、杉島のものだった。ふたりで木村のアパートを訪ねたときを、羽柴は思い出して笑った。

「嘘だよ。でも、杉島は見ていないかもしれないが、木村はあの日ベッドで倒れていたときの服装をしていた。自分が死んでいることも自覚していた。俺たちの演奏を聴いて、満足して消えた」

「成仏したんだな」

江藤が手を合わせて、空を仰いだ。

「たぶん、な。俺は成仏できずに、逆に幽霊からみんなにも見える状態になった」

杉島の声は、もう冷静さを取り戻していた。

「大地震のあとそれぞれの過去へ遡って、文化祭の日に集合した。おかげで悪くない追体験ができた。さて、このあとどうなるかだ」

「木村は消えたが、あいつは大地震のときには骨になっていた」

「俺もおまえも、みんなも大地震までは生きていた。だが、経験したことのない大きな揺れに見舞われた」

「さっきまで幽霊だった俺以外も、死んでいてもおかしくないってことか」

「ひとは死ぬ前に、自分の人生を走馬灯のように見るらしい。ちょっと違うが、俺たちの体験もそれに似てはいる。みんなで文化祭のステージを見ることができたし」

「思い残すこともなくなって、木村は消えた」

「俺たちも消えるのか、それとも……」

江藤が大きく頭を振った。

「いい体験をした。だからこそ、思い残すことはある。俺の人生が変わっているかどうかはわからないが、戻って先を生きたい」

落合が同意した。

「穏やかだった人生の、いままでで一番つらい時期にいるけれど、わたしもつづきを生きたい」

無意識にポケットを探った杉島は、煙草を取り出しかけてやめた。

「俺だって戻りたいよ。せっかく余生を愉しむ気持ちになっていたんだし。ありえない体験ができてよかったが、なんだか疲れた。そろそろ家に帰ってゆっくりしたい」

杉島は屋上の隅にあるベンチまで歩き、腰を下ろした。

「ひとりだけ、寛ぎやがって」

「わたしだって、座りたいわ」

江藤と落合があとを追い、三人は落合を真ん中にして窮屈そうにベンチに座った。

その様子に微笑みながら、鮎川は羽柴に向けて口を開いた。

「わたしはもともと、過去に戻りたいなんて思っていなかった。現在を受け入れてもいた。だけど過去を振り返るのも悪くなかった。やり直しはできなくてもいいけど、これからを生きていくのに活かしたい。次に意識を失ったら、もとの場所に戻っている気がしているし」

「えっ、本当かよ」

羽柴の驚く声で、鮎川の言葉は遮られた。

羽柴の視線を追った鮎川は、慌ててベンチへと走った。

薄く透明になっていた杉島たち三人は、鮎川の前で消えた。

「なんで、わたしたちを置いていくの」

鮎川はベンチに腰を落とすと、羽柴に忙しなく手招きした。

「早く、座って」

「いや、俺は……」

羽柴はゆっくりとした足取りで、ベンチに近づいた。目を閉じている鮎川は、薄くも透明にもなっていなかった。

それを確認してから、羽柴もベンチに座った。

「せっかく幽霊から、鮎川にも、みんなにも見える存在になったんだ。俺はひとつだけ、やっておきたいことがある。申し訳ないけど、鮎川はそれにつきあわなくちゃならないみたいだ」

「どういうこと」

ワープを待ってそれまで目を閉じていた鮎川は、瞼を開いた。

羽柴と鮎川は、旧校舎の屋上のベンチに座ったままだった。西の空がうっすらと茜色に染まろうとしていた。文化祭は終わろうとしていた。

旧校舎を出ると、訪問者の多くが帰路に就こうと校門へ向かっていた。

校庭ではまだ最後の呼び込みをかける模擬店もあったが、その横で片づけを始めているところもあった。

「文化祭も終わりね」

「俺にはまだ終わってないんだ。むしろ、これからが本番といっていいかもしれない」

「またステージに立つつもり？」

「……ある意味で」

「あっ」

鮎川が指さす先には、バイオリンケースを抱えた杉島が早足で校門を目指していた。

「雀荘に行くんだ」

「文化祭の日なのに」

「杉島がつるんでた連中にとっては、朝に出席を取って解散する文化祭の日は、恰好の麻雀日和なのさ。鮎川は知らないだろうが、結局あいつはまた麻雀漬けの日々に戻っていくんだ。俺以外のバンドの仲間とも、あまり会話も交わさなくなっていく」

「それだけ聞くと、さみしいわね」

「何十年後まで知ると、感慨も変わるけど」

去っていく杉島の背中に、鮎川がちいさく手を振った。

「さよなら、高校生の杉島くん」

「今度会うのは、俺は木村の家を一緒に訪ねたときで、鮎川は葬儀のときだ」

「ここにいまいるわたしたちは、また杉島くんと会えるのかしら」

羽柴は口を結んで難しい顔になってから、ゆっくりとうなずいた。

「会える。大地震で死ぬわけじゃない。俺は死にかけたのかもしれないが、ちゃんと生き延びる。そう信じるから、やることがある。行こう」

いった。

「決まってるだろ。俺たちがいる音楽室さ」

校門とは反対方向の校舎へ、羽柴は鮎川を伴って、人波を掻き分けるようにして進んで

「どこへ」

ステージのあと、江藤の使ったコンガを返却するためもあって、バンドの仲間で音楽室に行った。そこで自販機で買ったジュースで打ち上げをやり、興奮の余韻にたっぷりと浸りながらまったく反省はしない反省会を開いた。

細かい失敗はあった。羽柴は何度かコードを間違えたし、木村はリードを外した。杉島は一度、間奏が終わって歌になったのに弾き続けてしまった。場馴れしているはずの落合も、緊張していたのかテンポを外しかけた。江藤は全体に力み過ぎていた。鮎川も声が上ずるところがあった。それでも、上出来だった。寄せ集めとは思えない一体感を、少なくとも本人たちは感じて演奏できた。

羽柴と鮎川は校舎に入り、階段を上がろうとしたとき、二段飛ばしのすごい勢いで駆け下りてくる人間がいた。ふたりは思わず、脇に避けた。

「急いでるんで」

声だけで謝っていったのは、木村だった。ギターケースは持っていなかった。

「なにを急いでいるのかしら」

羽柴の記憶では、杉島が出ていって少し経った頃、木村は黙って音楽室を出ていった。ギターもそのままだったので、トイレにでも行ったのかと思ったが戻ってはこなかった。

もしかしたら、と羽柴は思い踊り場まで上がって窓から校庭に目をやった。

木村はすぐに見つかった。全速力で校庭を駆け抜けていく。

「そうか。杉島くんを追いかけていったのね」

隣にきた鮎川の息が耳にかかり、羽柴は高校生みたいにくすぐったさに震えた。

「なんとなくだけど、あのふたりは馬が合わずに反目してたから、バンドに入ってくれた礼が言いたかったんじゃないか。俺たちの目がないところで」

「いかにも高校生の男子っぽい感情ね」

ふたりはまた、階段を上がっていった。

「鮎川は、文化祭の記憶はないのか」

「ぼんやりとしか、覚えていない。気持ちよく歌えたし、小学校や中学校も含めて、学生生活で一番の思い出だけど、ステージに上がった前後のこととかは曖昧だわ」

羽柴は少し落胆した。

「俺はしっかり覚えてる。何度も反芻して、記憶の上塗りが起こってはいるだろうけど、木村が音楽室を飛び出していったことも含めて覚えているんだ」

鮎川には珍しく、弁解口調で言い添えられた。

「すぐにまた引っ越しがあったせいかもしれない。新しい場所に馴染むのには、神経も体力も使うから」

「そうだな。俺は知らなかったけど」

「だれにも言ってなかった。何度やっても引っ越しと転校はつらいものだから」

「だろうね。鮎川がいなくなって、俺もつらかった」

「でも引っ越しが決まっていなかったら、バンドの誘いは断っていたかもしれない。転校生の保身術で、学校で目立つことはしないと決めていたから」

　階段を上がり切り、ふたりは音楽室のある廊下に立った。文化部が使った教室の前には掲示物などがゴミとして出されていたが、すでに引き上げてしまったのか生徒たちの姿はなかった。

「俺の記憶がたしかならば、もうすぐ江藤と落合が出てくる」

「予言みたい」

　くすっと鮎川が笑うと、それが合図でもあったかように音楽室のドアが開いた。

「落合が一曲だけ使ったアコーディオンは、家から持ち込んだものなんだ。朝は母親がクルマで運んでくれたらしいけど、帰りは自分でなんとかしなくちゃならない。それを知って、江藤が手伝うことを申し出たんだ」

　まず江藤が、つづいて落合が出てきた。楽譜の入っている鞄を肩からかけた落合は、丁寧にドアを閉めてから小走りになって江藤の横に並んだ。

「本当にいいのに。わたしでも、なんとか持てるけど」

「いいさ。俺は柔道部だよ。重いものを担ぐのは得意なんだ。コンガより、ずっと」

いまのは冗談で笑うところだよと伝えるように、江藤はにっと口を開いた。だが落合は笑わなかった。かわりに真面目に答えた。

「江藤くんのコンガ、リズムが正確ですごく助かった。ありがとう」

ふたりに軽く視線を投げながら、江藤と落合は階段を降りていく。

「こっちこそ、ありがとうだよ。音楽に無縁な俺が、ちいさい頃からピアノを習ってる落合と一緒に演奏できたんだから、一生の思い出だ」

「江藤くん、楽器やればいいのに。才能あると思う」

「木村や羽柴みたいに、ギターが弾けたらなあ。少しはもてるかな」

階段や踊り場に反響する若い声が、ちいさくなっていった。

「教えてあげたいね。大人になったきみは、木村くんにギターを習い、それが縁で新しい奥さんを貰うんだよって」

階段まで戻って手すりから身を乗り出した鮎川は、ふたりを頭上から見下ろしていた。

「ふたりにしておいてあげるんだ。江藤は落合に、ほのかな想いを寄せているんだから」

「そうだったわね。わたしは気がついていなかった」

「鮎川は最後に仲間に加わったし、練習のときも歌うことに集中していたからな」

「このあと、告白するのかしら」

「しない。江藤は俺と同じで、度胸がないんだ。でもあいつには、それでいいんだ。落合は杉島にほのかな想いを寄せていたから」

「それもわたしは気づいていなかったけど」

羽柴は頭を掻いてため息を吐いた。

「俺の気持にも、気づいていなかったってわけだ」

鮎川は頭を下げた。

「たぶん。もしかしたら、気づいているけど気づかないふりを、自分自身にもしていたのかもしれない。パラパラ漫画はともかく、バンドに誘われて、わたしが歌うのにぴったりの歌詞を渡されたら、いい加減気づくべきだよね」

「まあ、どうせ、転校するし」

「うん、そうだけど」

突然、羽柴は自分の頬を叩いた。

「さあ、自分の過去を変えるぞ」

「羽柴くんの過去を変えたら、世界も変わってしまうかもしれないのよ」

「俺はそんな大人物ではないし、鮎川もそうだろ」

「わたしの過去も変えたいの」

「もちろん。そして未来も」

「どうやって」

「いまから直接、俺が俺を呼び出して、説得する。見ていてくれ」

音楽室のドアに手をかけようとする羽柴を、鮎川が止めた。

「待って。それよりわたしが高校生のわたしをいったん外に連れ出す。わたしは一度、高校生のわたしと会って話もしているから、そんなに驚かないはず。羽柴くんはちょっと隠れていて」

鮎川に押され、羽柴は隣の教室に押し込まれた。

ノックの音。それにドアを開く音が続く。

「鮎川さん、いるかしら」

「あっ、まだいたんですか」

「また来たの。母親のお腹ではなく、ここに。あなたに用があって。少しだけでいいの。わたしと来てくれる」

「わかりました」

ふたつの足音が廊下に出てきて、響きを変えた。

「羽柴くん、ちょっとだけ待っていて」

「ああ、いいけど」

事態が飲み込めないらしい高校生の羽柴の、ほとんど呆然とした声が応じた。羽柴の記憶にはない光景だった。

羽柴のいる教室の前を、横顔で軽く合図するようにウィンクして鮎川は高校生の鮎川を伴って先を進んでいった。

その足音が消えるのを待って、羽柴は教室を出て音楽室を覗いた。

高校生の羽柴は埴輪みたいに口を半開きにして、捏ねる前の粘土のように歪んだ棒立ちになっていた。右手でアコースティックギターのネックだけは、しっかりと握り締めながら。

これからもっと驚くことになるぞ。

羽柴はわざとらしい咳払いをした。我ながら、陳腐な登場の仕方だった。

高校生の羽柴は予想通りすぎるほどにはっと我に返り、顔を向けた。

「羽柴くんだね」

「……そうですが、あなたは」

探りを入れるというより、不思議なことが二度続いて起こって思考停止になった顔になっていた。

「きみだ」

「まさか」

正直に答えれば、こうなってしまうのは当然だった。

「では、きみの親戚のおじさんだ」

「そんな親戚、いないはずだけど」

「きみに似てると思うだろう」

羽柴は自分の顔を指さした。

「まあ、似てはいる気がするけど、自分の顔ってあんまり見ないし」

あまり時間がないと思いつつ、羽柴は続けた。

「ちょっと前にここに来た女性のことは、どう思った？」

「あなたと同じで、喪服を着てるなって」

「それはいい。理由も教えられない。あとは」

「鮎川によく似てる、親戚のおばさんかなと」

「だろう。他人のことは客観的に理解できるが、自分のこととなると正しい判断は難しくなるもんだ」

高校生の羽柴は、少し頭がまわるようになったのか反論してきた。

「でも鮎川はあのおばさんを知ってた。ぼくはあなたを知らない」

それは俺が幽霊だったからと思ったが、面倒になるので羽柴は口にはしなかった。

「まあ、いい。きみに言いたいことがあって、俺はここに来た。聞くんだ」

「できれば、手短に」

「すぐ終わる。俺が消え、鮎川が戻ってきたら、ちゃんと告白しろ。好きです、と告げろ。つきあってくださいと言え。以上だ」

どちらかといえば顔色を失っていた高校生の羽柴だが、見る見る頬が紅く染まっていった。もう少しで耳の穴から湯気が立ってきそうだった。

「……な、なんで、ぼくの想いを知ってるんだ」

羽柴はしばし迷った。なんと答えるべきか。そして、もう一度本当のことを言うことを選んだ。信じるかどうかはともかく、それが高校生の羽柴からなけなしの勇気を絞り出させるのに、一番効果的だと思ったから。

「俺は親戚のおじさんではない。ここで告白できなかったきみの、未来の姿だ。何十年経ったが、俺は後悔している。鮎川とつきあっていた人生を、思い描いてしまっている。きみは、そんな俺をどう思う」

「どうって、……乙女すぎて笑える」

高校生の羽柴は、笑いとは程遠い難しい顔をしていた。

「じゃ、笑え。だが、俺もきみを笑う。たかが好きですの一言も言えずに、ウジウジしまくってるヤツだからこそ、こんなおじさんになってしまうんだ」

ふたりとも、笑おうとはしなかった。かわりに、にらみ合った。時空を超えて、ふたりは無言で気持ちをぶつけ合った。高校生の羽柴が手にしているアコースティックギターの弦がブチっと切れてしまいそうなほど、音楽室に緊張が走った。

高校生の羽柴が、真剣過ぎるにらめっこに負けて苦笑いをした。

「せっかく未来から来て、告白のアドバイスとはね。第三次世界大戦を止めろとか、人類絶滅の危機をなんとかしろとか、もっと大きいこと言うもんじゃないかな」

高校生として精一杯の皮肉であり、虚勢を張っていることは羽柴にもわかった。

「俺、つまりきみはちっぽけな人間だ。恋の告白もできない人間に、人類は救えない。でもな、みんなが自分を救えば、結果として人類は救われるかもしれない。できることをやってくれ」

高校生の羽柴の肩を軽く叩いて、羽柴は音楽室を出た。

背後で、ギターの弦が乱暴に物狂おしく鳴った。

その想いを、鮎川にもぶつけろ。

廊下の先に、ふたりの鮎川が待っていた。羽柴はふたりに向かって、笑いかけた。

高校生の鮎川が、軽く頭を下げた。美術館で目当ての絵画の前に立ったように、羽柴は高校生の鮎川を心して見つめた。

「素敵だ。漫画家になるだけあって、俺は高校生のときから審美眼があったんだな」

羽柴は、得心して次の絵画へ移るように、鮎川に目を向けた。

「そして、何十年経っても素敵なままだ」

「いろいろ変わってしまったけど」

鮎川はやさしく微笑んだ。

「俺だって、変わった。白髪だらけになったけど、素直に自分の気持ちを伝えられるようになった」

「お世辞がうまくなったんじゃない」

鮎川の言葉の感想を、羽柴は高校生の鮎川に求めた。

「どう思う？」

「素直になったんだと、素直に受け取らせてもらいます」

羽柴と鮎川は顔を見合わせた。

「わたし、センスのいい返しができたんだ。知らなかった」

「俺は、気づいていたよ。鮎川は外見だけでなく、内面も煌めいていることを」

「素直に受け取りたいけど、やっぱりお世辞が混じってる」

「胡椒ひと振り程度さ」

羽柴には、高校生の鮎川が自分と鮎川の娘のように感じられた。そんな人生もあったかもしれない。いや、あるかもしれない。高校生の羽柴がいまからどうするか次第では。

「戻っていいよ」

高校生の鮎川は、鮎川とうなずきあってから音楽室へ向かっていった。

「さあ、行こうか」

音楽室から離れようとする羽柴に、鮎川は問い質した。

「見届けなくていいの」

「いいんだ。告白しようとしまいと、それは過去のことだって気持ちになってきた。残りはだいぶ減ってしまったのかもしれないが、俺にはまだ未来がある。いまの俺には、告白するだけの度胸もある」

「そうなんだ。大人になったのね」

「まあね。でも、いまではなさそうだ。ひどく疲れてきた」

「わたしもどこかに座りたい気分」

ふたりは近くの教室に入り、椅子に腰を落とした。

「杉島たちが待ってるといいんだが」

「母親のお腹のなかでないことを、祈りましょう」

ふたりは意識を失った。

5人　大地震後

喉の奥が燃えた。熱はすぐに気管支へと伝い、羽柴は激しく噎せた。

苦しさに涙が込み上げてくる瞼を開くと、目の前に江藤の顔があった。

「よかった。気がついた」

江藤はうしろを振り返る。そこには杉島、落合、そして鮎川の顔もあった。煤けた顔たちが、安堵の表情になった。

咳が止まらない羽柴の背中を、江藤が乱暴にだがさすってくれた。咳の合間に、なんとか羽柴は訊ねた。

「ここはどこだ」

あたりは暗く、埃を舞い上げて風が吹いていた。

「戻ってきたんだ。木村の葬儀のあとに」

「地震は」

「起きた。見えるか」

江藤が指さす先には、薄闇のなかに倒壊しかけた居酒屋があった。

鮎川がしゃがみ込んで羽柴に顔を寄せた。

「みんな無事だったけど、羽柴くんだけが意識を失っていたの。それを江藤くんが背負って、外に逃げた。生きてて、よかった」

杉島と落合もしゃがみ込んできた。

「おまえを背負ったのは江藤だが、生き返らせた焼酎を取りに、決死の覚悟で店に戻ったのは俺だからな。感謝しろよ」

大きく咳き込んでから、羽柴は杉島をにらんだ。

「俺は芋焼酎は苦手なんだ」

「こんなときに、贅沢言うな。割れてないボトルを見つけるのだって、大変だったんだ」

「木村くんも無事よ」

落合が胸に抱いた骨箱を示した。

「……木村か。俺、文化祭であいつと会ったんだ」

「知ってる」

鮎川が答えると、みんなもうなずいた。

「全員、過去に戻って最後は文化祭のステージを見てる」

「現実か、夢か、はたまた集団催眠かはともかく」

江藤の言葉を、落合が否定した。

「夢ではないわ。証拠があるもん」

「そうだな。羽柴と鮎川それに江藤はともかく、俺たちは喪服から着替えている。しかも俺はこんな冴えない恰好だ」

杉島のぼやきに笑ってみせながら、江藤が背中を支えて羽柴を起こした。ゆっくりと羽柴は立ち上がった。あたりは停電しているらしく、暗闇が支配していた。道のあちこちにひとが集まっていた。

「かなり大きな地震だったんだな」

「ああ、詳しいことはわからないが、思い出に浸っている場合ではなさそうだ」

杉島はスマートフォンをいじっていたが、繋がらないようだった。

「羽柴も自力で歩けそうだし、ひとまず解散だな。骨箱は俺が預かる」

木村の骨箱が、落合から杉島に手渡された。

「悪いが俺は家が遠い。落合は江藤が、鮎川は羽柴がホテルまで送っていってくれ」

「わかった」

江藤がしっかりと答えた。

「迷惑かけます」

「落合さんの家は、ここからそんなに遠くないだろう」

ふたりは闇に消えていった。

「杉島、おまえの家は遠いだろう。電車は動いていそうもないし、タクシーだって拾えるとは思えない。今夜は俺のとこに泊まらないか」

羽柴の誘いを、杉島は断った。

「いや、帰る。独り身のおまえと違って、家族が心配だからな」

「こんなときに、皮肉を言いやがって」

「おまえもまた、心配するひとを作ればいい」

言われて、羽柴は隣にいる鮎川を意識した。そういえば、過去は変わったのだろうか。

「それじゃ、俺は行く。鮎川、また会おう」

歩きだそうとする杉島を、羽柴は呼び止めた。

「待て。木村の骨箱は俺が預かる。荷物になるし、おまえ、焼かれたばかりの骨と一緒にひとりで夜道を歩くのは怖いだろう」

杉島の足が止まった。しばらく迷っていたが、骨箱は羽柴に渡された。

「怖くはないが、預けよう」

「見栄を張るな」

「皮肉のお返しか」

「かもしれない」

「皮肉ではなく、余計なお節介のつもりだったんだが」

杉島はちらりと鮎川に視線をやってから、じゃあと手を挙げると骨箱から逃げるように早足で行ってしまった。

「さあ、ぼくたちも行こうか」

手にしている骨箱が、羽柴は気になった。木村の耳小骨に聞かれていたら照れ臭いし、少しだけ申し訳ないと感じていた。俺ほどではないが、木村も鮎川に淡い恋心を抱いていたはずだから。

「それに、道すがら、訊きたいこともある」

「答えられることかしら」

月明りを頼りに、ふたりは歩き出した。

そんなに勇気は必要なかったが、それでも躊躇いながら羽柴は訊ねた。

「高校生の俺は、鮎川に告白したのかな」

「覚えていないの」

「うん。なぜだか、思い出せない」

「わたしも高校生のときの記憶は、曖昧だわ。大人のほうのわたしは、羽柴くんと一緒に音楽室を離れてしまったし」

「そうか」

残念、というほどではなかった。高校生のときに告白していて、仮に鮎川が気持ちに応えてくれていたとしても、すぐに鮎川は引っ越してしまったのだ。そのまま交際が始まり結婚に至る可能性など、冷静に考えればコンマ以下ゼロをいくつ並べればいいかわからぬほど低い。

それに俺の記憶は、妻に出ていかれたままだし、杉島も俺は独り身だと言っていた。

「念のために確認するけど、鮎川は結婚して娘さんを産み、その後ご主人を亡くして、いまは高原でご両親と店をやっているんだよね」

「電話が繋がらないから確認できてないけど、そのはず。過去へ旅して不思議な体験をしたけど、わたしはわたしのまま」

やはり、そうなのだ。それでいいとも羽柴は思った。鮎川は続けた。

「変わったとしたら、肩に入っていた余計な力が抜けたかもしれない。与えられた環境のなかで、しっかりと生きようとしてきたけど、もっと人生を愉しもうとしてもいいのかなって」

「文化祭で歌ったみたいに」

「そう。あれは素敵な出来事だったんだと、再確認した」

「俺もだ。木村はもうギターを弾けないけど、またみんなで演奏できたらなと思うよ」

「いいんじゃない。木村くんの四十九日にでもやれば。ギターは木村くんの弟子の江藤くんも弾けるようになったんだし」

「そうだな。この地震の影響でどうなっているかわからないけど、またみんなで集まれたらそれもいいな」

遠くで消防車か救急車のサイレンの音がした。

火災が起きているのか、うすぼんやりと赤くなっている場所があった。

もし火の手が大きくなったら、ふたりも巻き込まれないとは断言できない。だがいまはまだふたりは生きている。

羽柴の口がごく自然に動いた。

「いまも、俺は鮎川が好きだ。少し違うな。正確には、いままた俺は鮎川が好きだ」

鮎川はゆっくりと胸に手を当てた。

「そんな漫画みたいな台詞、言わないで。漫画ならばいまのわたしの絵には、ドキドキって書き文字が載せられてしまいそう」

「俺なんか、白抜きの大文字でドキドキだよ。もっと大人の告白をすべきなんだろうし、いまではなくもう少し時間をかけたあとで告白すべきなんだろうけど、いまの俺には気取っている余裕はないんだ。漫画より漫画的でも、とりあえず気持ちを伝えておきたい。明日ではなく、いま」

「このあと、大きな余震が来るかもしれないし」

「そうだ。高校二年のときは、時間は無限に残されていると思い込んでいた。今日告白できなくても、明日があるさと思えた。次の恋があるとも思えた」

「わたし、恋なんて忘れてた。次の恋も期待していなかった。でもまだ時間は残されているのよね。ただし、無限ではない。そのことを、木村くんの死と大地震のときに起きた過去への旅で、わたしたちは思い知ってしまった」

「何十年が無駄な遠回りだったとは思わない。でも再会してしまった以上、もう時間を無駄にはしたくないんだ。鮎川の返事がノーでも仕方ない。振られても、諦めないけどね。待てというなら、待つ。とにかく、俺の気持ちは伝えておきたい」

木村の骨箱を抱えて、頭を下げた。

「鮎川さん、俺とつきあってください」

待ったが、返事はなかった。

かわりに、あの歌が聴こえてきた。文化祭で鮎川に歌ってもらうために、羽柴が詞をつけたあの歌が。

耳を傾けているうちに、羽柴はギターが弾きたくなった。久し振りに、たまらなく弾いてみたくなった。左手の指先は柔らかくなってしまっていて、弦を押さえたらすぐに痛くなってしまいそうだったが、鮎川の歌に伴奏をつけたくなった。

一番を歌って、鮎川の歌声は止んだ。

「よかったら、つづきは俺の部屋で歌ってくれないか。下手になってるだろうけど、ギター弾かせてもらうよ。ふたりで木村に聴かせてやらないか」

また、どこかで遠くからサイレンの音が風に乗って流れてきた。

「そうしようかな」

鮎川の腕が、木村の骨箱を持つ羽柴の腕にまわされてきた。ふたりは鮎川がチェックインしたホテルではなく、羽柴の部屋へと歩き出した。

5人　55歳

木村の四十九日が来た。

大地震の爪痕は大きく、羽柴たちの生活も直撃を受けた。世間も落ち着きを取り戻したとは言えない状態だったが、移転はしたが羽柴と木村が再会した店に集まった。

まだ骨箱に収まったままの木村の遺骨をカウンターに置いて、五人は再び献杯した。

ひと通りの近況報告がなされた。杉島は、家族で父親の墓参りに行っていた。落合は、母親に音楽療法を始めていた。江藤は、娘の居所がわかり連絡を入れていた。

羽柴と鮎川は、地震後しばらく同居することになった。鮎川の住む高原までは、鉄道も高速も遮断されてしまったからだ。いまでもかなりの迂回を強いられていて、鮎川は出席するのに苦労した。正直に、その報告がなされた。

「おまえたちだけ、高校二年生のつづきが始まったのか」

杉島は半分呆れながら、祝福した。

「まだ恋ができるなんて、素敵」

落合は驚きを隠さず、羨んだ。

「過去に還ったことで、未来を拾ったわけか」

江藤は感慨深げに、ふたりに握手を求めた。

それに応えつつ、羽柴は言った。

「つづきを始めるのは、俺と鮎川だけじゃない。恋だけが素敵なわけでもない。木村はいないが、今夜は、みんなで過去を未来へ繋ぐために集まったんじゃないか」

鮎川が大きくうなずいた。

「さあ、始めましょう」

五人は、店のステージに向かった。

スタンドマイクの前に鮎川が立つ。

ピアノがわりのキーボードの席に落合が着く。

バイオリンを杉島が構える。

コンガではなくカホンに江藤が腰を落とす。

ギターを羽柴が握る。

PAをセットしたマスターのケニーが上がってきて、木村のかわりにギターを持つ。

ひとりだけサポートメンバーになってしまったが、高校二年の文化祭につづく、二度目のステージが始まる。

TO文庫

おきざりにしたリグレットを拾いに。
あの日のきみへと、もう一度

2021年5月1日　第1刷発行

著　者　板橋雅弘
発行者　本田武市
発行所　TOブックス
〒150-0002 東京都渋谷区渋谷三丁目1番1号
ＰＭＯ渋谷Ⅱ　11階
電話0120-933-772（営業フリーダイヤル）
FAX050-3156-0508

フォーマットデザイン　金澤浩二
本文データ製作　TOブックスデザイン室
印刷・製本　中央精版印刷株式会社

PrintedinJapanISBN978-4-86699-212-9